KB195241

기억의 빛

Warlight

WARLIGHT
by Michael Ondaatje

세계문학전집 455

기억의 빛

Warlight

마이클 온다치

김지현 옮김

민음사

엘렌 셀리그먼, 소니 메타, 리즈 캘더에게 오래도록

"대부분의 전투는 지형도의 주름들 속에서 이루어졌다."

일러두기

1 이 책은 Michael Ondaatje, *Warlight*(McClelland&Stewart, Hard cover edition, 2018)을 저본으로 번역하였다.

2 원서에서 이탤릭체로 강조한 부분과 영어가 아닌 외국어는 고딕체로 구분했다.

3 모든 주석은 옮긴이 주이다.

차례

1부

낯선 사람으로 가득한 식탁

1945년, 부모님은 범죄자 비슷한 두 남자에게 우리를 맡기고 떠났다. 우리 집은 런던의 루비니 가든이라는 거리에 있었다. 어느 날 아침, 어머니였던가 아버지였던가, 식사 후 다 같이 이야기를 나누자더니, 두 분이 앞으로 일 년간 우리를 떠나 싱가포르에서 지내다 올 거라고 했다. 그리 긴 시간은 아니겠지만 그렇다고 짧은 여행도 아니라면서. 물론 그동안 우리를 잘 돌봐 줄 사람을 구해 두었다고 했다. 아버지가 불편한 정원용 철제 의자에 앉아 그 소식을 전하던 모습, 여름 원피스를 입은 어머니가 아버지 어깨 바로 뒤에서 우리의 반응을 지켜보던 일이 생각난다. 잠시 후 어머니는 레이철 누나의 손을 자기 허리 위에 가져다 댔다. 그러면 온기를 전해 줄 수 있다는 듯이.

누나도 나도 아무 말 하지 않았다. 랭커스터 폭격기의 후예인 신형 아브로 튜더 1을 타고 갈 예정인데 한 시간에 480킬로미터도 넘는 속도로 날 수 있다고 설명하는 아버지를 그저 쳐다보기만 했을 뿐이다. 목적지에 도착하기까지 비행기를 적어도 두 번은 갈아타야 한다고 했다. 아버지는 이번에 승진해서 유니레버 아시아 사무소를 인계받았고, 경력상 한 단계 위로 올라서는 셈이라고 했다. 우리 모두에게 좋을 거라는 말과 함께. 아버지는 진지하게 이야기했고, 어머니는 어느 순간부턴가 눈을 돌려 자신이 가꾼 8월의 정원을 바라보았다. 아버지가 말씀을 마친 후에도 내가 어리둥절해하자 어머니가 다가와 손빗으로 내 머리카락을 쓸어 주었다.

그때 나는 열네 살이었고 레이철 누나는 열여섯 살이 다 돼 가고 있었다. 부모님은 떠나 있는 동안 후견인 — 어머니는 그런 명칭을 썼다 — 이 우리를 돌봐 줄 텐데, 동료라고 했다. 우리가 이미 만나 본 사람이었다. 우리는 그에게 '나방'이라는 별명을 붙였다. 우리 가족은 사람들에게 별명을 붙이는 버릇이 있었다. 말하자면, 위장하는 버릇이 있었다는 것이다. 누나는 그가 범죄로 돈 버는 사람일 거라고 말한 적이 있었다.

부모님의 계획이 이상하게 들리긴 했지만, 전쟁 직후의 삶은 여전히 마구잡이였고 혼란스러웠다. 그래서 그런 제안이 비정상적으로 여겨지진 않았다. 우리는 어린아이들이었으니 당연히 부모의 결정을 받아들였고, 얼마 전부터 우리 집 3층에 세 들어 살던 나방이 해결책이 돼야 했다. 그는 덩치는 큰데 주춤거리는 행동거지가 마치 나방과도 같은, 볼품없는 남자였다. 부모님은 그가 믿을 만하다고 생각한 것 같았다. 그의 범죄 혐의가 부모님 눈에도 보였는지 어땠는지는 모르겠다.

한때는 가족끼리 뭉치려던 때가 있었던 것 같기도 하다. 가끔 아버지는 주말이나 공휴일이면 텅 빈 유니레버 사무실로 나를 데려갔다. 아버지가 바삐 움직이는 동안 나는 건물 12층에 펼쳐진, 버려진 듯한 세계를 돌아다녔다. 사무실 서랍은 모두 잠겨 있었다. 휴지통은 비어 있었고, 벽에는 사진 한 장 걸리지 않았다. 다만 한쪽 벽에 해외 지사를 표시한 커다란 기복 지도가 있었다. 몸바사, 코코스 제도, 인도네시아. 그리고 본국과 더 가까운 트리에스테, 헬리오폴리스, 벵가지, 알렉산드리아 등 지중해를 빙 둘러싼 도시들이었는데, 아버지가 관할하는 지역인 것 같았다. 바로 이 사무실에서 유니레버는 동방을 오가는 선박 수백 척을 예약했다. 지도에 도시와 항구를 표시하는 램프들은 휴일이라서 꺼져 있었다. 마치 머나먼 전초지들처럼.

날짜가 가까워지자 어머니는 세입자가 우리를 돌보는 데 필요한 일들을 처리하고 우리를 새 기숙 학교에 보내기 위해 늦여름 몇 주 동안 남아 있기로 했다. 홀로 머나먼 세상으로 떠나기 전 토요일, 아버지는 커즌 스트리트 근처의 사무실에 나를 또 데려갔다. 아버지는 앞으로 며칠 동안 비행기에서 몸을 구기고 있어야 할 것 같으니, 길게 걷자고 했다. 그래서 우리는 버스를 타고 자연사 박물관에서 내린 다음 하이드 파크를 거쳐 메이페어까지 걸었다. 아버지는 전에 없이 활기차고 명랑했다. "손으로 짠 옷깃, 손으로 짠 심장, 외국에서 너덜너덜해질 때까지 입어요."라는 노래를 몇 번이나, 거의 의기양양해 보일 정도로 불렀다. 마치 무슨 필수 규칙이기라도 한 듯이. 저건 무슨 뜻이지. 나는 좀 어리둥절했다. 회사 건물로 들어가는 데 열쇠가 여럿 필요했던 기억이 난다. 건물 꼭대기 층 전체가 아버지가 일하는 사무실이었다. 나는 여전히 불이 꺼져 있는 커다란 지도 앞에 서서 아버지가 앞으로 며칠 밤 동안 비행기로 거쳐 갈 도시들을 외웠다. 그때도 나는 지도를 무척 좋아했다. 아버지가 내 뒤로 다가오더니 지도의 불을 켰고, 기복 지도에 그려진 산들이 그림자를 드리웠다. 하지만 내가 주시하게 된 건 그 불빛이나 연푸른색으로 밝혀진 항구들도, 불빛이 닿지 않는 광활한 대지도 아니었다. 그것은 내 눈에 보이던 것들이 이제 더 이상 내 시야에 온전히 드러나 있지 않다는 사실이었다. 돌이켜 보면, 그때 누나와 내가 본 부모님의 결혼 생활도 그렇게 불완전한 시야 안에 담겨 있었던 것 같다. 부모님은 당신들의 생활에 대해 거의 언급하지 않았다. 우리는 부분적으로만 전해지는 이야기들에 익숙했다. 아버지는 먼젓번 전쟁의 막바지에 연루됐었고, 우리 남매에게 진정한 애착은 느끼지 않았던 것 같다.

부모님의 여행을 생각해 본다. 어머니가 아버지를 따라가는 건 이해가 됐다. 우리는 어머니가 아버지와 떨어져서 존재할 순 없다고 생각했다. 아내니까. 어머니가 루비니 가든에 남아 우리를 돌보는 것보단 남겨 두고 떠나는 쪽이 우리 가족의 재난이나 붕괴를 최소화할 방법이었다. 또한 부모님 말마따나 그토록 어렵게 입학한 학교를 우리가 갑자기 떠날 수도 없는 노릇이었다. 우리는 다 같이 아버지를 끌어안으며 배웅했다. 그 주말에 나방은 눈치껏 집을 비워 주었다.

그렇게 우리는 새로운 삶을 시작했다. 그때는 잘 믿기지 않았다. 사실 지금도 그 시기에 내 생활이 망가졌었는지 아니면 활기에 찼는지 분간이 잘 안 간다. 나는 가족의 습관에서 비롯된 규칙과 제한에서 벗어났는데, 나중엔 자유를 너무 빨리 소진한 게 아닌가 싶어 주저할 정도였다. 어쨌든 지금의 나는 당시 일에 대해, 낯선 사람들 품에서 보호받으며 자란 경험에 대해 말할 수 있는 나이가 되었다. 이는 우리 부모님, 레이철 누나와 나, 나방, 그리고 나중에 우리와 함께한 다른 사람들을 둘러싸고 있었던 신화의 의미를 명확히 밝히는 일과도 같다. 이런 이야기에 으레 등장하는 관례나 기법이 있을 것이다. 누군가가 시험에 처한다든가, 진실을 아는 사람이 누군지 아무도 모른다든가, 누군가의 정체나 거취가 실은 우리 생각과 달랐다든가, 숨겨진 곳에서 상황을 지켜보는 누군가가 있다든가. 어머니가 아서왕 전설에 나오는 충직한 기사들에게 주어진 모호한 임무에 대해 이야기하며 얼마나 좋아했는지, 그런 이야기를 우리에게 어떤 식으로 들려주었는지 기억난다. 때로 어머니는 직접 가 본 적이 있다는 발칸반도나 이탈리아의 특정한 작은 마을을 배경으로 삼았고, 그곳이 어디에 있는지 지도에서 보여 주기도 했다.

아버지가 떠나자 어머니의 존재는 더욱 커졌다. 그전까지 우리 귀에 흘러 들어오던 부모님의 대화는 늘 어른들 사이의 문제에 관한 거였다. 그런데 이제 어머니는 자기 자신, 그리고 서퍽의 시골에서 보냈던 어린 시절에 대해 이야기하기 시작했다. 우리는 특히 '지붕 위의 가족' 이야기를 좋아했다. 외조부모님 댁은 서퍽의 더 세인츠에 있었는데, 강물 소리와 근처 마을에서 가끔 들려오는 교회 종소리 빼고는 방해할 게 일절 없는 곳이었다. 그런데 그 댁 지붕 밑에서 어느 가족이 한 달을 살았던 적이 있었다. 이것저것 집어 던지고 서로 고함을 쳐 대는 소리가 얼마나 시끄럽던지 천장을 타고 전해져 어머니 가족의 생활에 스며들 정도였다. 수염 난 남자 하나와 아들 셋으로 이뤄진 가족이었다. 막내아들은 그중에서 가장 조용했고, 주로 사다리를 타고 지붕으로 올라가 식구들에게 물 양동이를 전해 주는 일을 했다. 그런데 어머니가 닭장에서 달걀을 꺼내거나 차에 타려고 집 밖으로 나가 보면, 그는 항상 자기 가족을 주시하고 있었다. 사실 그들 가족은 이엉장이들이었다. 하루 종일 외조부모님 댁 지붕을 고치느라 바빴던 것이다. 저녁 식사 때가 되면 그들은 사다리를 끌어내리고 그곳을 떠났다. 그런 어느 날 막내아들이 세찬 바람에 균형을 잃는 바람에 지붕에서 떨어져, 보리수 우듬지 사이를 뚫고 부엌 밖의 포석 깔린 바닥으로 추락했다. 형들이 그를 집 안으로 날랐다. 마시라는 이름의 소년은 엉덩이뼈가 부러졌고, 의사는 다리에 깁스를 하더니 움직이지 말라고 했다. 그래서 그는 지붕 수리가 끝날 때까지 부엌 안쪽의 소파에서 지냈다. 우리 어머니 — 당시 여덟 살이었다 — 는 그에게 끼니를 가져다주었다. 가끔 책을 가져다주기도 했지만, 소년은 너무 수줍음을 타서 거의 말을 하지 않았다. 그때 두 주가 그에게는 일생처럼 길게 느껴졌을 거라고 어머니는 우리에게 말했다. 마침내 작업이 끝났고, 이엉장이 가족은 소년을 데리고 떠났다.

이 이야기를 떠올릴 때마다 누나와 나는 이해할 수 없는 동화의 일부만을 들은 것 같았다. 어머니는 별다른 극적 효과를 덧붙이지 않고, 소년이 추락한 순간의 충격도 묘사하지 않으면서 이야기했다. 몇 번이고 되풀이해서 진부해진 이야기를 하듯이. 우리는 추락한 소년에 대해 더 자세히 이야기해 달라고 했지만 다른 에피소드는 듣지 못했다. 소년이 보리수 가지와 잎사귀를 뚫고 돌바닥에 철퍼덕 떨어지는 소리가 들렸던 폭풍 치던 날 오후. 어머니의 삶을 이끌었던 불가해한 삭구(索具)[1] 속에서 발견된 단 하나의 일화.

3층 세입자인 나방은 대부분 집을 비웠지만 가끔은 저녁 식사 전에 돌아오기도 했다. 어머니는 같이 식사하자고 권유했고, 그는 긴가민가한 듯 손을 휘저으며 연신 사양한 끝에야 식탁 앞에 앉아 저녁을 먹었다. 하지만 보통 그는 빅스로까지 걸어가서 음식을 사 먹었다. 대공습 때 크게 파괴되었으나 임시 노점들이 조금씩은 들어서 있던 곳이다. 우리는 머뭇거리는 나방의 존재감, 그가 여기저기에 나타나는 순간을 늘 의식하고 있었다. 그런 태도가 수줍음 때문인지 무기력 때문인지는 몰랐다. 물론 그런 상황이 오래 지속되지는 않았지만. 가끔 내 방 창 너머로 어두운 정원에서 그가 어머니와 조용히 대화를 나

1) 배에서 쓰는 로프와 쇠사슬 따위의 물건을 말한다.

누는 모습이 눈에 띄었고, 두 사람이 차를 마시는 모습도 보였다. 개학하기 전, 어머니는 내게 수학 과외를 해 달라고 나방을 설득하는 데 꽤나 시간을 들였다. 수학은 내가 못하는 과목이었고, 사실 나방이 나를 가르치려는 노력을 접은 뒤에도 오래도록 그렇게 남았다. 우리의 후견인은 내게 기하학의 정리를 이해시키기 위해 삼차원에 가까운 그림들을 그렸는데, 그가 지닌 내면의 복잡성을 엿볼 수 있었던 건 오로지 이때뿐이었다.

전쟁이 화제에 오르면 누나와 나는 그가 어디서 뭘 했는지 조금이라도 듣고 싶어서 졸라 댔다. 당시는 진실과 거짓으로 가득한 회고의 시대였고, 누나와 나는 호기심으로 충만했다. 나방과 어머니는 전쟁 때부터 알고 지냈던 지인들 이야기를 하곤 했다. 나방이 우리 집에 살러 오기 전부터 어머니와 아는 사이였던 게 분명했지만, 그가 어떤 방식으로든 전쟁에 연루됐었다는 사실이 놀라웠다. 그의 행동거지를 보면 전쟁과는 도무지 어울리지 않았기 때문이다.

집에서 나방의 존재가 느껴질 때는 주로 그가 틀어 놓은 라디오에서 조용한 피아노 음악이 흘러나올 때나, 그가 장부나 월급과 관련된 어떤 조직의 일을 처리할 때였다. 그럼에도 몇 차례의 회유 끝에 우리는 어머니와 나방이 그로스브너 하우스 호텔 옥상에 있다는 이른바 "새 둥지"에서 화재 감시원으로 함께 일했다는 사실을 알게 됐다. 두 사람이 회상에 잠기는 동안, 우리는 파자마 차림으로 앉아서 홀릭스[2]를 마셨다.

---

2) 맥아 가루와 분유를 섞어 만든 음료 가루로 식사 대용품 음료로 사용됐다.

이야기가 한 토막씩 수면 위로 떠올랐다가 사라지곤 했다. 우리가 새 학교로 떠나기 얼마 전 저녁이었다. 어머니는 거실 구석에서 우리 셔츠를 다림질하고, 나방은 어디 나가려는 것처럼 계단 아래에 서서, 반쯤만 우리 가족에 속한 듯한 모양새로 엉거주춤하게 있었다. 그러다 입을 열더니, 통금 시간에 어둠 속에서 남자들을 싣고서 '버크셔 부대'로 데려가려기 위해 해안을 향해 야간 운전을 하던 어머니의 운전 기술이 어땠는지 이야기했다. 그때 어머니가 졸음을 피한 건 순전히 "초콜릿 몇 조각과 열린 차창에서 들이치는 찬바람" 덕분이었다고 했다. 나방이 이야기를 이어 가는 동안 어머니는 그의 묘사에 유심히 귀를 기울였다. 심지어 칼라를 태우지 않으려고 오른손에 쥔 다리미를 허공에 든 채, 그늘이 드리운 그 이야기에 완전히 집중했다.

그때 알았어야 했다.

두 사람의 대화는 시간을 의도적으로 뛰어넘었다. 언젠가는 어머니가 베드퍼드셔의 칙샌즈 수도원, 그리고 그로스브너 하우스 호텔 옥상의 "새 둥지"에서 헤드폰을 끼고 — 이쯤에서 누나와 나는 이곳이 '화재 감시'와는 별 상관이 없는 곳이라는 걸 짐작하고 있었다 — 무전기에서 나오는 복잡한 주파수에 귀를 바싹 기울이며 독일군의 메시지를 가로채 영국 해협 너머로 전송하는 일을 했다는 이야기도 들었다. 우리는 어머니가 생각보다 훨씬 더 많은 기술을 지닌 존재임을 알아 가고 있었다. 그 아름답고 흰 팔과 섬세한 손가락으로, 명확한 의도 아래 사람을 쏘아 죽인 적도 있었을까? 어머니가 계단을 우아하게 뛰어 올라가는 모습에선 운동에 익숙한 몸놀림이 엿보였다. 전에는 미처 눈치채지 못한 점이었다. 아버지가 떠난 뒤부터 학기 시작을 앞두고 자신도 떠나기 전까지 한 달 동안, 우리는 어머니에게서 더욱더 놀랍고 개인적인 면모를 발견했다. 어머니가 지난날을 회고하는 나방을 지켜보며 뜨거운 다리미를 허공에 들고 있었던 짧은 순간은 우리에게 지워지지 않는 인상을 남겼다.

아버지가 없으니 집은 더 자유롭고 넓어 보였다. 우리는 되도록 어머니와 많은 시간을 보냈다. 라디오에서 흘러나오는 스릴러 드라마를 듣기도 했다. 불을 켜 놓고 서로 얼굴을 보면서. 어머니는 드라마에 지루해하는 기색이 역력했지만 우리는 뱃고동 소리, 황무지에 몰아치는 늑대 울음 같은 바람 소리, 느릿느릿 다가오는 범죄자의 발소리나 창문이 깨지는 소리가 들릴 때 어머니도 곁에 있어야 한다고 우겼다. 그렇게 드라마를 들으면서 나는 어머니가 불빛도 없는 길을 따라 해안으로 운전했다던, 절반밖에 듣지 못한 이야기를 떠올렸다. 하지만 라디오 프로그램으로 따지자면, 어머니는 토요일 오후에 긴 의자에 누워 손에 든 책에는 눈길도 주지 않은 채 BBC의 「박물학자의 시간」을 들을 때 더 편안해했다. 그럴 때면 서퍽이 떠오른다고 했다. 우리는 라디오 속 남자가 들려주는 강에 사는 곤충들과, 그가 낚시를 했다는 지하수 하천 이야기를 어깨너머로 들었다. 아주 멀리 동떨어진 조그마한 세계의 일부처럼 느껴지는 그런 이야기를 들으며, 누나와 나는 카펫에 웅크려 앉아 지그소 퍼즐의 파란 하늘 조각들을 끼워 맞췄다.

한번은 우리 셋이 리버풀 스트리트에서 열차를 타고 서퍽에 있는 어머니의 고향 집으로 갔다. 그해 초에 외조부모님이 교통사고로 돌아가셨기 때문에 어머니는 묵묵히 집 안을 배회했고, 우리는 그런 어머니를 지켜보았다. 백 년 묵은 마룻바닥이 삐걱거리고 끼익 소리를 냈기 때문에 늘 복도 가장자리로 조심조심 걸었다. "나이팅게일 마룻바닥이야." 어머니가 말했다. "밤중에 도둑이 들면 알려 주니까." 누나와 나는 기회만 나면 마룻바닥에서 발을 굴렀다.

하지만 런던에서 어머니와 우리끼리 있을 때가 가장 행복했다. 우리는 어머니의 여유롭고도 잠에서 덜 깬 듯한 애정을 원했다. 전에 받았던 것보다 더 많이. 어머니는 마치 예전의 자아를 되찾은 것만 같았다. 아버지가 떠나기 전까지 어머니는 날렵하고 효율적으로 자기 역할을 하는 사람이었고, 우리가 등교하기 전에 먼저 출근했다가 저녁 시간에 맞춰 돌아왔다. 어머니의 새로운 면모는 남편에게서 벗어난 데서 비롯된 걸까. 아니면 더 복잡한 방식으로, 우리와의 이별에 대비해 자신이 어떻게 기억되기를 바라는지에 대한 단서들을 주고 있었던 걸까. 어머니는 기숙 학교 입학에 대비해 프랑스어 공부와 카이사르의 『갈리아 전기』 공부를 도와주었다 — 어머니는 라틴어와 프랑스어를 굉장히 잘했다. 무엇보다 놀라운 일은, 적적하던 집 안에서 어머니가 우리더러 사제 같은 옷을 입으라거나 선원이나 악당처럼 발볼로 걸으라고 하면서 다양한 연극을 하며 놀아 주었던 것이다.

다른 어머니들도 이러나. 등에 단검이 꽂힌 채 소파에 쓰러져 숨을 헉 들이쉰다든가. 나방이 집에 있으면 어머니는 이렇게 놀아 주지 않았다. 그런데 애초에 이런 놀이를 왜 했을까. 매일 우리를 돌보다가 따분해져서? 그냥 색다른 의상을 입으면 다른 사람이 될 수 있어서? 가장 행복할 때는 아침 햇살이 방으로 새어들 때, 우리가 머뭇거리는 강아지들처럼 침실로 들어가 어머니의 맨얼굴과 감은 눈, 흰 어깨, 그리고 우리를 끌어안으려고 뻗은 팔을 볼 때였다. 몇 시에 가든 어머니는 잠에서 깬 채로 우리를 맞아 주었다. 우리가 왔다고 놀란 적은 한 번도 없었다. "이리 와, 스티치. 이리 와, 렌." 어머니는 자기만의 애칭으로 웅얼웅얼 우리를 불렀다. 그때야말로 우리에게 진짜 어머니가 있다고 느낀 시간이었던 것 같다.

9월 초에 어머니는 지하실에서 납작한 트렁크 가방을 꺼내 우리 눈앞에서 드레스, 신발, 목걸이, 영어 소설, 지도를 비롯해 동양에서는 구할 수 없을 이런저런 물건과 용품을 챙겨 넣었다. 심지어 필요 없을 듯한 모직 옷가지도 챙겼다. 싱가포르도 저녁에는 '선선'할 때가 있다면서. 어머니는 누나에게 싱가포르 여행 안내서를 보고 지리, 버스 운행 정보, 그리고 '그만!'이나 '더 주세요.' 혹은 '얼마나 멀어요?' 같은 말을 싱가포르 말로 뭐라고 하는지 소리 내어 읽어 달라고 했다. 우리는 동양 언어 비슷하리라 여긴 상투적인 억양으로 그런 어구들을 읽었다.

커다란 트렁크를 꾸리는 세밀하고 차분한 과정을 통해 어머니는 그 여행이 불가피하다는 사실을 우리에게 납득시키려고 했던 것 같다. 안 그러면 우리가 상실감을 느끼리라 생각했던 것 같다. 마치 자신이 귀퉁이에 놋쇠를 낸, 관과 꼭 닮은 검은 나무 트렁크로 기어 들어가서 강제 이송될 거라고 우리가 믿고 있기라도 한 듯이. 짐 싸는 과정은 며칠이 걸렸고, 끝없는 유령 이야기처럼 느리고 숙명적인 행위였다. 어머니는 이제 우리에게 보이지 않는 존재로 진화하려는 것 같았다. 레이철 누나는 다른 느낌을 받았을지도 모른다. 누나는 나보다 한 살하고도 몇 개월 나이가 많다. 누나에게는 연극적인 행동으로 보였을 수도 있다. 하지만 나는 어머니가 챙겨 갈 물건들에 대해 생각, 또 생각하고 다시 꾸리는 행동이 영구적인 소멸을 의미하는 것 같았다. 어머니가 떠나기 전까지 우리에게 집은 동굴과도 같았다. 강둑으로 나가 산책을 한 건 몇 번뿐이었다. 어머니는 앞으로 몇 주 동안 여행을 너무 많이 할 거라서 지금은 밖에 쏘다니고 싶지 않다고 했다.

그러던 어느 날 별안간 어머니가 왠지는 몰라도 예정보다 이르게 떠나야 한다고 했다. 누나는 욕실에 들어가더니 얼굴을 새하얗게 칠하고는, 무표정한 얼굴로 계단 꼭대기에 꿇어앉아 난간 기둥을 껴안고 버텼다. 어머니는 현관문 앞에서 누나와 입씨름을 벌였고, 나도 엄마와 합세해 아래층으로 내려오라고 누나를 설득했다. 서로 울면서 작별 인사를 나누지 않으려고 어머니가 미리 손을 써 두기라도 한 것 같은 상황이었다.

내게는 어머니의 얼굴이 거의 드러나지 않은 사진이 한 장 있다. 나는 어머니의 자세, 팔다리의 특정한 제스처를 보고 이 사람이 어머니라는 사실을 알아본다. 내가 태어나기 전에 찍은 사진인데도. 어머니가 열일곱 살인가 열여덟 살 때 서펙 강

기슭에서 외조부모님이 찍어 준 것이다. 수영을 한 직후 원피스를 꿰어 입은 어머니는 한 발로 선 채로 다른 쪽 다리를 옆으로 구부리며 신발을 신으려 하고 있고, 머리를 기울여 금발이 얼굴을 덮고 있다. 나는 몇 년 후 어머니가 여분의 침실에 버리지 않고 남겨 둔 몇 가지 물건들 사이에서 이 사진을 발견했다. 아직도 그것을 가지고 있다. 어설프게 균형을 잡으며 자신의 안전을 붙들고 있는, 특색이 거의 없는 이 사람. 이미 익명이 된 누군가.

9월 중순에 나와 누나는 각자 학교에 도착했다. 이전까지 쭉 집에서 통학했던 우리는 기숙사 생활에 익숙하지 않았으나, 다른 아이들은 자신들이 근본적으로 버려졌음을 이미 알고 있었다. 우리는 견딜 수 없어서 도착한 지 하루 만에 싱가포르의 사서함 주소로 편지를 써서 부모님에게 학교를 떠나게 해 달라고 사정했다. 나는 우리 편지가 밴을 타고 사우샘프턴 부두까지 간 다음, 거기서 배를 타고 먼 항구들을 들르며 서두르는 일은 조금도 없이 쏘다니리라는 걸 알았다. 그만큼의 거리와, 6주라는 시간차 때문에 우리가 적은 불만이 무의미해 보이리라는 걸 벌써부터 알 수 있었다. 예컨대 내가 밤중에 화장실을 찾으려면 어둠 속에서 계단을 3층이나 내려가야 한다는 사실도. 대부분의 기숙사생들은 우리 층에 있는 세면대 중 하나에 오줌을 눴다. 옆 세면대에서는 이를 닦으면서. 이 학교에 대대로 전해 내려오는 관습이었고, 덕분에 에나멜 세면대엔 수십 년간 소변이 흘러내린 흔적이 또렷하게 남아 있

있다. 어느 날 밤 내가 졸린 상태로 세면대에 오줌을 누고 있을 때 사감 선생님이 걸어오다가 내가 하던 짓을 봐 버렸다. 다음 날 조례 시간에 그는 자신이 우연히 맞닥뜨린 파렴치한 행각을 노발대발 들먹이며 4년 동안 전쟁터에서 싸웠어도 이토록 추잡한 광경은 본 적이 없다고 주장했다. 홀에 집합한 소년들이 충격과 침묵에 빠졌던 건 사실 사감 선생님이 섀클턴과 P. G. 우드하우스가 이 학교의 훌륭한 학생이던 시절[3]부터 존재했던 전통을 모른다는 데 경악했기 때문이었다.(비록 그중 하나는 퇴학당했다는 소문이 떠돌았고, 다른 한 명은 논란 끝에 기사 작위를 수여 받았지만.) 나도 퇴학당하고 싶었지만 웃음을 못 참고 실실거리는 반장에게 두들겨 맞기만 했다. 어쨌든 부모님이 깊이 생각하고 답장을 써 보낼 거라는 기대는 하지 않았다. 재빨리 휘갈겨 쓴 두 번째 편지에 내가 저지른 범죄를 추신으로 적어 넣었지만 그래도 마찬가지였다. 나는 우리를 기숙사에 들여보낸 게 어머니보다는 아버지의 생각이리라 짐작했고, 그러니 어머니가 우리를 여기서 내보낼 수도 있으리라 기대하며 희망을 걸었다.

누나네 학교와 내가 다니는 학교는 1킬로미터 정도 떨어져 있었고, 우리는 자전거를 빌려 공원에서 만나 소통할 수 있었다. 그게 유일한 방법이었다. 누나와 나는 무슨 일이든 같이 하기로 약속했다. 그래서 둘째 주에, 부모님에게 간청하는 우

---

3) 19세기 말, 탐험가 어니스트 섀클턴과 작가 P. G. 우드하우스는 모두 덜위치 칼리지라는 중등학교에 다녔다.

리 편지가 유럽에 채 닿기도 전에 방과 후 통학생들과 함께 슬그머니 빠져나와 저녁까지 빅토리아역에서 서성거리다가, 집에 도착한 나방이 확실히 문을 열어 줄 법한 시간에 루비니 가든으로 돌아갔다. 나방은 어머니를 설득할 만한 어른이라는 걸 우리 둘 다 알고 있었다.

"아, 주말까지 기다릴 수 없었던 모양이구나?"

나방은 그렇게만 말했다. 우리 아버지가 늘 앉던 안락의자에는 마른 체구의 남자 하나가 앉아 있었다.

"이쪽은 노먼 마셜 씨란다. 한때 템스강 이북에서 최고의 웰터급 권투 선수였지. '핌리코 화살'이라고 불렸었어. 들어 본 적 있니?"

우리는 고개를 저었다. 우린 그보다도 나방이 우리가 모르는 사람을 부모님 집에 불러들였다는 데 신경이 쓰였다. 이런 일이 생기리라고는 생각도 못 했다. 또한 우리가 학교에서 탈출했고, 검증되지 않은 후견인이 이 일을 어떻게 받아들일지도 불안했다. 그러나 왠지 몰라도 나방은 우리가 주중에 탈출했다는 사실에 개의치 않았다.

"배고프겠네. 삶은 콩 좀 데워다 줄게. 여기까지는 어떻게 왔니?"

"전철 탔다가 버스 갈아탔어요."

"그랬구나."

이 말과 함께 나방은 부엌으로 들어갔고, 우리는 핌리코 화살과 함께 남았다.

"아저씨 친구분이세요?"

누나가 물었다.

"아니."

"그럼 왜 여기 계세요?"

"그거 저희 아빠 의자인데요."

내가 덧붙였다. 그는 내 말을 무시하고 누나에게 고개를 돌렸다.

"저 아저씨가 나더러 여기로 오라고 했거든, 얘야. 이번 주말에 화이트채플에서 개 경주에 돈을 걸어 보겠다는구나. 가 본 적 있니?"

누나는 아무 말도 못 들은 양 입을 다물었다. 여기 이 사람은 우리 집 세입자의 친구조차 아니지 않은가.

"꿀 먹은 벙어리니?"

그는 그렇게 묻고는 연푸른색 눈동자를 내게로 돌렸다.

"개 경주 가 본 적 있니?"

나는 고개를 저었다. 그때 나방이 돌아왔다.

"여기 있다. 삶은 콩 두 접시."

"둘 다 개 경주에 한 번도 안 가 봤대요, 월터."

월터?

"이번 토요일에 데려가 봐야겠군요. 몇 시에 시작하죠?"

"오메라 컵은 항상 오후 3시에 시작합니다."

"이 애들은 가끔 주말에 기숙사에서 나올 수 있어요. 제가 편지 한 장 쓰면."

"실은……."

누나가 입을 열었다. 나방이 누나를 돌아보고는 말을 계속

하기를 기다렸다.

“저희는 학교로 돌아가고 싶지 않아요.”

“월터, 난 가야겠군요. 복잡한 문제가 생긴 것 같은데요.”

나방이 기운차게 말했다.

“오, 복잡하지 않아요. 해결하면 되죠. 신호 잊지 마요. 시원찮은 개한테 돈 낭비 하고 싶지는 않으니.”

“알았어요, 알았어요…….”

화살이 자리에서 일어나더니 이상하게도 누나를 위로하듯 어깨에 손을 얹고는 집을 나갔다.

우리는 콩을 먹었고, 후견인은 우리를 판단하는 기색 없이 지켜보았다.

“내가 학교에 전화해서 걱정 말라고 하마. 지금쯤 똥줄 타게 걱정하고 있겠다.”

“내일 아침 1교시에 수학 시험이 있어요.”

나는 솔직히 털어놓았다.

“쟤 세면대에 오줌 눠서 퇴학당할 뻔했대요!”

누나가 말했다.

나방은 자신이 가진 모종의 권한을 활용함과 동시에 재빠른 수완을 발휘했다. 다음 날 아침 일찍 우리를 데리고 학교로 가서 교장 선생님과 30분간 면담한 끝에 문제를 해결한 것이다. 교장 선생님은 항상 크레이프 고무창을 댄 신발을 신고 복도를 소리 없이 걸어 다니는 키 작고 무시무시한 남자였다. 나는 평소 빅스로에서 길거리 음식을 사 먹는 나방 같은 사람이 이런 권위를 가졌다는 데 크게 놀랐다. 어찌 됐든 나는 그날 아침 통학생 신분으로 우리 반에 돌아가게 되었다. 나방은 누나를 데리고 길 아래쪽에 있는 누나네 학교에도 방문해서 문제를 마저 해결했다. 그리하여 학기가 시작하고 둘째 주 만에 우리는 다시 통학생이 되었다. 이토록 급진적으로 뒤바뀐 우리 생활을 부모님이 어떻게 생각할지는 고려 대상이 아니었다.

나방의 돌봄을 받으면서 우리는 주로 근처 노점들에서 저녁을 사 먹게 되었다. 대공습 이후로 빅스로에는 가 본 적이 없었다. 몇 년 전, 누나와 내가 런던에서 대피해 서퍽의 외조부모님과 같이 살 때, 아마도 퍼트니 다리를 겨냥하고 투하했을 폭탄이 루비니 가든에서 겨우 500미터쯤 떨어진 하이스트리트에 떨어져 폭발했다. 블랙 앤드 화이트 밀크 바와 신데렐라 댄스 클럽이 파괴되었다. 100명에 가까운 사람들이 죽었다. 그날 밤엔 할머니가 "폭격기의 달"이라고 부른 달이 떠 있었다. 도시도 마을도 전부 정전됐는데, 땅은 달빛을 받아 훤히 보였다. 전쟁이 끝나고 우리가 루비니 가든으로 돌아간 뒤에도 우리 동네 거리의 대부분은 반쯤 폐허였고, 빅스로에는 수레 서너 대가 도시 중심부에서 온 음식들을 싣고 와 있었다. 웨스트엔드의 호텔들이 손대지 않은 것은 무엇이든. 소문에 따르면 나방은 그렇게 남은 식료품을 템스강 이남으로 보내는 데 관여했다고 한다.

누나도 나도 노점 음식은 처음이었지만, 곧 이것이 우리의 주식이 되었다. 우리 후견인은 요리하는 데에도, 다른 사람이 해 준 요리를 먹는 데에도 관심이 없었다. 그는 "후딱 해치우는 생활"을 선호한다고 했다. 그래서 우리는 거의 매일 저녁 그와 함께 오페라 여가수나 동네 재단사나 벨트에 연장을 차고 있는 실내 장식업자와 나란히 서서, 그들이 그날의 뉴스를 두고 벌이는 토론이며 논쟁을 들으며 식사를 했다. 거리에 나오면 활기가 넘치던 나방은 안경 너머로 모든 것을 흡수했다. 빅스로야말로 그가 가장 편안하게 있을 수 있는 진정한 집이자 극장인 듯했고, 누나와 나는 침입자인 것 같았다.

그렇게 실외에서 식사하는 동안 나방은 사교적인 태도였지만 그러면서도 겉돌았다. 우리에게 감정을 드러내는 일은 거의 없었다. 몇 번인가 이상한 질문들을 했을 뿐 — 그는 우리 학교 부속 미술관에 대해 짐짓 무심히 물으며 그곳의 평면도를 그려 줄 수 있겠느냐고 물었다 — 자신의 전쟁 경험도, 관심사도 입 밖에 내지 않았다. 사실 그는 아이들과 편안하게 대화할 줄 모르는 사람이었다. "이것 좀 들어 봐……." 그는 식탁에 펼친 신문에서 잠깐 눈을 들며 이렇게 말했다. "래티건 씨[4]가 '잉글랜드인의 악덕은 남색도 태형도 아니라, 감정을 표현하지 못하는 무능력이다.'라고 하는 말을 누군가 들었다는군."

자기 의견이 확고한 십 대 청소년으로서, 우리는 나방이 여자들에게 인기가 없으리라 믿었다. 누나는 그의 특성을 목록으로 만들었다. 암흑색 일자 눈썹. 커다랗지만 친근해 보이는 배. 큼지막한 코. 그리고 고전 음악을 좋아하는 내향적인 사람답지 않게 엄청나게 요란한 재채기 소리. 얼굴뿐 아니라 커다랗고 친근한 배 속 깊은 곳에서도 숨이 뿜어져 나오는 것 같

4) 영국 극작가 테런스 래티건을 가리킨다.

았다. 그러고는 잇달아 서너 번 더 시끄럽게 재채기를 했다. 한밤중에도 그가 자는 다락방에서 그 소리가 또렷하게 전해졌다. 무대에서의 속삭임도 객석 맨 끝줄까지 전해지도록 훈련한 연극 배우의 소리처럼.

대개 저녁 시간이면 그는 앉은 채로《컨트리 라이프》지의 웅장한 저택 사진들을 들여다보면서, 파란색 골무처럼 생긴 유리잔에 담긴 우유처럼 보이는 음료를 홀짝였다. 나방은 자본주의의 발전을 매우 부정적으로 평가하면서도 귀족 계층에 대해서는 열렬한 호기심을 품었다. 가장 궁금해하는 장소는 피커딜리에서 외딴 뜰을 건너가면 나오는 올버니 저택이었다. "거기 한번 돌아다녀 보면 참 좋겠는데." 하고 중얼거린 적이 있었다. 그가 드물게도 범죄에 대한 욕망을 시인한 순간이었다.

그는 보통 해 뜰 때 종적을 감췄다가 땅거미가 질 무렵에야 돌아왔다. 크리스마스 다음 날, 내가 할 일이 전혀 없음을 알고 나방은 나를 피커딜리 광장으로 데려갔다. 오전 7시가 되자 나는 크라이테리언 연회장 로비에 깔린 두꺼운 카펫을 그와 나란히 걷고 있었다. 그곳에서 나방은 주로 이민자들로 구성된 직원들의 업무를 감독했다. 전쟁이 끝나자 축하연들이 연이어 벌어지는 듯했다. 삼십 분 만에 나방은 복도에서 청소기를 돌리는 일, 계단에 깔린 카펫을 빨고 말리는 일, 난간에 광을 내는 일, 수많은 더러운 식탁보를 지하 세탁실로 내려보내는 일 같은 다양한 업무에 사람들을 배치했다. 그리고 저녁에 열릴 연회의 규모에 따라 — 새 상원 의원 환영식, 유대교 성인식, 사교계에 데뷔하는 숙녀를 위한 무도회, 늙은 귀부인이 죽기 전에 여는 마지막 생일 파티 등등 — 직원들을 일사불란하게 움직여, 마치 서서히 빨라지는 저속 촬영 영상처럼 텅 비어 있던 거대한 연회실에 야간 행사를 위한 탁자 백 개와 의자 600개를 채워 넣었다.

가끔은 나방도 그런 행사에 참석해야 했다. 그럴 때면 그는 금박을 두른 방 안에서 불빛이 반쯤 밝혀진 주변부의 그늘 속에 딱 정말 나방처럼 붙어 있었다. 하지만 나방은 이른 아침 시간을 더 좋아하는 게 분명했다. 저녁 손님들 눈앞엔 나타날 일이 없는 직원들이 벽화에 묘사된 사람들처럼 일하는 30미터 길이의 그레이트 홀에는 거대한 청소기들과, 1미터짜리 먼지떨이를 들고 사다리에 올라서서 샹들리에의 거미줄을 떼어내는 남자들과, 목재 광택제로 지난밤의 냄새를 지우는 일꾼들로 북적거렸고 한마디로 난리법석이었다. 여기만큼 아버지의 텅 빈 사무실과는 판이하게 다른 곳이 또 있을까 싶었다. 그곳은 모든 승객이 목적을 가지고 움직이는 기차역 같았다. 나는 좁은 철제 계단을 올라, 춤출 시간이 되어 켜지기만을 기다리고 있는 아크등이 걸린 곳에서 직원들이 일하는 광경을 내려다보았다. 그러면 인산인해 한복판, 무수히 많은 원탁 중 하나 앞에 홀로 앉은 커다란 체구의 나방이 보였다. 그는 주변에서 벌어지는 북새통에 흐뭇해하며 작업 계획표를 작성했는데, 어떻게 했는지는 몰라도 5층짜리 건물 안에서 누가 어디에 있는지, 또는 어디에 있어야 하는지 다 알고 있었다. 아침 내내 은식기에 광택 내는 직원, 케이크 장식하는 직원, 수레바퀴

와 내리닫이문에 기름칠하는 직원, 보푸라기와 토사물을 없애는 직원, 세면대 비누를 교체하는 직원, 소변기 안의 염소 탈취제를 교체하는 직원, 입구 밖의 인도를 물청소하는 직원, 그뿐 아니라 한 번도 써 본 적 없는 이름 철자를 생일 케이크에 적어 넣거나, 양파를 깍둑썰거나, 무시무시한 칼로 돼지 배를 가르거나, 이외에도 열두 시간 뒤 '아이버 노벨로 룸'이나 '미겔 인베르니오 룸'에서 필요한 물품은 무엇이든 준비하는 이주민 직원들까지 관리했다.

우리는 그날 오후 3시 정각에 건물을 빠져나왔다. 나방은 사라졌고 나는 혼자 집으로 돌아갔다. 나방은 저녁 시간에 긴급 사안을 처리하러 크라이테리언으로 돌아가기도 했지만, 3시부터 루비니 가든의 집으로 돌아오는 시간 사이에 뭘 하는지는 알 수 없었다. 그는 드나드는 문이 많은 사람이었다. 한두 시간만 일하면 되는 다른 직장이 또 있는 걸까? 고결한 자선 사업일까, 아니면 무언가 질서를 어지럽히는 일일까? 우리가 만난 어떤 사람은 그 주의 이틀간 오후에 나방이 급진적인 유대인들로 구성된 '국제 재단사, 기계 기술자, 다림질원 조합'과 일했다고 말했다. 하지만 이건 지어낸 이야기일 수도 있다. 전쟁 때 그가 시민군과 함께 화재 감시원으로 일했다던 이야기처럼. 그후 나는 그로스브너 하우스 호텔 옥상이 유럽의 적진 배후에서 움직이는 연합군에게 무선 방송을 선명하게 송신하기에 최적의 장소였음을 알게 되었다. 나방이 우리 어머니와 처음으로 같이 일했던 곳이다. 한때 우리는 전쟁 시절 두 사람이 한 일에 대한 이야기 토막을 붙잡고 매달렸지만, 어머니가

떠난 후로 나방은 뒤로 물러나 더 이상 그런 일화들을 들려주
지 않았다.

시옥 불

우리가 나방과 살았던 첫 겨울이 지나갈 무렵 어느 날, 레이철 누나가 내게 지하실로 따라오라고 했다. 누나가 방수포와 상자 몇 개를 치우자, 어머니의 납작한 트렁크 가방이 드러났다. 저게 싱가포르가 아니라 여기, 지하실에 있다니. 마술을 보는 듯했다. 가방이 여행을 마치고 집으로 돌아온 것처럼. 나는 아무 말도 하지 않았다. 그저 지하실 밖으로 나가는 계단을 올라갔다. 아마도 그토록 주의 깊게 개켜서 가방 안에 꾸려 놓은 옷들 사이에서 찌부러진 어머니의 시신이라도 발견할까 겁이 났던 것 같다. 누나가 집을 나가면서 문이 탕 닫혔다.

밤늦게 나방이 돌아왔을 때 나는 내 방에 있었다. 그는 저녁에 크라이테리언에서 큰 문제가 생기는 바람에 늦었다고 했다. 보통은 우리가 방에 있으면 말을 걸지 않고 내버려 두는

데, 이날은 방문을 두드리고는 안으로 들어왔다.

"저녁을 안 먹었구나."

"먹었어요."

"안 먹었잖아. 먹은 흔적이 없는걸. 내가 뭐라도 차려 주마."

"고마워요, 하지만 전 괜찮아요."

"내가……."

"아뇨, 괜찮아요."

나는 그를 보지 않으려 했다. 나방은 선 채로 아무 말도 하지 않았다. 그러다 마침내 조용히 말했다.

"너새니얼."

그뿐이었다. 그러고는 물었다.

"레이철은 어디 있니?"

"몰라요. 우리 엄마 트렁크 봤어요."

그가 나지막이 말했다.

"그래. 그게 여기 있지, 너새니얼."

나는 그때 나방이 한 말을 정확히 기억한다. 내 이름을 되풀이해 부르던 것도. 또 침묵이 흘렀다. 무슨 소리가 났더라도 귀가 먹먹해서 내겐 들리지 않았을 것이다. 나는 몸을 구부린 채 가만히 있었다. 그러다 얼마나 시간이 지났는지 모르지만 결국 나방이 나를 아래층으로 내려가게 했고, 지하실로 데려가더니 트렁크를 열었다.

어머니가 그토록 연극적으로 챙겨 넣었던 옷과 물건 들이 고스란히 눌린 채 들어 있었다. 지금껏 가방 안에 있었고 앞으로도 영원히 그럴 것처럼. 어머니는 정확히 종아리까지 내려오는 원피스라든지 특정한 숄이 왜 자신에게 필요한지 하나하나 설명했었다. 예컨대 숄은 우리가 어머니 생일 선물로 드린 것이기 때문에 가져가야 한다고 했다. 저 금속 통도 싱가포르에서 필요할 거라고 했다. 저 편한 신발도. 모두 나름의 용도와 쓸모가 있었다. 그런데 어머니는 이 모든 것을 두고 갔다.

"엄마가 싱가포르에 안 계시다면 아빠도 거기 없는 거예요?"

"아빠는 거기 계셔."

"그러면 왜 아빠는 거기 있고 엄마는 아닌데요?"

침묵.

"엄만 어디 있어요?"

"나도 모른다."

"아시잖아요. 학교 문제도 해결하셨잖아요."

"그건 나 혼자 한 거야."

"어머니와 연락이 닿을 거 아녜요. 그렇게 말씀하셨잖아요."

"그래, 그렇게 말했지. 하지만 너희 엄마가 지금 어디 있는지는 나도 몰라."

그는 서늘한 지하실에서 내 손을 계속 잡고 있었다. 나는 그를 뿌리치고 위층으로 돌아가, 불 꺼진 거실의 가스난로 앞에 앉았다. 곧 지하실에서 올라오는 발소리가 들렸다. 그는 거실을 지나쳐 자신의 다락방으로 올라갔다. 만약 내 유년 시절에서 제일 먼저 기억나는 장면을 하나 들라고 한다면, 나는 바로 그날 누나가 사라진 뒤 밤의 어둠에 잠겨 있던 집 안 정경을 꼽을 것이다. 그리고 '지옥 불'이라는 이상한 표현을 접할 때마다, 바로 그 순간에 붙일 라벨을 발견한 느낌이다. 나방과 한집에 남은 내가 난롯불 앞에 앉아 거의 움직이지 않았던 그 순간.

그는 저녁을 같이 먹자고 설득했다. 내가 거절했는데도 정어리 통조림 두 캔을 땄다. 접시 두 개를 준비했다. 하나는 자기 몫으로, 하나는 내 몫으로. 우리는 불 앞에 앉았다. 그는 어둠 속에 조그맣게 번진 붉은 불빛에 휩싸여 있던 내 옆에 다가앉았다. 그때 우리가 나누었던 대화는 혼란스러웠고 사건이 일어난 순서도 뒤죽박죽이었던 것 같다. 그는 내가 모르는 무언가를 설명하거나 폭로하려는 듯했다.

"아빠는 어디 있어요?"

"그분과는 연락이 닿지 않는다."

"하지만 엄마가 같이 있잖아요."

"아니야."

그는 잠깐 침묵하며 말을 골랐다.

"나를 믿어야 해. 너희 엄마는 싱가포르에 아빠와 같이 있지 않아."

"하지만 엄마는 아빠의 아내인데요."

"그건 나도 알지, 너새니얼."

"엄마가 죽었어요?"

"아니."

"위험한 상황이에요? 누나는 어디 간 거예요?"

"레이철은 내가 찾으마. 그애에게 잠시 시간을 주자."

"안전하지 않은 기분이에요."

"내가 너와 같이 있잖니."

"엄마가 돌아올 때까지요?"

"그래."

침묵. 나는 일어나서 그 자리를 벗어나고 싶었다.

"고양이 기억하니?"

"고양이라뇨?"

"예전에 키웠잖아."

"그런 적 없는데요."

"키웠어."

나는 예의를 차리려고 입을 다물었다. 나는 고양이를 키운 적이 없다. 고양이를 좋아하지도 않는다.

"저는 고양이를 피해요."

"알아. 그런데 왜 그런 것 같니? 어째서 고양이를 피하게 됐을까?"

난롯불이 푸시식 소리를 냈다. 나방이 무릎을 꿇고 가스 계량기에 동전을 넣어 불을 되살렸다. 그의 얼굴 왼쪽에 불빛이 번졌다. 나방은 그 자리에 그대로 있었다. 몸을 뒤로 젖히면 다시 어둠에 파묻히리라는 걸 안다는 듯이, 자신을 봐 주기를 바라는 듯이, 친밀한 순간을 유지하고 싶다는 듯이.

"넌 한때 고양이를 키웠어."

그가 다시 말했다.

"녀석을 아주 좋아했지. 네가 어린아이였을 때 키운 유일한 동물이었어. 조그마한 고양이었는데, 네가 집에 올 때까지 기다리곤 했어. 사람의 기억은 완전하지 않지. 네가 맨 처음 다녔던 학교 기억나니? 루비니 가든으로 이사 오기 전에?"

나는 그의 눈을 바라보며 고개를 저었다.

"너는 고양이를 무척 좋아했단다. 밤에 네가 잠들면 녀석은 혼자 노래하듯 울었어. 예쁘다기보다는 울부짖는 소리였지만, 아무튼 녀석은 그러기를 좋아했어. 너희 아버지는 신경이 거슬렸지. 깊이 잠들지 못하는 분이었으니까. 게다가 전쟁 때부터 갑작스러운 소음에 겁을 먹게 됐거든. 고양이가 울부짖는 소리에 미칠 지경이었지. 그때 너희 가족은 런던 외곽에 살고 있었어. 툴스 힐이었나, 그쪽이었을 거야."

"이걸 아저씨가 어떻게 알아요?"

그는 내 말을 못 들은 눈치였다.

"그래, 툴스 힐이었어. 그게 무슨 뜻일까? 툴스라는 게? 너희 아버지는 네게 경고하곤 했어. 기억나니? 그는 안방 옆에 있던 네 방에 들어가서 고양이를 데려다 집 밖으로 내보내 밤을 보내도록 했단다. 하지만 상황은 더 나빠졌지. 녀석이 더 요란하게 노래했거든. 물론 너희 아버지는 녀석이 내는 소리가 노래라고는 생각하지 않았지만. 너만 그렇게 생각했어. 네가 너희 아버지에게 그렇게 말했다지. 그런데 희한하게도, 고양이는 네가 완전히 잠들기 전에는 울부짖지 않았어. 네가 잠들려고 할 때 시끄럽게 방해하고 싶지 않았다는 것처럼 말이야. 그러던 어느 날 밤, 너희 아버지는 급기야 녀석을 죽여 버렸어."

나는 난롯불에서 시선을 떼지 않았다. 나방이 빛 쪽으로 더욱 가까이 몸을 내밀고 있어서 나는 그의 얼굴을 볼 수밖에 없었다. 마치 불타는 것처럼 보이기는 해도 나방이 인간이라는 사실을 부정할 수는 없었다.

"아침에 네가 고양이를 찾아도 안 보이니까 너희 아버지가 솔직히 말했지. 미안하다고, 하지만 소리를 참을 수가 없었다고."

"그래서 제가 어떻게 했어요?"

"집을 뛰쳐나갔어."

"어디로요? 제가 어디로 갔는데요?"

"부모님 친구 집에 찾아갔어. 거기서 살고 싶다고 했다더구나."

침묵.

"너희 아버지는 훌륭한 분이었지만 정서가 안정돼 있지는 않았어. 전쟁이 그분에게 깊은 상처를 입혔다는 사실을 너도 이해해야 해. 급작스레 들려오는 소음에 대한 두려움 때문만이 아니었어. 지키고 싶은 비밀이 있었고, 혼자 있을 필요가 있었던 거야. 너희 어머니도 알고 있었단다. 어머니가 진작에 이야기를 해 줬어야 했는데. 전쟁은 영예로운 일이 아니야."

"이걸 다 어떻게 아세요? 어떻게요?"

"이야기를 들었으니까."

"누구한테요? 누가……."

나는 말을 멈췄다.

"그때 네가 찾아갔던 부모님 친구가 바로 나였어. 네가 이야기해 준 거야."

우리는 둘 다 말을 잃었다. 나방이 일어나더니 불 앞에서 물러났다. 그의 얼굴이 어둠에 묻혀서 거의 보이지 않게 되었다. 그러자 말을 꺼내기가 더 쉬워졌다.

"제가 아저씨 댁에 얼마나 있었어요?"

"아주 오래 있지는 않았어. 결국 내가 너를 집으로 데려갔지. 기억나니?"

"모르겠어요."

"너는 한동안 아무 말도 안 하고 지냈어. 그 편이 안전하게 느껴졌겠지."

누나는 그날 밤늦게, 자정이 한참 넘어서야 집에 돌아왔다. 무심한 표정이었고 우리에게 거의 말을 붙이지 않았다. 나방은 누나의 외박을 두고 따지지는 않았고 다만 술을 마셨느냐고 물었다. 누나는 어깨를 으쓱했다. 기진맥진해 보였고 팔다리가 무척 더러웠다. 이날 밤 이후로 나방은 일부러 누나와 가까워졌다. 하지만 누나는 이제 어떤 강을 건넜으며 내게서 멀리 떨어진 어딘가에 있다는 느낌이 들었다. 결국 트렁크를 발견한 사람은 누나였으니까. 우리 어머니가 이틀하고도 반나절이 걸리는 싱가포르행 비행기를 타러 가면서 단순히 '잊어버린' 트렁크. 숄도, 금속 통도, 아버지와 함께 갈 무도회의 댄스 플로어에서 소용돌이칠, 종아리까지 내려오는 원피스도. 아버지 아니라 누구와 함께든, 어디에 가든 간에 말이다. 하지만 누나는 그 이야기를 입에 올리길 거부했다.

말러는 자기 악보의 특정한 악절들 옆에 schwer(슈베어)라는 단어를 적어 넣었다. '어렵다'는 뜻이다. '무겁다'는 뜻이기도 하다. 언젠가 나방은 마치 경고하듯 우리에게 이 말을 해 줬다. 우리가 갑자기 지혜를 끌어모아야 할 때, 효율적으로 대처할 수 있도록 준비해야 한다고 했다. 그런 순간은 우리 모두에게 찾아온다고 자꾸만 말했다. 어떤 악보도 오케스트라 연주자들에게 소리를 한 가지 음조만으로, 또는 단일한 크기로 내라고 요구하지 않듯이. 악보는 가끔 정적을 요구한다. 더 이상 결코 안전하지 않다는 사실을 받아들이라니, 기이한 경고였다. "슈베어." 그가 손가락으로 인용 부호를 표시해 보이며 말하면, 우리는 이 단어의 발음과 의미를 소리 없이 입으로 벙긋거리거나, 지쳐서 그저 고개만 끄덕이곤 했다. 누나와 나는 이 단어를 서로에게 앵무새처럼 되풀이하는 데 익숙해졌다. "슈베어."

세월이 지난 지금 이 모든 걸 글로 적는 동안, 촛불 빛에 의지해 글을 쓰는 것 같을 때가 있다. 이 연필 움직임 너머 어둠 속에서 무슨 일이 벌어지고 있는지 보지 못하는 느낌. 마치 맥락이 없는 순간들 같다. 피카소는 어렸을 때 그림자의 변화하는 움직임을 포착하기 위해 촛불만 켜고 그림을 그렸다고 한다. 반면 소년 시절 나는 책상 앞에 앉아 세계의 나머지 부분들까지 밝혀 주는 상세한 지도들을 그렸다. 당시 아이들이라면 누구나 하는 일이었지만, 나는 최대한 정확히 그렸다. 우리 집이 있는 U 자형 거리, 로어 리치먼드 로드에 늘어선 상점들, 템스 강변의 오솔길, 퍼트니 다리의 정확한 길이(213미터), 브롬턴 공동묘지를 둘러싼 벽돌담의 높이(6미터), 풀럼 거리 모퉁이에 있는 고몽 영화관까지. 나는 매주 지도를 그리며 새로 고칠 부분이 있는지 살폈다. 상세히 그려 두지 않은 부분들이 위험에 처하기라도 할 것처럼. 내게는 안전지대가 필요했다. 만약 그런 지도 중 두 장을 나란히 놓는다면, 신문에 실리는 '다른 그림 찾기'처럼 보이리라. 얼핏 같아 보이는 두 그림에서 다른 부분 열 군데 찾기. 시계가 가리키는 시간이라든가, 단추가 채워지지 않은 재킷이라든가, 여기에는 고양이가 있는데 저기에는 없다든가.

10월의 돌풍이 몰아치는 저녁, 담으로 둘러싸인 정원의 어둠에 잠겨 있노라면 담장이 부르르 떨며 동해의 바람을 머리 위로 몰아 보내는 게 느껴졌다. 그러면 더욱 따뜻해진 이 어둠 속에서, 그 무엇도 내가 발견한 고독을 침범하거나 부술 수 없다는 느낌이 든다. 마치 과거로부터 보호받는 듯하다. 나방에게 연이어 질문을 던지며 미지의 문을 억지로 열려고 애쓰던 때, 가스난로 불빛이 비치던 그의 얼굴을 떠올리기가 아직 두려웠던 시절의 과거. 혹은 십 대 시절 연인을 움직여 깨우던 과거. 비록 그 시절을 돌이켜 보는 일이 거의 없긴 하지만 말이다.

건축가들이 건물뿐 아니라 강도 책임지던 시절이 있었다. 크리스토퍼 렌은 세인트 폴 성당을 짓는 동시에 석탄 운송에 쓰이도록 플리트강 하류 물줄기들의 경계를 넓히기도 했다. 그러나 시간이 흐르면서 그 강은 하수 배출구가 되어 생을 마감했다. 그러다 지하 하수관들마저 말라붙었을 때에도 렌의 설계답게 웅장한 아치형 천장과 회랑 들은 도시 지하의 불법 집회소로 변모했고, 이제는 눅눅하지 않은 물길 안에서 사람들이 한밤중을 틈타 그곳에 보이기도 했다. 영원한 것은 없다. 문학이나 예술의 명성조차 우리 주위의 세속적인 것들을 지켜 주지 못한다. 컨스터블이 그린 연못은 말라붙어 햄스테드 히스 공원 아래 묻혔다. 러스킨이 "올챙이들이 출몰하는 도랑"이라 부르며 아름다운 스케치를 그렸던 헌 힐 근처 에프라강 지류는 오래된 그림 속에나 존재할 뿐이다. 까마득히 오래전의 티번강은 사라져 지리학자들과 역사학자들마저 그 존재를 잊었다. 마찬가지로 나는 내가 주의 깊게 기록한 로어 리치먼드 로드의 건물들 역시 위태롭게, 일시적으로 존재했다고 생각한다. 전쟁을 통과하며 거대한 건물들이 사라졌듯이, 우리의 어머니와 아버지 들을 잃었듯이.

우리가 부모님의 부재에도 그토록 무심한 듯했던 까닭은 무엇일까. 싱가포르로 간다며 우리 눈앞에서 아브로 튜더에 탑승했던, 내가 잘 알지 못하는 아버지. 그런데 어머니는 어디 있었을까. 나는 느릿느릿 움직이는 버스 2층에 앉아 텅 빈 거리를 내려다보았다. 도시의 어느 지역들은 작은 유령처럼 무기력하게 홀로 걷는 아이들 외엔 아무도 없었다. 전쟁의 유령이 떠돌던 시절이었다. 회색 건물들은 밤에도 불을 밝히지 않았고, 유리가 박살 난 빈 창문들에는 여전히 검은 천이 덮여 있었다. 도시는 아직 아픔에 잠겨 있었고, 스스로에 대한 확신이 없었기에 인간들이 규칙 없이 지내도록 놔두었다. 모든 일은 이미 벌어졌다. 그렇지 않은가.

내가 나방이 위험한 인물이라고 생각했던 때가 있었음을

인정해야겠다. 그에겐 매끄럽지 않은 구석이 있었다. 그는 우리에게 불친절하진 않았지만, 독신 남자로서 아이들에게 어떻게 진실을 말해야 할지를 몰랐다. 그래서 나방이 우리 집에 고이 존재해야 할 규칙을 깨뜨리고 있다는 느낌이 종종 들었다. 어른들 사이에서만 오가야 할 농담을 아이가 들어서 벌어지는 일. 조용하고 내성적인 성격인 줄로만 알았던 사람은 이제는 비밀이 많은 위험한 사람으로 보였다. 그래서 나는 그날 저녁 가스난로 앞에서 나방이 했던 이야기를 믿고 싶든 말든 간에 그가 준 정보를 적어 주머니에 갈무리해 두었다.

어머니가 떠나고 나방과 셋이 지낸 처음 몇 주 동안 집에 오는 손님은 둘뿐이었다. 핌리코 화살, 그리고 빅스로에서 온 오페라 가수. 학교가 끝나고 집에 오면 때때로 그녀가 우리 식탁 앞에 나방과 함께 앉아 악보들을 넘기며 연필로 중심 선율을 훑고 있었다. 하지만 그건 우리 집이 붐비기 전 이야기다. 크리스마스 연휴 동안 집은 나방의 지인들로 가득 찼다. 그중 대다수는 밤늦게까지 떠나지 않았고, 그들이 나누는 대화가 우리 침실로 새어 들었다. 한밤중에도 계단과 거실이 환히 밝혀져 있었다. 그런 시간에도 대화는 전혀 가볍지 않았다. 언제나 누군가 절박하게 조언을 구하는 가운데 긴장이 흐르고 질문이 이어졌다. 언젠가 나는 이런 질문을 들은 적이 있었다. "경주용 개에게 먹였을 때 가장 감지하기 어려운 약이 뭐죠?" 왜인지는 모르겠는데, 누나와 나는 그런 대화들을 별스럽게 여기지 않았다. 나방과 우리 어머니가 전쟁 때 했던 일들을 이야기하던 것과 비슷하게 느껴졌다.

그들은 다 누구였을까? 전쟁 때 나방과 같이 일한 사람들일까? 수다스러운 양봉가 플로런스 씨는 과거에 저지른 비행 때문에 의혹을 사는 듯 보였는데, 그가 이탈리아 작전 때 어쩌다 수상쩍은 마취학 기술을 터득했는지 이야기하는 소리가 들린 적도 있었다. 화살은 템스강에서 불법적인 수중 음파 탐지가 너무 많이 벌어지는 바람에 그리니치 구의회에서 강어귀에 고래가 들어온 게 아닌가 의심하고 있다고 주장했다. 나방의 친구들은 새 노동당에서도 약간 더 왼편에 — 약 5킬로미터쯤 — 위치해 있는 게 분명했다. 부모님이 계셨을 때만 해도 질서정연하고 빈 공간이 많았던 우리 집은 이제 서로 옥신각신하는 분주한 사람들로 벌집처럼 들끓었다. 그들은 전쟁 때는 합법적으로 일정 경계를 넘나들었으나, 전쟁이 끝나자 별안간 그 선을 넘으면 안 된다는 말을 들은 사람들이었다.

예컨대 '디자이너'가 있었다. '시트로넬라'라는 별명으로만 불리고 진짜 이름은 한 번도 언급되지 않은 사람인데, 바느질 도구 판매상으로 잘나가다가 전쟁 때 정부 스파이로 활약했고, 이제는 방계 왕족들에게 옷을 만들어 주는 디자이너로 안착했다. 방과 후 집에 돌아온 우리가 가스 불 앞에 앉아 크럼펫[5]을 굽는 동안 손님들이 나방과 함께 뭘 하는지는 전혀 알 수 없었다. 집은 바깥세상과 충돌하는 것처럼 보였다.

그러다가 모두 별안간 일제히 자리를 뜨면서 저녁이 끝나고 정적이 흘렀다. 그때까지도 누나와 내가 깨어 있으면 우리

---

5) 작은 팬케이크 같은 빵이다.

는 나방이 무엇을 준비하고 있을지 알 수 있었다. 나방이 레코드판을 섬세하게 집어 든 뒤, 먼지를 훅 불어 날리고 소매로 부드럽게 닦아 내는 모습을 몇 번 본 적이 있었다. 이윽고 아래층에서 음악 소리가 점차 울려 퍼졌다. 어머니가 있을 적에 그의 방에서 들려오던 평화로운 음악이 아니었다. 예의라고는 차리지 않는 격렬하고 혼란스러운 음악이었다. 나방이 밤중에 우리 부모님 축음기로 트는 음악들은 폭풍이라든지, 아주 높은 곳에서 무언가가 요란하게 굴러떨어지는 소리에 가까웠다. 그렇게 불길한 음악이 끝난 다음에야 나방은 조용한 독창곡을 틀었는데, 1분쯤 듣고 있으면 그 자리에 진짜 여자가 들어온 게 아닐까 하는 상상마저 들었다. 그 사람은 내 어머니일 것만 같았다. 그것은 당연히 내가 고대하는 상황이었다. 그러다가 나는 잠이 들었다.

중간 방학 전에 나방은 내게 용돈을 좀 벌고 싶다면 방학 동안 할 일을 마련해 주겠노라고 말했다. 나는 조심스럽게 고개를 끄덕였다.

엘리베이터 보이의 사악한 선행

크라이테리언 지하에는 끊임없이 돌아가는 거대한 세탁기 아홉 대가 있었다. 그곳은 창문이 없고 햇빛이 전혀 들지 않는 회색 우주였다. 나는 팀 콘퍼드, 그리고 톨로이라는 남자와 함께 식탁보들을 던져 넣었고, 세탁기가 멈추면 세탁물을 방 건너편으로 질질 끌고 가, 증기를 쐬어 천을 반듯하게 다리는 기계들에 올렸다. 우리가 걸친 옷가지는 습기가 차서 하나같이 묵직해졌고, 다림질이 끝난 식탁보를 수레에 쌓아서 복도로 내보낼 때쯤이면 입은 옷을 벗어서 탈수기에 돌리곤 했다.

첫날엔 집에 돌아가면 그 일이 어땠는지 누나에게 죄다 말해야겠다고 생각했다. 하지만 결국 아무 말도 하지 않았다. 처음엔 어깨와 다리의 통증이나, 그날 저녁 만찬에 나갈 디저트

수레에서 슬쩍 빼돌린 트라이플[6]을 먹을 때의 즐거움 같은 것을 말하기가 민망해서였다. 그후엔 집에 돌아오면 그저 젖은 옷들을 난간에 널어 놓고 침대에 기어 들어갈 뿐이었다. 진 빠지는 무의미한 생활에 내던져진 나는 이제 후견인을 거의 보지도 못했다. 그는 무수한 바큇살이 모이는 중심부에서 일하느라 바빴고, 집에서는 내게서 불평의 '불' 자도 듣지 않으려 했다. 내가 일터에서 어떻게 행동하고 어떤 대우를 받는지 전혀 관심이 없었다.

나는 기본 급여에다 절반을 더 받고 밤 근무를 하지 않겠느냐는 제안을 받았고 기꺼이 받아들였다. 그래서 엘리베이터 운전사가 되었는데, 벨벳 안감을 댄 마차 안에서 남을 위해 눈에 보이지도 않는 기수 노릇을 하기는 따분한 노릇이었다. 어떤 날 저녁에는 흰 재킷을 입고 화장실에서 일했다. 손님들에게 꼭 필요한 존재인 척했지만 사실 아무도 내가 필요하지 않았다. 누군가 팁을 준다면 얼마든지 환영이었지만 팁은 결코 들어오지 않았다. 그렇게 일하다 자정이 지나서야 집에 돌아오고, 아침 6시에 일어나야 했다. 나는 차라리 빨래 일이 좋았다. 한번은 어떤 파티가 끝나고 자정이 지난 시각에 지하실에서 미술품들을 밖으로 운반하는 일을 도와 달라는 요청을 받았다. 전쟁 때 런던에 있던 귀중한 조각상과 그림 들은 대부분 도시 밖으로 반출되어 웨일스의 점판암 광산 속에 숨겨졌지만, 큰

6) 셰리에 재운 스펀지케이크에 커스터드와 과일을 층층이 쌓아 올린 디저트이다.

호텔들의 지하에 보관된 채 잠시 잊힌 작품들도 있었다. 그런 작품들이 차차 바깥세상으로 돌아가고 있었던 것이다.

크라이테리언 지하의 터널들이 얼마나 멀리까지 뻗어 있는지는 아무도 몰랐다. 피커딜리 광장 밑까지 이어질 수도 있었다. 하지만 터널 안은 견딜 수 없을 정도로 더워서, 야간조 일꾼들이 거의 벌거벗은 채, 자기들처럼 벌거벗은 조각상들과 함께 어둠 속에서 씨름하고 있었다. 내가 할 일은 그 남자와 여자 들 — 팔다리가 없거나, 발치에 개를 데리고 누워 있거나, 수사슴과 씨름하는 — 을 미궁 같은 터널에서 건물 로비까지 올려 보내기 위해 수동 엘리베이터를 작동하는 것이었다. 그러면 한동안 중앙 로비는 명부에 등록하기 위해 대기하듯이 예의 바르게 줄지어 늘어선, 먼지에 뒤덮인 성인들(몇몇은 겨드랑이에 화살이 꽂혀 있었다.)로 가득 차서, 한창 손님들이 몰리는 가장 바쁜 시간대를 방불케 했다. 나는 직원용 엘리베이터의 한정된 공간 안에서 거의 옴짝달싹 못 하는 상태로 손을 뻗어 한 여신의 몸통을 스치고야 놋쇠 핸들을 돌려 엘리베이터를 한 층 위로 올릴 수 있었다. 그런 다음 창살문을 열면 그들은 모두 미끄럼판을 타고 우르르 움직여 그레이트 홀로 흩어졌다. 내가 모르는 성인과 영웅 들이 너무나 많았다. 동틀 녘이 되면 그들은 시내의 다양한 미술관 혹은 개인적으로 미술품을 소장하는 집으로 떠나갔다.

짧은 방학이 끝나고 나는 학교 화장실 거울로 내 모습을 유심히 비춰 보며 뭔가 변하거나 터득한 티가 났는지 살핀 후, 수학과 브라질 지리의 세계로 돌아갔다.

누나와 나는 종종 화살을 누가 더 잘 흉내 내는지를 두고 경쟁했다. 예컨대 그는 나중을 대비해 에너지를 아끼듯이 비밀스럽게 걷는 버릇이 있었다.('슈베어'를 기다리는지도 모른다고 누나는 말했다.) 늘 나보다 연기가 뛰어났던 누나는 탐조등 불빛을 피하려고 달음질치듯이 움직였다. 나방과 달리 화살은 빠른 속도에 몸을 던지는 유형이었다. 그는 제한된 공간에 있을 때 가장 편안해하는 듯했다. 아닌 게 아니라 그는 핌리코 화살로서 사각의 권투 링 안에서 때 이른 출세를 일궈 낸 전력이 있다. 그리고, 부당한 추측일지도 모르지만, 우리는 언젠가 화살이 링과 비슷하게 한정된 공간, 즉 가로 3미터, 세로 2미터뿐인 감방에서 몇 달간은 살았으리라 생각했다.

우리는 교도소에 호기심을 느꼈다. 어머니가 떠나기 한두 주 전에, 누나와 나는 영화 「라스트 모히칸」에 나오는 추적자들을 흉내 내 어머니를 뒤쫓아 런던을 가로지르기로 했다. 버스를 두 번 갈아타며 쫓아간 우리는 아주 키 큰 남자와 대화하던 어머니가 팔꿈치를 붙들려 웜우드 스크럽스 교도소 담장 안으로 들어가는 걸 보고 경악했다. 집으로 돌아온 우리는 이제 어머니를 다시는 못 보리라 생각하며 뭘 어째야 할지 모르는 채로 텅 빈 거실에 앉아 있었다. 그런데 어머니가 저녁 준비를 할 시간이 되자 집으로 돌아와서 우리는 더 어리둥절해졌다. 사실 어머니의 트렁크를 발견했을 때 나는 반쯤은 어머니가 극동아시아로 떠난 게 아니라 모종의 범죄 행위로 유죄 선고를 받았다가 연기된 징역형을 살기 위해 교도소로 돌아간 거라고 믿었다. 어쨌든 우리 어머니가 투옥될 수 있다면,

분명 어머니보다 더 센 무법자로 보이는 화산도 그런 데서 한 번쯤 살아 봤을 것이다. 우리는 그가 폐소공포증을 불러일으키는 터널을 통해 탈출하는 일 같은 것도 아주 쉽게 해낼 거라고 생각했다.

다음 방학 때 나는 크라이테리언에서 설거지 일을 맡았다. 이번에는 주위에 다른 직원들이 많았고, 무엇보다 그들이 주고받거나 지어내는 수많은 이야기들을 들을 수 있었다. 자기가 폴란드 선박 선창 안에 실린 닭들 사이에 숨어서 밀입국한 다음, 사우샘프턴에서 온몸이 깃털에 뒤덮인 채 바다로 뛰어내렸다는 둥, 안티과 또는 포트오브스페인에서 자기 어머니와 섹스한, 도를 넘어서는 짓을 저지른 잉글랜드인 크리켓 선수의 사생아라는 둥 — 사람들은 사방이 접시, 포크, 그리고 (마치 시간 자체인 양) 수도꼭지에서 쏟아져 나오는 물줄기의 소음에 둘러싸인 채 이런 모든 고백을 연극적으로 외치며 떠들었다. 열다섯 살이었던 나는 그런 이야기들을 무척 좋아했다.

시차를 두고 운영되는 식사 시간에는 정적과 함께 다른 분위기가 흘렀다. 한두 사람은 딱딱한 의자에 앉고 나머지는 바닥에 앉아서 삼십 분 동안 점심을 먹었다. 그러다 섹스 이야기가 시작되었는데, '보지' 같은 단어들이 오르내렸고, 자매나 형제나 단짝 친구의 어머니가 소년 소녀를 성적으로 유혹하고, 너그럽게 교육했으며, 그러면서도 소유욕을 보이지 않았다는 일화들이 이어졌다.(이런 얘길 하는 사람들 대부분은 그 일을 실제로 보진 못했을 것이다.) 그들 사이에서도 특히 두드러지는, 빼에 흉터가 있는 코마 씨라는 남자가 들려주는 온갖 종류의 섹스에 대한 길고 상세한 강의가 점심시간을 사로잡았고, 오후 남은 시간 동안 나는 아까 들은 이야기들에서 좀처럼 헤어나지 못한 채로 접시며 냄비를 씻곤 했다. 그리고 다음 날이나 그다음 날 운 좋게 코마 씨가 내 옆 1번 개수대에서 일하게 되면, 이야기는 내 새 친구의 청춘을 담은 길고 복잡한 연속극처럼 또 다른 성적인 에피소드들로 이어졌다. 그는 매혹적인 세계를 묘사하고 있었다. 그것은 마치 시간은 무한하고 남편들과 아이들은 부재하는 세계 같았다. 젊은 시절 코마 씨는 래퍼티 부인과의 피아노 레슨을 즐겼다고 했는데, 허구처럼 보였던 그 이야기에 정점을 찍듯, 어느 날 늦은 오후 나를 포함한 직원 열두 명이 밤 행사를 위해 연회실 무대를 장식하고 있을 때 그는 피아노 앞에 스툴을 끌고 가 앉더니 화려한 선율을 연주했다. 연주는 십 분 동안 이어졌고 우리는 모두 일하던 손을 멈췄다. 노래를 부르지는 않았고 다만 잘 교육받은 손을 관능적이고도 영리하게 움직여 건반들을 훑어 나갈 뿐이었다. 그러니 허구일 줄 알았던 이야기의 진실을 마주한 우리는 충격 받지 않을 수 없었다. 연주를 마친 그는 삼십 초쯤 앉아 있다가 피아노 뚜껑을 조용히 닫았다. 그 자체로 이야기의 결말에 이르렀다는 듯이, 이로써 피커딜리 광장으로부터 6,500킬로미터 떨어진 티 로세[7]에서 래퍼티 부인이 그에게 피아노를 가르쳤다는 이야기의 진실을 입증했다는 듯이.

7) 카리브해에 위치한 국가 세인트루이스의 마을이다.

그런 이야기를 흘깃 들은 게 나 같은 소녀에게 무슨 영향을 끼쳤을까? 당시의 일화들을 생각하면 내 머릿속에는 마흔여섯 살의 코마 씨가 아니라, 당시 나 같은 소년이었던 해리 코마에게 래퍼티 부인이 가시여지 열매 음료를 높다란 잔에 따라 주면서 앉으라 하고는 인생에서 뭘 하고 싶으냐는 요지의 질문을 연이어 던지는 광경이 떠올랐다. 그런 이야기에서 코마 씨가 지어낸 게 있다면 점심시간의 소규모 청중 앞에서 그토록 자유롭게 풀어놓은 섹스의 상세한 단락들뿐이리라. 그는 자신이 나이 들어 얻은 지식들을 자신보다 더 순수한 소년에게 덧입혔을 것이다. 진실은 그때 다른 배달부 소년 두 명과 함께 래퍼티 부인의 집에 찾아갔던, 뺨에 흉터가 있던, 혹은 아직은 흉터가 없던 시절의 소년 안에 있다. 첫 만남에서 그녀는 해리 코마에게 "넌 우리 아들과 같은 학교에 다니지 않니?"라고 물었고, 그는 "맞아요, 아주머니."라고 대답했다.

"그러면 너는 인생에서 뭘 하고 싶니?"

그는 부인에게 그다지 주의를 기울이지 않은 채 창밖을 내다보고 있었다.

"밴드에 들어가고 싶어요. 드럼을 치게요."

"오, 드럼은 누구나 칠 수 있어. 안 되지. 너는 피아노를 배워야 해."

나는 지금도 해리 코마가 우리 앞에서 소설가와도 같은 기교를 부리며 부인의 색깔 있는 드레스, 날씬한 맨발, 가느다랗고 가무잡잡한 발가락, 발톱에 칠해진 옅은 페디큐어를 묘사하며 회상하던 말이 기억난다. "그녀는 너무나 아름다웠어."

오랜 세월이 지났어도 그는 부인의 팔 근육의 또렷한 윤곽을 기억할 수 있었다. 그래서 나는 해리 코마와 마찬가지로 아무런 불신 없이 사랑에 빠졌다. 소년에게 어떻게 말해야 하는지를 알고, 시간을 들여 그의 말을 들어 주고, 그의 말에 대해 또는 자신이 할 말에 대해 생각하며 침묵하거나 냉장고에서 무언가를 꺼내다 주던 여자. 그리고 어른이 된 해리의 이야기에 따르면, 모든 것은 크라이테리언의 개수대들 앞의 의자 두 개 중 하나에 걸터앉은 코마 씨가 바닥에 앉은 우리에게 들려준, 감히 상상도 못 했고 대비하지도 못했던 섹스 이야기로 이어지는 준비 과정이었다.

그는 자신의 몸에 얹힌 그녀의 손이 잎사귀처럼 느껴졌다고 했다. 그가 부인 몸 안에 사정한 후 — 이 희한하고 놀라운 마술이라니 — 그녀는 두 손바닥으로 그의 얼굴에 흩어진 머리카락을 쓸어 넘겼고, 그러자 달음질치던 그의 심장이 비로소 진정되었다. 온몸의 신경이 마침내 요동을 멈춘 것 같았다. 그는 그녀가 몸에 걸친 옷들을 대부분 벗지 않았음을 깨달았다. 막판에 모든 과정이 머뭇거림도 고민도 없이 급박하게 이루어졌기 때문이다. 그제야 그녀는 천천히 옷을 벗고는 몸을 모로 굽혀서 그에게서 새어 나오는 마지막 한 방울까지 핥아 냈다. 그런 다음 두 사람은 집 밖에 있는 수도꼭지에서 쏟아지는 물로 몸을 씻었다. 그녀는 양동이에 물을 받아 서너 번 그의 머리에 끼얹어 주었고, 물은 갑자기 목적을 잃은 그의 몸을 타고 흘러내렸다. 그녀는 양동이를 들어 올려 자신의 몸에도 물을 붓고 물줄기 아래 손을 대고 씻었다.

"너는 다른 나라에서 연주회를 열 수도 있을 거야. 그러면 좋겠지?"

또 다른 날 오후에 그녀는 물었다.

"네."

"그러면 내가 가르쳐 주마."

바닥에 묵묵히 앉아 이 공정한 가르침에 대해 들으며 나는 그것이 세상 어디에도 존재하지 않는다는 것을, 꿈속에서나 일어날 법한 일이라는 것을 이미 알았다.

연회실 층으로 올라가는 직원용 엘리베이터들과 주방 사이, 수레가 오가는 복도에서는 '스크래치 볼' 게임이 벌어졌다. 얼마나 수위 높은 이야기를 들었든, 얼마나 피곤하든 간에, 점심시간의 마지막 십 분은 다섯 명으로 두 팀을 꾸려 콘크리트 맨바닥에 그려진 폭 2미터짜리 사각형 안에서 서로에게 돌격하는 시간이었다. 스크래치 볼에선 패스나 달리기 기술은 별로 중요하지 않았고 균형과 억센 힘이 관건이었다. 팀원들과 스크럼을 짜서 앞으로 밀고 나가야 하는데, 내내 침묵해야만 해서 모두가 발산하는 분노가 더욱 맹렬하게 느껴졌다. 욕설이나 신음이나 고통에 찬 고함을 내뱉었다가는 복도에서 벌어지는 난장판이 들통날 수 있기 때문이었다. 마치 폭동 장면을 담은 오래된 무성 영화 같았다. 우리는 지금 무법천지를 벌이고 있는데, 밖에서 그걸 눈치챌 단서라고는 신발이 끼익 끌리는 소리나 사람들이 털썩 쓰러지는 소리뿐이었다. 게임이 끝나면 우리는 그대로 드러누운 채 숨을 거칠게 몰아쉬다가 일어나서 일하러 갔다. 커다란 개수대 앞으로 돌아간 코마 씨와 나는 깨지기 쉬운 유리잔들을 회전식 솔들 사이에 집어넣었다가 0.5초 뒤에 끓는 물에 던져 넣었다. 그러면 물기를 닦는 일을 담당하는 사람이 물 위로 도로 솟구치는 유리잔들을 꺼내 한데 쌓았다. 그렇게 유리잔 백 개를 십오 분 만에 해치울 수 있었다. 접시와 날붙이 들은 더 오래 걸렸지만 당분간은 다른 사람의 몫이었고 그때 유리잔 담당은 해리 코마와 나뿐이었다. 점심시간에 들은 이야기들은 잠들 듯한 상태로, 그들이 본래 속한 세계로 가라앉았다. 우리 귀에는 주방에 가득 찬 시끄러운 소음, 수돗물이 콸콸 쏟아져 나오고 거대한 젖은 솔들이 우리 앞에서 웅웅거리는 소리가 들릴 뿐이었다.

나는 왜 크라이테리언에서 보냈던 낮과 밤을 — 언뜻 사소해 보이는, 한 소년이 보낸 봄날의 편린을 여태 기억하는 것일까, 루비니 가든에서 만났던 남자와 여자 들이 그보다 더 자극적이었고, 내 인생 여정에서 더 중요한 역할을 했다. 그럼에도 크라이테리언에서 보낸 시간은 나라는 소년이 이방인들 사이에서 또 하나의 이방인으로 홀로 있을 수 있었던 유일한 시간이었다. 그때 소년은 개수대 앞에서 함께 일하거나 스크래치 볼을 하고 놀던 사람들 사이에서 동료와 적을 선택할 수 있었다. 내가 실수로 팀 콘퍼드의 코를 부러뜨렸을 때 그는 급여를 깎이지 않으려고 멀쩡한 척하고서 나머지 오후 시간에 계속 일했다. 그는 얼떨떨하게 앉아 있다가 일어나더니 셔츠에 묻은 피를 수돗물로 씻어 내고는 깨진 마루 널에 페인트를 칠하는 일로 돌아갔다. 손님들이 오기 전에 페인트가 마르게 해야 했다. 6시쯤이면 1층 직원들은 대부분 그곳을 떠났다. 진짜 구두 주인이 돌아오기 전에 사라져야 하는 작은 구두장이들처럼.

나방은 내가 일을 어떻게 견디는지, 어떤 곤란을 겪는지 따위에는 관심이 없었고, 나는 이제 그런 점이 좋았다. 거기서 배우는 것을 숨겼다. 나방은 물론이고 한때 모든 것을 공유했던 누나에게도. 해리 코마의 성적인 이야기들은 더 진전되지 않았지만 래퍼티 부인과 함께한 오후는 계속 내 곁에 남아 있었고, 해리와 나 사이에는 짧고 잠정적이나마 유대감이 있었다. 우리가 축구 경기를 두 번 보러 가서 법석을 피웠던 일이나, 고된 하루를 마무리하며 뜨거운 물에 삶기다시피 한 손가락 잔주름들을 서로 비교하던 기억이 난다. 크라이테리언 직원들을 숨죽이게 할 만큼 피아노를 기막히게 연주하던 능란한 손가락에도 쪼글쪼글 주름이 잡혀 있었다. 그런 솜씨를 결국 어디다 쓸까? 이미 중년인데. 내가 알기로 해리는 그후로도 다른 사람들을 붙잡고 이야기를 했다고 한다. 그런데 래퍼티 부인이 약속했던 미래는 어디에 있을까? 알 도리가 없었다. 나는 결국 그와 연락이 끊겼다. 우리는 일이 같은 시간에 끝나는 날이면 버스정류장까지 함께 걸어가곤 했다. 내가 집에 가는 데에는 삼십 분도 안 걸렸지만 그는 버스를 두 번 갈아타고 한 시간 반을 가야 했다. 우리 둘 다 서로의 집을 방문할 생각은 하지 못했다.

이따금씩 나방은 '월터'로 불리기도 했지만, 누나와 나는 우리가 붙인 이름의 모호함이 그에게 더 잘 어울린다고 생각했다. 우리에게 그의 인상은 아직 명확하지 않았다. 그가 정말로 우리를 보호해 주고 있나? 나는 위험한 아버지에게서 벗어나려고 그에게로 도망친 여섯 살 아이처럼, 모종의 진실과 안전을 갈망하고 있었으리라.

예를 들면, 우리 집에 몰려오던 사람들. 나방은 그들을 어떤 기준으로 선택했을까? 누나와 나는 그들이 찾아오면 흥분하고 기뻐하면서도 뭔가 잘못된 일이라고 느꼈다. 만약 어머니가 어디에 있든 전화를 했다면, 우리는 틀림없이 집 안을 메우고 있는 낯선 사람들에 대해서는 언급도 않고 아무 일 없이 잘 지내고 있다며 조심스레 거짓말을 했을 것이다. 그들은 어느 모로 보나 정상적인 가족과는 거리가 멀었다. 해변에 난파한 스위스 가족 로빈슨[8]도 그들 같지는 않았을 것이다. 집은 밤의 동물원처럼 느껴졌다. 두더지들, 갈까마귀들, 어기적거리는 짐승들이 체스 선수나 정원사나 그레이하운드 도둑(아마도)이나 느릿느릿 움직이는 오페라 가수로 변신한 것만 같았다. 지금도 그들 중 한두 명의 활동을 떠올리면 초현실적이고 시간의 순서가 뒤죽박죽으로 뒤섞인 순간들이 떠오른다. 예컨대 플로런스 씨는 보통은 키우는 벌들을 차분하고 멍하게 만드는 데 쓰는 양봉 훈연기를 가져와서 덜위치 픽처 갤러리 경비원의 얼굴에 대고 연기를 뿜었다. 제복 차림으로 의자에 앉아 뒷짐을 지고 있던 남자는 불붙은 나무와 잠을 불러오는 석

---

8) 1812년 요한 다비트 비스가 발표한, 동인도제도에 난파한 스위스인 가족의 모험담을 담은 소설 제목이자 그 소설에 등장하는 가족을 말한다.

탄 연기를 들이마실 수밖에 없었고, 삼시 뒤 잠든 벌처럼 차분해진 그의 고개가 앞으로 푹 꺾였다. 플로런스 씨가 인사불성이 된 사람의 얼굴에 대고 마지막으로 연기를 뿜어 대는 동안 우리는 수채화 두세 점이 전시된 갤러리를 빠져나갈 수 있었다. 그는 방금 조금도 흐트러지지 않은 직선을 그려 내기라도 한 듯 기뻐하며 "됐다!"라고 나직이 외쳤다. 그러고는 뜨거운 훈연기를 내게 건네주며 안전하게 치우라고 했다. 이렇게 내 기억 속에 숨기고 내버려 둔 불완전하고 죄책감을 불러일으키는 순간들이 많다. 어머니의 여행 가방 속에 쓰이지 않은 채 쌓여 있던 물건들처럼 아무 의미도 없고, 어떤 이유로 변호할 수 있을지는 몰라도 시간의 순서가 허물어져 버린 것들이다.

누나와 나는 매일 버스를 타고 빅토리아역에서 내린 다음 열차로 학교에 갔고, 종이 울리기까지 십오 분여 동안 나는 다른 아이들과 같이 어슬렁거렸다. 그들은 전날 밤에 들은 라디오 프로그램에 대해, 예컨대 「미스터리 아워」라든지, 순전히 상투적인 문구를 반복하는 방법으로 웃음을 자아내는 삼십 분짜리 코미디들에 대해 열나게 떠들었다. 하지만 이제 나는 그런 프로그램을 거의 듣지 않았다. 나방을 만나러 끊임없이 들이닥치는 손님들 때문에 라디오를 들을 수 없거나, 누나와 같이 나방을 따라 시내를 돌아다니다가 집에 돌아오면 너무 피곤해서 「미스터리 아워」의 내용 같은 건 궁금하지 않았기 때문이다. 누나도 분명 나와 마찬가지로 우리 집 일상이 어떻게 바뀌었는지 아무에게도 말하지 않았으리라고 본다. 화살의 존재에 대해서도, 과거의 비행 때문에 여전히 의혹을 사고 있는 양봉가에 대해서도, 무엇보다 우리 부모님이 '떠났다'는 사실에 대해서도. 누나는 나처럼 그런 방송을 다 들은 척 고개를 끄덕이며 웃음을 터뜨리고, 들은 적 없는 스릴러 드라마에 겁을 먹었다고 이야기했을 것이다.

나방은 가끔 이삼 일씩 집을 비웠는데, 아무 예고도 없이 종종 그랬다. 그럴 때면 우리는 둘이서만 저녁을 먹고 다음 날 아침 터덜터덜 학교로 갔다. 그는 나중에 돌아와서, 화살이 우리 집이 혹시 "화재에 휩싸이지는 않았는지" 확인하기 위해 차를 타고 지나갔다고, 그러니 우리는 지극히 안전한 상태였다고 했다. 하지만 그런 날 밤 화살이 근처에 있었다고 생각해도 우리가 안전하다는 느낌은 들지 않았다. 화살이 한밤중에 차를 몰고 와서 우리 후견인을 집 앞에 내려 주는 소리를 몇 번 들은 적이 있었다. 그는 모리스 차의 가속 페달과 브레이크를 동시에 밟아 대며 엔진을 마구 공회전하다가 떠나갔는데, 길거리에 울려 퍼지는 웃음소리엔 술기운이 묻어 있었다.

음악을 사랑하는 나방에게는 화살의 명백한 무법자 기질이 보이지 않는 듯했다. 이 전직 권투 선수가 하는 모든 일들은 위태롭게 기울어지고 풀어져 버릴 것 같았다. 우리는 종종 화살의 차에 복작복작 끼어 타고 화이트채플로 갔는데, 그것은 최악의 경험이었다. 화살과 나방이 앞좌석에 앉고 누나와 나, 그리고 (때로는) 그레이하운드 세 마리까지 뒷좌석에 앉아 티격태격했다. 그녀석들이 화살이 키우는 개인지조차 잘 모르겠다. 그는 긴장한 채 덜덜 떨며 우리 무릎에 앙상한 무릎을 맞대고 있는 개들의 이름을 좀처럼 기억하지 못했다. 그중 한 마리는 뜨끈한 배를 내 목덜미에 기댄 채 스카프처럼 늘어져 있기를 좋아했는데, 언젠가 클래펌 근처에서 무서워서였는지 급해서였는지 내 셔츠에 오줌을 쌌다. 그날 나는 개 경주가 끝나고 학교 친구 집에 가기로 했었기 때문에 불평을 했고, 화살은 너무 크게 웃다가 횡단보도 표지등을 들이받을 뻔했다. 그래, 그가 곁에 있을 때 우리가 느낀 건 안전과는 거리가 멀었다. 그는 우리를 참아 주며 같이 다니고 있었고, 그냥 우리가 '월터의 집' — 그는 우리 부모님 집을 그렇게 불렀다 — 에 남아 있으면 했을 것이다. 그 차가 자기 차이긴 했을까? 의문이었다. 파란 모리스의 번호판이 자주 바뀌었기 때문이다. 하지만 나방은 화살이 일으키는 흐름의 뒤를 따라 움직이는 데 만족했다. 수줍음 많은 사람들은 자신을 위장하고 싶어서 그런 부류에게 끌린다. 어쨌든 나방이 집을 비울 때마다 우리는 긴장했는데, 후견인이 곁에 없어서가 아니라 화살이 마지못해 우리를 지켜보고 있을까 봐서였다.

어느 날 나는 잃어버린 책 한 권 때문에 누나와 싸웠다. 누나는 책을 가져간 적이 없다고 했지만 나는 누나 방에서 그것을 찾아냈다. 누나가 내 얼굴에 대고 팔을 휘둘렀다. 내가 누나 목을 붙잡자 누나는 갑자기 동작을 멈추더니, 내 손아귀에서 빠져나가 마룻바닥에 쓰러진 채 덜덜 떨며 머리와 발꿈치를 마구 찧기 시작했다. 고양이 같은 신음을 흘리면서 눈동자가 뒤집혀 흰자가 드러났고, 팔은 여전히 버둥거리고 있었다.

그때 방문이 열리고 아래층에서 북적이는 사람들의 소음이 들려오더니 화살이 들어왔다. 마침 누나 방 앞을 지나던 모양이었다. "저리 가요!" 나는 고함을 질렀다. 그는 방문을 닫더니 바닥에 꿇어앉아서 내 책, 즉 누나가 훔친 『제비호와 아마존호』[9]를 집어 들고는, 누나가 숨을 헉 들이켜는 순간 입에다 책을 쑤셔 넣었다. 그리고 침대의 이불을 끌어내려 누나를 덮은 뒤, 그 옆에 누워서 두 팔로 몸을 감싸 안아 가둬 뒀다. 이윽고 누나가 조용해졌고 숨소리 외엔 고요했다.

"누나가 제 책을 훔쳤어요."

나는 초조해하며 중얼거렸다.

"찬물을 좀 가져와. 그걸 애 얼굴에 문질러서 열을 식혀 줘."

나는 시키는 대로 했다. 우리 셋은 그렇게 이십 분 동안 방바닥에 모여 있었다. 아래층에서 나방의 지인들이 수런거리는 소리가 들렸다.

"전에도 이런 적 있니?"

"아뇨."

그가 별일 아니라는 듯이 말했다.

"나는 뇌전증에 걸린 개를 키운 적이 있어. 가끔씩 폭죽처럼 터졌지."

화살은 침대에 기대며 윙크하더니 담배에 불을 붙였다. 누나가 자기 앞에서 담배 피우는 걸 싫어한다는 사실을 알면서

---

9) 아서 랜섬(Arthur Ransom, 1884~1967)이 1930년에 발표한 아동 모험 소설이다.

노. 이제 누나는 조용히 그를 지켜보고만 있었다.

"저 책은 허섭스레기야."

그는 누나가 이로 깨물어 자국이 난 책 표지를 손가락으로 문지르며 말했다.

"네가 누나를 돌봐줘야 해, 너새니얼. 어떻게 하는지 알려 주마."

핌리코 화살에게서 그런 면이 드러날 때마다 얼마나 놀랐는지 모른다. 그날 저녁 아래층에서 나방의 손님들이 제 할 일을 하는 동안 그는 우리에게 너무나 친절했다.

사람들이 뇌전증의 영향력을 요즘보다 더 두려워하던 시절이다. 잦은 발작이 기억력을 손상시킨다는 추정도 한몫했다. 누나는 도서관에서 뇌전증 발작에 관한 책을 읽고 그런 문제를 언급했다. 누구나 자신에게 가장 안전하게 느껴지는 삶을 선택하게 마련이다. 내게는 외딴 마을과 담장으로 둘러싸인 정원이 그런 삶의 조건이다. 하지만 누나는 그런 염려를 떨쳐 버렸다. "그건 그냥 '슈베어'야."라고 말하며 누나는 그 말을 강조하기 위해 손가락으로 인용 부호 표시를 했다.

화살과 사귀던 여자가 우리 집에 드나들기 시작했다. 그와 함께 오거나, 우리 집에서 그를 만나기로 약속한 시간에 여자 혼자 나타났다. 여자가 처음 왔을 때 누구인지 설명해 줘야 할 화살이 너무 늦게 도착해서, 막 하교한 누나와 나는 그가 없는 동안 우리 자신을 직접 소개할 수밖에 없었다. 그러면서 우리는 여자의 외양을 자세히 뜯어보았다. 우리는 화살이 집에 데려왔던 다른 여자들을 언급하지 않으려고 조심했고, 동료들은 누구인지, 화살이 지금 무슨 일을 하고 있으며 지금 어디에 있는지도 모르겠다는 듯이 그녀의 질문에 다소 멍청한 대답을 내놓았다. 우리는 그가 속내를 숨기고 싶어 한다는 것을 알았다.

그래도 올리브 로런스는 의외의 인물이었다. 화살은 세상에서 여성이 맡을 역할에 대해 편협한 시각을 가지고 있었는데, 정작 연애할 때는 굉장히 독립적인 여자들을 선택하는, 거의 자살 충동에 가까운 습성이 있었다. 그는 여자들을 곧장 화이트채플이나 웸블리 경기장에서 열리는 번잡하고 시끌벅적한 스포츠 경기로 데려가 시험했다. 그런 데서는 사적인 대화를 나누기 어려웠고, 삼복승식 베팅[10]만으로도 충분히 흥분을 맛볼 수 있었다. 게다가 화살은 거기 말고는 흥미로운 공공장소를 알지 못했다. 극장엔 평생 발 한 번 디뎌 본 적 없는 사람이었다. 그는 누군가 허구를 진짜처럼 가장하거나 미리 쓰인 대사를 무대에서 외우는 행위를 지켜보는 게 허황되다고 생각했고, 합법과 불법 사이에서 줄타기하는 남자답게 누가 하는 말이 어디서부터 어디까지 진실인지 확실히 알아야 할 필요를 느꼈다. 그래도 영화는 좋아했다. 왠지 몰라도 거기엔 진실이 포착돼 있다고 생각했다. 그런데 화살이 끌리는 여자들은 겸손하지도 않았고 그가 정해 둔 규칙을 고분고분 따르며 행복해할 아가씨들도 아니었다. 한번은 벽화를 그리는 화가를 만났

10) 3등 안으로 들어올 세 마리 말을 모두 맞혀야 하는 내기 방식이다.

고, 올리브 로런스가 떠난 뒤에는 따지기 좋아하는 러시아 여자를 사귀었다.

그날 오후 우리 집에 홀로 나타나 자기소개를 했던 여자, 올리브 로런스는 지리학자이자 민족지학자였다. 바람의 흐름을 기록하러 종종 헤브리디스 제도에 갔고, 극동아시아 지역에 혼자 여행을 다니기도 한다고 했다. 이 전문가 여성과 대화를 나눠 보니 화살이 여자들을 선택하는 게 아니라 여자들에게 선택되는 것인지도 모르겠다는 생각이 들었다. 머나먼 지역 문화의 전문가인 올리브 로런스가 거의 멸종한 줄 알았던 중세의 종(種)을 떠올리게 하는 인간과 맞닥뜨린 것이다. 그는 지난 백 년 동안 정립된 주요 예의범절을 아직 몰랐다. 채소만 먹는 사람들이라든지, 여자가 먼저 건물에 들어가도록 문을 열어 주는 남자들에 대해 들어 본 적도 없었다. 시간 속에 얼어붙은 듯한, 혹은 그녀의 고향에서 신비롭게도 이제 막 발견된 종교 집단에서 빠져나온 듯한 남자였으니, 그 아니면 또 누가 올리브 로런스 같은 사람을 매료시키겠는가? 그러나 화살과의 관계에서 여자 쪽이 수행할 역할에는 선택의 여지가 거의 없는 것 같았다. 오로지 그의 규칙만이 유효했다.

올리브 로런스는 새 남자 친구를 기다리느라 우리와 함께 시간을 보내는 동안 다소 아연한 듯한 어조로 그들이 처음 함께했던 저녁 식사 이야기를 해 주었다. 화살은 나방의 친구들과 함께 있는 그녀를 처음 보고는, 좁은 직사각형 공간에 탁자가 다섯 개 있고 잠수함 선내 같은 조명이 밝혀진 그리스 레스토랑으로 데려가더니 염소 요리와 레드와인 한 병을 같이 먹으며 둘 사이에 새로이 싹튼 (사실 아직 싹트지는 않았지만 이제 곧 싹이 틀) 친밀감을 단단히 굳히자고 제안했다. 그때 올리브의 머릿속에 무언가가 스쳤다. 강풍 경보 같은 거였다고나 할까. 하지만 그녀는 잠자코 화살의 제안을 따랐다.

"익힌 머리를 가져다줘요."

그가 웨이터에게 주문했다. 그토록 의뭉스럽고도 무시무시한 문장을, 화살은 회향 가지 하나만 가져다 달라는 듯 태평하게 말했다. 그녀는 염소 머리를 먹는다는 말에 아연실색했고, 다른 손님들은 곧 터질 커플의 싸움을 보려고 식사 속도를 슬슬 늦췄다. 비록 화살이 연극을 좋아하지는 않는다 해도, 한 시간 삼십 분 동안 대여섯 쌍이 지켜보는 가운데 두 사람이 벌인 것은 스트린드베리식 연극이었다. 우리는 화살이 음식을 "게 눈 감추듯" 먹는 편이라는 걸 알고 있었다. 개 경주가 열리는 시기에 우리를 모리스에 태우고 운전하는 동안, 날달걀 두어 개를 까 먹고는 껍데기를 뒷좌석에 휙 던져 버리곤 했기 때문이다. 그러나 '아르지르풀로스의 별'이라는 식당에서 그는 서두르지 않았다고 했다. 올리브 로런스는 등받이가 딱딱한 우리 집 부엌 의자에 앉아, 자신을 납득시키려는 건지, 설득하려는 건지, 괴롭히려는 건지, 아니면 매혹하려는 건지 — 뭐가 뭔지 도무지 알 수 없고 악몽처럼 혼란스러웠다며 — 화살의 제안에 대응해 온갖 방식으로 고집을 부리고 거절했던 순간들을 우리 앞에서 재연해 보였다. 그럼에도 패딩턴 근처 누군가의 지하실에서 도살됐을 법한 — 그녀는 그렇게 확신했다 — 죽은 염소를 먹는 일은 피할 수는 없었다고 한다.

결국 염소 머리가 나왔다.

화살이 이긴 모양이었다. 또한 그가 장담했듯 몇 시간 뒤에 그의 아파트에서 정말로 둘 사이에 친밀감이 싹텄다고 한다. 와인 두 병도 한몫했다고, 올리브는 여전히 의기소침한 투로 말했다. 아니면 그가 너무나 단호하게 자신이 옳다고 믿었기 때문인지도 모르겠다고 했다. 그녀가 염소 머리와 한쪽 눈알을 먹어야 마땅하며, 이건 논쟁거리조차 못 된다는 식이었다. 그녀는 앙심을 품은 듯한 태도로 먹었는데, 눈알은 콧물 같은 식감이었다며, 정말로 콧물이라는 단어를 사용했다. 그리고 머리는…… 머리는…… 뭐라고 해야 할지도 모르겠다고 했다. 하지만 그녀는 그 음식이 정당하다고 그가 진심으로 믿고 있음을 알았기에 먹었던 것이다. 잊지 못할 경험이었다고 그녀는 회고했다.

화살이 마침내 집에 도착해 늦은 이유를 두고 별 설득력 없는 변명을 잔뜩 늘어놓을 때쯤엔 우리는 올리브 로런스에게 확실한 호감을 느끼고 있었다.

그녀는 아시아와 세상 끝자락에 대해, 마치 금방 갈 수 있는 런던의 외딴 지역들을 그리듯 이야기해 주었다. 그런 이야기를 하는 올리브의 목소리는 그리스 요리를 묘사할 때와 달리 궁지에 몰린 어조가 아니었다. 우리가 하는 일이 뭐냐고 묻자 그녀는 정확히 대답해 주었다. "민-족-지-학."이라고, 우리가 한 음절 한 음절 받아 적어야 한다는 듯이 천천히. 그리고 여행하는 즐거움에 대해 이야기하며, 인도 남부 어떤 강 삼각주에서 최소한의 2행정 모터 엔진만 장착된 보트를 타고 떠돌

왔던 이야기를 해 주었다. 우기에는 비구름이 얼마나 빨리 지나가는지, 흠뻑 젖었다가도 오 분 뒤면 햇볕에 옷이 마른다고 했다. 바깥세상이 열기에 이글이글 타 들어가는 동안 분홍색 불빛이 밝혀진 천막 안 그늘에 편안히 모셔져 있던 작은 신상에 대해서도 이야기했다. 멀리 떨어져 있는 우리 어머니가 편지에 쓸 법한 묘사들이 그녀의 이야기에 들어 있었다. 앙골라의 칠로앙고강 유역에서는 조상을 숭배하는데, 유령들이 신을 대신한다고도 했다. 올리브의 이야기는 반짝반짝 빛이 났다.

그녀는 화살과 마찬가지로 키가 크고 호리호리했으며, 온갖 날씨에 매만져지고 다시 매만져졌을 머리카락은 눈부시게 헝클어져 있었다. 독립적인 생명체. 만약 그녀가 터키 어딘가의 초원에서 염소를 직접 잡아먹었다 해도 믿었을 것이다. 런던의 실내 생활에 그녀는 조바심을 느꼈으리라. 이제 와 돌이켜 보면 그녀와 화살의 관계가 우리 예상보다 오래간 이유는 두 사람이 극단적으로 달랐기 때문인 것 같다. 그러나 그에게 아무리 매료되었다 해도 한편으로 올리브 로런스는 자기 길을 떠나고 싶어 좀이 쑤시는 것처럼 보였다. 어쩌면 그때는 여행을 잠시 멈추고 런던에 머무르며 보고서를 쓰는 시기였고, 다시 떠날 예정이었는지도 모른다. 분홍색 천막 안의 작은 신을 다시 만나러 가기 위해. 즉 사람에 대한 애착도, 가재도구들도 모두 뒤로하고 떠나야 한다는 의미였다.

그런데 우리가 무엇보다도 묘하다고 생각한 것은 그녀와 나방의 관계였다. 두 사람이 우리 집 거실에서 온갖 문제를 두고 견해 차이로 충돌할 때, 아니면 더 나쁘게는 좁고 사방이 막혀서 소리가 울리는 화살의 차 안에서 다툴 때, 둘 사이에 끼인 나방은 누구의 편도 들지 않았다. 왠지 몰라도, 나방은 직업상 화살이 필요했고, 올리브는 잠시 있다가 떠날 사람일 텐데도 그녀에게 강한 흥미를 느끼는 것 같았다. 누나와 나는 세 사람과 같이 있으면서 그들의 싸움을 구경하기를 좋아했다. 자기 의견에 반박하는 여자를 만나기를 좋아하는 크나큰 결점을 가진 화살은 전보다 더 복잡하고 음영이 있는 사람으로 보였다. 그렇다고 자기 의견을 바꾸는 것은 아니었다. 우리는 화살과 올리브 로런스 사이에 불똥이 튀길 때 나방이 난감한 처지에 놓이고 어쩔 줄 몰라 하는 모습을 보며 좋아했다. 갑자기 나방은 깨진 유리잔을 빗자루로 쓸어 내는 것 말고는 할 일이 없는 수석 웨이터가 된 것 같았다.

우리 집에 오는 다른 사람들과 달리 올리브는 명확한 판단을 내릴 줄 아는 사람으로 보였다. 화살에 대해서도 관점이 일관돼 있었다. 그에게는 신선하고 독특한 매력과 함께 짜증스러운 면도 있음을 인정했고, 펠리컨 스테어스에 있는 너저분한 아파트에서 명백히 드러나는 극도로 남성적인 취향에 기겁하는 한편 매혹되기도 했다고 말했다. 나는 그녀가 나방을 긍정적인 영향을 미치는 인물인지 그 반대인지 가늠이 안 된다는 듯한 눈빛으로 보는 모습을 본 적이 있다. 현재 자신의 애인인 화살에게 그는 어떤 영향을 미치는 존재인가? 자신이 알게 된 이 고아 같은 남매들에게 그는 상냥한 후견인이 되어 주고 있는가? 그녀는 늘 사람의 인품이 어떻게 작용할지에 초점을 맞췄다. 사람의 인품을 가늠해 보았고, 아주 단편적인 면만 보고도 알아챌 수 있었다. 심지어 속내를 드러내지 않고 침묵하는 사람에게서도.

"도시 생활의 절반은 밤에 이루어지지."

올리브 로런스는 우리에게 경고했다.

"그런 시간에는 도덕률이 더 흐릿해져. 밤에는 필요에 의해 육식을 하는 자들이 있어. 새나 작은 개를 먹을 수도 있지."

올리브 로런스의 말은 사적인 생각들을 이리저리 뒤섞는 행위, 그녀의 지식이 드리운 그림자 어딘가에서 비롯된 독백, 자신도 미처 확신하지 못하는 발상에 가까웠다. 어느 날 밤에는 우리에게 버스를 타고 스트리섬 공원에 가서 떼까마귀 무리가 사는 숲으로 이어지는 완만한 능선을 올라가자고 우겼다. 누나는 탁 트인 어두운 공간이 불안해서 집에 가고 싶다고, 춥다고 했다. 하지만 우리 셋은 계속 앞으로 나아갔고, 마침내 등 뒤에서 도시는 증발하고 숲이 펼쳐졌다.

해독 불가능한 소리들이 우리를 둘러싸고 있었다. 무언가 날아오르는 소리, 잇따르는 발소리들. 누나의 숨소리가 들렸지만 올리브 로런스의 기척은 없었다. 이윽고 어둠 속에서 그녀가 말을 하기 시작했다. 들릴 듯 말 듯한 소리들의 진원지를 알려 주기 위해서였다.

"오늘 밤은 따뜻하지…… 저 귀뚜라미들이 내는 소리는 '라'음이네…… 저 녀석들은 조용하고 달콤하게 휘파람을 부는 것 같지만, 저건 사실 숨소리가 아니라 날개를 비비는 소리야. 이렇게 말이 많으니 곧 비가 올 테고. 그래서 지금 주위가 이렇게 어두운 거야. 구름이 달을 가리고 있거든. 들어 봐."

우리는 우리 왼편을 가리키는 그녀의 희끗한 손을 보았다.

"저기서 무언가를 긁는 소리는 오소리가 내는 거야. 땅을 파는 건 아니고 그냥 앞발을 움직이고 있는 거지. 정말 부드러운 소리네. 무서운 꿈을 꾸다 깨어나고 있나 봐. 머릿속에 들쭉날쭉한 악몽의 파편들이 남아 있는 거지. 우리 모두 악몽을 꾸잖아. 레이철, 너는 발작에 대한 공포를 꿈에서 접할 수도 있겠구나. 하지만 꿈에서는 두려워할 필요가 없어. 우리가 나무 아래 있을 때는 비를 맞을 위험이 없듯이. 요번 달에는 번개가 거의 치지 않으니 우리는 안전해. 계속 걷자. 귀뚜라미들이 우리와 같이 움직일지도 몰라. 나뭇가지들이며 덤불이며 온통 귀뚜라미로 가득한가 보네. 높은 '다'와 '라' 음이 울려 퍼지고 있어. 여름 끝 무렵 알을 낳을 때는 '바' 음까지 내기도 해. 저 울음소리들이 위에서부터 내려오는 것처럼 들리지 않니? 오늘이 저들에게 중요한 밤인 모양이다. 기억하렴. 너희 이야기는 많은 이야기들 중 하나일 뿐이야. 중요하지 않은 이야기일 수도 있어. 자아는 중요한 것이 아니야."

소년 시절 나는 그만큼 차분한 목소리를 들은 적이 없다. 그녀의 목소리에는 언쟁의 기색이 조금도 없었다. 그저 자신의 흥미를 끄는 대상에 대한 촉각적 호기심과, 상대방이 자신과 친밀한 공간 안에 머무르게 하는 차분함만이 있을 뿐이었다. 낮에 무슨 말을 하거나 상대방의 말을 들을 때는 항상 눈을 맞추면서 온전히 함께 있다는 느낌을 주었다. 그날 밤에 우리 둘과 함께 있었듯이. 올리브는 우리가 그날 밤을 기억하기를 바랐고, 지금까지 나는 기억하고 있다. 누나와 나 둘뿐이었다면 어두운 숲을 거닐지 않았을 것이다. 올리브 로런스가 멀리서 비치는 희미한 빛이나 바람의 변화를 읽어서 자신이 어디에 있는지, 앞길에 무엇이 있는지 정확히 알 것이라고 우리는 확신했던 것이다.

그녀는 특유의 느긋한 태도로 우리 아버지의 가죽 의자에 다리를 모으고 앉아 아주 태평하게 잠들 때도 있었다. 방 안에 나방의 친구들이 가득한데도. 잠들었을 때에도 여전히 주변 정보를 흡수하고 있는지 골똘히 집중하는 표정이었다. 다른 사람들 앞에서 부끄러움도 없이 그토록 편안히 잠을 자는 여자, 아니, 그런 사람은 처음 보았다. 그렇게 삼십 분쯤 자다가 다른 사람들이 피로해졌을 때쯤에 깨어나 기운을 회복하여 집까지 데려다주겠다는 화살의 별 설득력 없는 제안을 거절하고 밤공기 속으로 걸어 나갔다. 이제는 새로 떠오른 생각을 곱씹으며 혼자 도시를 거닐고 싶다는 듯이. 나는 위층에 올라가 침실 창문으로 가로등 불빛 반경 안에 들어섰다 나갔다 하는 그녀를 지켜보았다. 내가 모르는 어떤 멜로디를 되짚는지 조그맣게 휘파람을 부는 소리가 들렸다.

올리브가 밤중에 우리를 데리고 다니기는 했어도, 해안 지대의 자연 작용을 측정하는 일은 보통 낮 시간에 한다는 사실을 나는 알고 있었다. 십 대를 막 벗어나던 시절에 전쟁 초기를 보낸 그녀는 해군과 함께 해류 및 조수를 연구했던 모양이다.(나방의 무리 중 누군가 그런 사실을 까발릴 뻔했을 때에야 겸손한 태도로 그렇게 고백했다.) 올리브 안에는 그 모든 풍경이 들어 있었다. 숲이 내는 소리를 읽고, 배터시 다리 제방에 철

썩거리며 부딪히는 물결의 리듬을 계측했다. 나는 누나와 내가 독립성과 더불어 세상 만물에 공감하는 존재의 생생한 사례를 보고도 왜 그런 삶에 뛰어들지 않았는지 늘 의아하다. 하지만 우리가 올리브 로런스를 그리 오래 알고 지내진 않았다는 점을 염두에 둬야 한다. 그럼에도 밤중에 올리브를 따라 폭격으로 파괴된 부둣가나 메아리가 울리는 그리니치 도보 터널 안을 걸으며 그녀가 가르쳐 준 노래를 셋이서 함께 불렀던 기억은 절대 잊지 못할 것이다. "차가워진 겨울 별들 아래, 8월의 달 아래……."

그녀는 키가 컸다. 유연하기도 했다. 화살과 뜻밖의 연애를 하던 동안에는 그에게도 유연하게 대한 듯하다. 모른다. 모르겠다. 어린 남자애가 뭘 알겠는가? 다만 당시 올리브는 늘 남들 없이도 만족하며 살 수 있는 사람으로 보였다. 사람들로 반쯤 들어찬 우리 집 거실에서 다른 이로부터 동떨어진 것처럼 잠들던 모습만 해도 그랬다. 어린 내가 성적인 상상을 자제해서, 또는 소년 특유의 기지로 이렇게 생각하게 된 걸까. 그녀가 바닥에서 개를 끌어안고 누워 있는 모습은 쉽게 상상이 된다. 개가 자기 목에 머리를 얹어서 숨 쉬기가 힘들어도 그 상태로 만족하는 올리브. 하지만 어떤 남자가 그녀에게 바싹 붙어 춤을 춘다면? 아마도 폐소공포증 환자 같은 반응을 할 것 같다. 그녀는 탁 트인 공간이나 날씨가 궂은 밤 풍경에 감동했다. 그런 데서는 자신을 억누를 수도, 완전히 드러낼 수도 없다는 듯이. 그럼에도 루비니 가든의 우리 집에 드나드는 온갖 지인들과 낯선 사람들 사이에서 누구보다 두드러졌다. 마치 우연한 사건, 혹은 우리 식탁 앞에 나타난 이방인 같은 올리브를 화살이 우리 집에서 발견했고, 더욱 놀랍게도 그녀와 어울려 지내면서 "화살의 여자"로 알려지게 된 것이다.

"너희에게 엽서 보낼게."

마침내 런던을 떠나면서 올리브 로런스는 말했다. 그러고는 우리 삶에서 사라졌다.

그러고는 흑해 연안 어딘가 혹은 알렉산드리아 근처 작은 마을의 우체국 같은 데서 정말로 플라토닉한 연서를 우리에게 보냈다. 산간 지대의 구름계에 대해 이야기하는 그 엽서에는 또 다른 세상이, 그녀의 다른 삶이 암시되어 있었다. 그녀가 보내는 엽서들은 우리의 보물이 되었다. 화살에게는 전혀 연락하지 않는다는 사실을 알았기에 더욱 그랬다. 올리브는 뒤 한 번 돌아보지 않고 그의 삶에서 빠져나갔다. 한 여자가 멀리 떨어진 두 아이에게 엽서를 보내겠다는 약속을 지켰다. 이는 마음의 너그러움을 의미하지만 동시에 고독을, 그녀 안에 숨겨진 욕구가 있음을 뜻하기도 한다. 사뭇 다른 두 가지 상태를 시사하는 것이다. 하지만 어쩌면 그렇지 않았을지도 모른다. 어린 남자애가 뭘 알았겠는가…….

올리브 로런스에 대한 생각들을 적고 나니 문득 내가 어머니의 또 다른 버전에 대해 쓰고 있다는 느낌이 든다. 우리 곁을 떠나 내가 전혀 모르는 일을 하고 지내던 어머니. 어머니도 올리브 로런스도 미지의 장소에 있었다. 물론 의무의 범위를 넘어 자신이 어디에 있든 자상하게 엽서를 보내 준 사람은 올리브뿐이었지만.

누 여자가 만든 삼각형의 세 번째 꼭짓점이 떠오른다. 레이철 누나다. 누나는 어머니와의 친밀한 관계, 마치 어머니처럼 자신을 보호해 줄 누군가와의 관계가 필요한 시기였다. 그런데 그날 밤 올리브와 나 사이에서 스트리섬 숲으로 향하는 완만한 능선을 올라가면서 우리와 더불어 어둠에 휩싸여 있었지만 자신이 위험하지 않고 심지어 꿈이나 발작의 불안정한 혼란 속에서도 위험하지 않다는 이야기를 들었던 것이다. 우리 머리 위에는 노래하는 귀뚜라미들, 편안히 몸을 뒤치며 앞발을 긁적이는 오소리, 다가오던 비가 침묵하다 갑자기 속삭이는 소리만이 있을 뿐이었다.

어머니는 자신이 없는 동안 우리에게 무슨 일이 일어나리라 생각했을까. 우리 삶이 당시 인기였던 — 우리가 엄마를 따라 웨스트엔드에 가서 처음으로 본 연극이기도 했던 — 「훌륭한 크라이턴」[11]처럼 되리라는 생각은 했을까? 이 연극에서는 한 귀족 가문 사람들이 외딴섬에 조난되는데, 집사가 (우리 경우에는 나방이) 그들을 잘 훈육해 안전하게 지켜 주면서 급기야는 계급이 거꾸로 뒤집히고 만다. 어머니는 우리 세계를 감싼 외피에 금이 갈 거라는 생각은 정말로 안 했던 걸까?

가끔 나방은 술기운 때문에 명랑하고도 불가해한 사람이 되었다. 자신이 무슨 말을 하는지 확실히 안다고 생각하는 듯

11) 『피터 팬』의 작가 J. M. 배리(J. M. Barrie, 1860~1937)가 1902년 발표한 희곡이다.

했지만, 그의 말은 일관성이 없이 뚝뚝 끊기듯 이어졌다. 어느 날 밤 누나가 잠을 못 이루자 그는 어머니의 책장에서 『황금주발』이라는 책을 꺼내 읽어 주었다. 미로 같은 길을 어슬렁거리다가 증발하는 문장들은 우리 둘이 듣기에는 나방이 술에 취한 채 위엄 있게 굴 때의 말투와 비슷했다. 마치 언어가 예의를 차리면서 그의 몸에서 떨어져 나온 것 같았다. 그는 또 간혹 이상하게 행동할 때가 있었다. 어느 날 밤 라디오에서 어떤 남자가 사보이 호텔 앞에서 힐먼 밍스 차에 타고 있던 사람들을 끄집어낸 다음 차에 불을 붙이는 광기 어린 행동을 저질렀다는 이야기가 나왔다. 그런데 한 시간 전에 집에 돌아온 나방이 라디오를 유심히 듣더니 "오, 세상에, 나는 저렇게 되면 안 될 텐데!" 하고 신음했다. 그러고는 파라핀의 흔적이라도 찾으려는 듯 자기 손을 내려다보다가, 우리의 걱정스러운 표정을 보더니 윙크로 의혹을 불식시켰다. 이제 우리는 분명 그의 농담도 이해하지 못하게 된 듯했다. 대조적으로 화살은 과하게 이야기를 지어내는 경향이 있는 반면, 유머 감각은 없었다. 법을 깡그리 무시하는 않는 사람들이 으레 그렇듯이.

하지만 그는 거의 믿음직스럽다고 할 정도로 무신경한 기질의 소유자였다. 어쩌면 우리에게 그는 정말로 '훌륭한 크라이턴'인지도 몰랐다. 그는 안약 병에 붙어 있던 조그마한 파란색 유리컵에 탁한 액체를 따라서 셰리주 마시듯 입에 털어 넣었는데, 우리는 그런 습관에 개의치 않았다. 그럴 때마다 나방은 우리가 원하는 바가 무엇인지 침착하게 들어 주었고, 누나는 늘 기회를 놓치지 않고 런던에서 잘 아는 곳들을 구경시켜 달라고 설득해 냈다. 나빙은 버려진 건축물들에 흥미를 가졌다. 예컨대 서더크에는 마취제가 개발되기도 한참 전부터 운영됐던 19세기 병원이 있었는데, 어떻게 했는지는 몰라도 우리를 그리로 데리고 들어가 나트륨램프를 켜 주었고, 그러면 어둑한 수술실 벽에 가물거리는 불빛이 비쳤다. 이외에도 시내에서 활용되지 않는 장소들을 아주 많이 알고 있었다. 19세기의 불빛을 밝힌, 우리 눈에는 그늘지고 불길했던 곳들을. 나는 훗날 누나가 연극계에서 활동하게 된 일이 그때 우리가 보냈던 어슴푸레한 밤들에서 비롯되지 않았나 생각한다. 누나는 인생에서 불행하거나 위험한 것들을 어둠으로 가려서 보이지 않게 하거나, 적어도 그것과 거리를 두게 하는 방법을 인지했을 것이다. 누나가 궁극적으로 터득한, 무대의 조명과 허구의 천둥소리를 다루는 기술은 무엇이 진실이고 무엇이 거짓인지, 무엇이 안전하고 무엇이 위험한지 명확히 구분하게 해 주었으리라.

이때쯤 화살은 러시아 여자와 사귀었지만, 여자가 하도 욱하는 성질이라 자기 거처를 들키기 전에 관계에서 도망쳐 나왔다. 즉 그녀도 화살을 찾으려고 아무 때나 루비니 가든에 들이닥쳐 그의 냄새를 좇아 코를 킁킁댔다는 뜻이다. 화살은 그녀와 마주칠까 봐 우리 집이 있는 길에는 절대로 차를 대지 않았다.

화살이 여러 여자를 만났기에, 어머니나 누나 말고는 여자를 접해 본 적이 없던 나는 갑자기 여자들과 가까워졌다. 내가 다닌 학교는 남학교였다. 학교 남자애들과 생각과 우정을 나누는 게 당연한 시기였다. 그러나 친밀한 대화를 편안히 나눌 줄 알고, 자기 소망도, 심지어는 욕망도 너무나 직설적으로 말하는 올리브 로런스를 만나고부터 나는 평생 겪어 본 것과는 전혀 다른 우주에 떨어졌다. 나는 내 영역 밖에 있는, 혈연으로 엮이지도 않고 성적으로 끌리지도 않는 여자들에게 강한 흥미를 느꼈다. 그런 우정은 내가 제어할 수 없었고, 짧게 지속되다 끝나 버렸다. 가족생활의 빈자리를 그들이 대신 채워 주었지만 그럼에도 나는 그들에게서 멀찍이 거리를 둘 수 있었다. 이건 나의 결점이다. 하지만 나는 낯선 사람들에게서 배우는 진실을 무척 좋아했다. 화살에게 차인 러시아 여자와 함께했던 드라마틱한 몇 주 동안에도 나는 그녀가 불만스러운 표정으로 우리 집 거실을 서성거리는 모습을 보고 싶어서, 그런 단순한 이유로 필요 이상으로 집에 오래 머물거나 방과 후 서둘러 집에 돌아왔다. 그럴 때는 그 순간을 마음에 새기려고 일부러 그녀를 지나쳐 가거나 그녀의 팔을 스치곤 했다. 한번은 화살을 찾는 데 도움이 될 수도 있으니 화이트채플의 개 경주장에 같이 가지 않겠느냐고 제안했지만 그녀는 손을 내저었다. 내가 자신을 집에서 몰아내려고 그러는 줄 알았던 모양이다. 사실 그때 화살은 내 방에 숨어서 《더 비노》[12]를 읽고 있었으니, 그녀는 자신이 그와 얼마나 가까이 있는지 꿈에도 몰랐던 것이다. 어쨌든 그때 나는 여자들과 함께 지내는 데서 비롯된 희한한 즐거움을 느끼고 있었다.

---

12) 1938년 창간된 영국 아동 만화 잡지이다.

애그니스 스트리트

그해 여름 나는 월즈엔드에 위치한, 빠르게 굴러가는 식당에서 일자리를 구했다. 다시 설거지를 하게 됐고 직원 중 누군가 아플 때는 웨이터 일을 대신하기도 했다. 피아노 연주자이자 이야기꾼인 코마 씨와 마주치기를 바랐지만, 아는 사람은 없었다. 직원들은 대부분 런던 북부나 시골 출신의 눈치 빠른 웨이트리스들이었다. 나는 그들에게서 눈을 뗄 수 없었다. 상사에게 말대답하고, 깔깔 웃음을 터뜨리고, 일이 힘들어도 즐겁게 하고 있다고 우기는 모습 때문이었다. 그들은 나처럼 부엌일을 하는 직원들보다 지위가 높았기에 우리에게는 말 상대를 할 가치가 없었다. 그래도 상관없었다. 멀찍이서 지켜보고 배울 수 있으니까. 끊임없이 분주하게 돌아가는 식당 한가운데에서 나는 수줍음을 타며 일하는 동안 그들 사이에 오가는 빠른 언쟁과 웃음소리에 즐거워했다. 그들은 한꺼번에 세 개의 쟁반을 들고 와서는, 손님이 같이 자자며 어물거리는 사이에 휙 가 버리곤 했다. 소매를 걷어 올리고 팔의 힘줄과 근육을 보여 주기도 했다. 다가오다가도 별안간 멀리 떨어졌다. 녹색 리본으로 뒷머리를 묶은 한 소녀는 구석에서 점심을 먹던 나를 보더니 내 샌드위치에서 작은 햄 한 조각을 '빌릴' 수 있겠느냐고 물었다. 나는 뭐라고 대답해야 할지 알 수 없었다. 묵묵히 햄을 건네준 것 같다. 그러고는 이름이 뭐냐고 물었는데, 그녀는 스스럼없는 행동에 놀랐는지 달음질쳐 돌아가더니 다른 웨이트리스 서너 명을 데려와서는 나를 둘러싸고 욕망의 위험성에 대해 한바탕 설교를 했다. 그때 나는 청소년기와 성인기 사이의 중간 지대에 접어들고 있었다.

몇 주 뒤 어느 빈 집의 해진 카펫 위에서 예의 소녀와 마주하고 옷을 벗었을 때 나는 그녀에게 가는 길이 보이지 않는다는 사실을 깨달았다. 욕정에 대해 내가 아는 바는 여전히 추상적인, 내가 아직 알지 못하는 장애물과 규칙 들로 겹겹이 둘러싸인 무언가였다. 무엇은 정당하고 무엇은 정당하지 않은가? 그녀는 내 옆에 누웠고 항복 표시는 하지 않았다. 게다가 진짜 극적인 지점은 우리가 아니라 우리를 둘러싼 상황에 있었다. 우리는 그녀가 부동산 중개소에서 일하는 오빠에게서 빌린 열쇠로 애그니스 스트리트의 집에 불법으로 들어갔던 것이다. 집 밖에는 '팔 집'이라는 팻말이 있었고 안에는 가구 한 점 없이 카펫만 깔려 있었다. 땅거미가 내리는 시간이었기에 나는 밖에서 새어드는 가로등 불빛이나 카펫에서 이루어진 몇 차례의 일대일 경기를 통해 그녀의 반응을 해독하는 수밖에 없었다. 나중에 우리는 카펫에 핏자국이 배지는 않았는지 확인했다. 마치 거기에서 살인이라도 벌어진 듯이. 그것은 로맨스처럼 느껴지지 않았다. 로맨스란 올리브 로런스의 에너지와 반짝임이었고, 화살에게 차인 러시아 여자 — 그에 대한 의혹이 고조될수록 더욱 아름다워지던 — 의 강렬하고도 성적인 분노를 의미했다.

한여름의 또 다른 날 저녁. 우리는 애그니스 스트리트의 집에서 찬물로 목욕을 한다. 그런데 수건이 없다. 몸을 닦을 커튼 한 장조차 없다. 그녀가 어두운 금발을 뒤로 넘기더니 머리를 흔든다. 머리카락이 흐트러져 오묘한 기운을 풍긴다.

"다른 사람들은 지금쯤 칵테일 마시고 있겠다."

그녀가 말한다.

우리는 빈 방들을 걸어 다니며 몸을 말린다. 6시쯤 이 집에 들어온 이후로 우리 사이에 가장 친밀감이 도는 시간이다. 섹스를 생각하지 않고, 욕망에 집중하지도 않는다. 어둠 속에서 벌거벗은 채로 서로에게 모습을 보이지 않는 우리 두 사람뿐이다. 그녀도 이 사실을 인식한 듯하다. 밖에서 방향을 트는 자동차 불빛이 잠깐 비쳐 들어 그녀의 얼굴에 떠오른 미소가 보인다. 우리는 사소한 깨달음을 공유한다.

"이것 봐."

그녀가 말하더니 어둠속에서 물구나무를 선다.

"못 봤어. 다시 해 봐."

얼마 전에만 해도 불친절해 보였던 소녀가 나를 향해 공중제비를 넘는다.

"이번에는 내 발 잡아 줘."

내가 그녀를 잡았다가 천천히 내려 주자 그녀가 말한다.

"고마워."

그녀는 바닥에 앉는다.

"창문 열 수 있었으면 좋겠다. 길거리를 달리고 싶어."

"나는 이제 여기가 무슨 거리인지도 모르겠어."

"애그니스 스트리트야. 정원에 가자! 이리 와……."

아래층 현관에서 그녀가 더 빨리 움직이라고 나를 민다. 나는 몸을 돌려 그녀의 손을 잡는다. 우리는 서로를 볼 수 없는 상태로 계단 위에서 몸싸움을 벌인다. 그녀가 고개를 기울여 내 목을 깨물고는 품 안에서 벗어난다.

"자! 여기!"

벽에 부딪힌다. 우리 둘 다 이 밀접함에서 벗어날 생각뿐인데, 벗어나려면 밀접해지는 수밖에 없는 것 같다. 우리는 바닥에서 무엇이든 입에 닿는 대로 키스를 한다. 섹스하는 동안 그녀가 내 어깨를 두 손으로 때린다. 이건 사랑 행위가 아니다.

"그러지 마. 놓지 마."

"안 돼!"

조여드는 그녀의 팔 안에서 빠져나가다가 나는 벽 혹은 난간에 머리를 부딪고는 그녀의 가슴에 털썩 널브러진다. 불현듯 그녀의 체구가 작다는 사실을 깨닫는다. 이곳 어딘가에서 우리는 서로에 대한 의식을 잃고 순전히 섹스라는 스포츠 자세가 주는 즐거움을 느낀다. 어떤 사람들은 그런 것을 영영 모르거나, 두 번 다시 찾지 못한다. 그러다 우리는 어둠 속에서 잠든다.

"여기가 어디지?"

그녀가 묻는다. 나는 몸을 돌려 등을 바닥에 대고 누우며 그녀를 내 몸 위로 끌어올린다. 그녀가 조그마한 손으로 내 입술을 벌린다.

"아으에스 스트이트."

내가 말한다.

"네 이름이 뭐라고?"

그녀가 소리 내어 웃는다.

"너새니얼."

"오, 이름 한번 거창하네! 사랑해, 너새니얼."

우리는 간신히 옷을 꿰어 입는다. 천천히 어둠을 헤치고 현관문으로 걸어가는 동안 우리는 서로를 잃을지도 모른다는 듯 손을 맞잡는다.

나방은 자주 집을 비웠지만 그의 존재와 마찬가지로 부재 역시 별문제가 안 되었다. 이제 누나와 나는 알아서 음식을 찾아 먹으며 자급자족했다. 저녁이 되면 누나는 어딘가로 사라졌다. 아무 말도 없이. 내가 애그니스 스트리트에서 보내는 일상에 대해 침묵을 지켰듯이. 학교는 우리 두 사람과 상관없는 곳으로 느껴졌다. 학교 남자애들이야말로 내가 애착을 느끼는 친구들이어야 할 텐데, 나는 그들과 대화하면서 한 번도 우리 집에서 일어나는 일을 언급하지 않았다. 집에서 일어나는 일들은 한쪽 주머니에 들어 있었고, 학교생활은 다른 쪽 주머니에 들어 있었다. 청소년기에 우리는 자신이 처한 현실을 부끄러워하기보다는 남들에게 들키고 재단당할까 두려워한다.

어느 날 저녁 누나와 나는 7시에 상영하는 영화를 보러 고몽 영화관에 가서 앞줄에 앉았다. 도중에 주인공이 탄 비행기가 지상으로 추락하는 장면이 나왔다. 그는 조종간에 발이 끼여 헤어나지 못했다. 긴장감 어린 음악과 함께 비행기 엔진의 굉음이 극장 안에 울려 퍼졌다. 나는 그 순간 열중하느라 옆에서 무슨 일이 일어나는지 모르고 있었다.

"왜 이래?"

나는 오른쪽을 돌아보았다. "왜 이래?"라고 말한 사람과 나 사이에 앉은 누나가 덜덜 떨며 신음하고 있었다. 젖소가 내는 것 같은 이 신음 소리는 점점 더 커질 것이다. 누나 몸이 좌우로 흔들거렸다. 나는 누나의 가방을 열고 나무 자를 꺼내 이 사이에 물려 주었지만 너무 늦었다. 앙다물린 입을 손가락으로 비집고 열자니 누나의 작은 이들이 내 살을 깨물었다. 나는 누나를 후려치고, 숨을 헉 들이마신 틈에 나무 자를 입에 쑤셔 넣고는 바닥으로 끌어내렸다. 우리 머리 위에서 비행기가 지상에 충돌했다.

누나의 멍한 눈동자가 나를 바라보았다. 여기서 안전하게 빠져나갈 길을 찾으려고. 옆에 앉은 남자도 몸을 굽혀 누나를 보고 있었다.

"누구니?"

"제 누나예요. 발작이에요. 먹을 게 필요해요."

남자가 손에 들고 있던 아이스크림을 건넸다. 나는 그걸 받아 누나의 입에 욱여넣었다. 누나는 고개를 뒤로 젖혔다가 그게 무엇인지 깨닫고는 게걸스럽게 먹었다. 우리 둘은 고몽 영화관의 더러운 카펫에 웅크린 채 어둠에 파묻혀 있었다. 나는 누나를 끌어내려 했지만 엄청나게 무거웠다. 그래서 예전에 화살이 했던 대로 바닥에 누워서 누나를 끌어안았다. 화면의 빛을 받은 누나의 얼굴은 무언가 끔찍한 것을 보고 있는 듯했다. 당연히 그럴 것이다. 발작을 겪고 나면 누나는 자신이 무엇을 보았는지 차분히 설명해 주었다. 화면에서 나오는 음성이 극장 안을 울리면서 이야기를 이어 나갔다. 나는 누나가 안전하다고 느낄 수 있도록 코트를 덮어 주고 십 분쯤 그렇게 누워 있었다. 요즘과 달리 당시에는 몸이 이런 충돌을 일으키지 않게 해 주는 약이 없었다. 있었다 해도 어쨌든 우리는 몰랐다.

우리는 옆문으로 조용히 빠져나가, 어둑한 커튼 뒤에서 빛으로 밝은 세상을 향해 걸어갔다. 나는 누나를 라이언스 코너하우스 식당에 데려갔다. 누나는 거의 탈진한 상태였다. 나는 누나에게 먹을 것을 좀 주고 우유도 마시게 했다. 그런 다음 같이 집으로 걸어갔다. 누나는 아까 벌어진 일에 대해 아무 말도 하지 않았다. 그냥 좀전에 지나쳐 온 위험천만한 해안일 뿐이라는 듯이, 이제는 중요하지는 않다는 듯이. 누나는 항상 다음 날이 되어서야 말문을 열었다. 자신이 겪은 난처함이나 혼란스러움에 대한 이야기가 아니라, 죄다 무너지기 전의 상태에 이르는 과정에서 고조되는 황홀감의 정체를 알고 싶다는 이야기였다. 하지만 그 이상은 기억하지 못했다. 이때쯤엔 누나의 뇌가 기억에 연연하지 않기 때문이다. 하지만 나는 영화관에서 조종사가 탈출하려고 안간힘을 쓰는 장면을 보던 누나가 반쯤 황홀경에 빠져 순간이나마 조종사와 똑같이 움직였음을 알고 있었다.

내가 이 이야기에서 누나 이야기를 많이 하지 않는다면, 그 한 가지 이유는 우리가 별개의 기억을 갖고 있기 때문이다. 우리는 굳이 알려고 하지 않아도 서로의 삶에 대한 단서들을 목격했다. 누나가 감춰 둔 립스틱, 오토바이를 타고 왔던 소년, 그리고 누나가 웃음으로 들뜬 채 늦은 시간에 슬그머니 귀가한 일, 누나가 뜻밖에도 나방과 이야기하기를 좋아하게 된 일. 누나에게는 나방이 고해 신부 같은 존재가 되었던 모양이다. 하지만 나는 비밀을 간직하며 계속 거리를 뒀다. 어쨌든 루비니 가든에서 우리가 보낸 시간들에 대한 누나의 이야기는 특정한 방식으로 내 이야기와 섞이기는 하겠지만, 어조가 다를 테고 다른 부분들이 강조될 것이다. 돌이켜 보면 우리가 가깝게 지냈던 건 더 어렸을 때 함께 이중생활을 했던 시절뿐이었다. 오랜 세월이 지난 지금은 우리 사이에 선이 있고 각자 자립해 살고 있다.

카펫에는 갈색 정육점 포장지에 싸인 음식이 있다. 치즈와 빵, 얇게 저민 햄 조각들, 사과주 한 병…… 모두 우리가 일하는 식당에서 훔쳐 온 것이다. 우리는 전과 다른, 하지만 전과 마찬가지로 가구 한 점 없고 벽에 아무 장식도 없는 집의 방 안에 있다. 아무도 살지 않는 건물에 천둥소리가 울려 퍼진다. 그녀 오빠가 확인한 일정에 따르면 이 집이 팔리는 데는 시간이 좀 걸려서, 우리는 손님들이 나타날 가능성이 없는 밤 시간에 야영하는 게 습관이 되었다.

"창문 열어도 돼?"

"안 돼. 열어 놓고 잊어버릴 거야."

그녀는 오빠가 내건 규칙들을 철저히 지킨다. 심지어 그는 나를 직접 만나 확인하기도 했다. 나를 위아래로 훑어보며 너무 어려 보인다고 한마디 했다. 이상한 오디션이었다. 그의 이름은 맥스라고 했다.

우리는 한때 식당이었을 법한 방에서 섹스를 한다. 내 손가락이 한때 식탁 다리가 놓였던 자리인지 카펫이 살짝 꺼진 자국에 닿는다. 만약 식탁이 지금도 있었다면 그 밑에서 섹스하고 있는 셈이다. 우리 머리 위에서는 식사가 차려졌을 것이다. 나는 고개를 들고 아무것도 보이지 않는 어둠을 바라보며 이 생각을 말로 꺼낸다.

"넌 이상한 사람이야. 지금 같은 때 그런 생각을 하는 사람은 너밖에 없을 거야."

집에 폭풍이 몰아쳐 수프 그릇들이 박살 나고 숟가락들이 바닥에 떨어지는 소리가 난다. 폭탄을 맞아 부서진 뒷벽이 아직 세워지지 않은 채 남아 있다. 마른천둥이 요란하게 집 안에 들이닥치며 우리 알몸을 찾아다닌다. 우리는 가구도 없고,

우리가 하는 일에 대한 알리바이 하나 없이, 접시를 대신한 정육점 포장지와 물이 담긴 낡은 개 밥그릇밖에 없는 곳에서 무방비 상태로 누워 있다.

"주말에 너랑 섹스하는 꿈 꿨어. 그런데 방에, 우리 가까이에 뭔가가 있었어."

그녀가 말한다. 나는 섹스 이야기를 하는 데 익숙지 않다. 하지만 애그니스는 — 그녀는 이제 자신을 그렇게 부른다 — 매력적이게도 그런 이야기를 곧잘 한다. 그녀에게는 자연스러운 일이다. 자신에게 오르가슴을 가장 잘 느끼게 해 줄 방법이 무엇인지, 정확히 어디를 만져야 하는지, 얼마나 부드럽게, 얼마나 세게 만져야 하는지까지 이야기한다.

"여기, 내가 알려 줄게. 손 줘 봐……."

내가 말이 없자 그녀는 얼마간 놀리듯 미소 짓는다.

"얘, 너는 여기에 익숙해질 시간이 앞으로 아주, 아주 많아. 상황에 어울리게끔. 넘칠 정도로 많지."

그녀는 잠시 뜸을 들이다 말을 잇는다.

"있잖아…… 너에 대해 내게 가르쳐 주면 어때?"

이제 우리는 서로를 욕망하는 만큼이나 좋아하게 되었다. 그녀는 과거의 섹스 경험들에 대해 이야기한다.

"나는 데이트하려고 빌린 칵테일 드레스를 입고 있었어. 술에 취했고…… 처음 있는 일이었지. 일어나 보니 어느 집 방이었고 아무도 없더라. 드레스도 없고. 그래서 달랑 레인코트 하나 입고 지하철까지 걸어가서 집으로 갔다니까."

그녀는 내가 무슨 말을 하기를 기다리며 침묵한다.

"그런 일 있어? 원한다면 프랑스어로 이야기해도 돼. 그러면 더 쉽지 않을까?"

"나는 프랑스어 낙제했어."

나는 거짓말을 한다.

"그랬을 리 없어."

나는 그녀의 자유분방한 이야기뿐 아니라 목소리도 무척 좋아했다. 그 안에 깃든 수풀과 운율이라니, 우리 학교 남자애들 말투하고는 천양지차였다. 하지만 무언가 또 다른 이유에서 애그니스는 남들과 달랐다. 그해 여름 내가 알았던 애그니스는 그후의 애그니스가 아니었다. 당시에도 이미 알고 있었던 일이다. 내가 상상한 미래의 여자가 그녀 스스로 꿈꾸던 바와 일치했을까? 그녀가 내 안에 있는, 나를 넘어서는 무언가를 믿었듯이? 그런 존재는 그때까지 내가 평생 알았던 누구와도 달랐다. 당시 십 대들은 우리가 이미 정립되었고 앞으로도 영원히 똑같을 것이라고 생각하는 상태에 갇혀 있었다. 이는 잉글랜드적인 습성이자 시대의 질병이었다.

그해 첫 폭풍이 불었던 밤 — 폭풍 속에서 우리 둘 다 미친 듯이 서로를 붙들었던 때 — 나는 집에 도착해 바지 주머니에서 선물을 찾아냈다. 우리가 접시 삼았던 구겨진 갈색 정육점 포장지를 펴니 목탄으로 그린 그림이 있었다. 우리가 손을 맞잡고 누워 있고 머리 위에는 일찍이 못 본 거대한 폭풍이 — 먹구름, 번개, 위험한 하늘이 펼쳐져 있었다. 그녀는 그림 그리기를 아주 좋아했다. 나는 포장지를 간직하려고 했지만 살다 보니 잃어버렸다. 어떤 그림이었는지 지금도 기억하고, 때로 그녀가 스케치를 토대로 다시 그린 그림이 어느 갤러리에 걸려 있지 않을까 해서 찾아보기도 한다. 하지만 그런 그림은 마주치지 못했다. 오랫동안 나는 우리가 처음 들어갔던 집이 있었던 '애그니스 스트리트' 이상으로는 그녀에 대해 아는 바가 전혀 없었다. 뼈대만 남은 이런저런 집들에 불법으로 들어가 보냈던 낮과 밤 동안 그녀는 방어적인 유머를 담아 애그니스를 필명으로 삼겠다고 우겼다. "농 드 플륌[13] 말이야."라고, 그녀는 멋들어진 발음으로 말했다. "무슨 뜻인지 알지?"

우리는 집을 빠져나갔다. 일찍 일하러 가야 했다. 버스 정류장 앞을 서성이던 남자 하나가 다가오는 우리를 지켜보더니, 우리가 왜 그 집에서 나왔는지 궁금한지 그곳을 돌아보았다. 그는 우리와 같은 버스에 타서 우리 뒷자리에 앉았다. 그저 우연의 일치였을까? 혹시 그 사람은 우리가 침입했던 건물에 전쟁 때부터 떠돌던 유령 아니었을까? 우리는 두려움이 아니라 죄책감을 느꼈다. 애그니스는 오빠가 직장에서 괜찮을지 걱정했다. 그런데 우리가 버스에서 내리려고 일어서자 남자도 일어나더니 우리를 따라왔다. 버스가 멈췄다. 우리는 출입문 앞에서 멈춰 섰다. 버스가 다시 출발해 점점 빨리 움직이기 시작하자 애그니스는 문 밖으로 뛰어내리고는 비틀거리다 내게 손을 흔들었다. 나는 마주 손을 흔들고 몸을 돌려 그

13) Nom de Plume. 프랑스어로 '필명'이라는 뜻이다.

남자를 지나쳐 갔다. 잠시 뒤, 런던 중심부 어딘가에서 나는 버스에서 뛰어내렸고 그는 나를 붙잡지 못했다.

홍합선

템스강에 처음 나간 날 누나와 나, 화살은 런던을 거의 벗어날 만큼 서쪽으로 멀리 갔다. 그때 우리가 지나치거나 들렀던 곳들을 당신에게 보여 주려면 템스강 유역이 자세히 그려진 지도가 필요하다. 몇 주 동안 나는 지명뿐 아니라, 조수(潮水) 정보가 기록된 표들, 복잡한 방죽 길들, 오래된 통행료 징수소들, 우리가 들락거린 작은 만들, 배에서 내다보이는 뭍의 건축 부지와 집회 장소들 — 십 레인, 불스 앨리, 모트레이크, 해러즈 보관소, 발전소 몇 군데, 그리고 한두 세기 전에 지어져 템스강에서 북쪽으로 바큇살처럼 펼쳐진, 이름이 있거나 없는 운하들의 이름도 외웠다. 나는 침대에 누워 강의 모든 어형 변화들을 되뇌며 머리에 새겼다. 지금까지도 기억난다. 그 단어들은 잉글랜드 왕들의 이름처럼 들렸고, 내게는 축구 팀이나 수학 표보다 더 가슴 뛰는 주제였다. 가끔 우리는 울위치와 바킹 너머 동쪽으로 갔다. 어둠 속에서도 강물 소리나 밀물과 썰물의 움직임으로 우리 위치를 알 수 있었다. 바킹 너머로 가다 보면 카스피언 워프, 에리스 리치, 틸버리 커트, 로어 호프 리치, 블라이스 샌즈, 아일 오브 그레인을 지나쳤고, 더 나아가 강어귀를 지나면 바다가 나왔다.

강에는 숨겨진 장소들이 더 있었고 우리는 거기에서 바닷배를 만났다. 배의 선원들은 생각지도 못한 화물을 내린 다음, 머뭇거리며 배에서 빠져나온, 긴 밧줄 하나에 엮인 동물들을 산책시켰다. 칼레에서 여기까지 온 동물들이 네다섯 시간이나 참았던 똥오줌을 누고 나면 우리는 녀석들을 우리 홍합선으로 끌어들여 태웠고, 나중에 우리가 잠깐 마주친, 이름조차 영영 알 길이 없던 사람들이 녀석들을 데려갔다.

어느 날 다가올 주말에 대해 우리가 나누던 대화를 들은 화살이 우리를 템스강 사업에 끌어들였다. 마치 누나와 내가 옆에 없다는 듯이 우리를 데려다 자기 일을 좀 돕게 해도 되겠느냐고 나방에게 물었다.

"낮일인데, 밤일인데?"

"아마 둘 다."

"안전한 일이야?"

나방은 우리가 들어서는 안 되는 이야기를 하듯이 낮은 목소리로 물었다.

"완벽하게 안전해."

화살은 가식 어린 미소를 띠고 우리 쪽을 보며 큰 소리로 대답하면서, 안전은 확실히 보장한다는 듯 퉁명스럽게 손을 내저었다. 합법적인 일이냐는 질문은 나오지 않았다. 나방이 웅얼거렸다.

"너희 수영 못하지?"

우리는 고개를 끄덕였다. 그러자 화살이 한마디 던졌다.

"재네 강아지들 같지 않아?"

이번에는 나방이 고개를 끄덕였다. 우리가 정말로 강아지들 같은지는 조금도 생각하지 못하면서.

"끝내주지."

며칠 후 주말에 화살은 한 손으로 타륜을 잡고 다른 손은 주머니에서 샌드위치를 꺼내려 하면서 말했다. 그는 배를 모는 데에 온전히 집중하지는 않는 것 같았다. 차가운 바람이 물에 이랑을 만들며 사방에서 불어닥치고 우리 몸 위에서 전율했다. 나는 우리가 안전한 것 같다고 생각했다. 배에 대해서는 문외한이었지만, 뭍을 벗어난 공기의 냄새, 수면 위에 뜬 기름, 소금기, 고물에서 털털거리며 뿜어져 나오는 연기에 삽시간에 푹 빠져들었고, 주위를 에워싸며 우리를 침묵시키는 수많은 강이 내는 소리들이 너무나 좋았다. 이토록 세차게 밀려드는 세계 안에서 우리는 갑자기 사색의 우주에 들어선 것만 같았다. 실로 눈부시게 멋졌다. 우리 머리 위를 스칠 듯이 낮은 아치형 다리를 지나며 화살은 아슬아슬하게 몸을 수그렸다. 그렇게 하면 배가 자신을 따라오기라도 할 것처럼. 그러고 나니 네 사람이 노를 저어 가던 다른 배가 우리 배가 일으킨 물결에 뒤흔들려 부딪힐 뻔했다. 그들이 고함치는 소리가 들렸지만, 화살은 이건 누구의 잘못도 아니고 운명이라는 듯이 그들을 향해 손을 내저었다. 그날 오후 우리는 처치 페리 스테어스 근처의 조용한 바지선에서 그레이하운드 스무 마리를 받아다가 강 하류에 있는 다른 장소로 날랐다. 그렇게 움직일 수 있는 화물의 존재를 처음 알았고, 동물을 영국으로 불법 수입하는 일을 엄격히 제한하는 법이 있다는 것도 몰랐다. 그러나 화살은 다 아는 눈치였다.

화살이 홍합선에 우리를 태웠을 때, 그가 웅크린 자세로 걷는 이유를 두고 우리가 세운 가설들은 완전히 바뀌었다. 누나와 나는 미끌거리는 경사로를 조심조심 내려간 반면, 화살은 자신이 어디를 걷는지 거의 보지도 않고 누나가 발을 헛디디지 않는지 확인하려고 고개를 반쯤 돌린 채 손으로는 까닥이는 배와 둑 사이 10센티미터 넓이의 틈새에 담배를 던져 버리는 것이었다. 우리에게는 위태롭게만 느껴지는 계단이 그에게는 만만한 댄스 플로어나 마찬가지였고, 주변을 경계하듯 웅크리던 자세는 어디로 가고 빗물과 기름에 뒤덮인, 발 길이보다 조금 더 넓은 뱃전 위를 태평하게 걸어 다녔다. 나중에 그의 말을 들어 보니 그의 어머니는 강에 24시간 동안 폭풍이 몰아치던 때 그를 가졌다고 했다. 조상들이 대대로 거룻배 사공이었기에 강에 걸맞은, 뭍에서만 독특해 보이는 몸을 타고났다고도 했다. 그는 트위크넘에서 로어 호프 포인트에 이르기까지[14] 조

14) 런던 남서부 끝자락에서부터 런던 동쪽에 있는 켄트주 북부에 걸친 템

류가 흐르는 길을 모두 꿰고 있으며 풍기는 냄새나 화물을 적재하는 소리만 듣고도 어느 부두인지 알아맞힐 수 있었다. 자기 아버지는 "템스강의 자유인"이었다고 자랑했다. 한편으로는 십 대 시절 그를 억지로 권투의 세계로 밀어 넣은 잔혹한 사람이었다는 사실도 언급했다.

또한 화살은 다양한 종류의 휘파람 소리를 낼 줄 알았다. 바지선마다 고유의 신호가 있기 때문이다. 새 배에서 일하기 시작하면 배의 신호법을 배우는데, 물 위에서 상대방을 알아봤다고 알리거나 경고할 때 그 신호만 써야 한다고 했다. 저마다 새소리를 흉내 낸 휘파람 신호들이었다. 그가 만난 어떤 뱃사람들은 언젠가 육지에 둘러싸인 숲을 걷다가 주변에 강이라곤 보이지도 않는데 자기네 배 휘파람을 들은 적이 있다고 했다. 알고 보니 둥지를 지키는 황조롱이가 낸 소리였다. 100년 전에는 황조롱이들이 강가에서 살았고, 뱃사람들이 그 소리를 본떠 신호로 만들어 대대손손 전해 준 것이었다.

주말 이후로 나는 화살이 개를 운반하는 일을 계속 돕고 싶었지만 누나는 나방과 더 많은 시간을 보내기 시작했다. 아마도 누나는 더 어른스러워지고 싶었던 것 같다. 하지만 나는 레인코트를 입고서 화살이 차를 몰고 나타나기를 기다렸다. 처음 루비니 가든에서 만났을 때 화살은 내게 거의 관심이 없었고 그저 어쩌다 들른 집에 사는 남자애 정도로 대했다. 그런데 이제 보니 화살은 무언가를 잘 가르쳐 주는 사람이었다.

스강 유역을 가리킨다.

나방보다 내게 신경은 덜 썼지만, 시키려는 일이 무엇인지, 자신에 대해 남들에게 말하지 않아야 할 것이 무엇인지 정확히 일러 주었다. "네 속내를 숨겨, 너새니얼. 항상 숨겨야 해."라고 말하곤 했다. 사실 그는 나처럼 어느 정도 믿을 만한 사람이 일주일에 두세 번쯤 조용한 유럽 배들에서 그레이하운드들을 데려오는 일을 도와주기를 원했고, 그래서 식당 일을 그만두고 어둑한 홍합선에서 자신과 함께 개들을 이런저런 장소들로 실어 나르는 일을 하자고 설득했다. 우리가 그렇게 나른 살아 있는 화물들은 밴에 실려 또 어디론가 떠났다.

우리는 배를 한 번 탈 때마다 그렇게 수줍은 여행객들을 약 스무 마리씩 실었다. 녀석들은 갑판에 앉아 덜덜 떨고 있었다. 일을 하다 보면 때로 시간이 늦어져 자정이 되었고, 큰 소음이 들리거나 별안간 우리 옆에 다가온 대형 보트가 탐조등 불빛을 비추기만 해도 우리는 질겁을 했다. 화살은 이른바 '감시꾼들'이 나타날까 봐 걱정했다. 그래서 하천 순찰대가 지나가면 나는 개 냄새가 진동하는 담요 밑으로 기어 들어가 녀석들을 진정시켜야 했다. "그들은 더 심각한 일을 추적하는 거야." 라며 화살은 자신의 가벼운 범죄를 정당화했다.

알고 보니 우리 화물로 큰돈을 번다는 보장은 사실 없었다. 이 개들이 좋은 경주견이라고 확신할 수 없고, 빠른지 느린지 알 도리도 없었다. 녀석들의 가치는 순전히 '예측 불허의 요소'라는 데 있었다. 경주꾼들이 녀석들의 가치를 잘 모르니 무모한 베팅이 가능했기 때문이다. 처음 온 사람들이 개의 혈통이 아닌 생김새를 보고 베팅함으로써 녀석들은 매력적인 존재가 되거나 아니면 쓸모없는 존재가 되었다. 사람들이 무모하게 베팅하면 돈의 흐름이 활발해진다. 사람들은 어디서 왔는지도 모르는 개의 의미심장한 눈빛이나, 줄에 묶인 동물의 허벅지 윤곽을 보고, 또는 개를 좀 알 것처럼 보이지만 실은 모르는 타인들의 수군거림을 엿듣고 녀석에게 파운드 지폐들을 건다. 우리가 나르는 개들은 과거 이력이 없는 부랑아들이었다. 프랑스 대저택에서 유괴되거나, 고기 공장에서 구출되어 두 번째 기회를 기다리는 녀석들. 수탉만큼이나 누가 누구인지 분간되지 않는 동물들이었다.

달 없는 밤에 강에서 개들이 짖으려 할 때마다 나는 단순히 엄하게 고개를 쳐드는 제스처로 녀석들을 진정시켰다. 마치 오케스트라 단원들을 조용히 시키는 기분이었다. 그런 행위에는 십 대 소년으로서 처음으로 맛보는 권력의 매혹과 기쁨이 있었다. 화살은 조타실에 서서 밤을 가르고 배를 몰며 「하지만 나한텐 안 어울려」[15]라는 노래 가사를 흥얼거렸다. 이 노래를 부를 때면 꼭 한숨을 쉬는 듯한 소리가 났다. 하지만 그는 자기 입에서 나오는 가사를 거의 의식하지도 않고 딴 생각에 잠겨 있었다. 게다가 나는 이 노래에 깃든 슬픔이 복잡하게 맞물린 그의 여자관계를 반영한 것은 아님을 알고 있었다. 나는 종종 화살이 저녁 약속에 빠질 수 있도록 알리바이를 마련해 주거나 공중전화로 거짓 메시지를 전해 주면서

15) 조지 거슈윈(George Gershwin, 1898~1937)이 1930년 뮤지컬 「걸 크레이지」를 통해 발표한 곡으로, 자신에게 맞지 않는 상대를 사랑하는 슬픔을 표현했다.

그런 사실을 알아차렸다. 여자들은 그가 무슨 일을 하는지도 모를 뿐 아니라 일하는 시간이 정확히 언제인지조차 몰랐다.

그러던 나날, 낮과 밤 동안 화살의 삶을 이루는 그늘진 시간표 안에 들어서면서 나는 나 자신이 선박을 이용하는 밀수업자, 수의사, 위조범, 런던 인근 지역에서 벌어지는 개 경주가 함께 어우러진 이야기 패턴 속에 얽혔다는 걸 깨달았다. 뇌물을 받은 수의사들은 외국에서 데려온 개들에게 디스템퍼 예방 주사를 놔 주었다. 때로는 임시로 개를 맡길 곳이 필요했다. 위조범들은 영어라고는 한 단어도 들어 본 적 없는 개들이 글로스터셔나 도싯에 사는 주인 밑에서 태어났음을 증명하는 출생증명서를 만들어 주었다.

내 인생에서 마법 같았던 그해 여름, 경주가 성황이던 시기에 우리는 일주일에 마흔다섯 마리가 넘는 개들을 밀수했다. 라임하우스 근처 부두에서 겁 많은 개들을 우리 홍합선에 태운 다음 어둠 속에서 강을 헤치고 런던 중심부를 거쳐 로어 템스 스트리트로 향했다. 그런 다음 온 길을 되짚어 다시 강 하류로 나아갔다. 그렇게 늦은 밤, 개를 싣지 않은 배를 타고 집으로 돌아가는 시간이야말로 화살이 빡빡한 일정에서 벗어나 누구의 방해도 받지 않는 때였다. 이제 나는 화살의 세계가 궁금해졌다. 그런 밤이면 화살은 자기 자신에 대해서나 개 경주의 복잡한 문제들에 대해 터놓고 이야기했고, 가끔씩 질문을 했다. 한번은 "아주 어렸을 때 월터를 만났다며? 맞니?"라고 물었다. 깜짝 놀라서 쳐다보자 화살은 너무 스스럼없이 남의 허벅지에 올린 손을 재깍 치우듯 자신이 한 말을 철회했다. "아아, 알겠다."라면서.

나는 그에게 올리브 로런스를 어떻게 만났느냐고 물으면서 내가 그녀를 좋아했다고 고백했다. 그러자 화살은 "오, 그건 나도 알고 있었어."라고 했다. 놀라운 일이었다. 화살은 늘 내 반응을 인지하지도 못하고 관심도 없는 것처럼 보였기 때문이다.

"그래서 어떻게 만나셨어요?"

그는 구름 없는 하늘을 가리켰다.

"내겐 조언이 필요했고, 그녀는 전문가였으니까…… 지리학자, 민-족-지-학자."

그는 한때 올리브가 그랬듯이 음절들을 길게 늘여 말했다.

"그런 사람들이 있다는 걸 누가 알았겠니? 달의 생김새나 구름의 모양을 보고 날씨를 읽는 사람이 아직도 있다니. 아무튼 그녀는 당시 내가 엮여 있던 어떤 일에 필요했어. 나는 나보다 똑똑한 여자들을 좋아하거든. 뭐랄까, 그녀는…… 음, 사람을 놀라게 해. 그런 발목이라니! 그녀가 나를 만나 줄 거라는 생각은 하지 않았어. 그녀는 전형적인 메이페어[16] 사람 같았거든. 무슨 뜻인지 알겠니? 그녀는 립스틱을 좋아하고, 실크도 좋아하지. 아버지는 법정 변호사고. 내가 곤란에 빠져도 그 여자 아버지가 나를 도와줄 성싶지는 않다만. 아무튼 그때 그녀는 렌즈구름과 모루구름에 대해, 푸른 하늘을 어떻게 읽는지를 알려 주었어. 내 관심이 쏠린 부위는 그녀의 발목이었지만 말이야. 딱 내가 높이 평가하는 그레이하운드 같

16) 런던 웨스트엔드에 위치한 상류층 지역을 가리킨다.

은 다리 선이더군. 하지만 그녀를 데리고는 경주에서 이길 수 없지, 절대로. 우리는 그녀 삶의 한쪽 귀퉁이만 겨우 잡을 수 있을 뿐이니까. 그렇잖니. 지금 그녀가 대체 어디에 있느냔 말이야. 감감 무소식이잖아. 그래도 염소 머리를 먹었던 그날 밤엔 말이지, 그녀도 내심 좋아했던 것 같아. 물론 본인은 인정하지 않겠지만, 그때 일은 저녁 식사를 하면서 평화 조약에 서명하는 격이었어. 대단한 여자였지……. 나한테 맞는 상대는 아니었지만."

나는 화살이 이런 식으로 말하는 걸 무척 좋아했다. 그는 내가 여자들의 불안정하고 미묘한 요소들을 이해할 수 있는, 자신과 동등한 사람처럼 대했다. 게다가 염소 머리 사건을 다른 사람 입장에서 들으니, 내가 진입하고 있는 세상이 더욱 여러 층으로 나뉘었다. 나는 한 종류의 잎사귀에서 다른 잎사귀로 넘어가는 과정에서 위태롭게 균형을 잡은 채 몸 색깔을 바꾸는 애벌레가 된 기분이었다.

어둡고 조용한 강물을 타고 나아가다 보면 저 먼 강어귀까지 우리가 소유한 것처럼 느껴졌다. 별처럼 희미하게 불이 켜진 산업용 건물들을 지나면서는 마치 정전과 통금 조치가 시행중이었던, 오로지 워라이트[17]와 앞 못 보는 바지선들만이 이 강을 운행할 수 있었던 전쟁 시절로 돌아가는 타임캡슐을 탄 듯했다. 나는 한때 모질고 적대적이라고만 생각했던 웰터급

17) 선생 때 도시가 정전된 시간 동안 비상용 차량들을 안내하던 흐릿한 불빛을 말한다.

권투 선수가 고개를 돌려 나를 보며 올리브 로런스의 발목과, 청록색 색상표며 바람계에 대한 그녀의 지식에 걸맞은 정확한 단어들을 골라 가며 말하는 모습을 지켜보았다. 그러고 보면 이 사람도 자기 일의 일환으로 그런 정보들을 기억해 두고 있었겠구나 싶었다. 비록 그러느라 그녀 목에서 느리게 뛰는 푸른 맥박에서 주의를 돌려야 했을지라도.

그는 내 팔을 붙잡아 타륜에 올려 주고는 뱃전으로 가서 템스강에 오줌을 눴다. 그러고는 신음을 내뱉었다. 그의 행동에는 늘 배경 음악 같은 것이 따랐다. 땀에 촉촉히 젖은 올리브 로런스의 목이 맥동했을, 둘이 사랑을 나누던 순간에도 그랬을 것이다. 덜위치 픽처 갤러리를 정찰하면서, 화살이 오줌을 누는 모습을 처음 보았던 일이 기억났다. 그는 휘파람을 불며, 담배를 쥔 오른손으로 음경을 잡고서 소변기 가장자리를 겨누고 있었다. "자지가 자기(瓷器)에 자리 잡네." 그는 이렇게 표현했다. 내가 바지선의 타륜을 조종하고 있을 때도 어김없이 그의 독백이 들렸다. "어떤 러시아 연극에 나오는 것보다 더 많은 회색 구름을 보았네."[18]라며, 그는 여자를 곁에 두지 않은 밤 시간 혼자만의 생각에 잠겨 중얼거렸다.

배가 느려졌다. 우리는 부두의 방현재[19]에 배를 맞대고 정박시킨 다음 뭍에 내렸다. 새벽 1시였다. 우리는 모리스로 걸어가 차에 앉았다. 그리고 새로운 환경에 적응할 시간이 필요

---

18) 앞서 등장한 노래 「하지만 나한텐 안 어울려」에 나오는 가사의 일부이다.
19) 뱃전을 보호하기 위하여 두른, 나무나 고무로 만든 띠를 말한다.

한 양 잠시 가만히 있었다. 그가 클러치를 밟고 열쇠를 돌리자 차의 소음이 정적을 깨뜨렸다. 그는 십자 모양으로 교차하는 좁고 어두컴컴한 길들을 따라 늘 위험할 정도로 빨리 차를 몰았다. 전쟁 이후로는 사람이 많이 살지 않는 지역의 길들이었다. 우리는 무너진 건물의 잔해가 즐비하고 이따금씩 모닥불이 피어오르는 동네의 길들을 지나갔다. 그는 담뱃불을 붙이고 창문을 열어 두었다. 집까지 직선 경로로 간 적은 한 번도 없었다. 그는 좌우를 이리저리 누비면서도 속도를 늦춰야 할 때를 확실히 알았고, 도주로를 확인하기라도 하듯 아까는 보이지 않던 골목길로 갑자기 차를 꺾기도 했다. 아니면 늦은 시간이라 잠에서 깨려고 일부러 위험을 감수했던 것일까? 안전해? 나는 창밖의 공기에 대고 나방이 했던 질문을 입 모양으로만 소리 없이 되뇌었다. 한두 번인가, 내가 피곤하지 않은 기색이었을 때 화살은 짐짓 지친 표정을 지으며 운전석에서 내려 조수석을 차지하며 내게 운전대를 맡기기도 했다. 내가 클러치를 밟으며 코빈스 브룩 다리 위로 덜커덕거리며 차를 모는 동안 곁눈질로 나를 흘끔거렸다. 그렇게 도시 안쪽으로 들어설 때쯤이면 우리 사이의 대화는 끊겨 있었다.

이렇게 내 영역을 벗어난 임무들이 주어진 탓에 나는 기진맥진할 때가 많았다. 뼈 검사와 피 검사를 조작하는 일도 해야 했다. 우리 이민자들이 이 나라에서 벌어지는 150개의 개경주에 참여할 수 있도록 그레이터 런던 그레이하운드 협회 직인을 위조하는 일도 해야 했다. 몽테크리스토 백작의 무도회에 가짜 신분으로 잠입해 모일 준비라도 하는 것만 같았다.

품종견들의 잡종화가 폭넓게 진행되고 있었고, 그레이하운드 관련 산업은 그런 여파에서 결코 벗어나지 못할 것이다. 멀리 떠나기 전에 화살이 꾸미는 공작을 알게 된 올리브 로런스는 눈을 굴리며 한마디 했다.

"다음에는 뭐야? 폭스하운드? 보르도 지역에서 유괴한 아이들?"

"당연히 보르도지."

화살이 앙갚음하듯 대꾸했다.

그래도 나는 홍합선에서 보내는 밤을 사랑했다. 이 배는 원래 항해용 범선이었는데 이제는 현대식 디젤 엔진이 갖추어져 있었다. 화살은 그걸 "훌륭한 부둣가 상인"에게서 빌렸다고 했다. 선주는 배를 일주일에 사흘만 사용했지만, 갑자기 왕실에서 결혼식을 거행한다고 공표하는 경우에는 예외였다. 르아브르의 어느 사악한 공장에서 구워진, 왕족 그림이 박힌 싸구려 그릇들을 서둘러 수입해야 했기 때문이다. 그럴 때는 개 수입을 연기해야 했다. 길쭉한 모양의 회색 배는 네덜란드에서 건조되었으며 한때는 해안 가까이에서 홍합 서식지를 돌아다녔다고 했다. 겉보기에도 다른 바지선들과 달랐고 템스강에서는 보기 드문 배였다. 짐칸에는 바닥짐 삼아 물을 저장할 수 있는 탱크가 있어, 거기 소금물을 채워 넣으면 배가 항구에 도착할 때까지 홍합을 신선하게 보관할 수 있었다. 하지만 우리에게 이 배의 가장 큰 이점은 흘수[20]가 낮다는 점이었다. 그래

---

20) 배가 물에 잠겨 있는 부분의 깊이를 말한다.

서 템스강 어귀에서부터 서 멀리 리치몬드까지, 심지어 대부분의 예인선과 바지선은 못 들어올 만큼 얕은 테딩턴 지역의 상류까지 갈 수 있었다. 화살이 다른 거래를 하러 템스강에서 벗어나 북쪽과 동쪽으로, 뉴턴스 풀[21]과 월섬 수도원으로 이어지는 수로와 운하로 나아갈 때도 배는 유용하게 쓰였다.

지금까지도 그 이름들을 기억하고 있다……. 에리스 리치, 카스피언 워프, 그리고 자정이 한참 지난 시간 내가 화살을 옆자리에 앉히고 차를 몰았던 거리들의 이름까지도. 그럴 때면 화살은 격동의 바지선 여정을 막 마무리하고 운전하는 내가 졸지 않도록 자신이 좋아하는 영화 몇 편의 줄거리를 이야기해 주었다. 귀족적인 어투를 써 가며 「낙원의 곤경」에 나오는 대사를 읊기도 했다. "카사블랑카 은행에 걸어 들어갔다가 카사블랑카 은행을 손에 쥐고 나온 남자에 대해 들어 봤소? 내가 바로 그 남자요!" 차는 불 꺼진 도로를 쏜살같이 달렸고, 그는 고개를 돌린 채 올리브 로런스가 자기와 말다툼할 때 보였던 버릇들을 알려 줘서 나를 즐겁게 해 주거나, 우리가 지나는 주요한 길 이름들을 줄줄 읊기도 했다 — 크룩드 마일이라든지, 시워드스톤 스트리트라든지, 근처 공동묘지까지도. 그는 "다 외워 놔, 너새니얼. 내가 너 혼자 보내야 할 때가 있을지도 모르니까."라고 했다. 차를 얼마나 빠르게 몰았던지 삼십 분도 안 돼서 런던에 도착할 때도 많았다. 이따금씩 화살은 큰 소리로 노래를 불렀다. "옆에 남자가 있는 신부"나, "불꽃으로

21) 왕립 폭약 공장에서 수중 폭탄을 실험하기 위해 팠던 호수이다.

알려진 여자"에 대해 쾌활하게 노래하다,[22] 방금 떠오른 또 다른 기만적 욕정이 빚어낸 사건을 기억해 내려는 듯 갑자기 팔짓을 하기도 했다.

그레이하운드 경주는 이미 환희와 불법으로 점철된 직종이었다. 경주꾼들 사이에서 수백만 파운드가 오갔다. 수많은 사람들이 화이트채플의 경기장이나 풀럼의 다리로, 또는 일시적으로 생겨나는 방방곡곡의 경주장으로 몰려갔다. 화살은 사업에 성급하게 뛰어들지 않았다. 우선 해당 분야를 조사했다. 이 스포츠는 외면당하는 천민 같은 입지에 있었고 결국에는 정부가 통제하려 들 게 뻔했다. 《데일리 헤럴드》에 실린 사설은 그레이하운드 경주에 "수동적 여가 생활에서 비롯된 도덕적 타락"이 도사리고 있다며 대중에게 엄히 경고했다. 그러나 화살은 대중의 이러한 여가 생활이 수동적이라고 생각하지 않았다. 해링게이에서 3대 1 우승 후보가 실격당해 군중이 그레이하운드 대기용 우리들을 깡그리 불태워 버렸을 때 화살도 거기 있었다. 경찰이 쏘는 물대포에 맞아 쓰러진 수많은 사람들 중 한 명이기도 했다. 그는 곧 경주견 허가증, 혈통서, 스톱워치, 심지어 개들이 뒤쫓아야 할 기계 사냥감의 속도를 규정하는 공식 규칙까지 도입될 거라고 보았다. 그러면 운이 작용할 가능성은 점점 낮아질 테고 베팅은 합리적인 근거를 따

---

22) 1953년에 개봉한 뮤지컬 영화 「밴드 웨건」에 나오는 노래 「댓츠 엔터테인먼트!」 가사의 일부이다.

를 것이다. 그는 이 사업에 재빨리 진입할 수 있는 좁은 입구를 찾아내거나 만들어 내야 했다. 이제까지 눈에 띄지 않았던, 사람들이 이미 생각했던 것들과 미처 고려하지 못했던 것들 사이의 틈새를 비집고 들어가야 했다. 그렇게 화살이 개경주에서 깨달은 것은, 어느 놈이 어느 놈인지 구분되지 않는 동물들 사이에서는 재능을 판단할 수 없다는 점이었다.

루비니 가든에서 우리를 처음 만났을 때 그는 수상쩍은 미등록 외국 개들을 수입하고 있었다. 그전에는 몇 년간 여러 가지 사기 수법으로 돈을 벌었다. 그는 도핑 기술을 연마했는데, 개들에게 힘과 지구력이 아니라 뇌전증 발작에 쓰이는 진정제인 루미날을 주입해 몽롱하고 굼뜨게 만드는 기술이었다. 이 경우 타이밍을 잘 잴 필요가 있었다. 경주 시작 시점에 너무 가깝게 약을 먹이면 개는 출발선에서 널브러져 잠들어 중산모를 쓴 간사들 중 한 명이 튀어나와 치워 버린다. 하지만 두 시간 전에 투여하면 녀석은 자신 있게 달리다가 커브를 돌 때 어지러워질 것이다. 특정한 종류의 개들, 예컨대 얼룩무늬 개나 수캐에게 루미날을 첨가한 간을 먹였다. 그러니 그런 개들에게는 돈을 걸지 않는 편이 좋았다.

그는 누군가의 집에 마련된 화학 실험실에서 제조한 또 다른 약물들도 시험했다. 성병에 걸린 인간의 생식기에서 나온 체액을 먹은 개들은 결승선까지 100미터 정도 남았을 때 갑자기 몸이 가려워 주의가 흐트러지거나 원치 않는 발기가 일어나 속도가 느려졌다. 화살은 클로로부탄올 알약을 치과 의사에게 대량 구입해 뜨거운 물에 녹여서 개들에게 먹이기도 했다. 그러면 루미날과 마찬가지로 몽롱한 최면 효과가 일어났다. 화살의 말에 따르면 북아메리카 산림 경비원들은 송어에 추적용 꼬리표를 달기 위해 마취시킬 때 그런 방법을 쓴다고 한다.

화살은 언제, 어디서 이런 화학 및 약학에 대한 정보들을 습득한 걸까? 하긴 호기심이 많은 사람이라 누구한테서든 정보를 얻어 낼 수 있었다. 버스에서 옆자리에 앉은 순진한 화학자를 상대로도 말이다. 그렇게 해서 올리브 로런스에게서도 날씨 체계에 대한 상세한 지식을 배운 것이다. 하지만 자기 자신에 대해서는 쉽게 드러내지 않았다. 핌리코에서 권투 선수로 살던 시절 비롯된 특성일지도 모르겠다. 발은 가볍게 움직이면서 말은 진중하게, 수수께끼같이 하고, 동시에 상대방의 몸짓 언어를 유심히 읽어 내야 했을 테니까. 카운터펀치를 날리고, 주의 깊게 관찰하고, 상대방의 스타일을 흉내 내며 조롱하기. 그런 약물에 정통한 사람이니 누나의 뇌전증도 잘 알았겠다는 생각은 그로부터 한참 후에야 떠올랐다.

내가 그와 함께 일하기 시작했을 때쯤에는 도핑의 황금기가 끝나 가던 시기였다. 한 해에 영국인 3400만 명이 그레이하운드 경주를 보러 갔다. 그러나 경주 단체들이 타액과 소변 검사를 실시했기 때문에 화살은 논리와 재능을 넘어선 또 다른 베팅법을 찾아내야 했다. 그리하여 출생과 혈통을 위조한 선수들을 참가시켜 그레이하운드 경주에 혼란을 일으키고 운이 작용할 여지를 만들었다. 나는 그의 작전에 완전히 휘말려, 최대한 자주 그와 함께 배를 타고 강물의 흐름을 따라 런던을 들락거리기에 이르렀다. 지금까지도 종종 그런 밤의 여정이 그립다.

무척 더운 여름이었다. 우리는 항상 홍합선에 갇혀 있지만은 않았다. 가끔은 일링 파크 가든스 거리에 꼭꼭 숨겨진 간이 방공호에서 개 네다섯 마리를 데려다 모리스 뒷좌석에 앉히고, 왕족처럼 무표정한 얼굴로 차창 밖을 내다보며 차를 몰고 런던을 빠져나가기도 했다. 그리고 작은 마을에서 열리는 경주에 녀석들을 데려가 동네 개들과 경쟁시켰다. 우리 개들이 배추흰나비처럼 경주장을 가로지르는 것을 지켜본 화살은 주머니에 돈을 더 챙겨 넣은 채 차를 몰고 런던으로 향했고 기진맥진한 개들은 뒷좌석에 널브러졌다. 녀석들은 어디로든 달리고 싶어 안달했다.

우리가 수입한 가짜 선수들이 경주에 타고난 재능을 발휘할지 아니면 디스템퍼로 쓰러질지는 알 수 없었다. 하지만 이건 다른 사람들도 마찬가지였기 때문에 돈을 챙길 수 있는 거였다. 뒷좌석에 느긋하게 앉은 개들을 데리고 서머싯이나 체셔로 달리던 우리가 아는 것은 오로지 녀석들이 신참이라는 점이었다. 화살은 절대로 녀석들에게 돈을 걸지 않았다. 좋은 패를 가장하기 위해 카드들 사이에 끼워 둔 쓸모없는 카드와 같았으니까. 온갖 곳에서 아마추어 개 경주가 벌어졌고 우리는 그런 소문들을 전부 뒤쫓았다. 나는 커다란 지방 지도를 펼치느라 씨름하며 비공식 삼류 경주가 열리는 마을이나 난민촌을 찾았다. 어떤 곳들에서는 비둘기 깃털들을 묶은 나뭇가지를 매단 차가 들판을 달리고 그걸 개들이 쫓아가는 방식

으로 경주를 진행했다. 한 경주에서는 기계 사냥감이 쥐 모양이었다.[23)]

언젠가는 화살이 운전하다 신호등에 걸려서 차를 멈출 때마다 몸을 뒤로 젖히고 겁먹은 개들을 부드럽게 쓰다듬어 주었다. 개들을 사랑해서 그랬던 것 같지는 않다. 다만 녀석들이 잉글랜드 땅을 밟은 지 하루이틀밖에 안 됐다는 사실을 그는 잘 알고 있었다. 그렇게 쓰다듬어 주면 녀석들이 차분해지고, 그에게 은혜를 입었다고 생각해 몇 시간 뒤 저 멀리서 벌어지는 경주에서 그를 위해 달려 주리라 생각했는지도 모른다. 개들이 그와 함께 있는 시간은 짧았고, 하루가 끝날 때쯤 런던으로 돌아가는 우리 차에 남은 개들은 몇 없었다. 어떤 개들은 달리기를 멈추지 않고 숲속으로 사라져 두 번 다시 나타나지 않았다. 한두 마리는 요빌 지역의 신부라든가, 도딩턴 파크의 폴란드 난민촌에서 만난 누군가에게 팔았다. 화살은 개의 혈통이나 소유권에 대해 전혀 감상적이지 않았다. 개들의 혈통과 더불어 심지어 인간의 혈통도 경멸했다. "문제는 가족이 아니다." 그는 놀랍게도 「욥기」에서 사람들이 눈여겨보지 않는 한 구절을 인용하는 투로 선언했다. "문제는 빌어먹을 친척들이지! 무시하라고! 누가 가치 있는 아버지가 될 수 있는지 알아봐. 희귀한 혈통이란 애들을 바꿔치기해서 망가뜨려야 하니까." 화살은 한 번도 자기 가족과 연락하지 않았다. 하기야 그를 열여섯 살에 핌리코의 사각 링에 팔아넘긴 사람들이니 그

23) 통상적으로는 토끼 모양이다.

럴 만도 했다.

어느 날 저녁 그는 동네 우체국 접수대에 사슬로 매여 있던 묵직한 책을 어렵사리 떼어 챙겨서 루비니 가든 13번지에 들어섰다. 그레이하운드 협회에서 "경주 사기 행각"을 대중에게 경고하기 위해 펴낸 책으로, 범죄 혐의가 있는 사람들이 쭉 열거되어 있었다. 일부는 흐릿하게, 일부는 보이지도 않게 찍힌 얼굴 사진들 옆에는 위조에서부터 토트[24] 티켓 인쇄에 걸친 온갖 사건 목록이 있었다. 도핑, 경주 결과를 미리 짜고 정해 놓는 행위, 소매치기도 있었고, 심지어는 여자를 후리려고 사람들을 "훑고" 다니는 자에 대한 경고까지 실렸다. 화살은 누나와 내게 300쪽에 걸친 범죄자 목록 사이에 자신이 있는지 찾아보라고 했다. 물론 화살은 보이지 않았다. "그들은 내가 누구인지 전혀 모르는 거지!" 그는 의기양양하게 외쳤다.

이때 그는 정교한 수법으로 개 경주 규칙들을 피해 가는 땅굴을 뚫고 있었다. 언젠가는 자신이 처음으로 규칙을 뒤엎었던 일을 다소 쭈뼛거리며 우리에게 털어놓았다. 돈을 걸었던 개가 — 그의 처음이자 마지막 베팅이었다 — 첫 커브를 돌다가 실수로 울타리에 부딪히자 경주로에 살아 있는 고양이를 던졌다는 것이었다. 다른 개들은 눈앞에 날아든 고양이를 보고 정신이 팔려서 죄다 경주에서 이탈했고, 결국 경주로에는 분당 천오백 번 회전하는 2마력짜리 모터로 움직이는 기계 사냥감 토끼만 남았다. 경주는 무효 처리가 되었고, 고양이는

24) 경주에 걸린 돈을 이긴 사람들끼리 나눠 갖는 방식을 가리킨다.

사라졌다. 화살 역시 본전을 찾아 자리에서 사라졌다.

화살의 여자 친구 중에서 그가 개 경주를 좇아 런던 밖으로 나갈 때 동행하고 싶어 하는 사람은 아무도 없었다. 반면 개를 한 번도 키워 본 적 없는 나는 녀석들과 함께 기꺼이 뒷좌석에 앉았다. 온기를 찾아 내 어깨에 주둥이를 기대 오던 녀석들은 나처럼 스스로 고독을 택한 소년에게 잘 맞는 영리한 말썽꾸러기 친구들이었다.

우리는 해 질 녘 런던으로 돌아왔다. 개들은 서로 뒤엉킨 채 잠들어 있었다. 도시의 불빛들이 빛나는데도, 삼십 분 전 화살이 어깨 너머로 던진 샌드위치 부스러기가 나뒹구는데도 깨지 않았다. 화살은 저녁 약속이 있다면서 모리스를 몰고 일링 파크 가든스의 간이 방공호에 개들을 데려다 달라고 부탁했다. 평생 은혜를 잊지 않겠다면서. 나는 여전히 그레이하운드 냄새가 풍기는 옷을 걸친 채 새 애인을 만나러 가는 그를 지하철역에 내려 주었다. 비록 내겐 운전면허는 없었지만 차가 있었다. 나는 개들을 데리고 도심에서 벗어나 밀 힐로 향했다.

나는 또 다른 빈집에서 애그니스를 만나기로 되어 있었다. 집 앞에 도착했을 때 개들에게 바깥 공기를 쐬어 주려고 창문을 내렸다. 차에서 내려 집으로 걸어가다가 뒤를 돌아보니 녀석들은 실망한 유령들처럼 서글프게 나를 바라보고 있었다. 그때 애그니스가 문을 열어 줬다. 나는 "잠깐만."이라고 말하고 차로 뛰어가 개들을 작은 앞마당에 풀어놓고 오줌을 누였다. 그런 다음 녀석들을 도로 차에 태우려는데, 그녀가 다 같이 집에 들어오지 않겠느냐고 했다. 녀석들은 조금도 지체하지 않고 나를 지나쳐 집 안의 어둠 속으로 뛰어 들어갔다.

우리는 현관문 밑에 열쇠를 놔두고 신나서 컹컹 짖는 개들을 뒤따라 들어갔다. 3층 건물이지만 전과 마찬가지로 불을 켤 수는 없었다. 우리가 들어갔던 가장 큰 집이었고 훼손된 데도 없었다. 그녀 오빠가 승진해서 이제는 전쟁 후에 지어진 부동산을 다루게 된 모양이었다. 우리는 푸른 가스버너에 수프 두 캔을 데운 다음, 가로등 불빛으로나마 서로를 보고 대화하려고 2층에 자리 잡고 앉았다. 이제 우리는 전보다 편안했다. 우리 사이에 무엇이 일어나지 않을지, 않을 수 있는지, 않아야 하는지를 의식하느라 생겨난 긴장이 줄어든 것이다. 우리는 수프를 마셨다. 개들이 방 안에 뛰어 들어왔다 다시 나갔다. 우리는 오랜만에 만나 격정적인 밤을 보낼 수도 있었다. 실로 격정적이기는 했다. 그러나 예상과는 다른 방식이었다. 애그니스는 어땠는지 몰라도 나는 앞서 말했듯 어린 시절에 개를 키운 적이 없는데, 이제 우리는 빌린 집의 어두침침한 방 안에서 개들과 함께 바닥을 뒹굴었다. 녀석들의 길고 따스한 주둥이가 우리의 맨가슴에 맞닿았다. 우리는 가로등 불빛이 비치는 창문들을 피해 가며 이 방 저 방 뛰어다니며 서로에게 휘파람으로 신호를 보냈다. 나와 그녀가 동시에 개 한 마리를 부둥켜안기도 했다. 그녀는 천장으로 고개를 들어 올리고 지붕 너머 달을 향해 울부짖었다. 어슴푸레한 빛 속에서 개들은 희끗한 개미핥기처럼 보였다. 우리는 녀석들을 따라 더 안쪽에 있는 방들로 들어갔다가 어둠에 휩싸인, 좁고 촘촘

한 계단을 따라 내려오던 녀석들과 마주쳤다.

"어딨어?"

"네 뒤에."

자동차 전조등 불빛들이 창문으로 비쳐 들면서 웃옷을 벗은 애그니스의 모습이 드러났다. 개들 중에서도 유독 계단을 무서워하는 녀석이 애그니스의 허리에 매달려 있었고, 그녀는 녀석을 아래쪽 층계참에 내려 주고 있었다. 내가 그 시절부터 간직해 온 몇 가지 기억 속에 안전하게 넣어 둔, 불완전하게나마 철을 하고 라벨도 붙여 놓은 성스러운 순간이다. 애그니스와 개. 다른 기억들과 달리 이 기억은 장소와 날짜도 명확하다 — 더웠던 그해 여름 끝자락이었다. 나는 오래전 십 대 시절에 사귀었던 그 친구가 런던 동부와 북부에서 우리가 빌렸던 집들과, 몇 시간 동안 차 뒷좌석에 갇혀 있다 풀려난 개들이 신나서 난리를 치며 경주로를 달리던 발톱들로 하이힐처럼 따각이며 카펫 없는 계단을 오르내리다 우리와 몸을 부대꼈던, 밀 힐의 삼층집을 지금도 기억하고 생각하는지 궁금하다. 그때 애그니스와 나는 녀석들이 카랑카랑하게 짖는 소리와 의미 없이 넘쳐흐르던 에너지에 홀려 달리기나 할 뿐 다른 욕망들을 모두 포기한 것만 같았다.

우리는 하인이자 집사가 되어 개들의 시중을 들었다. 우리가 신선한 물을 그릇에 떠다 주면 녀석들은 품위 없이 벌컥벌컥 들이마셨고, 훔친 샌드위치 조각들을 허공에 던져 주면 우리 머리 높이만큼 뛰어올라 낚아채서 먹었다. 개들은 천둥소리가 들려도 개의치 않았지만, 비가 내리기 시작하자 움직이기를 멈추고는 기다란 창문으로 몸을 돌리더니 고개를 기울이며 무언가를 암시하듯 타닥타닥 떨어지는 빗소리를 들었다.

"여기서 하룻밤 자자."

그녀가 말했다. 개들이 몸을 웅크리고 잠들자 우리는 옆 바닥에 누워 잤다. 우리를 둘러싼 동물들이 우리가 동경하던 삶이자, 우리가 원하던 친구이며, 그 시절 런던에서 불필요하고도 필수적이며 사람들에게 잊히지 않은 자연적이고 인간적인 순간이라는 듯이. 깨어나 보니 개 한 마리가 갸름한 얼굴을 내 얼굴 옆에 누인 채 꿈속을 분주히 돌아다니며 차분히 숨 쉬고 있었다. 그러다 잠에서 깬 나의 숨소리가 달라졌음을 알아차리고 눈을 뜨더니, 자세를 바꾸고는 앞발을 내 이마에 살짝 내려놓았다. 나를 향한 세심한 연민이나 우월감을 뜻하는 제스처 같았다. 그 손짓이 지혜롭게 느껴졌다.

"넌 어디서 왔어? 어느 나라? 말해 줄래?"

나는 녀석에게 물었다. 고개를 돌려 보니 애그니스가 옷을 입은 채 주머니에 두 손을 꽂아 넣고 서서 내가 하는 행동을 지켜보며 귀를 기울이고 있었다.

월즈엔드의 애그니스. 애그니스 스트리트의 애그니스. 밀힐의 애그니스. 칵테일 드레스를 잃어버렸다던 라임버너 야드의 애그니스. 내 삶에서 이 부분은 화살도 나방도 공유해서는 안 된다는 사실을 나는 이미 알고 있었다. 부모님이 사라진 후 내가 살아가는 세상이 있었다. 그리고 애그니스의 세상은 내가 홀로 도피하는 곳이었다.

가을이 되었다. 경주장들이 문을 닫았다. 하지만 나는 여전히 화살의 세계에 얽힌 관계자이자 필수적인 중개자였다. 학기가 시작되자 그는 나를 설득해 수업을 빼먹게 했다. 아주 쉬운 일이었다. 처음에는 일주일에 이틀씩만 빠질 생각이었지만 얼마 안 가서 나는 꾀병을 부리기에 이르렀다. 어떤 글을 읽고 알게 된 볼거리라든지, 당시 유행하던 질병들은 무엇이든 갖다 붙였다. 새로 알게 된 사람들이 내 건강에 관한 서신을 위조해 주었다. 누나는 이 사실을 어느 정도 알았고 특히 일주일에 사흘씩 결석하기 시작했을 때부터는 더욱 많이 알게 되었다. 화살은 특유의 복잡한 손짓을 하며 — 이때쯤 나는 그 손짓을 해석할 수 있었다 — 나방에게는 말하지 말라고 주의를 줬다. 어쨌든 나로서는 중등 교육 수료증 획득보다 화살과 같이 일하는 쪽이 더 흥미진진했다.

이제 화살의 홍합선은 새로운 목적을 가지고 움직였다. "훌륭한 부둣가 상인"을 위해 유럽 도자기들을 수입하는 일이었다. 상자에 든 화물은 그레이하운드보다 다루기 쉬웠지만 화살은 등이 아파서 내 도움이 필요하다고 했다. "어두운 골목길이나 막다른 길에서 선 채로 섹스를 너무 많이 해서 그래……." 그는 커다란 음식 덩어리를 내뱉듯 말했다. 그리고 누나에게도 1~2실링을 더 얹어 줄 테니 주말에 같이 일하자고 설득했다. 그렇게 해서 우리는 배를 타고 이전에는 몰랐던, 템스강에서 북쪽으로 뻗어 나가는 좁은 운하들로 나아갔다. 출발지도 목적지도 매번 달랐다. 캐닝 타운의 세관 후문으로 갈 때도 있었고, 로더히스 밀의 얕은 시내를 떠다닐 때도 있었다.

이제 개 스무 마리를 조용히 시켜야 할 필요는 없었고 햇빛과 가을의 정적이 우리와 함께했다. 날이 점점 서늘해졌다.

나는 화살과 하도 오래 붙어 다녀서 이제는 그를 편하게 대할 수 있었다. 일요일 아침에 배가 나무들 아래를 지나는 동안 그는 화물 상자에 걸터앉아 신문을 뒤적이며 상류층 사회에서 터진 추문을 살피다 그중 일부를 골라 소리 내어 읽어 주었다. "너새니얼, 월트셔 백작이 반쯤 벌거벗은 채로 커다란 잔디 롤러에 밧줄을 연결하고 밧줄 반대쪽 끝을 자기 목에 묶었다가 그만 질식사했대……." 그는 귀족이 이런 짓을 한 이유는 설명하지 않겠다고 했다. 어쨌든 잔디밭은 완만하게 경사져 있었고, 롤러가 평온하게 내리막을 굴러가면서 백작의 벗은 몸을 끌어당겨 목을 조른 것이라 했다. 《뉴스 오브 더 월드》의 기사 말미에는 예의 잔디 롤러가 백작가에 삼 대에 걸쳐 내려온 물건이라는 말도 덧붙여져 있었다. 나보다 진지한 성격이었던 누나는 그런 이야기들을 무시하고 「줄리어스 시저」의 대사를 외우는 데 집중했다. 누나는 이번 학기에 학교에서 올리는 연극에서 마르쿠스 안토니우스 역을 맡았다고 했다. 이때 나는 중등 교육 수료 시험에 떨어질 거라 생각하고 『제비호와 아마존호』, 화살의 말에 따르면 "허섭스레기"인 그 책을 다시 읽기를 포기한 참이었다.

이따금씩 그는 머리를 뒤로 젖히고 학교 생활에 대한 걱정을 내비치며 대화를 시도했다. 그러면 나는 "괜찮아요."라고 대답했다.

"수학은? 너 이등변 삼각형이 뭔지 아니?"

"네, 그럼요."

"아주 좋아."

나는 십 대 아이들이 타인이 해 주는 걱정에 — 거짓된 걱정일지라도 — 감동받는다고는 생각하지 않는다. 하지만 지금 돌이켜 보니 감동적이다.

우리는 점점 좁아지는 강줄기로 배를 몰았다. 노랗게 물들어 가는 잎새들 사이로 햇빛이 비치고 기슭에서 젖은 흙냄새가 피어올라 분위기가 달라졌다. 우리는 라임하우스 부두에서 화물 상자들을 배에 실었다. 화살은 이곳이 몇 세기 전에 생석회를 만들던 곳이라고 했다. 동인도에서 배를 타고 온 이민자들이 거기서 내려 다른 언어를 쓰는 새로운 나라로 걸어 들어갔다. 나는 라디오에서 들었던, 셜록 홈스의 추리극 「입술 삐뚤어진 사나이」의 배경이 그날 아침 우리가 도자기를 실었던 장소라고 말했다. 하지만 화살은 자신이 속한 세계와 문학은 아무 관련도 없다는 듯이 석연찮게 고개를 저을 뿐이었다. 내가 봤을 때 그가 읽는 책이라고는 서부극과 에로틱한 연애 소설뿐이었다. 특히 두 장르를 합친 『창녀들 걷어차기』라는 책을 좋아했다.

어떤 날 오후에는 롬퍼드 운하의 비좁은 둑 사이로 배를 모느라 누나와 내가 갑판 양쪽 끝에 서서 고함을 치며 조타실에 있는 화살에게 방향을 알려 주기도 했다. 이 운하의 마지막 100미터 정도는 무성하게 자란 수풀에 거의 뒤덮여 있었다. 끝자락에는 대형 트럭 한 대가 기다리고 있었고, 남자 둘이 배로 다가와 묵묵히 상자들을 내렸다. 화살은 그들을 알은

척도 하지 않았다. 그러고 나서 우리는 궁지에 몰린 게처럼 배를 거꾸로 돌렸고 400미터쯤 되짚어 나아가자 비로소 물길이 넓어졌다.

롬퍼드 운하는 우리가 곧잘 가는 목적지들 중 하나에 불과했다. 또 다른 목적지로는 건파우더 밀스 운하가 있었다. 한때는 흘수가 낮은 화약 운반선들과 바닥짐 있는 바지선들만이 화약을 싣고 드나들던 곳이었다. 겉보기에는 무해해 보이는 운하가 거의 200년 동안 이런 목적으로 쓰인 이유는 끝에 월섬 수도원이 있었기 때문이다.[25] 먼 옛날, 무려 12세기부터 수도사들이 살았던 이 온화한 건물의 경내에서, 지난 전쟁 동안 수천 명이 폭약 제조 작업을 했고 이렇게 만들어진 폭약들은 예의 수로와 지류 들을 통해 템스강으로 운송되었다. 화약은 공공 도로보다는 조용한 물길로 운송하는 것이 덜 위험하기 마련이었다. 밧줄에 매인 바지선을 말들이 끌어당기거나, 운하 양편에서 인부들이 끌어당기는 방식으로 이동했다.

하지만 이제 화약 공장들은 폐쇄되었고, 쓰이지 않는 운하들은 토사가 쌓이고 둑에서 무성하게 자라나는 수풀에 뒤덮여 점점 좁아졌다. 이 운하는 레이철 누나와 내가 화살의 조수로서 주말 동안 들르던 곳이었다. 우리는 운하의 정적 속에 둥둥 뜬 채 새 시대의 새들이 지저귀는 소리에 귀를 기울였다. 우리가 실어 나르는 화물은 위험하지 않을 듯했지만 확신할 수는 없었다. 그리고 경로와 목적지가 끊임없이 바뀌는 걸

---

25) 월섬 수도원 옆에는 왕립 폭약 공장이 있다.

로 보아, 개 경주가 열리는 동안 바지선을 빌려준 상인에게 유럽 도자기들을 배달해 준다는 화살의 이야기를 완전히 믿기는 어려웠다.

어쨌든 날씨가 험해지기 전까지 우리는 거의 쓰이지 않는 수로들과 좁아지는 강물을 따라 배를 몰고 다녔다. 화살은 셔츠를 벗고 갈비뼈가 불거진 흰 가슴을 10월의 태양 아래 드러냈고, 누나는 「줄리어스 시저」에서 자신이 등장하고 퇴장하는 대목을 외웠다. 월섬 수도원의 갈색 석조 건물들이 눈에 들어올 때까지.

우리는 둑 가까이 배를 붙였고, 또다시 휘파람 소리가 들렸고, 또다시 남자들이 나타나 우리 화물 상자들을 근처에 세운 트럭에 실었다. 아무런 말도 오가지 않았다. 반쯤 벌거벗은 화살은 선 채로 남자들을 알은척도 하지 않고 고갯짓 한 번 없이 지켜만 보았다. 그는 내 어깨에 손을 얹고 있었다. 나를 그에게, 또는 그를 나에게 엮어 주는 손길이었다. 그래서 안전한 기분이었다. 남자들이 떠나고, 트럭이 허공에 드리워진 나뭇가지들 아래 비포장도로로 덜컹거리며 떠나갔다. 십 대 아이 둘이 — 한 명은 학교 과제를 하고, 한 명은 교복 모자를 비스듬히 눌러쓴 모습으로 — 배에 타고 있는 모습은 누구의 눈에도 무해해 보였을 것이다.

우리는 어떤 종류의 가족이었을까? 돌이켜 보면 누나와 나는 날조된 서류들이 덧붙여진 개들만큼이나 익명성 뒤에 숨겨진 존재였던 것 같다. 개들처럼 울타리를 벗어났고, 규칙과 질서가 줄어든 세상에 적응하고 있었다. 그런데 우리는 정확히 무엇이 되었던 걸까? 청소년들은 어느 방향으로 가야 할지 잘 모를 때면 사람들이 으레 예상하듯 억압되지 않고 도리어 불법의 영역으로 넘어가곤 한다. 그리하여 쉽사리 이 세상에서 보이지 않고 지각되지 않는 존재가 되는 것이다. 스티치는 어디에 있나? 렌은 누구인가? 애그니스와 몰래 만나면서 내게 도둑들 특유의 교활한 성정이 자리 잡았던가? 아니면 학교를 벗어나 화살과 함께 시간을 보내면서 그렇게 되었나? 즐거움이나 뻔뻔함 때문이 아니라, 긴장과 위험 때문에? 학교에서 성적표가 날아왔을 때 나는 주전자에 물을 끓여서 수증기를 봉투에 쐬어 풀을 떼어 내고 성적표를 꺼내 보았다. 원래는 부모님이 돌아올 때까지 나방에게 맡겨야 했지만, 선생님들이 적은 평가가 너무나 모멸적이었던 나머지 차마 넘겨줄 수 없을 정도로 창피했다. 나는 그걸 가스레인지 불에 태워 버렸다. 너무 많은 정보가 들어 있었다. 결석 일수가 엄청나게 많았다. 그리고 '평균 이하' 같은 단어들이 거의 모든 문단에 구호처럼 되풀이되고 있었다. 나는 종이가 타고 남은 재를 봉투에 넣듯이 계단 카펫 밑에 숨겨 놓고는, 한 주 내내 누나의 성적표는 도착했는데 내 것만 안 왔다고 불평했다.

그 시절 내가 저지른 범법 행위들은 대부분 사소했다. 애그니스는 자신이 일하는 식당에서 음식을 훔쳤다. 그런데 어느 날 저녁, 퇴근 전에 두꺼운 냉동 햄 한 조각을 겨드랑이 밑에 숨긴 채로 마지막 일거리들을 처리하다 그만 저체온증으로 출입문에서 쓰러졌고, 블라우스 밑에서 햄이 빠져나와 리놀륨

바닥에 떨어지고 말았다. 그런데도 고용주들은 그녀를 걱정해서 — 그녀는 인기가 많았다 — 그런 범죄를 눈감아 주었다.

나방은 여전히 우리에게 슈베어를 상기시키며 심각한 시기를 대비하라고 했다. 하지만 나는 무겁거나 이해하기 어려울 듯한 것들은 피하고 무시했다. 불법적 세계는 위험하기보다 황홀하게 느껴졌다. 심지어 화살이 '레치워스의 거물 위조범' 같은 사람을 소개시켜 줘도 나는 짜릿하기만 했다, 애그니스가 규정을 바꿀 때와 마찬가지로.

부모님은 약속된 해를 넘겼는데도 돌아오지 않았다. 이때쯤 누나 마음속의 기포 수준기가 기울어졌다. 누나는 야행성 인간이 되었고, 나방이 친구인 오페라 가수에게 누나를 추천해 줘서 코번트 가든[26]에 저녁 아르바이트 자리를 얻었다. 무대와 관련된 일은 무엇이든 누나의 마음을 사로잡았다. 천둥소리를 내는 얇은 금속판, 바닥에 난 문, 무대에 피워 올리는 연기, 조명등의 푸른 반사광까지. 내가 화살 때문에 달라진 사이에 누나는 극장의 세계로 진출했다. 프롬프터가 된 누나는 테너들에게 이탈리아어나 프랑스어로 된 아리아 가사들을 알려 줄 뿐 아니라, 소품 팀이 헝겊으로 된 강물을 재빨리 무대에 올리거나 무대가 암전된 육십 초 동안 성곽을 해체할 수 있도록 신호를 주는 일을 했다. 그래서 우리의 낮과 밤은 나방이 경고한 슈베어의 시기로 느껴지지 않았다. 그 시간은 세상으로 나아가는 경이로운 출구였다.

---

26) 로열 오페라 하우스, 시어터 로열 등의 극장이 위치한 지역이다.

어느 날 밤 애그니스와 긴 저녁을 보낸 후 지하철을 타고 집으로 돌아가던 중이었다. 나는 졸린 상태로 노선을 여러 번 갈아타며 런던 중심부까지 가야 했다. 올드위치역에 이르러 피커딜리 노선 전철에서 내린 다음 엘리베이터를 타러 갔다. 지하 3층 플랫폼에서 위로 올라가는 엘리베이터는 늘 흔들거리고 덜컹거렸다. 러시아워에는 승객 쉰 명을 태우고 천천히 움직였지만 이때는 나 혼자밖에 없었다. 엘리베이터 한가운데에 침침하고 둥근 전등이 매달려 있었다. 그런데 지팡이를 든 남자가 나를 뒤따라 탔다. 뒤이어 또 다른 남자가 탔다. 철문이 닫히고 엘리베이터가 어둠 속에서 서서히 올라갔다. 십 초에 한 번씩 각 층의 문을 지나가는 동안 두 남자가 나를 지켜보는 시선이 느껴졌다. 그중 한 명은 몇 주 전 애그니스와 나를 따라 버스에 탔던 바로 그 남자였다. 그가 지팡이를 휘둘러 전구를 박살 냈고, 다른 한 명이 비상 레버를 당겼다. 경보가 울려 퍼졌다. 브레이크가 걸렸다. 허공에서 정지한 채 요동치는 캄캄한 엘리베이터 안에서 나와 두 남자는 발꿈치로 균형을 잡으며 버티고 섰다.

크라이테리언에서 따분한 일을 하며 보냈던 시간이 나를 구했다. 나는 대부분의 엘리베이터에 어깨나 발목 부근에 브레이크를 풀 수 있는 스위치가 있다는 것을 알았다. 틀림없이 둘 중 한 군데에는 있을 터였다. 두 남자가 다가오는 동안 나는 엘리베이터 구석으로 물러나 발목으로 벽을 더듬었다. 스위치가 느껴졌다. 뒤꿈치로 치니 잠긴 브레이크가 풀렸다. 붉은 불빛이 점멸했다. 엘리베이터가 다시 움직여 1층에 이르렀고 문이 열렸다. 두 남자가 뒤로 물러섰고, 지팡이를 들고 있던 남자는 그걸 바닥 한가운데에 내던졌다. 나는 밤공기 속으로 뛰어나갔다.

겁에 질린 채, 웃음이 터질 듯 말 듯한 상태로 집으로 돌아왔다. 나는 집에 있던 나방에게 내가 영리하게 탈출한 과정을 이야기해 주었다. 크라이테리언 엘리베이터에서 일했던 경험 덕분이었다고. 그 남자들은 내게 돈이 있는 줄 알았던 모양이라고 나는 말했다.

다음 날 아서 매캐시라는 남자가 우리 집에 슬쩍 들어왔다. 나방은 자신이 저녁 식사에 초대한 친구라고 소개했다. 키가 크고 앙상한 체격이었다. 안경을 썼고, 갈색 머리는 숱이 많고 부스스했다. 언제나 십 대 후반 같은 외모를 유지할 법한 사람이었다. 단체 운동을 하기에는 너무 허약해 보였다. 스쿼시라면 모를까. 하지만 이 첫인상은 잘못된 거였다. 그날 저녁 식탁에서 오래된 머스터드 병뚜껑을 열 수 있었던 사람은 아서 매캐시뿐이었다. 그는 아무렇지 않게 뚜껑을 돌려 열고는 식탁에 병을 내려놓았다. 소매를 걷어 올린 그의 팔뚝에 튼튼한 근육이 도드라져 보였다.

우리가 그에 대해 정확히 무엇을 알았던가? 그는 프랑스어를 비롯해 여러 외국어를 할 줄 알았지만 그런 얘기는 한 번도 하지 않았다. 놀림감이 될 거라고 생각했는지도 모르겠다. 심지어 아무도 할 줄 모르는 국제 공용어라는 에스페란토까지 할 줄 안다는 소문 내지는 농담도 오갔다. 아람어를 구사하는 올리브 로런스라면 그런 지식의 진가를 알아보았겠지만 그녀는 이미 떠나고 없었다. 매캐시는 최근 농작물 연구를 하러 레반트에 다녀왔다고 했다. 나중에 나는 올리비아 매닝의 소설 『포춘스 오브 워』의 등장인물 사이먼 볼더스톤[27]의 모델이 매캐시라는 이야기를 들었다. 지금 돌이켜 보면 무척 그럴듯한 이야기다. 그는 확실히 다른 시대에 속한 사람처럼 보였다. 사막의 기후에서 더 행복하게 지낼 수 있는 잉글랜드인이라고 할까.

다른 손님들과 달리 매캐시는 조용하고 겸손했다. 어쩐지 그의 옆자리에 앉은 사람들은 항상 시끄럽게 언쟁하고 있었다. 그가 끼어들지 않으리라 생각해서였다. 그는 미심쩍은 농담에도 고개를 끄덕였지만 본인은 아무 농담도 하지 않았다. 다만 한번은 취해서였는지 앨프리드 런트와 노엘 카워드[28]가 나오는 웃기는 오행시를 읊어서 좌중을 깜짝 놀라게 했다. 가까이에 앉았던 사람들은 다음 날에도 이 시를 제대로 기억하지 못했다.

아서 매캐시를 보다 보면 나는 나방의 모임을 어떻게 봐야 할지 혼란스러웠다. 그는 이 모임에서 뭘 하고 있는 것일까? 다들 자기주장이 강한 사람들인데 아서 매캐시만은 그렇지 않았고 무력하고 자존심도 없는 사람처럼 행동했다. 아니면

---

27) 『포춘스 오브 워』는 2차 대전을 배경으로 한 소설로, 소설 주인공 해리엇은 이집트에서 순진한 젊은 장교 사이먼 볼더스톤을 만난다.

28) 앨프리드 런트(Alfred Lunt, 1892~1977)는 미국의 배우이자 연출자이며, 노엘 카워드(Noël Coward, 1899~1973)는 잉글랜드의 극작가이자 배우, 작곡가이다. 그의 연극 여러 편에 앨프리드 런트가 출연했다.

자존심이 너무 커서 드러내고 싶지 않은 것 같기도 했다. 속내를 내보이지 않았다. 돌이켜 보면, 매캐시는 수줍음이 많아서 또 다른 자아를 감추고 있었겠구나 싶다. 그 자리에서 어린 사람은 누나와 나뿐만이 아니었던 것이다.

당시 우리 집에 왔던 사람들의 정확한 나이는 지금도 잘 모르겠다. 십 대 아이의 눈으로 가늠한 타인의 나이는 신뢰하기 어렵다. 그리고 전쟁 이후로 사람의 나이나 계급을 읽어내기가 더 어려워졌던 것 같다. 나방은 우리 부모님과 동년배로 느껴졌다. 화살은 몇 살 더 젊은 듯했지만 이는 통제되기 어려운 성격 탓이었다. 올리브 로런스는 더더욱 젊어 보였다. 자신이 무엇을 향해 나아갈지, 무엇이 자신을 사로잡고 삶을 바꿔 놓을지 늘 살펴보고 있었기 때문이다. 그녀는 변화에 열려 있는 사람이었다. 십 년이 지나면 그녀는 다른 종류의 유머 감각을 발휘할 것이다. 반면 화살은 놀라운 구석들이 그림자 속에 가득 감춰져 있기는 해도 오랜 세월 밟아 다지며 걸어온 길을 쭉 가고 있음이 분명해 보였다. 구제 불능이었고, 바로 그것이 매력이었다. 우리는 화살의 그런 면을 안전하다고 느꼈다.

다음 날 오후 빅토리아역에서 내린 내 어깨를 누군가가 잡았다.

"나랑 같이 가자, 너새니얼. 차 한잔 하게. 자, 책가방 이리 주렴. 무거워 보이는구나."

아서 매캐시가 내 가방을 가져가더니 역내 매점들 중 한 군데로 걸어갔다. "뭘 읽고 있니?"라고 어깨 너머로 물으면서 내처 걸음을 옮겼다. 그는 스콘 두 개와 차를 주문했다. 나와 마주 앉아서 종이 냅킨으로 식탁보를 닦고 팔꿈치를 얹었다. 나는 매캐시가 뒤에서 다가와 내 어깨를 만지고 가방을 가져간 행동을 계속 생각하고 있었다. 잘 알지도 못하는 타인이 할 만한 행동이 아니었다. 알아들을 수 없는 역사 안내 방송이 머리 위에서 요란하게 울려 퍼졌다.

"나는 프랑스 작가들을 좋아해. 너 프랑스어 할 줄 아니?"

나는 고개를 저었다.

"저희 엄마는 할 줄 아세요. 지금 어디 계시는지는 모르지만요."

그 말이 입에서 너무나 쉽게 나와서 나는 놀랐다. 그는 자기 컵 옆면을 내려다보며 잠시 뜸을 들이더니, 컵을 들어 올려 뜨거운 차를 천천히 마시며 컵 가장자리 너머로 나를 지켜보았다. 나는 그의 시선을 마주 받았다. 그는 나방의 지인이었고, 우리 집에 왔던 사람이었다.

"셜록 홈스 책을 좀 주마. 네가 좋아할 것 같아."

"라디오로 들었어요."

"책도 읽어 봐."

그는 무아지경에 빠진 사람처럼 높고 딱 부러지는 목소리로 어떤 대사를 읊조렸다.

"거기서 자네를 봐서 놀라긴 했다네, 홈스."

"자네를 본 나만큼 놀라지는 않았겠지."

"나는 친구를 찾으러 온 거야."

"나는 적을 찾으러 온 걸세."[29]

조용조용하던 매캐시는 연기를 하면서 활기를 찾는 듯했고, 그래서 대사가 우습게 들렸다.

"얼마 전에 지하철 엘리베이터에서 큰일 날 뻔했다며? 월터에게 들었다."

매캐시는 그 사건에 대해 자세히 말해 달라고 했다. 정확히 어디서 벌어졌는지, 그 남자들이 어떻게 생겼는지. 그러더니 잠시 침묵하다 말했다.

"너희 어머니가 걱정하시겠다, 그렇지 않니? 그렇게 늦은 밤, 밖에 있었으니."

나는 그를 쳐다보았다.

"엄마가 어디 있는데요?"

"멀리 계셔. 중요한 일을 하느라."

"어디 있는데요? 위험한 일이에요?"

그는 입술을 닫아 봉하는 시늉을 하더니 일어섰다. 나는 불안해졌다.

"누나에게도 전할까요?"

"레이철하고는 이미 이야기했단다. 너희 어머니는 괜찮아. 다만 조심하렴."

나는 그가 역에 모여든 인파 속으로 사라지는 모습을 지켜보았다.

흐트러진 꿈을 꾼 기분이었다. 다음 날 루비니 가든에 다시

---

29) 셜록 홈스 시리즈인 『입술 삐뚤어진 사나이』 중 한 장면이다.

나타난 아서 매캐시가 내게 문고판 고난 도일 소설집을 전해 주었고, 나는 이 책을 읽었다. 우리 삶에서 일어나는 일에 해답을 구하고자 하는 호기심으로 가득한 책이었다. 하지만 책과 달리 나는 안개 낀 거리나 뒷골목에서 어머니의 행방이나 아서 매캐시가 우리 집에서 무엇을 하고 있는가, 하는 의문에 대한 실마리를 찾지 못했다.

"나는 밤새도록 잠 못 들고 누워서 커다란 진주를 갖고 싶다는 생각을 하곤 했어."

나는 잠들기 직전이었다.

"뭐라고?"

"책에서 읽은 이야기에 나와. 어떤 노인의 소망이었지. 지금까지도 기억나. 나는 밤마다 그 이야기를 되뇌어."

애그니스는 내 어깨에 머리를 기댄 채 어둠 속에서 나를 바라보고 있었다. 그녀가 속삭였다.

"너도 그 비슷한 이야기 좀 해 봐. 기억나는 것……."

"나는…… 나는 생각나는 게 없는데."

"뭐든 간에. 네가 좋아하는 사람. 좋아하는 것."

"우리 누나인 것 같아."

"누나의 어떤 점이 좋은데?"

나는 어깨를 으쓱했다. 그녀는 내 움직임을 느낄 수 있었다.

"모르겠어. 요즘은 통 못 보긴 해. 같이 있으면 서로가 안전하다는 느낌이 드는 것 같아."

"그럼 평상시에는 안전하지 않은 기분이라는 뜻이야?"

"글쎄."

"왜 안전하지 않은 것 같은데? 어깨만 으쓱하지 말고."

나는 우리가 누워 있는 커다랗고 텅 빈, 어둠에 휩싸인 방을 올려다보았다.

"너희 부모님은 어떤 분이셔, 너새니얼?"

"좋은 분들이야. 아버지는 런던에서 일해."

"나 너희 집에 한번 가도 돼?"

"응."

"언제?"

"글쎄. 너는 우리 부모님 안 좋아할 것 같아."

"좋은 분들인데 나는 안 좋아할 것 같다고?"

나는 소리 내어 웃었다.

"그냥 별로 흥미로운 분들이 아니라서 그래."

"나처럼?"

"아니. 너는 흥미롭잖아."

"어떤 의미에서?"

"잘 모르겠는데."

그녀는 아무 말도 하지 않았다.

"너와 함께라면 무슨 일이든 일어날 수 있을 것 같다고 할까."

"나는 일하는 여자잖아. 억양도 있고.[30] 그래서 너희 부모님에게 소개시키고 싶지 않은 거 아니야?"

"그런 게 아니야. 지금 우리 집 상황이 좀 이상해서 그래. 엄

30) 영국은 지역뿐 아니라 신분에 따라 억양이 다르다.

청 이상해."

"왜?"

"항상 사람들이 드나들어. 이상한 사람들이."

"그럼 나도 어울리면 되지."

그녀가 내 대답을 기다렸다. 침묵이 흘렀다.

"네가 우리 집에 올래? 우리 부모님 만나러?"

"좋아."

"좋다고?"

"응. 그러자."

"희한하네. 내가 너희 집에 가는 건 싫은데 너는 우리 집에 오겠다니."

나는 잠잠히 있다가 말했다.

"네 목소리 정말 좋아."

"꺼져."

그녀가 어둠 속에서 고개를 돌렸다.

그날 밤 우리는 어디 있었던가? 어느 집이었던가? 런던의 어느 지역? 어디였든 상관없다. 그녀만큼 내 곁에 두고 싶었던 사람은 없었다. 그러면서도 한편으로는 우리 사이가 끝날 수도 있다는 생각에 안도했다. 그녀와 함께 그 집들을 들락거리면서 어느 때보다 편안했지만, 그녀가 지극히 자연스럽게 던지는 온갖 질문들 앞에서 내 이중생활을 설명하기가 점점 더 어려워졌기 때문이다. 어떤 면에서는 내가 그녀에 대해 아무것도 모른다는 점이 좋았다. 그녀 부모님 이름도 몰랐다. 그분들이 무슨 일을 하는지 물어본 적도 없었다. 나는 오로지 그녀 자신에 대해서만 궁금했다. 비록 애그니스 스트리트는 그녀의 이름이 아니라 지금은 기억나지 않는 런던의 어떤 구에 있었던, 우리가 처음 같이 들어간 집이 있는 거리의 이름이었지만 말이다. 언젠가 그녀는 식당에서 나와 나란히 일할 때 자신의 진짜 이름을 마지못해 말해 주었다. 자기 이름이 마음에 들지 않는다고, 더 좋은 이름을 갖고 싶다고 했다. 내 이름을 알고 나서는 더더욱 그랬다. 처음에는 '너새니얼'이라는 이름이 너무 고상하고 겉멋 들렸다며 음절을 길게 늘여 발음하며 놀렸다. 그런데 남들 앞에서 내 이름을 그렇게 놀려 놓고는 이후 점심시간에 나를 보더니 조용히 다가와 내 샌드위치의 햄을 '빌릴' 수 있겠냐고 물었던 것이다. 나는 무슨 말을 해야 할지 알 수 없었다.

그녀를 상대할 때는 언제나 그랬다. 그녀는 수다스러운 사람이지만 내 이야기를 듣고 싶어 하는 마음이 간절하다는 사실을 나는 알고 있었다. 주변에서 벌어지는 모든 일을 받아들이고 싶어 했다. 내가 화살의 차를 타고 나타났던 날 밤 그레이하운드들을 집 안으로 들이자고 했듯이. 그때 개들은 그녀의 다리 사이로 껑충껑충 뛰어 들어갔고, 우리가 서로의 품에 안겨 누워 있을 때 녀석들은 화살 같은 얼굴을 기울인 채로 우리 숨소리를 들었다.

결국 나는 그녀 부모님과 저녁 식사를 했다. 처음에는 그녀가 내 말을 믿어 주지 않아서 나는 그녀가 일하는 식당 주방에 여러 번 찾아가야 했다. 내가 예의상 빈말을 한다고 생각했던 것 같다. 그녀가 어둠 속에서 저녁 초대를 제안한 이후로 우리는 단둘이 있어 본 적이 없었다. 그녀의 집은 안방 한 개에 작은 곁방이 딸린 공영 아파트였기 때문에 그날 밤 그녀는 자기 매트리스를 거실로 옮겨 왔다. 나는 그녀가 조용한 부모님을 부드럽게 대하고, 내 앞에서 어색해하는 그분들을 달래 주는 모습을 지켜보았다. 일터나 밀회 장소에서 보여 주던 분방함과 모험심은 사라지고 없었다. 대신 하루에 여덟 시간씩 일하고 가능할 때마다 야간 근무를 맡기 위해 나이를 속여야 하는 삶에서 탈출하고 싶어 하는 결연한 마음을 엿볼 수 있었다.

그녀는 자기 주변의 세상을 흡수하고 있었다. 자신이 접하는 모든 기술을, 사람들이 나누는 모든 말을 이해하고 싶어 했다. 그러니 내 침묵은 악몽과도 같았을 것이다. 내가 타인에게 거리를 두는 성격을 타고나 내가 두려워하는 것은 물론이고 가족도 숨긴다고 생각했을 것이다. 그러던 어느 날 화살과 같이 있을 때 그녀와 마주친 나는 화살을 아버지라고 소개하고 말았다.

루비니 가든을 맴돌았던 각양각색의 인물들 중에서 애그니스를 만난 사람은 화살뿐이었다. 나는 어머니가 어디로, 왜 여행을 떠났는지를 두고 여러 이야기를 지어내야 했다. 내가 거짓말쟁이가 된 이유는 내 삶이 처한 불가해한 상황을 그녀에게서 — 뿐만 아니라 나 자신에게서도 — 분리하는 바람에 주게 된 상처를 덜어 주기 위해서였다. 그녀를 혼동에 빠뜨릴

셈은 아니었다. 하지만 애그니스는 화살을 만난 것만으로 자신이 받아들여졌다고 여겼다. 이제 나는 그녀에게 내 삶을 명확히 밝힌 셈이었지만 나 자신은 오히려 더욱 혼란스러워졌다.

갑자기 아버지라는 새로운 배역을 맡은 화살은 애그니스를 보호하려 드는 친척 아저씨 같은 태도를 취했다. 화살의 태도에 놀란 그녀는 그가 '괴인'이라고 생각했다. 어느 토요일 그는 애그니스를 개 경주에 초대해 내가 밀 힐에 그레이하운드 네 마리를 데리고 나타났던 일을 해명할 수 있게 되었다. "그날 밤은 내 평생 최고의 밤이었어요."라고 그녀는 웅얼웅얼 말했다. 그녀는 화살과 입씨름하기를 아주 좋아했다. 그들을 지켜보면서 나는 올리브 로런스가 화살과의 관계에서 어떤 점을 즐거워했는지 곧장 알아차렸다. 그가 의뭉스러운 말을 하면 애그니스는 그의 목을 휘어잡고 조르려 했고, 화살은 그냥 그러도록 내버려두었다. 나는 그녀의 수줍은 부모님 댁 저녁 식사에 또 한 차례 초대받았다. 이번에는 내 아버지도 함께였다. 화살은 그들에게 좋은 인상을 줄 생각으로 외국 술 한 병을 가져갔다. 그 시절에는 거의 아무도 하지 않는 행동이었다. 대개는 집에 코르크 따개도 갖추고 있지 않았다. 그래서 화살은 술병을 발코니로 가지고 나가 주둥이 부분을 난간에 내리쳐 부수는 수밖에 없었다. "유리 조심해요." 그는 쾌활하게 말했다. 그리고 좌중에서 염소를 먹어 본 적 있는 사람이 있는지 물었다. "너새니얼의 엄마는 그걸 무지 좋아하거든요."라면서. 그는 BBC에 맞춰져 있던 라디오 주파수를 돌려 뭔가 신나는 음악을 틀자고, 그리고 같이 춤을 추자고 애그니스의 어머니에게 제안했나. 그녀는 겁에 질린 듯 웃음을 흘리며 자기 의자에 딱 달라붙었다. 나는 그가 하는 모든 말을 범죄 수사하듯 들으며 그가 내 학교 이름, 어머니 이름, 그 밖에 우리가 미리 입을 맞춰 둔 이야기들을 정확히 말하는지 살폈다. 예컨대 어머니는 헤브리디스 제도에 출장 간 것으로 되어 있었다. 화살은 이렇듯 장황한 아버지 역할을 즐겼다. 원래는 다른 사람들이 말하도록 유도하는 것을 더 좋아하는 편이었지만.

그는 애그니스의 부모님과도 잘 지냈지만 애그니스를 굉장히 좋아했다. 그래서 나도 애그니스를 사랑하게 되었다. 화살의 눈으로 그녀의 이런저런 측면들을 인식하기 시작했던 것이다. 그는 사람들의 면면을 재빨리 파악하는 능력이 있었다. 식사 후 애그니스는 우리를 배웅하러 아파트 계단을 함께 내려가 차 앞까지 갔다. "그럼 그렇지! 저번에 개들을 데려왔던 그 모리스네!" 화살에게 아버지 행세를 시키면서 내가 느꼈던 초조함은 그녀의 한마디에 잦아들었다. 그날 이후로 애그니스와 나는 내 아버지의 과장스러운 예의를 언급하며 킥킥거리곤 했다. 그래서 나는 이 가짜 아버지가 빌린 바지선을 누나와 함께 타고 리강을 떠다닐 때면 우리 셋이 그럴듯한 가족으로 보이겠다는 생각마저 들었다.

어느 주말 나방이 누나를 데리고 어디론가 간다고 하기에 나는 누나 대신 애그니스를 배에 태우자고 제안했다. 화살은 주저했지만 권총이 — 화살은 애그니스를 그렇게 불렀다 — 우리와 동행한다는 게 마음에 든다고 했다. 그녀는 화살의 직업이 뭔가 싶어 어리둥절했겠지만, 무엇보다도 우리가 데려간 곳들을 보고 깜짝 놀랐다. 잉글랜드에서 그녀가 전혀 몰랐던 곳들이었다. 뉴턴스 풀 옆으로 흐르는 강줄기를 따라 100미터도 채 안 갔을 때 그녀는 면 원피스 차림으로 배에서 뛰어내리더니, 도자기처럼 흰 몸에 진흙을 덕지덕지 묻힌 채 둑으로 기어 올라갔다.

"너무 오래 갇혀 있었던 그레이하운드네."

화살이 내 뒤에서 말하는 소리가 들렸다. 나는 그저 지켜보았다. 그녀는 우리를 손짓해 부르더니 배로 기어 올라와 갑판 위에 섰다. 햇살에 감도는 서늘한 가을이 그녀에게 달라붙었고 발치에는 물이 고였다. 그녀가 말했다.

"네 셔츠 좀 줘."

뉴턴스 풀에 다다랐을 때 우리는 샌드위치로 점심을 먹었다.

템스강 북쪽으로 이어지는 물길들 중 무엇이 강이고 무엇이 운하고 무엇이 수로인지 표시된 지도가 지금도 내 기억 속에 선명하게 새겨져 있다. 그리고 자물쇠 세 개가 잠겨 있던 어둑한 탱크들도. 그런 데서 우리는 물이 차오르거나 빠져서 배가 적절한 높이로 떠오르거나 내려갈 때까지 이십 분 동안 기다려야 했다. 애그니스는 낡은 기계 장치가 우리 주위에서 회전하고 움직이는 데에 경탄했다. 돈이 부족한 상황과 자기 계급에 주어진 것들에 얽매여 아마도 그 세계를 영영 벗어날 수 없을, 슬프게도 진주에 대한 꿈을 읊조리던 열일곱 살 소녀에게 그곳은 뛰어드는 데 용기가 필요한, 오래된 미지의 세계였다. 그녀는 그 주말에 난생처음으로 시골 세상으로 모험을 떠난 셈이었다. 우리가 탄 배가 화살 소유인 줄로만 알았던 그녀는 자신을 그 배에 태워 준 화살을 언제나 사랑할 게 틀림없었다. 그녀는 내 셔츠를 몸에 두른 채 덜덜 떨며 나를 껴안고 자신을 배 여행에 초대해 준 데 고마워했다. 우리는 머리 위 허공에도, 우리 아래 수면에도 드리워져 있는 수많은 나무 우듬지를 지나갔다. 그러다 좁은 다리 그림자 밑에 이르러 침묵에 잠겼다. 화살이 다리 밑에서 말을 하거나 휘파람을 불거나 한숨이라도 쉬면 재수가 없다고 말했기 때문이다. 이외에도 사다리 아래를 걷는 것은 아무 문제도 없다든지, 길거리에 떨어진 트럼프 카드를 주우면 엄청난 행운이 굴러떨어진다든지 하는, 화살이 일러 준 법칙들을 나는 평생 잊을 수 없었다. 애그니스도 아마 그럴 것이다.

화살은 신문이나 개 경주 소식지를 볼 때면 다리를 꼬고 앉아 한쪽 허벅지 위에 종이를 펼쳐 놓고 피곤한 사람처럼 한 손으로 머리를 괴고 있었다. 늘 똑같은 자세였다. 어느 날 오후 배를 탈 때 애그니스가 일요 신문의 흥미진진한 기사들에 파묻혀 있는 화살을 스케치하는 것 같길래, 나는 일어나서 그녀 뒤를 지나쳐 걸어가며 그림을 흘긋 내려다보았다. 폭풍이 불던 날 정육점 포장지에 그려 준 그림을 제외하고 내가 본 그녀의 유일한 그림이었다. 그런데 내 생각과 달리 그림에 담긴 사람은 화살이 아니라 나였다. 무언가 혹은 누군가를 바라보고 있는 청년. 자기 자신을 아는 데는 그다지 관심이 없고 타인들에게 주의를 기울이고 있는 그 사람이 내 진짜 모습, 혹은 미래의 내 모습인 듯했다. 그때도 나는 그 그림이 진실을 담고 있다는 것을 알고 있었다. 그건 나를 그린 그림이 아니라 나에 대해 그린 그림이었다. 나는 쑥스러워서 그림을 제대로 보여 달라고 말하지 못했다. 그 그림이 어떻게 되었는지는 모르겠다. 그녀가 내 '아버지'에게 줬을지도 모르겠다. 하지만 애그니스는 자신의 재능이 특별하다고는 전혀 생각하지 않았다. 학교를 그만두고 열네 살 때부터 일을 해 온 그녀는 작은 탈출구 삼아 수요일 밤마다 기술 전문학교에서 그림을 배웠다. 그 세상에서 활력을 얻어 다음 날 아침 다시 출근했던 것이다. 그림은 여러 가지가 맞물린 그녀의 삶에서 다른 것과 얽히지 않은 독립적인 즐거움이었다. 빌린 집들에서 밤을 보낼 때, 그녀는 깊이 잠들었다가 문득 눈을 뜨고는 자신을 지켜보는 나를 보고서 죄책감이 깃든 달콤한 미소를 지었다. 그때야말로 내가 그녀에게 속한다는 기분을 가장 강하게 느낀 순간이었던 것 같다.

배를 타고 다녔던 그해 가을, 남자 친구와 그의 아버지와 함께 보낸 주말은 그녀가 가질 수 없었던 유년 시절을 엿보는 경험이었을 것이다. 애그니스는 거듭 말했다. "오, 난 너희 아버지를 사랑해! 너도 그분을 사랑해야 해!" 그러다가도 내 어머니에 대해 다시금 궁금증을 드러냈다. 내 어머니를 한 번도 만난 적 없는 화살은 그분의 옷차림부터 머리 모양까지 지나치게 자세히 꾸며 내 설명하곤 했다. 듣다 보니 그가 꾸며 내는 어머니상은 올리브 로런스를 바탕으로 한 것이었고, 그걸 알고 나자 나도 더욱 수월히 끼어들어 이야기를 덧붙일 수 있었다. 그런 거짓 정보들 덕분에 배에서의 우리 일상은 더욱 가정적인 분위기를 띠었다. 그 배에는 비록 빈약하기는 해도 평소 애그니스와 내가 밀회하던 장소들보다 더 많은 가구가 갖춰져 있었다. 또한 그녀는 수문 관리인들과 안면을 텄고 지나갈 때마다 손을 흔들어 인사했다. 이전까지는 몰랐던 나무들이나 연못에 사는 생물들에 대한 소책자를 몇 권 가져오기도 했다. 월섬 수도원에 대한 책자도 가져와 거기서 제조되는 물품들을 줄줄 읽어 주었다. 1860년대에는 면화약, 그다음에는 볼트 액션식 소총, 카빈총, 경기관총, 조명탄 권총, 박격포탄까지, 이 모든 것이 템스강에서 북쪽으로 몇 킬로미터밖에 떨어지지 않은 수도원에서 제조되었다. 애그니스는 마른 스펀지처럼 정보를 빨아들였고, 한두 번 다녀오고 나자 수도원에 대해 수문 관리인들보다도 더 많이 알게 되었다. "13세기에 화약 구조에 대한 글을 썼던 사람은 수도사였대요, 수도사! 자신이 발견한 것이 두려워서 라틴어로 쓰기는 했지만 말예요."라고 그녀는 우리에게 말했다.

가끔 나는 템스강 북쪽의 수로와 운하 들을 돌아다니던 시간들을 다른 사람의 손에 쥐여 주고 그때 우리에게 일어났던 일의 실체가 무엇이었는지 이해하고 싶어진다. 그전까지 나는 거의 한 군데에 정박한 삶을 살았다. 그런데 이제 부모님과의 관계가 끊어지자 주위의 모든 것을 흡수하고 있었다. 어머니가 어디서 무엇을 하는지 모르는데도 나는 이상하게도 만족스러웠다. 내가 알지 못하는 것들이 있더라도.

어느 날 밤 브롬리에 있는 재즈 클럽 화이트 하트에서 애그니스와 함께 춤을 췄던 기억이 난다. 붐비는 댄스 플로어 주변 어딘가에서 어머니가 언뜻 보인 것 같았다. 나는 몸을 휙 돌렸지만 어머니는 사라지고 없었다. 기억나는 것은 호기심 어린 눈으로 나를 지켜보던 흐릿한 얼굴뿐이었다.

"왜 그래? 뭔데?"

애그니스가 물었다.

"아무것도 아니야."

"뭔데 그래."

"엄마를 본 것 같아서."

"어딘가로 떠나셨다지 않았어?"

"응, 그런 줄 알았어."

나는 들썩이는 댄스 플로어에서 뻣뻣하게 굳은 채 가만히 서 있었다.

이것이 우리가 진실을 발견하고 진화하는 과정일까? 정확하지 않은 기억의 조각들을 짜맞추는 일? 어머니만이 아니라 애그니스, 레이철 누나, 코마 씨(그는 지금 어디에 있을까?)까지. 내게 불완전하고 되찾을 수 없는 존재로 남은 그들 모두가, 내 과거를 돌아보는 과정에서 분명하고 명확해지는 걸까? 안 그러면 우리가 우리 자신을 진실하게 알지 못한 채 지나온 청소년기라는 드넓고 험악한 지형에서 어떻게 살아남을 수 있을까? "자아는 중요한 것이 아니야." 언젠가 올리브 로런스가 내게 해 준 말은 반쪽짜리 지혜일 뿐이었다.

아무 표시도 없는 상자들을 묵묵히 싣고 가던 수수께끼의 트럭들을 생각해 본다. 애그니스와 춤을 추는 나를 지켜보던,

지금 돌이켜 보면 호기심과 기쁨이 비쳤던 여지의 얼굴도. 그리고 올리브 로런스가 떠난 일, 아서 매캐시가 나타난 것, 나방이 지켰던 침묵의 범위도……. 현재로 무장한 채 어린 시절로 돌아가면 그곳이 아무리 어두워도 결국에는 불을 밝히고 떠나게 마련이다. 어른이 된 자신의 자아를 가져가니까. 과거를 다시 경험하는 것이 아니라 다시 목격하는 것이다. 물론 내 누나처럼 그들 모두에게 엿이나 먹으라 하고 복수를 감행한다면 이야기는 달라지겠지만.

슈베어

크리스마스가 다 돼 가던 날 누나는 나와 함께 모리스 뒷좌석에 탔다. 우리는 나방이 모는 화살의 차를 타고 바크라는 작은 극장으로 향하고 있었다. 거기서 화살을 만나기로 되어 있었다. 그런데 나방이 극장 옆 골목길에 차를 세웠을 때, 어떤 남자가 조수석 문을 열고 들어오더니 그의 뒤통수를 떠밀어 운전대에 처박고는 다시 차 문에 대고 여러 차례 찧었다. 그러는 사이에 또 다른 누군가가 누나 옆에 올라타 헝겊으로 누나의 얼굴을 덮었다. 몸부림치는 누나를 헝겊으로 억누르며 나를 바라보더니 말했다. "너새니얼 윌리엄스, 맞지?" 애그니스와 함께 버스에 탔을 때 만났던, 그리고 어느 날 밤에 지하철 엘리베이터에서도 마주쳤던 남자였다. 누나가 그의 무릎 위에 쓰러졌다. 그는 손을 뻗어 내 머리카락을 붙잡고 헝겊을 내 얼굴에도 가져다 댔다. "너새니얼과 레이철 맞지?"라면서. 그게 클로로포름이라는 걸 알았기에 호흡을 참았지만 나는 결국 숨을 들이쉬고야 말았다. 슈베어로구나, 만약 의식이 있었다면 그렇게 생각했을 것이다.

정신을 차려 보니 커다랗고 어두침침한 방이었다. 노랫소리가 들렸다. 아득히 먼 데서 나는 소리 같았다. 나는 기억을 되살리려고 "버스에서 만났던 남자."라고 소리 없이 입 모양으로 중얼거렸다. 누나는 어디 있는지 궁금했다. 그러다 다시 잠들었던 것 같다. 문득 어둠 속에서 나를 만지는 손길이 느껴져 나는 깨어났다.

"안녕, 스티치."

어머니 목소리였다. 어머니가 걸어가는 발소리가 들렸다. 나는 고개를 들었다. 어머니가 의자 하나를 끌고 가고 있었다. 방 맞은편에는 긴 탁자가 있었고, 그 앞에 아서 매캐시가 흰 셔츠에 피를 묻힌 채 앉아 있었다. 어머니는 그 옆에 앉아 말했다.

"누구 피가 묻은 거지?"

"내 피야. 월터의 피도 묻었을 수 있고. 그를 들어 올렸을 때 말이야. 그의 머리가……."

"레이철 피는 아니고?"

"아니야."

"확실해?"

"내 피라니까, 로즈."

그가 내 어머니의 이름을 알기에 나는 놀랐다.

"레이철은 안전해. 극장 어딘가에 있어. 안에서 옮겨지는 걸 봤어. 그리고 걔 동생은 여기 있고."

어머니가 소파에 앉은 나를 돌아보았다. 내가 깼다는 것을 모르는 듯했다. 어머니는 매캐시에게 고개를 돌리고 목소리를 낮췄다.

"만약 레이철이 안전하지 않다면 나는 공적으로 당신들 모두에게 등을 돌릴 거야. 당신들 중 누구도 안전할 수 없을걸. 이건 당신네 책임이었어. 이렇게 합의했잖아. 어떻게 놈들이 내 자식들에게 그렇게 가까이 접근할 수 있었지?"

매캐시는 자신을 안전하게 지키려는 듯이 재킷을 여몄다.

"놈들이 너새니얼을 미행한다는 것은 알고 있었어. 유고슬라비아 놈들일 거야. 이탈리아 놈들일 수도 있고. 아직 확실하지 않아."

그러다 두 사람은 내가 모르는 장소들에 대해 이야기했다. 어머니는 목에서 스카프를 풀더니 그걸로 그의 손목을 붕대처럼 감쌌다.

"또 어디?"

그가 자기 가슴을 가리켰다.

"여기가 가장 심해."

어머니가 그에게 바투 다가갔다.

"그렇군. 오, 그래…… 그래."

어머니는 그의 셔츠 단추를 풀고 말라붙은 피에서 떼어 내며 되뇌었다. 그리고 탁자에 있는 꽃병을 집어 들어 꽃 몇 송이를 꺼내 팽개치고는 그의 맨 가슴에 물을 부어 씻어 내고 상처 부위들을 살펴보았다.

“어김없이 칼이지.”

어머니가 중얼거리며 말을 이었다.

“펠론은 그들이 우리를 쫓아올 거라고 말하곤 했어. 복수하러. 생존자 본인이나, 아니면 그 친지나 자식들이라도.”

어머니는 그의 배에 있는 자상들을 닦고 있었다. 나는 매캐시가 누나와 나를 지키려다가 다쳤으리라는 데 생각이 미쳤다.

“사람들은 잊지 않아. 아이들조차도. 어째서 그들이…….”

어머니는 씁쓸한 목소리였다. 매캐시는 아무 말도 하지 않았다.

“월터는?”

“그는 틀렸어. 애들을 여기서 데리고 나가야 해. 다른 놈들도 있을지 몰라.”

“그래…… 알았어. 알았어…….”

어머니는 내 쪽으로 건너와 몸을 구부렸다. 내 얼굴에 손을 얹더니, 옆에 몸을 누였다.

“안녕.”

“안녕. 어디 있었어요?”

“이제 돌아왔잖니.”

“정말 이상한 꿈을…….”

어머니와 나, 둘 중에서 누가 그 말을 했는지 기억나지 않는다. 서로 껴안은 채 품속에서 누군가 중얼거렸다. 아서 매캐시가 일어서는 소리가 들렸다.

“레이철을 찾으러 갈게.”

그가 우리를 지나쳐 사라졌다. 나중에 들으니 그때 매캐시는 좁은 건물의 모든 층을 올라가며 화살과 함께 어딘가에 숨어 있을 누나를 찾아다녔다고 한다. 처음에는 두 사람을 찾을 수 없었다. 그는 건물 안에 위험한 자들이 아직 있을지도 모르는데 불 꺼진 복도들을 돌아다녔다. 이 방 저 방 들어가, 어머니가 알려 준 렌이라는 호칭을 속삭였다. 그러다 보니 멎었던 피가 다시 흘렀다. 그는 누나의 숨소리가 들리지 않는지 귀를 기울이고, 암호를 말하듯 다시 "렌"이라고 부르고, 누나가 자신을 믿어 줄 때까지 기다렸다. "렌." "렌." 연신 그렇게 부르자, 마침내 긴가민가한 듯 "네."라고 말하는 소리가 들려왔다. 그렇게 해서 매캐시는 색이 칠해진 무대 배경 뒤에서 화살의 품에 안겨 웅크리고 있던 누나를 찾아냈다.

잠시 후 누나와 나는 카펫 깔린 계단을 함께 내려갔다. 로비에 몇 사람들이 모여 있었다. 어머니, 평복을 입은 남자 여섯 명,(어머니는 우리를 지키기 위해 온 사람들이라 했다.) 매캐시, 화살까지. 바닥에는 수갑이 채워진 남자 둘이 누워 있었고, 그들과 따로 떨어진 채 담요에 반쯤 덮여 있는, 피투성이여서 알아볼 수 없는 얼굴로 우리를 응시하는 남자 한 명이 있었다. 누나가 숨을 헉 들이켰다.

"누구예요?"

한 경찰이 몸을 굽혀 담요를 끌어 올려 그의 얼굴을 덮었다. 누나가 비명을 질렀다. 그러자 누군가 누나와 나를 사람들이 못 알아보도록 코트로 머리를 덮어서 길거리로 이끌었다. 코트 속에서 누나가 우는 소리가 조그맣게 들려왔다. 우리는 각자 다른 밴에 태워져서 다른 목적지로 향했다.

어디로? 다른 삶으로.

2부

유산

1959년 11월, 황무지처럼 느껴지는 세월이 지나 스물여덟 살이 된 나는 서퍽의 한 마을에 있는 집을 샀다. 런던에서 기차로 몇 시간 걸리는 곳이었다. 담장이 둘러쳐진 정원이 딸린 수수한 집이었다. 나는 집주인인 말라카이트 부인과 가격을 두고 흥정하지 않았다. 인생의 대부분을 살아온 집을 팔아야 하는 상황이라 심란한 기색이 역력한 사람과 입씨름하고 싶지 않았다. 또한 그 집을 사지 못할 위험을 감수하고 싶지도 않았다. 집이 무척 마음에 들었기 때문이다.

문을 열어 준 그녀는 나를 기억하지 못하는 눈치였다.

"저는 너새니얼입니다."

나는 우리가 약속을 잡았다는 사실을 언급했다. 우리는 문간에 잠시 서 있다가 응접실로 들어갔다.

"담장 있는 정원이 있지요?"

그녀는 걸음을 멈췄다.

"어떻게 아시우?"

그녀는 머리를 설레설레 흔들고 발을 옮겼다. 집 자체에 비해 유독 아름다운 정원을 내게 보여 줘서 놀라게 해 주고 싶었을 텐데, 내가 계획을 망친 셈이었다.

나는 제시하신 가격에 동의한다고 재빨리 말했다. 그리고 그녀가 곧 양로원에 들어갈 계획임을 알고 있었기에 이 집을 다시 방문해 정원을 둘러보겠다고 했다. 그러면 그녀가 눈에 보이지 않는 정원의 세부 사항들을 알려 주고 그곳을 가꾸는 데 필요한 조언을 해 줄 수 있을 터였다.

며칠 뒤 다시 갔을 때도 그녀는 나를 잘 기억하지 못하는 듯했다. 나는 스케치북을 꺼내, 정원에서 어디에 무슨 씨앗이 묻혀 있는지 알려 주면 좋겠다고 했다. 그녀는 내 발상을 마음에 들어 했다. 그때껏 내가 한 말 중 처음으로 센스 있는 말이었다고 했다. 그렇게 해서 우리는 함께 정원의 지도를 그렸다. 그녀의 기억을 종이에 옮기고, 어느 화단에서 언제 무슨 식물이 자라날지 간단히 적었다. 온실 테두리와 벽돌담 가장자리에 심긴 채소들의 목록도 적어 내려갔다. 그녀는 모든 것을 상세하고 정확히 알고 있었다. 그런 지식은 그녀가 아직까지 꺼내 볼 수 있는 먼 과거의 기억들 중 하나였다. 2년 전 남편인 말라카이트 씨가 죽은 이래 그녀가 쭉 정원을 돌봐 온 것도 분명했다. 기억을 공유할 사람이 없어진 지금 그녀가 자꾸만 잊는 것은 오직 최근의 기억들이었다.

우리는 흰 칠을 한 벌통들 사이를 걸었다. 그녀는 앞치마 주머니에서 쐐기를 꺼내, 흠뻑 젖은 나무판들을 들어 올려 벌통의 아래층을 보여 주었다. 벌들은 갑자기 들이친 햇빛에 고스란히 노출되었다. 늙은 여왕벌을 다른 벌들이 죽여 버렸다고 그녀는 대수롭지 않다는 듯 말했다. 이 벌집에는 새로운 여왕이 필요할 것이다. 내가 보는 앞에서 그녀는 훈연기에 걸레를 쑤셔 넣고 불을 붙였고, 그러자 여왕 없는 벌들은 불어오는 연기 속에서 부르르 떨었다. 그녀는 벌통 1층과 2층에 걸쳐 반쯤 혼수상태가 된 벌들을 정리해 주었다. 자기 세계를 점점 잊어 가는 여자가 마치 신처럼 벌들의 세계를 정돈한다고 생각하니 기묘했다. 그래도 그녀가 하는 양을 지켜보고 이야기를 듣다 보니 이 정원, 벌통 세 개, 각진 모양의 온실 난방만은 마지막까지 잊지 않을 게 분명해 보였다.

"벌들이 통에서 나올 때는 어디로 가나요?"

그녀가 산을 가리켰다.

"오…… 저기 풀숲으로. 더 멀리 헤일스워스까지 간대도 놀랄 일은 아니지."

그녀는 벌들의 성향과 통상적인 충동을 잘 아는 듯했다. 그녀의 이름은 리넷이었고 나이는 일흔여섯이었다. 나는 그 정도는 알고 있었다.

"말라카이트 부인, 오고 싶으실 땐 언제든 오셔도 돼요. 정원과 벌들을 보러……."

그녀는 묵묵히 내게서 몸을 돌렸다. 고개를 젓지도 않는 걸 보니 내가 어리석은 말을 했음을 알 수 있었다. 남편과 함께 그토록 오랜 세월 살아온 집으로 돌아오라니. 나는 하고 싶은 말이 많았지만 더 해 봤자 그녀를 모욕하는 꼴만 될 것 같았다. 그리고 이미 지나치게 감상적으로 굴었다.

"미국에서 오셨소?"

그녀가 보복하듯 말했다.

"살았던 적은 있어요. 하지만 어린 시절은 런던에서 보냈습니다. 한동안은 이 마을 근처에서 살았고요."

그녀는 내 말에 놀랐고 반신반의했다.

"직업은 뭐고?"

"런던에서 일합니다. 일주일에 사흘이요."

"어떤 일을 하시길래? 돈과 관련된 일일 것 같은데."

"아니에요. 정부와 관련된 일입니다."

"무슨?"

"아, 그게 문제네요. 이런저런 일을 하는데……."

나는 말을 멈췄다. 얼토당토않은 말로 들렸다.

"저는 십 대 시절부터 담장 있는 정원에 오면 마음이 편안해졌어요."

나는 그녀가 내 말에 흥미를 보이는지 궁금해 기색을 살폈다. 하지만 내가 안 좋은 인상을 주었다는 것만 알 수 있을 뿐이었다. 너무나 아무렇지도 않게 자신의 집을 사들인, 어디서 나타났는지 모를 사내인 나에게 신뢰를 완전히 잃은 것 같았다. 나는 로즈메리 덤불에서 가지 하나를 꺾어 손가락으로 비비고 향기를 맡은 다음 셔츠 주머니에 넣었다. 그녀는 무언가를 기억해 내려는 듯이 내 행동을 지켜보았다. 나는 그녀가 리크, 스노드롭, 과꽃, 풀협죽도를 심은 곳들을 표시한, 대강 그린 정원 지도를 계속 들고 있었다. 담장 너머로 무성히 가지를 뻗친 뽕나무가 보였다.

오후의 햇살이 정원에 가득 쏟아졌다. 정원은 동해안에서 불어오는 무역풍을 막을 수 있도록 설계되어 있었다. 나는 이곳을 무척 자주 생각해 왔다. 담장 안에 고인 따스한 온기, 그늘진 빛, 여기서 언제나 느낄 수 있었던 안전함. 그녀는 자기 정원에 들어온 낯선 사람을 보듯 나를 지켜보았다. 하지만 사실 나는 그녀의 삶을 글로 쓸 수도 있었다. 이 작은 서퍽 마을에서 남편과 함께 살아온 그녀의 세월에 대해 나는 많은 것을 알았다. 내가 청소년기에 주변에 있었던, 그들이 힐끗 보았던 모습으로 구성된 나의 자화상의 일부가 되어 준 사람들의 삶 속에 손쉽게 들어가 배회했듯이, 이 부부의 결혼 생활 이야기 속에도 그렇게 들어가려면 들어갈 수 있었다. 딱 지금 내가 말라카이트 부인이 정성껏 가꾼 정원의 소유권을 넘기기 전 그곳에 서 있던 모습을 회고했듯이.

나는 말라카이트 부부 사이가 얼마나 가깝고 다정한지 궁금해했다. 그들은 내가 십 대 후반에, 어머니와 함께 지냈던 방학 동안 규칙적으로 만났던 유일한 부부였으니까. 이외에 다른 사례는 없었다. 그들의 관계는 서로에게 만족스러웠을까? 서로의 신경을 거슬렀을까? 알 수 없었다. 나는 보통 들판에서, 또는 한때 채소 텃밭이었던 곳에서 일하는 말라카이트 씨와 단둘이 있었기 때문이다. 그는 자기 땅이 있었고, 흙과 날씨에 대한 확실한 주관이 있었으며, 어쩐지 부인과 같이 있을 때보다 혼자 일할 때 더 편안해하고 다채로운 면모를 보였다. 그가 내 어머니와 나누는 대화를 들으면 말투가 평소와 달랐다. 그는 어머니에게 잔디밭 동편의 산울타리를 없애라고 적극적으로 제안했고, 자연에 대한 어머니의 순진한 생각에 곧잘 껄껄 웃기도 했다. 반면 말라카이트 부인과 대화할 때는 그날 저녁의 계획도, 대화의 주도권도 그녀에게 맡기는 편이었다.

샘 말라카이트는 내게 수수께끼의 인물로 남았다. 누구도 타인의 삶을, 더 나아가 죽음을 이해할 수는 없다. 내가 아는 어떤 수의사는 앵무새 두 마리를 키웠다. 그녀가 물려받기 전부터 이미 몇 년을 저들끼리 같이 살아온 새들이었다. 녹색과 진갈색이 섞인 깃털이 아름다웠다. 나는 앵무새를 좋아하지 않았으나 녀석들의 생김새는 좋아했다. 마침내 그중 한 마리가 죽었다. 나는 수의사에게 조의문을 써 보냈다. 그리고 일주일 뒤 그녀를 만났을 때, 남은 한 마리가 우울해하거나 적어도 당황하고 있지 않으냐고 물었다. 그랬더니 이런 대답이 돌아왔다. "오, 아뇨. 녀석은 무척 기뻐하고 있어요!"

어쨌든 말라카이트 씨가 죽고 이 년 뒤 나는 담장 있는 정원에 둘러싸인 그 작은 목조 주택을 매입해 이사를 갔다. 규칙적으로 방문한 것은 오래전 일인데도 완전히 지워진 줄 알았던 기억들이 즉시 되살아났다. 그리고 눈 깜짝할 사이에 지나갔던 그 시절에는 느끼지 못했던, 그 집을 향한 갈망을 느꼈다. 화살이 소유한 모리스를 타고 있던 나, 여름, 차의 천 지붕이 천천히 뻗어 올라가 뒤로 젖혀지던 광경. 코마 씨와 함께 했던 축구 시합. 강에서 샘 말라카이트와 함께 샌드위치를 먹던 나. "들어 보렴, 개똥지빠귀다."라고 말하던 샘 말리키이트. 그리고 애그니스가 완전히 벌거벗은 기분을 느끼려고 머리카락을 묶은 녹색 리본까지 풀던 모습.

잊을 수 없는 개똥지빠귀. 잊을 수 없는 리본.

런던에서 습격을 당한 이후 어머니는 재깍 웨일스 국경에 있는 기숙 학교에 누나를 입학시켰고 나는 안전을 명목으로 미국의 학교로 보냈다. 그곳에는 친숙한 것이 아무것도 없었다. 화살, 애그니스, 늘 수수께끼 같았던 나방과 함께했던 세계에서 나는 갑작스럽게 떨어져 나왔다. 어떤 면에서는 어머니가 떠났을 때보다 더 큰 상실감을 느꼈다. 나는 청춘을 잃고 정박지에서 풀려나 떠도는 신세가 되었다. 한 달을 그렇게 보내다가 학교에서 도망쳤다. 아는 사람이 거의 없었기 때문에 어디로 가야겠다는 명확한 계획도 없었다. 결국 나는 발견되었고, 이번에는 잉글랜드 북부에 있는 또 다른 학교로 보내졌다. 거기서도 나는 비슷한 고립감을 느꼈다. 봄 학기가 끝나자 어떤 덩치 큰 남자가 나타나 나를 차에 태우더니 노섬벌랜드에서 남쪽으로 여섯 시간 떨어진 서퍽으로 향했다. 그를 불신하며 침묵을 고수하는 나를 그는 거의 건드리지 않았다. 내가 간 곳은 더 세인츠 지역에 있는, 한때 외조부모님이 살았던 화이트 페인트라는 이름이 붙은 집으로 이제는 어머니가 살고 있었다. 햇빛이 환하게 비치는 탁 트인 시골이었고 1.6킬로미터 떨어진 데에 마을이 있었다. 그해 여름 나는 마을에서 일자리를 얻었다. 고용주는 학교에서 나를 차에 태워 그곳으로 데려다주었던 덩치 큰 남자였고, 그의 이름은 말라카이트였다.

그때는 어머니와 내가 가깝지 않았던 시기였다. 누나와 내가 사랑했던 안락한 집 안 분위기는 어머니가 우리를 버린 이후로 사라지고 없었다. 어머니가 우리를 속이고 떠난 일을 생각하면 나는 불신을 지울 수 없었다. 그로부터 훨씬 나중에야 나는 어머니가 새로운 지령을 받으러 잉글랜드로 돌아왔을 때 한두 번 스케줄을 비우고 나를 보러 온 적이 있었음을 알게 되었다. 브롬리의 재즈 클럽에서 홍청망청 법석을 피우며 춤을 추는 내 모습과, 어머니가 모르는 어떤 여자가 내 품에 뛰어들었다 벗어났다 하는 모습을.

사람들은 우리가 살면서 겪은 사건들 사이에서 잃어버린 연속성을 늘 찾아 헤맨다고 한다. 하지만 십 대 후반에 화이트 페인트에서 어머니와 함께 지내던 시절 나는 그 실마리를 도무지 찾을 수 없었다. 그러던 어느 날 일을 일찍 마치고 집에 돌아왔을 때였다. 부엌에 들어가니 어머니가 민소매 차림으로 개수대 앞에서 냄비를 씻고 있었다. 집에 혼자만 있다고 생각했던 것 같다. 어머니는 원래 거의 항상 파란 카디건을 입고 다녔는데, 나는 마른 체형을 가리려고 그러는 줄 알았더랬다. 그런데 이제 보니 어머니의 팔에 마치 원예용 기계가 나무껍질에 낸 상처 같은 검붉은 흉터들이 있었다. 한 줄로 길게 이어지다가, 어머니가 세제 거품으로부터 손을 보호하려고 낀 고무장갑 가장자리에서 마치 그 자리에 없는 것처럼 뚝 끊긴 흉터. 어머니에게 또 다른 흉터가 얼마나 많이 있는지는 나중에도 알 수 없었다. 다만 그때 내 눈에 보인 부드러운 살에 새겨진 벽돌색 흉터들은 잃어버린 시간을 가리키는 단서와도 같았다. 아무것도 아니야. 그냥 작은 단도들이 낸 길이야……. 어머니는 중얼거렸다.

어머니는 상처들이 어쩌다 생겼는지 더 이상 말하지 않았다. 당시 나는 내 어머니, 로즈 윌리엄스가 우리가 습격당한 이후로 정보국과의 모든 접촉을 일절 중단했다는 사실을 몰랐다. 당국에서는 바크 극장에서 벌어진 싸움을 재빨리 덮었지만, 어머니가 전쟁 때 했던 일들이 신문에 대략 언급되어 어머니는 짧게나마 이름 없는 유명인이 되었다. 언론은 어머니의 암호명인 '비올라'만 알고 있었다. 정치적 입장에 따라 어떤 신문은 비올라를 잉글랜드의 영웅으로 묘사했고 어떤 신문은 전후 정부가 꾸민 대외적 모의의 나쁜 사례라고 보았다. 실제 내 어머니를 연결 지을 수 있는 정보는 알려지지 않았다. 어머니의 익명성은 확실히 보장되었기에, 어머니가 고향으로 돌아갔을 때 지역 주민들은 화이트 페인트를 여전히 생전에 해군 본부에서 일하셨던 외조부님의 집으로 여기고 있었다. 미지의 비올라는 금방 잊혔다.

어머니가 돌아가시고 십 년 뒤 나는 외무부에 지원하라는 제의를 받았다. 처음에는 그런 자리에 나를 채용하겠다는 제안이 이상하게 느껴졌다. 첫날 여러 건의 면접을 보았다. 한 건은 '정보 수집 기관'에서, 한 건은 '정보 평가 팀'에서. 둘 다 영국 정보국에서 주역에 해당하는 기관들이라 했다. 어째서 내가 선택되었는지 말해 주는 사람은 아무도 없었고, 내게 짐짓 가벼운 투로 세심한 질문들을 던지던 면접관들 중 내가 아는 사람도 없었다. 오점 많은 학창 시절 성적표는 의외로 그들에게 별문제가 아니었다. 아마도 이 직업은 혈통을, 그리고 비밀 유지 능력이 유전될 가능성을 신뢰하는 분야였기에, 내 핏줄을 보고 족벌주의적으로 등용하는 것이 믿을 만한 방법이라고 여긴 듯하다. 게다가 그들은 내 외국어 지식에 깊은 인상을 받았다. 면접에서 내 어머니는 언급하지 않았고, 나도 언급하지 않았다.

내게 주어진 직무는 기록 보관소에 있는, 전쟁과 전후 시기를 다룬 다양한 서류철들을 검토하는 것이었다. 작업 과정에서 알게 된 정보나 이를 통해 유추할 수 있는 결론은 무엇이든 타인에게 발설해서는 안 됐다. 나는 내 검토 결과를 평가할 직속상관에게만 보고해야 했다. 각 상관들의 책상에는 두 종류의 고무도장이 있었다. 하나는 개선하시오, 하나는 보완됨이라고 새겨져 있었다. 서류가 '보완'되었다면 더 높은 단계로 넘어갈 수 있었다. 그 단계가 어디인지는 전혀 알 수 없었다. 내 시야는 하이드 파크 근처에 있는 이름 없는 건물 2층의 기록 보관소라는 좁은 반경에 한정되어 있었다.

이렇게만 쓰면 힘들고 단조로운 일처럼 보인다. 하지만 나는 전쟁에 관한 세부 정보들을 조사하다 보면 어머니가 우리를 나방의 보호에 맡기고 떠났던 시기에 무엇을 했는지 알아낼 수 있으리라 생각했다. 우리는 전쟁 초기에 그로스브너 하우스 호텔 옥상의 "새 둥지"에서 어머니가 무전을 들었다는 이야기나, 초콜릿과 차가운 밤공기에 의지해 잠을 쫓으며 해안으로 약간 운전을 했냐는 이야기만 알고 있었다. 그 이상은 전혀 몰랐다. 이제는 어머니의 삶에서 끝끝내 수수께끼로 남아 있던 부분을 밝혀낼 기회가 왔는지도 모른다. 그건 어머니의 뒤를 이을 수 있는 가능성이었다. 어쨌든 내가 누구인지 잊어버린 말라카이트 부인의 정원에서 벌들이 머뭇거리며 벌집 안을 돌아다니는 동안 내가 언급했던 불가사의한 정부 관련 일은 바로 이것이었다.

나는 매일같이 기록 보관소에서 꺼낸 서류 더미를 읽어 나갔다. 대부분의 서류에는 전쟁 당시 주변부에서 활동한 남자들과 여자들이 유럽 곳곳을 누비고 나중에는 중동 지역과 전후 충돌 지역들을 다니며 보고한 내용이 기록되어 있었다. 특히 1945년과 1947년 초의 자료가 많았다. 나는 공인되지 않은, 그럼에도 격렬한 전투가 휴전 이후에도 계속되었음을 알게 되었다. 규칙과 협상들이 반만 작동하고, 대중이 접하는 소식 너머에서는 전쟁이 이어지던 시기였다. 대륙에서는 게릴라군과 파르티잔들이 패배를 받아들이지 않고 출몰했다. 파시스트와 독일 지지자들은 오 년 혹은 그 이상의 세월 동안 고통받았던 사람들에게 쫓겼다. 보복과 보복이 엎치락뒤치락 이어지며 작은 마을들이 파괴되었고, 더 많은 슬픔이 남았다. 막 해방된 유럽 지도 전역에 존재하는 민족들만큼이나 많은 파벌들이 부딪쳤다.

나는 몇몇 동료들과 함께 아직까지 남아 있는 서류들을 꼼꼼히 읽으며 무엇이 잘못되었을 수 있는지, 또 무엇이 성공적으로 달성되었는지를 평가해, 그중 어떤 것을 보관해야 하고 어떤 것을 말소해야 할지 의견을 냈다. 이 작업을 '무언의 수정'이라 불렀다.

사실 이런 '수정' 작업은 한차례 대대적으로 실행된 바 있었다. 나는 전쟁이 끝나고 평화가 도래하는 과정에서 철저한, 거의 파멸적인 검열이 단행되었음을 알게 되었다. 대중이 절대로 알아서는 안 될 작전이 숱하게 벌어졌기에, 의혹을 불러일으킬 만한 증거들은 최대한 신속히 파괴되었다. 연합국과 추축국 진영 정보부가 진행한 전 세계적인 작업이었다. 유명한 사례라면 베이커가에 있는 특수작전본부 사무소들이 걷잡을 수 없는 화재에 휘말린 사건을 들 수 있다. 그런 방화 사건이 세계 곳곳에서 일어났다. 영국군이 델리를 떠날 때도 증거가 될 만한 기록들을 소각하는 임무를 맡은 담당자들이 있었다. 자신들을 "방화관"이라 부르는 그들은 붉은 요새 중앙광장에서 밤낮으로 불을 질렀다.

전쟁과 관련한 특정한 진실들을 은폐한 것은 영국만이 아니었다. 이탈리아 트리에스테에서는 나치 당원들이 한때 정미소였던, 이후에는 유대인, 슬로베니아인, 크로아티아인, 반파시스트 정치범 수천 명을 고문하고 죽인 강제 수용소가 된 리시에라 디 산 사바의 굴뚝들을 파괴했다. 트리에스테 위의 산등성이에 있는 카르스트 지대 구덩이들에 묻힌, 공산당 집권에 반대하다가 유고슬라비아 파르티잔들에게 죽임을 당한 자들의 묘지에 대한 기록이나, 유고슬라비아 임시 수용소에서 비명횡사한 강제 추방자 수천 명에 대한 기록도 마찬가지로 제거되었다. 전쟁에 엮인 모든 파벌이 각종 증거들을 화급히, 철저히 파괴했다. 문제의 소지가 있는 것은 무엇이든 수많은 사람들의 손에 태워지거나 찢겼다. 그럼으로써 수정주의자들은 역사를 다시 쓸 수 있었다.

그러나 지도에서 거의 지워진 마을이나 가문 들 사이에 진실의 조각들은 남아 있었다. 언젠가 어머니가 아서 매캐시에게 이야기하기를, 발칸반도의 마을들은 어디든 자기 이웃에게 — 또는 한때 적이었다고 생각되는 누구에게든 — 복수를 꾀할 만한 이유가 있다고 했다. 파르티잔에게든, 파시스트에게든, 우리에게든, 연합국에게든. 그런 것이 평화의 반향이었다.

그렇게 한 세대가 지난 1950년대 후반, 우리에게 맡겨진 일은 여기저기 흩어진 자투리 보고서들과 비공식 문서들에서 여전히 찾아볼 수 있는, 역사가 바람직하지 못하다고 여길 만한 작전들의 증거를 찾아내는 것이었다. 매일같이 서류철들을 들여다보던 우리 중 일부는 전쟁이 끝나고 십이 년이 지난 이 세상에서 누가 도덕적으로 올바른 위치에 있는지 더 이상 판단할 수 없다고 여겼다. 그리고 미궁 같은 정부 시설에서 이 일을 하던 많은 이들이 일 년 안에 일을 그만두고 떠났다.

더 세인츠

말라카이트 부인에게 집을 산 첫날 나는 집주인으로서 들판을 가로질러 화이트 페인트로 향했다. 어머니가 유년 시절을 보낸 집은 이제 누군지 모를 사람들에게 팔렸다. 나는 예전 어머니의 땅의 오르막에 서서 멀리, 천천히 굽이쳐 흐르는 강을 내려다보았다. 그리고 여기서 어머니가 보냈던 시간에 대해 내가 아는 얼마 안 되는 지식을 글로 옮겨야겠다고 마음먹었다. 비록 옛 외가댁의 집과 풍경은 어머니의 삶을 진실하게 보여 주는 지도라 할 순 없지만 말이다. 서퍽의 작은 마을 옆에서 자라난 소녀는 사실 여행을 많이 다니며 살았다.

전기를 쓰려면 고아와 같은 상태가 되어야 한다고 한다. 그러면 자신에게 결핍된 것, 성장 과정에서 조심하고 주저하며 대했던 것들이 거의 아무렇지도 않게 다가올 것이다. "전기는 잃어버린 유산이다."라는 사실을 깨달으면서 당신은 비로소 어디를 어떻게 보아야 할지 알 수 있다. 그렇게 해서 만들어진 자화상에서는 모든 것이 운율을 이룰 것이다. 모든 것이 반추되었을 테니까. 어떤 몸짓이 과거에는 팽개쳐져 있었다면, 이제는 또 다른 몸짓에 속하는 것으로 보이리라. 그러니 내 어머니 안의 무언가는 내 안에서 운이 맞으리라고 생각한다. 작은 거울의 방에 있는 어머니와 내 거울의 방에 있는 나.

그들은 전쟁 시기 영화에 누구나 쉽게 알아볼 수 있게 포착돼 있는 그 시대의 시골에서 수수하고 겸손한 삶을 살아가는 가족이었다. 한동안 나는 외가댁을 그렇게 상상했다. 그런 영화에 출연한다면 딱 그려질 법한 모습으로. 그런데 최근 그 영화들에 나오는 얌전하지만 성적으로 억눌린 여성들을 지켜보노라니, 소년 시절 내가 크라이테리언의 엘리베이터를 타고 오르락내리락하며 옮겼던 조각상들이 생각났다.

조부님은 딸이 많은 집안의 막내로 태어났고, 여자들에게 둘러싸인 삶에 만족했다. 제독의 지위에까지 올라 바다에서 그의 엄격한 지시에 따르는 부하들을 혹독하게 지휘할 때조차 서편에서 보내는 시간을 좋아했고 아내와 딸과 함께하는 가정적 습관들을 편안하게 여겼다. 어머니는 이런 '가정적 생활'과 '타향살이'라는 요소의 조합에 영향을 받아 자신의 인생행로를 받아들이고 또 바꾸어 나간 게 아닌가 싶다. 어머니도 결국 무언가 더 많은 것을 고집했고, 그래서 어머니의 결혼생활과 이후에 이어진 직업 생활은 조부님이 동시에 발을 걸치고 있었던 두 세계를 닮았던 것이다.

인생 대부분의 세월을 해군으로서 활동적으로 살아가리라 생각한 조부님은 서펵에서 "활동적인 강"이 옆에 있지 않은 집을 선택했다. 그래서 어머니가 십 대 시절 낚시를 배운 곳은 넓지만 잔잔한 개울이었다. 개울은 급하게 흐르는 법이 없었다. 집에서 거기까지 목초지가 내리막으로 뻗어 있었다. 이따금씩 저 멀리 노르만 양식 교회들 중 한 군데에서 이전에도 몇 세대에 걸쳐 들판에 울려 퍼졌던 종소리가 들려왔다.

그 지역은 몇 킬로미터를 사이에 두고 작은 마을들이 점점이 떨어져 있었다. 마을들을 잇는 도로들은 이름이 없는 경우가 많아 여행자들에게 혼동을 불러일으켰다. 마을 이름도 비슷비슷해서 혼란은 더욱 커졌다. 세인트 존, 세인트 마거릿, 세인트 크로스 등의 성인들 이름이었다. 사실 그 지역은 세인트들의 모임 두 개로 이루어져 있었다. 여덟 개의 마을이 모인 사우스 엘럼 세인츠와 네 개의 마을이 모인 일케철 세인츠였다. 또 다른 문제는 이정표에 적힌 거리가 어림짐작이라는 점이었다. 한 세인트에서 다른 세인트까지 3킬로미터라고 적힌 이정표를 본 여행자는 5킬로미터를 가도 마을이 나오지 않자 자신이 갈림길을 놓쳤나 보다고 생각하고 발길을 돌리지만, 사실 엉큼하게 숨겨진 그 세인트는 오히려 1킬로미터를 더 가야 나왔다. 더 세인츠에서는 같은 거리도 더 길게 느껴졌다. 풍경에 어디가 어디인지 알려 주는 확실한 단서가 없기 때문이다. 그곳에서 자란 사람들조차도 그런 단서를 찾기 어려워했다. 어린 시절 몇 년을 거기서 보낸 내가 런던의 우리

농네 지도를 강박적으로 그려야 안전을 느꼈던 까닭도 이 때문인 듯하다. 더 세인츠에서 나는 이름이 너무 비슷하고 거리가 얼마나 떨어져 있는지도 알 수 없는, 여기저기 흩어진 작은 마을들 중 하나에서 어머니와 아버지를 잃어버렸다는 느낌이 들 때가 많았다. 그러니 런던에서 내가 볼 수 없거나 기록할 수 없는 무언가는 존재하지 않게 되리라고 생각한 것도 무리가 아니었다.

더 세인츠는 해안 가까이에 있었기에 전쟁 때는 더더욱 비밀스러워졌다. 독일의 침공을 대비해 그나마 있었던 부정확한 이정표들마저도 모두 없애 버린 것이다. 하룻밤 사이에 아무런 표지판도 없는 지역이 되었다. 사실 전쟁이 끝날 때까지 그곳은 침공당하지 않았다. 다만 최근 지어진 영국 공군 비행장에 배치된 미 공군 병사들이 밤중에 술집에서 돌아가려다 길을 잃고 다음 날 아침까지 자기네 비행장을 찾아 미친 듯이 헤매는 일이 끊임없이 벌어졌다. 빅 도그 선착장을 건너 이름 없는 오솔길들을 배회하던 조종사들은 똑같은 선착장의 반대편에 이르러 온 길을 되짚어 가며 비행장으로 돌아가려 애썼다. 한편 셋퍼드에서는 실물 크기의 독일 마을 모형이 지어져, 연합군이 독일을 공격하기 전에 그 모형을 포위하고 공격하는 훈련을 했다. 기묘한 대비였다. 잉글랜드 군인들이 독일 마을의 구조를 유심히 외우는 동안 독일군은 도로 표지판 하나 없는 알쏭달쏭한 서픽 땅에 들어올 준비를 하고 있었으니 말이다. 해안 마을들은 지도에서 은밀히 지워졌다. 군사 지역들은 공식적으로 사라졌다.

이제 와서 분명해진 것은, 전쟁 당시 어머니를 비롯한 사람들이 참여한 상당수 작전들의 진짜 동기는 감춰졌다는 것이다. 유년 시절이 눈에 보이지 않게 되듯이. 서퍽에는 비행장 서른두 군데와 적들에게 혼란을 주기 위한 가짜 비행장들이 거의 하룻밤 만에 지어졌다. 진짜 비행장들은 술집에서 잠깐 유행했다 사라진 노래 몇 곡의 가사에 등장했을 뿐 지도에 절대로 나타나지 않았다. 마침내 전쟁이 끝나자 비행장들과 더불어 공군 4천 명이 나쁜 일은 전혀 일어난 적 없다는 듯이 사라졌다. 더 세인츠는 자연스럽게 일상으로 돌아갔다.

십 대 시절 출근길이나 퇴근길에 말라카이트 씨가 모는 차를 타고 옛날 로마 시대 도로였던 길을 따라 달리면서 나는 지도에 나오지 않고 일시적으로 존재했던 그 마을들에 대한 이야기를 들었다. 그는 멧필드에 버려진 비행장 주변 땅에서 채소를 기르고 있었다. 풀에 뒤덮인 활주로들 중 한 군데에서 나는 운전을 배우기도 했다.(이번에는 합법적으로) 말라카이트 부부가 살았던 곳은 "감사하는 마을"이라 불렸는데, 두 번의 전쟁에 걸쳐 죽은 사람이 한 명도 없었기 때문이다. 내가 늘 안전하다고 느꼈던, 그리고 어머니를 여의고 십 년쯤 지나 이사 간 작은 목조 주택과 담장 있는 정원은 바로 그 마을에 있었다.

나는 화이트 페인트에서 일찍 일어나 그 마을로 걸어가곤 했다. 그러다 보면 샘 말라카이트가 차를 몰고 옆에 나타나 담뱃불을 붙이며 내가 옆자리에 타는 것을 지켜보았다. 우리는 이런저런 마을의 광장으로, 예컨대 번게이의 버디 크로스 같은 곳으로 가서, 가판대에 농작물을 쌓아 놓고 정오까지 일했다. 무더운 한여름이면 얕은 강이 흐르는 엘링엄 방앗간에 들러서 허리까지 물에 담그고 선 채로 말라카이트 부인이 만들어 준 샌드위치를 먹었다. 토마토, 치즈, 양파, 그녀가 직접 친 벌들이 만든 꿀을 넣은 샌드위치였다. 그런 조합은 이후로 한 번도 맛보지 못했다. 몇 킬로미터 너머에 있는 집에서 말라카이트의 아내가 아침에 점심을 만들어 줬다고 생각하면 그녀의 자식이 된 느낌이 들었다.

그는 알이 유리병만큼 두꺼운 안경을 썼다. 황소 같은 체격 때문에 눈에 띄었다. 그는 기다란 저지대 "오소리 외투"를 가지고 있었다. 가죽 몇 장으로 만들어진 외투에서는 고사리 냄새가 났고, 가끔은 지렁이 냄새도 났다. 말라카이트 부부는 내가 본 안정된 결혼 생활의 표본이었다. 그의 아내는 내가 자기 집에 너무 자주 드나든다고 생각했을 것이다. 그녀가 깔끔하고 단정한 것을 열렬히 선호하는 집토끼 같다면, 말라카이트 씨는 야생 토끼 같아서 어딜 가든 폭풍이 지나간 듯한 흔적을 남겼다. 그가 지나간 마룻바닥에는 신발, 오소리 외투, 담뱃재, 행주, 식물 잡지, 모종삽이 나뒹굴었고 감자를 씻은 개수대에는 진흙이 남았다. 그는 마주치는 무엇이든 집어먹고, 씨름하고, 읽고, 팽개쳤고, 그렇게 버려진 물건은 그의 눈엔 보이지 않았다. 이 고질적인 결점을 두고 아내가 뭐라고 말해도 소용이 없었다. 사실 그녀는 남편이 성격상 벌인 일들에 시달리는 것을 즐긴 것 같다. 그래도 말라카이트 씨가 밭은 말끔하게 가꿨다는 점은 인정해야 한다. 정해진 구역에서 삐져나가 '자생 식물'이 되어 자라는 작물은 한 포기도 없었다. 그는 무들에 호스로 물을 뿌리고 문질러 씻었다. 토요일 시장에서도 자기 상품들을 가판대에 단정하게 늘어놓았다.

봄과 여름에 나는 일종의 의례처럼 거기서 일했다. 적당한 봉급을 받았고, 그래서 어머니와 나 사이에 있는, 건널 수 없을 듯 보이는 거리를 실감하며 많은 시간을 보내지 않아도 되었다. 나는 어머니를 불신했고 어머니는 비밀스럽게 행동했다. 그래서 샘 말라카이트가 내 삶의 중심이 되었다. 일이 늦게 끝나면 그와 같이 저녁을 먹기도 했다. 나방, 올리브 로런스, 연기 같은 화살, 강물에 뛰어들던 애그니스와 함께했던 내 삶은 이제 태평스럽고 믿음직하고, 사람들 말마따나 참나무처럼 튼튼한 샘 말라카이트와 함께하게 되었다.

겨울 동안 말라카이트 씨의 밭은 동면에 들어갔다. 그 시기에 밭은 그저 돌봐야 할 땅이 되었다. 흙에 유기 물질을 조성하기 위해 피복 작물 삼아 심어 둔 겨자들만 노란 꽃을 피웠다. 그에게 겨울은 조용하고 잠잠한 계절이었다. 내가 돌아올 때쯤 밭에는 이미 채소와 과일이 가득 심겨 있었다. 우리는 일찍 일을 시작해 정오에 점심을 먹고 뽕나무 아래에서 잠깐 낮잠을 잔 다음 7시나 8시까지 마저 일했다. 20리터들이 양동이들에 껍질콩을 담고 수레에 근대를 실었다. 집 뒤편의 담장 있는 정원에서 딴 자두들은 말라카이트 부인이 잼으로 만들었다. 바다 가까이에서 자란 스투피스 종 토마토는 강한 맛을 냈다. 나는 계절마다 변하는 채소밭 농부들의 문화와, 가판대들 사이에서 오가는 병충해와 봄 기뭄에 대한 끝없는 토론에 둘러싸였다. 잠자코 앉아서 말라카이트 씨가 타고난 입담으로 손님들과 수다를 떠는 것을 듣기도 했다. 나와 단둘이 있을 때면 그는 내가 무슨 책을 읽는지, 학교에서 무슨 공부를 하는지 묻곤 했다. 내가 사는 또 다른 세계를 비웃는 기색은 전혀 없었다. 그는 내가 학교에서 무언가를 배우려는 욕망이 있기 때문에 배우는 거라고 생각했다. 하지만 사실 나는 그의 옆에서 학교 일은 거의 생각하지도 않았다. 그가 사는 우주의 일부가 되고 싶었다. 그와 같이 있으면 어린 시절 그렸던 불명확한 지도들은 믿을 만하고 정확한 것이 되었다.

나는 그와 같이 걷는 한 걸음 한 걸음을 신뢰했다. 그는 자신이 밟는 풀의 이름을 모두 알고 있었다. 백악토와 점토가 든 묵직한 양동이를 들고 밭으로 가는 도중에도 특정한 새소리를 듣고 있었다. 유리창에 부딪혀 기절하거나 죽은 제비를 보면 한나절 동안 침묵했다. 그 새의 세계가, 녀석의 운명이 그의 곁에 남았던 것이다. 나중에 내가 그 사건에서 벗어나는 어떤 말을 하면 그에게는 그늘이 드리워졌다. 그는 대화 도중에 떠나가 버리고 나는 별안간 혼자 남았다. 그가 바로 내 옆에서 트럭을 몰고 있을 때조차 그렇게 느껴졌다. 그는 세상에 켜켜이 쌓인 슬픔과 기쁨을 동시에 알았다. 지나는 길에 로즈메리 덤불을 보면 꼭 가지를 꺾어 향기를 맡고 셔츠 주머니에 집어넣었다. 강을 마주치면 그냥 지나가는 법이 없었다. 무더운 날 구두와 옷을 벗고 입에서는 여전히 담배 연기를 흘리며 갈대들 사이로 헤엄쳐 갔다. 희귀한 갓버섯들이 어디에서 자라는지 알려 주기도 했다. 아기 사슴 빛깔의 우산처럼 생겼고 갓 아래에는 흰 주름이 있는 그 버섯들은 들판에서 자랐다. “들판에서만 자라.” 샘 말라카이트는 건배라도 하려는 듯이 물컵을 들어 올린 채 그렇게 말하곤 했다. 몇 년이 지나 그의 부고를 들었을 때 나는 컵을 들어 올리고 “들판에서만 자라.”라고 말했다. 식당에서 혼자 있을 때였다.

그의 땅에 서 있던 커다란 뽕나무가 드리운 그늘. 우리는 주로 뙤약볕 아래서 일했기에 지금 생각나는 것은 나무가 아니라 나무 그늘이다. 그처럼 어두운 대칭적 존재 속에서, 그 깊이와 정적 속에서만 그는 자신의 어린 시절 이야기를 길고도 한가롭게 들려주었고, 그러다 보면 손수레를 밀고 괭이를 잡을 시간이 되었다. 나지막한 언덕 위로 솟아오른 산들바람이 어둑한 방 같은 우리 공간으로 불어와 바스락거렸다. 그 뽕나무 아래에서 영원히 존재할 수도 있을 것 같았다. 풀밭에서는 개미들이 녹색 탑을 기어 올라가고 있었다.

기록 보관소에서

나는 매일 이름 없는 7층짜리 건물의 조그마한 귀퉁이에서 일했다. 거기서 내가 아는 사람은 한 명뿐이었고 그는 내게 일정한 거리를 뒀다. 어느 날 엘리베이터를 탔는데 그가 뒤이어 타더니 내게 "안녕, 셜록!"이라고 말했다. 그 이름과 인사가 우리 사이에서 충분히 암호 역할을 하리라는 듯이, 말끝에 붙은 감탄 부호만으로 이런 장소에서 뜻밖에 마주친 사람을 만족시킬 수 있으리라는 듯이. 키가 크고, 여전히 안경을 썼고, 축 처진 어깨도 소년 같은 외모도 그대로인 아서 매캐시는 다음 층에서 내렸고, 나는 잠깐 엘리베이터 밖으로 걸어 나가 그가 어딘가 있을 사무실로 사라지는 모습을 지켜보았다. 흰 셔츠 안쪽 배에 있을, 흰 피부에 영구히 새겨진 깊고 비스듬한 흉터 서너 개를 아는 사람은 나를 포함해 극히 소수일 것이다.

나는 주중에는 기차를 타고 런던에 와서 가이스 병원 근처에 있는 임대한 원룸 아파트에서 지냈다. 이제 도시는 전보다 덜 혼란스러웠다. 사람들이 삶을 재정비하는 것을 느낄 수 있었다. 주말에는 서퍽으로 돌아갔다. 나는 두 세계에 발을 걸치고 있을 뿐 아니라 두 시대를 살고 있었다. 나는 런던에서 지내다 보면 화살의 연푸른색 모리스를 볼 수 있으리라고 반쯤 믿었다. 보닛에 달린 군용차를 연상시키는 문장(紋章), 우회전이나 좌회전을 알리려 깜빡이다가 기체역학적으로 내달리는 그레이하운드의 귀처럼 접혀서 차 문 안으로 들어가던 호박색 방향 지시 등. 화살은 엔진에서 들리는 비정상적 잡음을, 그 심장의 신음을 예민한 올빼미처럼 알아듣고는 몇 분 만에 차에서 내려 918시시짜리 엔진의 밸브 덮개를 열고 사포 한 장으로 점화 플러그들 끝에 불꽃을 일으키곤 했다. 화살에게 모리스는 결함이 있되 기쁨을 주는 존재였다. 그 차에 타는 여자들은 그가 언제까지고 자신보다 모리스에게 더 많은 사랑과 관심을 쏟으리라는 사실을 받아들여야 했다.

그러나 화살이 그 차를 여전히 타고 다닐지, 어떻게 해야 그를 찾을 수 있을지는 모를 일이었다. 펠리컨 스테어스에 있던 집을 찾아가 봤지만 그는 이미 이사를 떠났다. 화살을 잘 알았던 유일한 사람은 레치워스의 위조범이었지만 그 역시 종적을 감추었다. 사실 나는 그 시절 누나와 나를 떠났던 부모님보다 더 많이 우리를 바꿔 놓았던, 낯선 사람들이 잔뜩 둘러앉았던 특별한 식탁이 그리웠다. 애그니스는 어디 있을까? 그녀는 도무지 찾을 도리가 없어 보였다. 애그니스의 가족이 살던 아파트에 가 보았지만 그들은 떠나고 없었다. 월즈엔드의 식당 사람들은 그녀를 기억하지 못했고 기술 전문학교에는 그녀의 주소가 남아 있지 않았다. 그래서 내 눈은 하릴없이 문 두 개 달린 푸른 모리스의 친숙한 윤곽을 찾아 헤맸다.

나는 맡은 일을 하면서 몇 달을 보냈다. 그러다 보니 내 어머니에 대한 정보가 들어 있는 서류는 만약 있다고 해도 결코 내 손에 주어지지 않으리라는 생각이 들었다. 어머니의 활동 기록은 이미 말소되었거나 내가 볼 수 없도록 숨겨져 있을 터였다. 전쟁 시절 어머니의 이력에는 검은 덮개가 씌워진 듯했고 나는 계속 어둠 속에 남아 있어야 했다.

답답한 일과에서 벗어나기 위해 밤중에 템스강 북쪽 둑을 거닐기 시작했다. 한때 화살이 개들을 맡겼던 간이 방공호를 지나치는 길이었다. 하지만 거기에서 개가 짖거나 실랑이하는 기척은 들리지 않았다. 나는 세인트 캐서린스 선창, 이스트 인디아 선창, 로열 독스 선창을 지나갔다. 전쟁은 오래전에 끝났기에 선창들에는 더 이상 자물쇠가 채워져 있지 않았다. 그래서 어느 날 밤 선창 안에 들어가 갑문에 3분 타이머를 설정해 놓고 소형 보트 한 척을 빌려서 조수의 흐름을 타고 나아갔다.

강에 다른 배는 거의 없었다. 새벽 2시에서 3시쯤이었고 나는 혼자였다. 이따금 예인선이 아일 오브 독스로 쓰레기를 끌고 갈 뿐이었다. 나는 강물 속 터널들 때문에 생기는 회오리를 의식하고 힘껏 노를 저었다. 그래도 제자리를 유지하기도 힘들었고, 랫클리프 크로스나 라임하우스 부두까지 쓸려 갈

뻗했다. 어느 날 밤에는 모터가 있는 배를 빌려서 보 크리크 너머 북쪽으로 뻗은 두 지류까지 나아갔다. 그 어두운 강줄기에서는 내 동족들을 만날 수 있을 것만 같았다. 나는 다음에 또 그 배를 훔쳐 타고 상류의 수로들과 운하들로 더 멀리 나아가 볼 요량으로 배를 정박시켰다. 그리고 걸어서 도심으로 돌아가 개운해진 상태로 8시 30분에 사무실에 도착했다.

개들을 싣고 다녔던 강을 오르락내리락하는 여행을 다시 하는 동안 무엇이 내게 변화를 일으켰는지 모르겠다. 아마도 그때 어머니의 과거만 미지에 파묻힌 건 아니라는 생각이 또렷해졌던 것 같다. 나 자신도 사라진 기분이었다. 내 청춘을 잃은 셈이었다. 나는 익숙한 기록 보관실들을 걸어 다니면서 새로운 생각에 사로잡혔다. 이곳에서 일을 시작하고 처음 몇 달 동안 동료들과 함께 완전히 검열되지 않은 전쟁의 잔해들을 모으면서 내가 감시당하고 있다는 것은 알고 있었다. 나는 어머니를 한 번도 입에 올리지 않았다. 상관이 잠깐 어머니 이름을 언급했을 때도 어깨만 으쓱했다. 그때는 신뢰받지 못했기 때문이다. 하지만 이제 나는 신뢰받고 있었다. 그리고 기록 보관소에 나 혼자 있는 시간이 정확히 언제인지도 알고 있었다. 유년 시절 나는 신뢰를 저버리고 어딘가에서 정보를 빼내는 법을 충분히 익힌 바 있다. 학교 성적표든, 화살의 지시로 훔쳐 낸 그레이하운드 혈통서든 간에. 화살의 지갑에는 어떤 출입문의 잠금장치든 열 수 있는 가느다란 도구들이 들어 있었고, 나는 그가 작업하는 과정을 호기심을 품고 지켜보기도 했다. 심지어 한번은 닭뼈로 개 덫을 능숙하게 열어 보인 적도 있었나. 아직 내 안에는 약간의 무법자 기질이 남아 있었다. 다만 이전까지는 검열된 AA 등급 서류들이 나 같은 신참에게는 숨겨져 있어서 접근할 권한이 없었을 뿐이다.

서류 캐비닛의 잠금장치를 여는 법을 가르쳐 준 사람은 앵무새 두 마리를 상속받았던 그 수의사였다. 그녀는 여러 해 전에 내가 화살을 통해 알게 된, 그 시절 인연 중에서 지금까지 연락이 닿는 유일한 사람이었다. 나는 런던으로 돌아온 이후 그녀와 친해졌다. 내가 부딪힌 문제를 설명하자 그녀는 동물의 발굽이나 뼈가 부러졌을 때 쓰는 강력한 마취제를 자물쇠 주위에 발라 보라고 권했다. 그러면 자물쇠가 차가워지면서 표면에 흰 물방울들이 맺힐 테고, 외부 침입에 저항하는 장치가 둔해져서 본격적으로 자물쇠를 따는 단계를 진행할 수 있게 된다는 것이었다. 도구는 슈타인만의 견인못이었다. 합법적 세계에서는 경주용 그레이하운드가 골절상을 입을 경우 골격 인견 요법으로 뼈를 보호해 주는 데 쓰는 도구였다. 골수를 뚫고 들어가는, 조그맣고도 효율적이며 매끄러운 스테인리스 스틸 못은 한두 번 만에 문제의 캐비닛 잠금장치를 해제해 주었다. 캐비닛 문은 지체 없이 비밀들을 내주었다. 나는 공개되지 않았던 서류철들을 열고, 보통 나 혼자 점심을 먹던 텅 빈 지도실에서 셔츠 안에 숨긴 서류들을 꺼내 읽었다. 그리고 한 시간 뒤 서류를 제자리에 돌려놓고 자물쇠를 잠갔다. 만약 어머니가 이 건물에 있었다면 나는 어머니를 찾아낼 수 있었을 것이다.

나는 새로 알게 된 정보들에 대해 아무 말도 하지 않았다.

단 한 사람, 레이철 누나에게 전화해 알려 주려고는 했다. 하지만 누나는 우리 유년으로 돌아갈 마음이 없었다. 누나는 나름의 방식으로 우리를 버린 것이다. 위험하고 믿을 수 없었던 시절로 돌아가고 싶지 않다면서.

바크 극장에 걸린 커다란 그림 뒤에서 화살의 품에 안겨 무사히 발견된 누나를 어머니가 보러 갔을 때 나는 동행하지 않았다. 클로로포름의 여파가 아직 남아 있었기 때문이다. 하지만 나중에 전해 듣기로는, 어머니가 나타났을 때 누나는 화살을 떠나지 않으려 했다고 한다. 화살에게 딱 달라붙어 어머니를 외면했다는 것이었다. 누나는 납치당한 동안 발작을 일으켰다는데, 나도 자세한 것은 모른다. 어른들은 그날 밤 일어난 일들을 거의 알려 주지 않았다. 내가 심란해할까 봐 그런 모양인데, 그들이 침묵을 지켜서 나는 오히려 더 힘들고 무서웠다. 나중에 누나는 나는 엄마가 정말 싫어!라는 말을 내뱉고는 아예 입을 닫으려 했다. 아무튼 화살이 일어나 품에 안은 누나를 어머니에게 넘겨주려 했을 때 누나는 악령이 코앞에 있다는 듯 울음을 터뜨렸다고 한다.

물론 그때 누나는 제정신이 아니었다. 기진맥진한 상태였다. 발작이 일어난 뒤였으니 자신에게 일어난 일들을 명확히 알지 못했을 것이다. 누나는 발작 직후엔 나조차도 악마 보듯 했다. 「한여름 밤의 꿈」에 나오는 사랑의 묘약이라도 바른 듯했다. 이 경우에는 깨어나서 처음 본 상대를 사랑하는 게 아니라 공포에 휩싸여 두려워하는 약이겠지만. 누나는 몇 분 전 자신을 연달아 강타했던 공포의 원인이 그 사람이라고 생각했던 것이다.

하지만 어머니를 봤을 때는 그런 경우라고 할 수 없을 것이다. 그때 누나가 깨어나서 처음 본 사람은 자신을 안고 달래 주던 화살이었을 테니까. 예전에 누나의 방에서 뇌전증 걸린 개에 대한 믿기 힘든 이야기를 해 주었을 때처럼, 그는 누나를 안전하게 해 주기 위해 필요한 조치들을 취했을 것이다.

게다가 또 다른 차이가 있다. 발작 직후에 누나가 내게 어떤 반응을 보였건, 그것이 의혹이었든, 분노였든, 몇 시간이 지나면 누나는 나와 같이 카드 게임을 하거나 수학 숙제를 도와주었다. 하지만 어머니를 상대로는 그러지 않았다. 어머니를 덮어놓고 나쁘게 보는 누나의 관점은 변하지 않았다. 누나는 어머니를 밖에 세워 두고 방문을 닫아 버렸다. 어머니와 떨어져 있기 위해 자신이 싫어하던 기숙 학교에도 들어갔다. "나는 엄마가 정말 싫어." 누나는 줄기차게 그렇게 말했다. 나는 어머니가 돌아오면 우리가 그 품으로 돌아갈 수 있을 줄 알았다. 하지만 누나의 상처는 낫지 않았다. 바크 극장 로비에서 나방의 시신을 본 누나는 어머니에게로 몸을 돌리고 비명을 질러 대기 시작했는데, 지금까지도 비명을 멈추지 않은 것만 같다. 이미 갈라졌던 우리 가족은 다시 갈라졌다. 그때부터 누나는 낯선 사람들 사이에서 더 안전하다고 느꼈다. 누나를 구해 준 이들은 낯선 사람들이었으니까.

그날 밤 나방은 마침내 우리를 떠났다. 그는 루비니 가든의 난롯불 앞에서 내게 약속했었다. 어머니가 돌아올 때까지 나와 함께 있겠다고. 그는 약속을 지켰다. 어머니가 돌아온 날 밤에야 그는 우리 모두에게서 떠나갔다.

어느 날 나는 누나의 공연을 보러 가려고 일찍 기록 보관소를 나섰다. 오랜만에 만나러 가는 길이었다. 누나가 나를 피한다는 것을 알고 있었기에 누나의 삶에 침입하고 싶지 않았다. 누나가 작은 인형극단에서 일한다는 것 정도는 알았고, 비록 내게 직접 언급한 적은 없지만 누군가와 함께 살고 있다는 것도 전해 들었다. 그런데 얼마 전 누나가 자신이 참여하는 연극에 대해 간결하고 애매모호하면서도 정중한 메시지를 보냈다. 반드시 와야 한다고 생각할 필요는 없지만, 예전 나무통 공장에서 사흘 동안 극을 올릴 예정이라는 내용이었다. 누나의 말투가 너무 조심스러워서 마음이 아팠다.

객석은 3분의 1만 찼다. 그래서 관계자들이 관객들에게 앞쪽 좌석에 앉으라고 안내했다. 하지만 나는 늘 뒷줄에 앉는 편이었고, 친지가 참여하거나 마술사가 나오는 공연이라면 더더욱 그랬다. 그래서 나는 원래 앉은 좌석에서 일어나지 않았다. 한참을 어둠 속에서 기다리노라니 극이 시작되었다.

공연이 끝난 뒤 출구에서 기다렸다. 하지만 누나가 나타나지 않아 도로 공연장 안으로 들어가 이런저런 문들과 임시 휘장들을 젖히고 나아갔다. 빈 공간에서 내가 알아들을 수 없는 외국어로 대화하며 담배를 피우는 무대 담당자 두 명이 보였다. 내가 누나의 이름을 말하자 그들이 어떤 문을 가리켰다. 누나는 작은 손거울을 들여다보며 얼굴에 발랐던 흰 칠을 지우고 있었다. 옆의 작은 바구니에 아기가 누워 있었다.

"안녕, 렌."

나는 앞으로 다가가서 아기를 내려다보았다. 누나는 나를 지켜보고 있었다. 평소처럼 빤히 쳐다보지 않고, 두 가지 혹은 그 이상의 감정들 사이에서 균형을 잡으며 내가 무슨 말을 하기를 기다리는 표정이었다.

"딸이구나."

"아니, 아들이야. 이름은 월터."

우리 눈이 마주쳤다. 그러고는 그대로 마주 보았다. 이 순간에는 아무 말도 꺼내지 않는 편이 안전했다. 우리가 성장하는 과정은 생략과 침묵에 둘러싸였다. 아직까지 밝혀지지 않은 것들은 짐작만 할 수 있을 듯했다. 옷이 가득 들어찬 트렁크 가방 속에 있던 말 없는 내용물들을 우리 깜냥으로 해석해야 했듯이. 누나와 나는 그런 혼란과 정적 속에서 서로를 잃어버린 지 오래였다. 그런데 이제 이 젖먹이 옆에 있으니 우리 사이에 친밀감이 감돌았다. 발작 이후 누나의 얼굴이 땀에 뒤덮이고 내가 누나를 끌어안아 주던 때처럼, 말없이 그러고 있는 것이 최선이던 때처럼.

"월터."

나는 조용히 말했다.

"그래, 우리 월터."

누나가 말했다.

나는 우리가 나방의 마법에 걸려 있었던 시간을 누나는 어떻게 경험했냐고 물으며, 그는 늘 미심쩍은 느낌을 주었다고 고백했다. 그러자 누나가 쏘아붙였다.

"마법? 그는 우리에게 마음을 써 줬어. 그때 무슨 일이 일어나고 있었는지 너는 전혀 모르지. 우리를 지켜 준 이는 바로 그 사람이었어. 나를 몇 번이고 병원에 데려가 준 사람도. 너는 부모님이 우리에게 한 짓을 모른 척하고 넘어간 거야."

누나가 자기 물건들을 챙기기 시작했다.

"나 가야 돼. 누가 데리러 오기로 했어."

나는 극중에서 누나가 커다란 인형을 안고 무대에 홀로 남았을 때 나오던 음악이 뭐였느냐고 물었다. 그 장면에 눈물이 날 뻔했었다. 그다지 중요한 질문은 아니었지만, 내가 던지고 싶은 수많은 질문들에 누나는 대답하지 않을 게 뻔했다. 누나가 내 어깨를 만지며 대답했다.

"슈만의 「마인 헤르츠 이스트 슈베어」.[31] 알잖아, 너새니얼. 우리 집에서 일주일에 한두 번 늦은 밤에 듣던 곡이야. 어둠 속에서 실처럼 흐르던 피아노 선율 말이야. 너는 우리 어머니의 노랫소리가 그 음악과 같이 들려오는 상상을 한다고 했지. 그게 슈베어였어."

"우리는 피해를 입었어, 너새니얼. 그걸 기억해."

누나가 나를 부드럽게 문 쪽으로 밀었다.

"네가 나한테 한 번도 말해 주지 않은 여자애는 어떻게 됐어?"

나는 몸을 돌렸다.

"나도 몰라."

"찾아보면 되지. 네 이름은 너새니얼이야, 스티치가 아니라.

---

31) Mein Herz ist schwer는 나의 마음은 무겁다'라는 뜻이다.

나는 렌이 아니고. 렌과 스티치는 버림받았어. 너 자신의 인생을 살아. 네 친구 화살도 그렇게 말했잖아."

누나는 아기를 안고 그애의 조그마한 손을 들어 올려 흔들어서 내게 인사를 건넸다. 누나는 나와 대화하려는 게 아니라 아들을 보여 주려고 부른 것이었다. 작은 방을 나서며 나는 다시 어둠 속에 남은 나 자신을 발견했다. 방금 닫은 문 밑에서는 가느다란 빛줄기만 새어 나올 뿐이었다.

아서 매캐시

내가 처음 발견한 것은 로즈가 전쟁 초기에 그로스브너 하우스 호텔에서 화재 감시원으로 일했다는 내용으로 시작하는, 무선 통신원으로 활동한 이력이었다. 그런 다음에는 칙샌즈 수도원에서 독일군의 신호들을 가로채 "런던의 협잡꾼들"이 지시하는 곳으로 보내는 일을 했다. 또한 도버로 가서 해안을 따라 늘어선 거대한 안테나들 사이에서 독일의 특정한 모스 부호 통신원들 개개인의 리듬을 파악하기도 했다. 전건(電鍵)을 누르는 방식을 식별하는 기술은 어머니가 가진 유명한 능력 중 하나였다.

어머니가 전쟁이 끝나고 나서도 해외에서 일했던 사실을 명확히 다룬 서류들은 더욱 깊이, 더 큰 수수께끼처럼 파묻혀 있었다. 예컨대 예루살렘의 킹 데이비드 호텔 폭파 사건 조사

문건이나, 이탈리아, 유고슬라비아, 발칸반도의 다른 나라들이 연관된 자투리 보고서들에서 어머니의 이름이 불쑥 언급되었다. 한 보고서에는 어머니가 나폴리 인근에서 활동한, 남자 두 명과 여자 한 명으로 구성된 작은 조직에 잠깐 몸담았으며, 아직까지 은밀히 암약하고 있던 한 단체의 "핵심 인물들을 제거"하기 위해서였다고 직설적으로 적혀 있었다. 그 조직의 일부 구성원은 억류되거나 살해당했다고 한다. 내통자가 있었을지도 모른다는 언급도 있었다.

그 밖에 내가 찾은 정보는 주로 어머니의 여권에 흐릿하게 찍힌 도시들의 이름과 어머니가 쓴 가명들, 지워지거나 긁혀져서 확인할 수 없는 날짜들이었다. 나는 어머니가 정확히 언제, 어디에 있었는지 알아내는 일을 포기했다. 어머니 팔에 있던 흉터야말로 내가 찾은 유일한 진짜 단서였음을 깨달았다.

나는 또 아서 매캐시와 마주쳤다. 그는 해외에 다녀온 참이었다. 우리는 조심스러운 대화를 나눈 후 같이 식사를 하러 나갔다. 내가 그에게 어디에 파견되었냐고 묻지 않았듯이 그도 내가 무슨 일을 하는지 묻지 않았다. 이제 나는 이 건물에서 통하는 사회적 관례들에 익숙했기에, 그날 저녁 아서 매캐시와 대화할 때도 커다란 산들은 모두 피해 가야 한다는 것을 알았다. 대화 도중에 나방이 우리 삶에서 맡았던 역할이 궁금하다고 말했다. 이 정도 질문은 괜찮지 않을까 싶었고, 어쨌든 나는 그 문제에 대해서는 아무것도 몰랐기 때문이다. 그러자 매캐시는 손을 내저어 질문을 물리쳤다. 우리가 간 식당은 사무소에서 거리가 꽤 떨어져 있었는데도 그는 곧장 주위를 둘러보았다.

"그 이야기는 할 수 없어, 너새니얼."

우리가 루비니 가든에서 보냈던 낮과 밤은 영국 정부의 소관에서 한참 벗어나 있었지만 매캐시는 나방 이야기는 할 수 없다고 생각하고 있었다. 나는 나방이 정부의 비밀들과는 완전히 무관하다고 생각했다. 반면 레이철 누나와 내게는 지극히 깊이 연관된 문제였다. 우리는 그대로 마주 앉아 잠시 침묵했다. 나는 물러서고 싶지도, 화제를 바꾸고 싶지도 않았다. 그와 내가 낯선 타인처럼 서로 격식을 갖추어야 한다는 것이 성가셨다. 나는 반쯤 놀리는 투로 우리 집에 자주 왔던 양봉가 플로런스 씨를 기억하느냐고 물었다. 그에게 연락하고 싶다고, 내가 지금 서퍽에서 벌을 치고 있어서 그의 조언이 필요한데 혹시 연락처를 아느냐고.

침묵이 흘렀다.

"그냥 양봉가잖아요! 제 여왕벌이 죽어서 교체해야 한단 말이에요. 이렇게까지 몸을 사리다니 황당해요."

"그럴지도."

매캐시가 어깨를 으쓱했다.

"나는 지금 너와 식사를 해서도 안 되는 거였어."

종업원이 음식을 가져오자 그는 포크를 접시로 가까이 가져가고는 입을 다물었다. 그러다 종업원이 떠나고 나서야 그 뒷모습을 지켜보며 말을 시작했다.

"너에게 해 주고 싶은 말이 있긴 있어, 너새니얼……. 너희 어머니가 퇴역했을 때 자기 흔적들을 철저히 지운 것은 단 한 가지 이유 때문이었어. 너와 레이철이 다시는 누군가에게 쫓기지 않게 하기 위해서였지. 너희 주위에는 언제나 보호자들이 있었어. 내가 루비니 가든에 일주일에 두 번씩 가기 시작했던 것도 결국 너를 지켜보기 위해서였고. 너희 어머니가 잠깐 잉글랜드에 있었을 때, 브롬리의 클럽에서 네가 춤추는 모습을 멀리서라도 볼 수 있도록 데려가 준 사람이 바로 나였다. 그리고 전쟁이 공식적으로 끝난 뒤에도 그녀와 같이 일했던 사람들, 펠론이나 코놀리 같은 사람들은 우리를 지켜 주는 중요한 방패이자 창기병이었어."

아서 매캐시는 내가 "잉글랜드인들 특유의 불안"이라고 부르는 몸짓을 하고 있었다. 말을 하는 와중에 물컵, 포크, 빈 재떨이, 버터 접시를 연거푸 옮기고 있었던 것이다. 그의 뇌가 얼마나 빠르게 점화되고 있는지 알 만했고, 틀림없이 그런 장애물들을 움직임으로써 자신의 속도를 늦추고 있는 것 같았다.

나는 아무 말도 하지 않았다. 스스로 알게 된 정보들을 그에게 밝힐 생각은 없었다. 그는 의무를 잘 지키는 공직자였고 규칙을 따르며 사는 사람이었다.

"그녀가 너희 둘에게서 떨어져 지낸 이유는, 너희가 자신에 얽힌 적들에게 공격당할까 봐 걱정했기 때문이야. 그 걱정은 맞아떨어졌지. 그녀는 런던에 거의 발을 들이지 않았지만 그때는 막 소환된 참이었어."

"제 아버지는요?"

나는 조용히 물었다.

아주 잠깐 정적이 흘렀다. 그는 내 질문을 일축하는 손짓만 해 보였다. 운명을 암시하는 손짓이었다.

그가 식비를 계산했다. 문 앞에서 우리는 악수를 나눴다. 그는 이런 작별 인사로 이제 우리 만남은 끝이며 다시는 이런 식으로 만나서는 안 된다는 점을 강조했다. 오래전 그는 빅토리아역에서 거의 불편할 정도로 가까이 다가와 매점에서 차를 사 주었다. 그때는 그가 내 어머니의 동료인 줄 몰랐다. 그런데 이제 그는 나와 떨어져서 안심이 되는지 잰걸음으로 멀어져 가고 있었다. 그의 인생에 대해서는 여전히 아는 바가 전혀 없었다. 우리는 오랫동안 서로의 주위를 맴돌았다. 누나와 나를 구해 주고서도 자신의 용기에 대해 아무 말도 하지 않으면서 만족하는 저 사람. 그날 밤 내 삶으로 돌아온 어머니는 내 어깨를 만지며 오랜 애칭으로 나를 불렀다. "안녕, 스티치." 라고. 그러고는 재빨리 아서 매캐시에게 몸을 돌려 피투성이가 된 흰색 셔츠를 벗기고 어쩌다 피가 묻었냐고 심문했다.

누구 피가 묻은 거야?

내 피야. 레이철 피는 아니야.

눈부시게 하얀 매캐시의 셔츠 안에는 그가 나와 누나를 지켜 주었음을 상기시키는 흉터들이 사라지지 않고 있을 것이다. 게다가 그가 루비니 가든에서 어머니의 비밀 카메라 노릇을 하며 우리 소식을 어머니에게 전해 주었다는 사실을 나는 알게 되었다. 누나가 나방에 대해 말했듯이, 매캐시도 내가 모르는 범위에서 우리를 돌봐 주고 있었던 것이다.

어느 주말 누나가 서펀타인 호수에 떨어진 무언가를 주우려고 물속으로 걸어 들어간 일이 떠올랐다. 나방과 내가 기슭에 서서 지켜보는 동안 누나는 치맛자락을 걷어 올리고 몸이 맨다리와 맞닿도록 깊이 수그렸다. 종이였던가? 날개가 부러진 새? 무엇이든 상관없다. 중요한 것은 내가 곁눈질로 보니 나방이 누나를 골똘히 응시하고 있었다는 것이다. 그냥 누나라는 사람을 보는 게 아니라, 한없이 염려하는 눈빛으로 보고 있었다. 그날 오후 내내 월터는 — 이제 그를 월터라고 부르자 — 누가 우리 근처에 다가오기만 해도 위험 소지가 있다는 듯이 노려보았다. 내가 화살과 함께 지내느라 바빠서 그들 곁에 없었을 때에도 나방이 그렇게 누나를 보호하려는 사람의 시선으로 주시했던 날들이 있었을 것이다.

이제 나는 아서 매캐시도 일주일에 한두 번 찾아와 우리를 지켜보던 보호자였음을 알게 되었다. 그런데 저녁 식사 후 멀어져 가는 그를 보면서 열다섯 살 때 느꼈던 감정을 다시 느꼈다. 그는 여전히 고독한 사람으로 보였다. 막 옥스퍼드 대학교를 졸업하고 악명 높은 오행시를 읊었던, 어떤 배경을 가진 사람인지 잘 알 수 없었던 사람. 하지만 내가 학창 시절에 대해 물었다면 그는 자신이 맸던 교복 스카프 색깔이나, 어느 잉글랜드인 탐험가 이름이 붙어 있었을 기숙사를 묘사했을 것이다. 사실 나는 가끔 루비니 가든이 아마추어 극단 같은 곳이었고 거기에 아서라는 남자가 들이닥쳐 어색한 대사를 외우다가 자기가 나오는 장면이 끝나자 어디론가 — 어디로? — 퇴장한 것처럼 느껴진다. 그건 조연인 그에게 맡겨진 배역이었고, 해당 배역을 하다 보니 바크 극장 무대 뒤의 소파에서 흰 셔츠와 바지춤을 피로 흠뻑 적신 채 널브러지게 된 것이었다. 어디까지나 관객에게 안 보이는 곳에 남아 있어야 할 장면.

그런데 그날 밤의 광경이 자꾸만 떠오른다. 그에게 의자를 끌고 다가가던 어머니, 미약하게 빛나던 등불 한 개, 그에게 짧게 입맞춤하려고 수그러지던 어머니의 아름다운 목과 얼굴.

"내가 도와줘도 될까, 아서? 의사가 올 거야……."

어머니의 말소리가 들린다.

"나는 괜찮아, 로즈."

어머니는 어깨 너머로 나를 돌아보고는 그의 셔츠 단추를 끄르고 바지춤에서 꺼낸다. 그러자 그가 심각한 자상들을 입었음이 드러난다. 어머니는 목에서 면 스카프를 풀어 솟아나는 피를 닦아 낸다. 꽃병에 손을 뻗는다.

"나를 찌르지는 않았어."

"벤 거지. 상처를 보니 알겠어. 레이철은 지금 어디 있지?"

"걔는 괜찮아. 노먼 마셜과 같이 있어."

"그게 누군데?"

"화살이요."

방 건너편에서 내가 말한다. 그러자 어머니는 당신이 모르는데 내가 아는 게 있다는 사실에 놀란 듯한 표정으로 나를 돌아본다.

일하는 어머니

나는 1946년 우리에게 돌아온 직후 정보국을 떠난 어머니의 족적을 살폈다. 어머니가 모든 인간관계를 끊고 소리 소문 없이 서퍽으로 건너가던 때에 누나와 나는 서로 멀리 떨어진 학교에서 교육 과정을 마무리하고 있었다. 어머니가 유럽에서 일하는 동안 우리에게 어머니라는 존재가 없었듯, 이후에도 어머니는 없었던 거나 마찬가지였다. 어머니는 자신의 가명들을 지우고 익명의 시민으로 돌아가는 과정을 밟고 있었으니까.

나는 어머니가 퇴역한 이후 받은 메시지들을 발견했다. 비올라라는 이름이 최근 문서에 다시 등장했으며, 어머니를 추적하던 사람들이 아직 포기하지 않았을지 모른다고 경고하는 내용이었다. 어머니는 "런던의 조직들"의 보호를 받는 게 어떠냐는 제의를 거절하고, 대신 자신의 직업적 반경 밖에서 도와

줄 사람을 찾겠다고 했다. 자신이 아니라 자신과 함께 지낼 아들의 안전을 살펴 줄 사람을. 그렇게 해서 어머니는 내가 모르는 사이에 그 지역 채소밭 농부 샘 말라카이트를 설득해 우리 집에 와서 내게 일자리를 주도록 했다. 어머니의 세계에 속했던 사람은 그 누구도 초대받지 못했다.

나는 그때껏 사람들이 로즈 윌리엄스를 찾고 있다는 생각은 전혀 못 했고 내가 어떤 보호를 받고 있었는지도 모르고 있었다. 어머니가 자기 자식들 주위에 — 심지어 머나먼 웨일스로 떠나보낸 누나 곁에도 — 다양한 올빼미들을 심어 둬서 보호해 주었음을 알게 된 것은 어머니가 돌아가신 이후의 일이었다. 그러니까 아서 매캐시가 맡았던 역할을 서펙에서는 샘 말라카이트가 대신했던 것이다. 세 갈래로 갈라진 부삽이나 산울타리 손질 도구 외에는 아무런 무기도 가지지 않았던 채소밭 농부가.

언젠가 나는 어머니에게 어쩌다가 말라카이트 씨를 좋아하게 되었느냐고 물은 적이 있다. 어머니가 그에게 깊은 호감을 느끼는 것이 분명했기 때문이다. 정원에서 무릎을 꿇고 앉아 한련을 돌보고 있던 어머니는 몸을 뒤로 젖히더니 내가 아니라 멀찍이 허공을 바라보았다.

"그가 우리 대화에 끼어들어 '코르다이트[32] 냄새가 나는 것 같은데요.'라고 말했을 때였던 것 같아. 가볍게 나온 생각지 못한 단어였는데, 그것 때문에 기분이 아주 좋아졌거든. 아니면

32) 영국에서 개발된 무연(無煙) 화약이다.

활기가 솟았나고 할까. 내게 친숙한 분야의 지식이었으니까."

하지만 십 대 시절의 나에게 샘 말라카이트는 그가 살아가는 세상의 지식만을 상징했다. 그가 방화나 코르다이트의 세계에 속한다고 상상해 본 적은 한 번도 없었다. 그는 내가 그때까지 만난 누구보다도 태평하고 안정된 사람이었다. 수요일마다 우리는 일하러 가는 길에 민트 목사가 개인적으로 발행하는 4쪽짜리 신문을 받아 가며 즐거워했다. 민트 목사는 그 동네의 킬버트[33]를 자처하는 사람이었다. 그는 일주일에 한 번 스무 명 남짓한 회중 앞에서 설교를 할 뿐 딱히 공동체에 기여하는 바는 없었다. 하지만 그가 펴내는 신문이 있었다. 그는 설교와 신문을 통해 지역에서 일어난 어떤 사건이든 짜깁기해 도덕적인 우화로 만들었다. 빵집에서 누가 졸도했다든지, 애덤슨 로드 모퉁이에서 전화벨이 끊임없이 울렸다든지, 과자점에서 과일 껌 한 상자를 도둑맞았다든지, 라디오에서 '놓다'라는 단어를 잘못 사용했다든지 하는 일들을 설교에서 다루었고 그다음에는 《민트 일보》에 실었다. 기사마다 종교적 교훈이 필사적으로 매달려 있었다.

화성인들이 지구를 침공했더라도 《민트 일보》에는 다뤄지지 않았을 것이다. 1939년에서 1945년 사이에도 신문은 그런 방침을 고수해, 채소밭에 토끼가 들어와 골치라는 주민들의 하소연을 실었다. 목요일 오전 12:01, 뇌우가 쏟아지던 날 야

33) 로버트 프랜시스 킬버트(Robert Francis Kilvert, 1840~1879). 1870년대 시골 생활에 대해 쓴 일기로 유명해진 잉글랜드의 성직자이다.

간 순찰을 돌던 경찰관이 감정적으로 "격해졌다"는 이야기. 일요일 오후 4:00, 한 여성 운전자가 사다리를 지고 가던 남자 때문에 차를 멈춰 세운 이야기. 주일 설교에서는 허락 없이 남의 사다리를 빌린 행위나 한 남자아이가 이웃집 고양이에게 "최면을 걸려고 손전등을 흔들고 둥글게 원을 그려 보인" 사건이 성경에 기반한 심오한 의미를 담고 있다는 듯이 설명되었다. 최면에 걸린 고양이는 다마스쿠스로 가는 길에 광선을 쐬고 눈이 멀었던 성 바울과 바로 연결되었다. 우리는 《민트 일보》를 사서 불길한 어조로 기사들을 소리 내어 읽으며 현자처럼 고개를 주억거림과 동시에 눈을 굴렸다. 말라카이트 씨는 이 동네 농부로서 생을 마감한대도 자신의 부고가 예수님이 5천 명에게 먹을거리를 베푼 일화와 연결될 거라고 했다. 우리만큼 《민트 일보》를 주의 깊게 읽는 사람은 아무도 없었다. 단 한 명, 내 어머니를 제외하고. 이상하게도, 수요일마다 말라카이트 씨가 나를 집에 데려다주면 어머니는 그를 집에 불러들여 차와 생선 샌드위치를 내주고는 《민트 일보》를 가지고 자기 책상 앞에 가만히 앉아 웃음기도 없이 신문을 읽었다. 이제 와 생각하면 어머니는 터무니없는 종교적 비유를 찾으려던 게 아니라 인근에 이방인이 나타났는지 확인하려고 그랬던 것 같다. 어머니는 말라카이트 씨와 이따금씩 오는 우체부 외에는 아무도 만나지 않으려 했다. 심지어 반려동물도 들이지 않겠다고 했다. 그리하여 집 밖에는 야생 고양이가, 집 안에는 쥐가 살았다.

나는 이 학교 저 학교 떠도는 과정에서 눈치 빠르고 자족적이고 대립을 좋아하지 않는 성격이 되었다. 나는 슈베어를 피했다. 새들이나 일부 물고기들이 눈 속에 있는 또 다른 눈꺼풀을 감아서 조용히, 거의 정중하다고 할 태도로 자신을 주변의 다른 생명체들로부터 분리시키듯이 나는 논쟁에서 물러났다. 사생활을 지키려 하고 고독을 즐기는 성향은 어머니를 닮았다. 어머니도 나도 논쟁이 벌어지지 않는, 탁자가 띄엄띄엄 놓여 있는 공간에 있는 걸 좋아했다.

하지만 옷 입는 습관은 달랐다. 나는 여기저기 돌아다니면서 단정한 차림새를 중요시하게 되었다. 내 옷을 스스로 다림질하면 주변 상황을 통제할 수 있다는 느낌을 받았다. 말라카이트 씨와 밭일을 할 때조차 옷을 빨고 다려서 입었다. 반면 어머니는 세탁한 블라우스를 덤불에다 아무렇게나 널어 놓곤 했다. 내가 차림새에 예민하게 구는 것을 내심 깔봤는지도 모르겠지만 겉으로는 아무 말도 하지 않았다. 아니면 아예 눈치채지 못했을 수도 있다. 하지만 나는 어머니와 저녁 식탁에 마주 앉을 때면 어머니의 갸름한 얼굴과 맑은 눈 아래, 충분히 멀끔하다고 여겨서 입었을 구깃구깃한 셔츠를 의식할 수밖에 없었다.

어머니는 자신의 주위에 정적을 쌓았다. 『소중한 골칫거리』[34]나 『롤리 윌로위스』[35] 같은, 어머니가 십 대 시절 읽은 고전들을 개작한 드라마가 아니라면 라디오 방송도 잘 듣지

---

34) 메리 웹(Mary Webb, 1881~1927)이 1924년 발표한 소설이다.

35) 실비아 타운센드 워너(Sylvia Townsend Warner, 1893~1978)가 1926년에 발표한 소설이다.

않았다. 뉴스는 전혀 안 들었다. 정치 논평도. 어머니는 20년 전 외조부모님이 화이트 페인트에 살아 계실 적과 똑같은 세계에 산다고 해도 과언이 아니었다. 이 진공 상태 같은 정적은 우리 둘 사이의 거리감을 더욱 부각시켰다. 어머니와 아무 거리낌 없이 말싸움을 한 적은 거의 없지만, 한번은 내가 나와 누나를 버려두고 떠난 일을 두고 불평한 적이 있었다. 그러자 어머니는 지나치게 빠르게 대답했다.

"그래도 올리브가 한동안 너희 곁에 있었잖니. 그녀가 소식을 계속 전해 줬어."

"잠깐만요……. 올리브? 올리브 로런스를 알아요?"

어머니는 자신이 너무 많이 말했음을 깨닫고는 뒷걸음질을 쳤다.

"민–족–지–학자? 그녀를 안단 말예요?"

"그녀는 단순한 민족지학자는 아니었어, 스티치!"

"그럼 뭐였는데요?"

어머니는 아무 말도 하지 않았다.

"또 누구? 누굴 알았는데요?"

"연락을 주고받았을 뿐이야."

"멋지네요. 연락을 주고받았단 말이죠. 엄마 자신을 위해서! 정말 기쁘네요. 엄마는 한마디 말도 없이 우릴 떠났잖아요. 엄마도 아빠도."

"해야 할 일이 있었어. 내가 다해야 하는 책임이 있었다고."

"우리에겐 책임이 없었고요! 누나는 엄마를 너무 미워해서 나하고도 말을 안 섞으려고 하잖아요. 제가 엄마랑 여기서 지내기 때문에 누나는 나까지 싫어한다고요."

"그래, 내 딸이 나를 비난하고 있지."

나는 내 앞의 접시를 집어 들어 벽 아래쪽으로 사납게 내던졌다. 그렇게 대화를 끝내 버릴 요량이었다. 그런데 접시는 오히려 호를 그리며 날아올라 찬장 가장자리에 부딪혀 깨졌고, 파편이 어머니에게 튀어 눈 바로 위 이마를 벴다. 그리고 접시가 바닥에 떨어지며 와장창 소리가 뒤따랐다. 침묵이 흘렀다. 우리 둘 다 가만히 멈춰 있는 사이에 어머니의 옆얼굴로 피가 흘러내렸다. 내가 가까이 다가가자 어머니는 경멸하듯 손을 들어 올려 나를 멈춰 세웠다. 어머니는 그렇게 엄하고 무표정한 얼굴로, 상처에 손을 가져다 대지도 않고 서 있었다. 내가 가까이 가지 못하게, 어머니의 상처를 보살피지 못하게, 마치 아무것도 아니라는 듯 손바닥만 들어 올린 채로. 어머니에겐 그보다 심한 상처들이 있기는 했다. 바로 이 부엌에서 나는 어머니의 팔에 새겨진 흉터들을 보았다.

"어디 갔었어요? 무슨 말이라도 해 줘요."

"여기 화이트 페인트에서 너와 레이철과 같이 있었던 날, 폭격기들이 머리 위로 날아다니는 소리가 들려오던 그날 밤 모든 게 변했어. 나는 개입을 해야 했어. 너희를 지키기 위해. 너희 안전을 위해서는 그렇게 해야 한다고 믿었어."

"누구와 같이 있었어요? 올리브는 어떻게 알았는데요?"

"너는 그녀를 좋아했지, 안 그러니……? 어쨌든 그녀는 민족지학자로 살아온 것만은 아니었어. 한때는 글라이더를 타고 영국 해협 위에 흩어져 있던 기상학자들과 같이 활동했지. 과학자들이 노르망디 상륙 작전 날짜를 확정해야 할지 연기해야 할지 파악하기 위해 일주일 내내 풍속과 기류를 기록하고 있었고, 올리브도 하늘에서 향후의 날씨와 강수 확률을 예측했던 거야. 다른 일들에도 참여했지. 하지만 이 정도만 알아도 충분해."

어머니는 여전히 손을 들고 있었다. 증인석에 서서 내키지 않는 증언을 하는 사람처럼. 그러고는 돌아서서 개수대에 몸을 굽히더니 피를 씻어 냈다.

어머니는 나를 위해 책들을 빼 두기 시작했다. 대부분은 아버지와 결혼하기 전 대학 시절에 읽던 소설책들이었다. "오, 그는 대단한 독서가였지……. 처음에 우리가 이어진 계기도 책 때문이었던 것 같아."라고 했다. 그 집에는 프랑스어로 된 발자크의 문고본 책들이 아주 많았기에, 어머니가 발자크에 열광했음을 알 수 있었다. 어머니는 바깥세상의 자극에는 더 이상 관심이 없는 것 같았다. 발자크의 소설 속 등장인물인 라스티냐크 같은 사람만이 어머니의 흥미를 끌었다. 내게도 관심이 없었던 것 같다. 어머니가 모종의 방식으로 내게 영향을 줘야 한다고 생각했을지는 몰라도, 내 사랑을 굳이 원하지는 않았던 듯하다.

어머니는 체스를 배우는 게 어떻겠냐고 말했다. 체스는 우리의 긴밀한 싸움을 가리키는 비유인 듯도 했다. 나는 어깨를 으쓱하고 받아들였다. 어머니는 게임의 규칙과 전개를 차근차근 설명했는데, 놀라울 만큼 좋은 선생님이었다. 어머니는 자신이 한 말을 내가 확실히 이해하기 전까지는 다음 단계로 넘어가지 않았다. 내가 조바심을 내면 어머니는 설명을 다시 시작했다. 고개를 끄덕거려서 이해했다고 어머니를 속일 수는 없었다. 한없이 지루했다. 나는 밭에 나가고 싶었다. 그런데 밤이면 어둠 속에서 전략적 수(手)들이 떠올라 잠이 오지 않았다.

첫 수업 이후 우리는 본격적으로 게임을 시작했다. 어머니는 가차 없이 나를 이겼고, 내가 어떻게 하면 위협에서 벗어날 수 있었을지 보여 주려고 내가 둔 치명적인 악수들을 바로잡아 주었다. 갑자기 빈 공간을 가로지르는 쉰일곱 가지 방법이 눈앞에 펼쳐졌다. 나는 귀를 씰룩거리며 미지의 길로 들어서는 고양이가 된 기분이었다. 체스를 두는 동안 어머니는 내 신경을 분산시키기 위해서인지, 체스에 필요한 집중에 대해 중요한 이야기를 해 주기 위해서인지 몰라도 끊임없이 말을 했다. 1858년 벨리니의 오페라 「노르마」 공연장에서 무대가 내다보이는 개인용 박스석에서 진행되어 '오페라'라는 이름이 붙은 유명한 체스 경기의 승리자가 어머니의 롤 모델이라는 이야기였다. 어머니는 「노르마」를 좋아했다. 오페라 애호가였던 미국 체스 선수는 어떤 수를 둘지를 두고 자기들끼리 끊임없이 토론하는 프랑스 백작과 독일 공작을 상대하는 와중에도 무대를 흘끔거렸다고 한다. 어머니가 말하고자 하는 바는, 그의 주의를 흩뜨리는 요인들이 많았다는 점이었다. 무대에서 사제들이 뇌물을 받고 살해당하고 주요 인물들이 급기야 장작더미에서 화형당하는 동안에도 미국 체스 선수이자 오페라 애호가는 화려한 음악에 흔들리지 않고 자신이 선택한 전략에 집중했다. 탁월한 집중력의 모범이라 할 수 있다.

어느 날 밤, 우리가 온실 안 탁자를 앞에 두고 마주 앉아 체스를 두는 동안 화이트 페인트가 있는 골짜기에 뇌우가 몰려왔다. 우리 가까이에는 나트륨램프가 있었다. 어머니가 폰과 룩을 출발선에 늘어놓을 때 먹구름이 서서히 밀려왔다. 천둥 번개가 치니 얇은 유리 껍질 속에 있는 우리가 무방비 상태로 놓인 것 같았다. 밖에서는 벨리니의 오페라가 울려 퍼지는 듯했고, 안에는 식물들의 향기가 스민 몽롱한 공기가 흐르고, 전열기 막대 두 개가 실내를 데우려 열을 뿜어내고 있었다. 우리는 나트륨램프의 희미하고도 한결같은 노란빛 속에서 말을 옮겼다. 주의를 분산시키는 것들이 있음에도 나는 어머니를 상대로 잘해 나가고 있었다. 푸른 카디건을 걸친 어머니는 나를 거의 보지 않고 담배를 피웠다. 그해 8월 내내 폭풍우가 몰아쳤고 아침이면 새로운 세기가 밝은 것처럼 맑고 상쾌한 햇살이 비쳤다. 폭풍이 쏘아 대는 총성과 조명탄 속에 마주 앉아 의지력 싸움을 할 때면 어머니는 "집중해."라고 속삭이곤 했다. 번갯불이 번쩍이는 찰나, 나는 어머니가 수렁에 빠지는 걸 보았다. 내가 둬야 할 수는 뻔했지만, 그것과는 또 다른, 잘못될 수도 있지만 어쩌면 더 나을지도 모를 수가 눈에 보였다. 나는 곧바로 말을 옮겼다. 어머니는 내가 둔 수를 보았다. 주위로 온통 굉음이 쏟아졌지만 우리 둘 다 그 소리를 그저 듣고만 있었다. 홍수 같은 번갯불이 온실을 환히 밝힌 순간 어머니의 얼굴이 보였다. 그 표정은…… 무엇을 드러냈을까? 놀라움? 일종의 기쁨?

그렇게 해서 우리는 마침내 어머니와 아들이 되었다.

불확실한 상황에서 자라다 보면 사람들을 하루 단위로, 혹은 아예 더 안전하게 시간 단위로 대하게 된다. 사람들에 대해 기억해야 할 것이 무엇인지 신경 쓰지 않는다는 얘기다. 어차피 혼자니까. 그래서 나는 과거에 의존하고 그것을 다시 해석하는 방법을 터득하는 데 오랜 시간이 걸렸다. 내가 행동을 기억하는 방식에는 일관성이 없었다. 유년 시절 대부분을 균형을 잡으며 수면에 떠서 보냈기 때문이다. 십 대 후반이 되어 로즈 윌리엄스와 온실 안에서 인공 열기를 쬐며 마주 앉아 체스를 두기 전까지는 그랬다. 그녀는 두 자식 중에서 자신과 함께 지내는 데에 동의한 유일한 자식인 아들을 상대로 한 체스에 잔혹할 만큼 치열하게 임했다. 가끔은 연약한 목을 드러내는 가운을 걸쳤다. 가끔은 푸른 카디건을 입었다. 고개를 카디건 위로 기울일 때면 나를 불신하는 눈초리와 황갈색 머리카락만 보일 뿐이었다.

"방어는 공격이야."

어머니는 여러 번 그렇게 말했다.

"훌륭한 군 지휘자가 제일 먼저 알아야 할 것은 후퇴의 기술이야. 어떻게 들어가는지, 그다음에는 어떻게 무사히 빠져나오는지가 중요해. 헤라클레스는 위대한 전사였지만, 영웅적 행위를 감행한 결과 자기 집에서 온몸에 독을 묻힌 채 죽었지. 오래된 이야기야. 예컨대 네 비숍 두 개의 안전을 살펴. 설

렁 퀸을 희생하더라도. 아냐, 그러면 안 돼! 그래, 네가 그렇게 뒀으니 나는 이렇게 둘 거야. 적은 사소한 실수를 저지른 너를 벌하지. 이제 너는 세 수 만에 체크메이트야."

어머니는 나이트를 옮기기 전에 몸을 내밀어 내 머리카락을 헝클어뜨렸다.

어머니가 나를 마지막으로 만진 게 언제였는지 기억나지 않았다. 체스를 둘 때 나는 어머니가 나를 가르칠 셈인지, 아니면 잔인하게 망가뜨릴 생각인지 알 수 없었다. 때로 어머니는 불안정하고 언젠가 죽을 운명인, 이전 시대에서 온 여자처럼 보였다. 체스판은 마치 무대 장치 같았다. 왠지 몰라도 체스를 두는 동안 나는 흐릿한 불빛 속에서 탁자 맞은편에 있는 어머니에게만 집중할 수 있었다. 어머니가 내 주의를 분산시키는 존재라는 사실을 알면서도. 나는 어머니의 재빠른 손을, 내 생각에만 관심을 두는 눈빛을 보았다. 어머니와 나 둘 다 이 세상에 아는 이라고는 우리밖에 없는 사람들 같았다.

그날 게임을 끝내고 잠자리로 가기 전에 — 어머니는 몇 시간쯤 깨어 홀로 시간을 보낼 터였지만 — 어머니는 체스 판을 다시 차렸다.

"이건 내가 처음으로 암기한 게임이야, 너새니얼. 오페라 극장에서 했다는 경기가 바로 이거야."

어머니는 체스 판 앞에 서서 한 손은 흰말, 한 손은 검정말을 쥐고 양손으로 게임을 펼쳐 보였다. 한두 번은 내가 수를 제안할 수 있도록 기다려 주기도 했다. "아냐, 이거야!" 이렇게 말하는 어머니의 목소리에는 내 선택에 대한 짜증이 아니라

대가가 놓은 수에 대한 경외감이 담겨 있었다. "이것 봐, 그는 비숍을 여기로 옮겼어." 어머니는 손을 점점 더 빨리 움직여서 검정말들을 완전히 제압했다.

시간이 좀 지나고야 나는 지금 어머니가 어떤 사람인지, 이전까지는 도대체 어떤 존재였는지 이해하기 위해서는 어떤 식으로든 어머니를 사랑해야 하리라는 것을 깨달았다. 어려운 일이었다. 예컨대 나는 어머니가 나를 집에 혼자 두는 걸 좋아하지 않는다는 걸 눈치챘다. 내가 집 안에 있겠다고 하면 자신도 외출을 자제했다. 내가 어머니의 사적인 물건들을 뒤지고 싶어 한다고 의심이라도 하는 것 같았다. 어머니는 이런 사람이었다! 언젠가 내가 이 점을 언급했더니 얼마나 난처해 하던지, 나는 어머니가 자신을 변호하지 않아도 되도록 먼저 물러나 사과했다. 나중에 어머니가 전쟁이라는 극장에서 연기하는 데 능숙한 사람임을 알게 되었지만 그때의 반응은 연기가 아닌 것 같았다. 어머니가 자기 자신의 무언가를 드러낸 적은 딱 한 번, 조부모님이 안방에 보관해 뒀던 갈색 봉투에 든 사진 몇 장을 내게 보여 주었을 때였다. 사진 속에는 보리수나무 그늘 아래에서 심각한 표정을 짓고 있는 열일곱 살 소녀의 얼굴이 있었다. 또한 의지력 강한 조모님과 더불어 키 큰 남자와 같이 찍은 사진들도 있었다. 몇몇 사진들에서 그 남자는 어깨에 앵무새를 얹고 있었다. 그는 더 나중에 찍은 사진들에서도 조금 더 나이 든 모습으로 등장했다. 그리고 빈의 카사노바 레뷔 바라는 곳에서 — 테이블에 놓인 빈 와인 잔 여남은 개 옆에 있는 커다란 재떨이에 적힌 상호를 보고 알았다 — 그 남자가 조부모님과 같이 찍은 사진도 있었다. 하지만 그것 말고 어머니가 성인이 된 이후의 삶을 보여 주는 흔적은 화이트 페인트에서 전혀 찾아볼 수 없었다. 만약 내가 텔레마코스였다면, 그리고 사라진 이가 아버지가 아니라 어머니였다면,[36] 나는 어머니의 행적을 입증하는 무언가를 찾아낼 수 없었을 것이다. 와인빛 바다를 가로지른 어머니의 여행이 남긴 흔적들을.

대부분의 시간 동안 우리는 서로를 방해하지 않을 장소에서 각자 빈둥거렸다. 나는 아침마다, 심지어 토요일에도 일하러 나갈 수 있어서 다행스러웠다. 그러던 어느 날 저녁, 여느 때처럼 가벼운 저녁 식사를 마쳤을 때 나는 어머니가 안절부절못하는 기색을 알아차렸다. 온종일 하늘에 회색 구름이 떠 있는 것으로 보아 곧 비가 올 듯한데도 집 밖으로 나가고 싶어 하는 기색이었다.

"이리 와 봐. 나랑 같이 좀 걷지 않겠니?"

나는 그러고 싶지 않았다. 거절할 수도 있었을 것이다. 그러나 어머니의 제안을 받아들이기로 했다. 그러자 어머니가 뜻밖에도 미소까지 지었다.

"오페라 극장 체스 경기에 대해 더 이야기해 줄게. 코트도 가져와. 비가 올 거야. 비 맞는다고 집에 돌아오지는 말자."

어머니는 문을 잠갔다. 우리는 서쪽에 있는 언덕들 중 하나

---

36) 그리스 로마 신화에서 텔레마코스는 전쟁에 나갔다 돌아오지 않은 아버지 오디세우스를 찾아 나선다.

로 올라갔다.

그때 어머니가 몇 살이었던가? 마흔쯤? 나는 열여덟이었다. 어머니는 그 시대의 관습대로 이른 나이에 결혼했다. 비록 대학에서 언어학을 배웠고, 언젠가는 법학 학위를 따고 싶다는 소망을 나에게 밝히기도 했지만, 모든 것을 포기하고 아이 둘을 키웠다. 전쟁이 터지고 무전 정보원으로 일하기 시작했을 때는 아직 삼십 대 초반 나이로 너무나 젊었다. 그랬던 어머니가 이제 노란색 레인코트를 입고 내 옆에서 성큼성큼 걷고 있었다.

"그의 이름은 폴 모피였어. 1858년 10월 21일이었고……."

"그렇군요. 폴 모피."

나는 어머니가 네트 너머로 넘길 두 번째 서브를 받을 준비가 된 것처럼 말했다.

"그래."

어머니가 반쯤 웃으며 말했다.

"그리고 이 이야기는 한 번만 할 거야. 그는 뉴올리언스에서 태어난 신동이었어. 열두 살 때 루이지애나를 여행하던 헝가리 그랜드 마스터를 이겼지. 부모는 아들이 법률가가 되기를 원했지만 그는 체스를 선택했어. 그의 인생에서 가장 대단했던 체스는 파리에 있는 이탈리아 오페라 극장에서 브라운슈바이크 공작과 이수아르 백작을 상대로 한 경기였어. 두 귀족은 이 스물한 살 청년에게 패했다는 한 가지 이유만으로 지금까지 기억되고 있단다."

나는 혼자 빙그레 웃었다. 저 거창한 칭호들이라니! 애그니스가 밀 힐에서 저녁 식사로 가져온 샌드위치를 먹어 버린 개에게 '샌드위치 백작'이라는 이름을 붙였던 일이 기억났다.

"하지만 그들 모두가 유명해진 이유는 경기가 벌어진 상황과 장소 때문이기도 했어. 오스트리아-헝가리 소설이나 『스카라무슈』[37] 같은 모험 소설에 나오는 장면 같았으니까. 세 선수는 브라운슈바이크 공작의 전용 박스석에 앉아 있었는데 사실상 무대 바로 위였지. 몸을 기울이면 프리마돈나에게 키스할 수도 있을 정도였어. 그리고 그날 공연은 벨리니의 「노르마 혹은 영아 살해범」의 초연이었고."

"모피는 「노르마」를 본 적이 없었고, 음악을 사랑하는 사람이었으니 공연을 보고 싶은 마음이 간절했어. 그래서 무대를 등지고 앉았지. 빨리 경기를 해치우고 돌아앉아서 공연을 보려고. 어쩌면 바로 그런 이유로 그 경기가 걸작이 되었는지도 몰라. 한 수 한 수가 지상의 현실에는 닿지 않는, 하늘에 빠르게 그린 스케치 같았으니까. 그의 상대들은 자기들끼리 토론을 하면서 조심조심 수를 뒀어. 모피는 무대에서 몸을 돌려 체스 판을 흘끔 보고는 폰이나 나이트를 성큼 옮겨 놓고 다시 오페라를 봤고. 경기를 치르는 동안 그가 수를 둔 시간은 다 합쳐서 일 분도 안 됐을 거야. 탁월한 경기였어. 지금 봐도 탁월하고, 여전히 놀라운 경기로 여겨지고. 그는 백(白)이었어."

"게임은 필리도르 디펜스로 시작됐어. 흑이 소극적으로 움

---

37) 라파엘 사바티니(Rafael Sabatini, 1875~1950)가 1921년 출간한 장편 소설이다.

직이게 되는 오프닝이지.[38] 모피는 초기에 검정말들을 잡는 데에는 관심이 없었어. 전력을 집중해 상대편을 빨리 체크메이트하고 오페라를 보고 싶었으니까. 그동안 상대 두 사람은 점점 더 큰 목소리로 이론적 토론을 벌여 관객도, 프리마돈나도 짜증을 냈어. 여제사장으로 분한 프리마돈나 마담 로지나 펜코는 공작의 박스석을 향해 자꾸만 눈을 흘겼지. 한편 모피는 퀸과 비숍을 같이 움직여 체스 판 한가운데를 차지하고 검정말들이 방어 태세를 갖추는 국면으로 몰아갔어."

어머니가 어둠 속에서 몸을 돌려 나를 바라보았다.

"경기 흐름이 이해가 되니?"

"이해하고 있어요."

"흑은 금세 난장판이 됐어. 그리고 중간 휴식 시간이 됐지. 그동안 무대에서는 온갖 일이 일어난 참이었어. 낭만적인 사랑, 질투, 강렬한 살의가 펼쳐지고 주목할 만한 아리아들이 울려 퍼졌지. 버림받은 노르마는 아이들을 죽이기로 작정했지. 그러는 동안 관객은 브라운슈바이크 공작의 박스석을 보고 있었던 거야!"

"2막이 되어 이야기는 계속됐어. 검정말들은 자기네 킹에게 붙들린 채 놀고 있었고, 나이트들은 모피의 비숍들에 가로막혀 있었어. 이해되니?"

---

38) 체스에서 오프닝은 경기 초반의 흐름을 말하며, 필리도르 디펜스는 그중 한 방식으로, 18세기 프랑스의 작곡가이자 체스 경기자 프랑수아 앙드레 다니캉 필리도르(François-André Danican Philidor, 1726~1795)의 이름을 따왔다.

"네, 네."

"모피는 룩을 중앙으로 가져가 상대편을 공격했어. 세간을 깜짝 놀라게 할 만한 희생을 연거푸 치러서 흑을 점점 더 절망적인 상황으로 몰아넣었지. 그러고는 요전 날 밤 내가 너에게 보여 준, 퀸을 멋들어지게 희생하는 전법을 구사해 순식간에 체크메이트를 만들어 냈어. 그때쯤 오페라는 클라이맥스로 치달아, 총독과 노르마가 함께 장작더미 위에서 타 죽기로 결정하는 장면이 한창 펼쳐졌고. 적들을 완파한 모피는 비로소 음악으로 완전히 주의를 돌렸단다."

"와우."

"'와우'라고 하지 마. 미국에는 몇 달밖에 안 있었으면서."

"감정을 잘 표현하는 말이잖아요."

"필리도르 디펜스로 시작해 오페라에 이르기까지, 모피는 심오한 철학적 의미를 빚어낸 것만 같았어. 물론 그런 건 자기 스스로를 너무 자세히 들여다보지 않을 때에야 가능한 일이지. 그날 밤 바로 그런 일이 일어난 거야. 거의 백년이 지났는데도, 「노르마」가 공연되는 극장의 조명 너머 그림자 속에서 치러진 작은 승부는 여전히 천재가 남긴 걸작이라는 평가를 받아."

"그 사람은 어떻게 됐어요?"

"체스계에서 은퇴해 법률가가 됐지만 그 방면에는 별로 소질이 없었어. 그래서 사십 대에 죽을 때까지 물려받은 돈만 쓰면서 살았다지. 체스는 두 번 다시 두지 않았지만, 이미 걸출한 음악이 곁들여진 전성기를 누린 셈이었지."

우리는 서로를 마주 보았다. 둘 다 흠뻑 젖어 있었다. 나는 처음에는 비를 의식했지만 이제는 비가 내리는 줄도 잊었다. 우리는 잡목림으로 이어지는 출입구 앞에 서 있었고 저 아래쪽에는 불빛이 밝혀진, 흰색으로 칠해진 우리 집이 있었다. 나는 어머니가 저 안전한 집의 온기에 휩싸여 지내던 어느 때보다 지금 더 행복하다는 것을 느낄 수 있었다. 집에 묶여 있지 않은 바로 여기서 거의 본 적 없는 에너지를 발산했고 가뿐하게 움직였다. 우리는 나무들의 서늘한 어둠 아래를 걸었다. 어머니는 집으로 돌아가고 싶은 마음이 없었다. 그래서 우리는 거의 말을 나누지 않고 각자 시간을 조금 더 보냈다. 어머니가 조용한 전쟁을 치르던 때, 그 미지의 싸움이 한창 벌어지던 시절 같이 일했던 사람들이 본 어머니는 바로 이런 모습이었겠구나 싶었다.

화이트 페인트에서 몇 킬로미터 떨어진 집에 이방인이 이사 왔는데, 자기 출신은 물론이고 직업도 함구하고 있다는 이야기를 말라카이트 씨가 어머니에게 전했다.

어머니는 럼버그 숲을 끼고 세인트 제임스 마을 남서쪽 호(濠) 안에 조성된 농장들을 지나 그 남자의 집이 보일 때까지 걷는다. 이른 저녁이다. 어머니는 집의 불이 모두 꺼지고도 한 시간을 더 기다린다. 그리고 어둠을 헤치고 집으로 돌아온다. 다음 날 어머니는 다시 그 집에서 400미터쯤 떨어진 곳에 가서 지켜본다. 전날과 같이 별다른 활동은 눈에 띄지 않는다. 그러다 늦은 오후가 되자 깡마른 남자가 나타난다. 어머니는 조심스레 그를 쫓아간다. 그는 옛 비행장 주변을 맴돈다. 어디로 가는 것 같지는 않다. 산책을 하고 있을 뿐이다. 그래도 어머니는 그가 집으로 돌아갈 때까지 뒤따른다. 그리고 전날과 같은 들판에서 그 집의 불이 거의 다 꺼질 때까지 기다린 다음 가까이 다가간다. 그러다 마음을 바꾸어 자신의 집으로 돌아간다. 이번에도 손전등 하나 없이 어둠 속을 걷는다.

다음 날 어머니는 우체부와 머뭇머뭇 대화를 나눈다.

"혹시 그분에게 우편물 배달하실 때 이야기도 나누세요?"

"별로요. 잘 안 보이시던데요. 현관문까지 나오지도 않으세요."

"어떤 종류의 우편물이 배달되나요? 양이 많나요?"

"음, 그건 말씀드릴 수 없는데요."

"정말요?"

어머니는 웃음을 터뜨릴 뻔한다.

"글쎄요, 주로 책이에요. 한두 번은 카리브해 쪽에서 소포가 오기도 했어요."

"그것 말고는요?"

"책 외에는 잘 모르겠는데요."

"개는 키우나요?"

"아뇨."

"흥미롭네요."

"아주머니는 개 키우세요?"

"아뇨."

우체부와의 대화는 그다지 유용하지 않았다. 우체부는 이제 의욕적으로 대화를 나누고 싶어 하는 눈치이지만 어머니는 그만둔다. 나중에 어머니는 공적 기관의 도움을 받아 그 이방인에게 정확히 무엇이 배달되는지, 그리고 그가 어떤 우편물을 부치는지를 알아낸다. 뿐만 아니라 그가 카리브해 출신이며, 조부는 해당 지역의 영국 식민지에 있는 설탕 농장의 고용인이었다는 사실까지 밝혀낸다. 사실 그는 해외에서도 잘 알려진 작가라고 한다.

어머니는 이방인의 이름을 발음하는 법을 익히고, 그것이 마치 희귀한 수입산 꽃의 이름인 양 되뇌인다.

"그가 온다면 잉글랜드 남자 같을 것이다……."

로즈의 사후에 내가 발견한 여분의 일기장에는 이렇게 적혀 있었다. 집 안에서 비밀 일기장에 글을 쓰면서도 어머니는 어떤 가능성을 폭로하는 것을 조심스러워했다. 어쩌면 그 문장을 주문처럼 중얼거리기까지 했을지도 모른다. 그가 온다면 잉글랜드 남자 같을 것이다…….

어머니는 누구보다 잘 알았다. 과거는 결코 과거에 머물지 않는다는 것을. 그래서 자기 일기장 속, 자기 집 안, 자기 고국 안에서도 자신이 여전히 목표물이라는 것을 알고 있었다. 만약 복수심을 품은 사람이 서펵 깊숙이 들어와 의심을 사지 않고 접근하려 한다면 바로 그렇게 변장하리라고 생각했던 것이다. 복수의 동기에 대한 단서라고는 아마도 그가 유럽에서도 어머니가 한때 일했던 지역, 그리고 전쟁과 관련된 첨예한 결정들이 내려진 지역들에서 왔으리라는 것뿐이었다. "누가 어머니를 찾아올 거라고 생각하시는 거예요?" 만약 내가 알았다면 그렇게 물었을 것이다. "대체 무슨 끔찍한 짓을 하셨기에요?" 그러면 어머니는 이렇게 답했을 것 같다. "내 죄는 여러 가지야."라고.

언젠가 어머니는 종적을 알 수 없는 내 아버지야말로 과거를 둘러싼 제방과 방화벽을 짓는 데 누구보다 뛰어났다고 털어놓았다.

"아버지는 지금 어디 있어요?"

"아마도 아시아에?"

어머니는 알쏭달쏭하게 대답했다.

"그는 상처받은 사람이었어. 우리는 각자의 길을 갔지."

어머니는 탁자를 닦듯이 손을 가로로 내저었다. 오래전 아브로 튜더 비행기를 탄 이후로 한 번도 본 적이 없는 아버지.

바꿔치기를 당한 아이는 자신의 핏줄을 찾게 마련이다. 나는 결코 화살이나 나방만큼 아버지를 잘 알 수는 없었다. 그들은 아버지가 없는 동안 내가 읽은 책에 등장한 사람들 같았고, 나는 그들을 통해 배운 것 같았다. 나는 그들과 아무도 막을 수 없는 모험을 떠나길 갈망했다. 아니면 간이식당에서 만난, 내가 행동하고 주장하지 않으면 내 인생에서 사라져 버릴 여자애와의 로맨스를 원했다. 운명이란 그런 것이니까.

나는 며칠 동안 아버지에 대한 기록을 찾으려고 다른 보관실들을 뒤졌다. 그러나 아버지의 흔적은 국내 자료에서든 해외 자료에서든 찾아볼 수 없었다. 아버지의 기록이 없거나, 더욱 철지한 기밀로 분류되어 있다는 뜻이었다. 고도가 중요한 곳이었기에, 7층짜리 건물에서 더 높은 층들은 이미 오래전에 일상 세계와 연관이 끊겨 안개에 파묻혀 있었다. 나는 마음 한편으로 여기에 아버지가 아직 존재한다고 믿고 싶었다. 존재하기나 한다면 말이지만. 영국이라는 제국의 저 먼 끝자락에서 일본군의 항복을 감독하며 아시아의 더위와 벌레들과 복잡다단한 전후 생활에 엮여 미쳐 가고 있지 않기를 바랐다. 어쩌면 이 모든 것이 아버지가 승진해서 극동으로 건너가게 되었다는 이야기와 마찬가지로 진실을 가리는 허구일 수도 있었다. 집에서 더 가까운 데서 살고 있었으면 하는 내 바람과는 반대되는 허구. 좀처럼 소식을 들을 수 없는, 종잡을 수 없는 연기 같은 아버지는 심지어 문서에도 존재하지 않는 것 같았다.

아버지가 떠나기 전에 런던에 있는 사무실에 나를 몇 번 데려가 주고, 아버지의 사업상 거래가 실행되는 곳이라는 항구들과 잘 감춰진 섬나라 제국들이 표시된 커다란 지도를 보여 주기도 했음을 생각하니, 그런 사무소들도 전쟁 동안 정보국 지부로 사용되지 않았을까 싶었다. 아버지가 자기네 회사가 식민지들에서 차와 고무를 어떻게 수입하는지 설명해 주고, 불이 밝혀진 지도에 아버지 세계의 경제적, 정치적 지형을 보여 주는 조감도가 어떻게 드러나는지 보여 주었던 사무소 건물은 대체 어디에 있나? 어쩌면 바로 이 건물인지도 모른다. 아니면 어딘가 다른 데 있는, 이곳과 비슷한 비밀스러운 활동이 벌어진 장소든지. 어린 시절 내가 따라갔던 사무소에서 아버지는 정확히 어떤 역할을 했던 걸까? 그런 시설에서 건물의 층수란 곧 권력을 뜻하는 법이었다. 지금 그 사무소를 돌이켜 보면 딱 크라이테리언이 생각난다. 크라이테리언의 지하 세탁실과 증기로 가득한 주방에서 일하던 일부 직원들은 건물의 높은 층에는 절대로 들어갈 수 없었다. 우리는 이런저런 문과 사다리에서 물고기들처럼 걸러졌고, 연회실보다 더 높은 층으로 가려면 유니폼으로 자신을 가려야만 했다. 사실 나는 어렸을 때 아버지를 따라 바로 그렇게 구름 속에 감춰진 고층 사무실에 들어가 봤던 걸까?

언젠가 나는 아버지가 어떻게 되었을지를 상상해 여러 가능성으로 구성된 목록을 작성해 누나에게 농담이나 퀴즈를 던지듯 보냈다.

말레이시아 조호르주에서 목 졸려 죽었다.

수단으로 가는 배 안에서 목 졸려 죽었다.

탈영 중이다.

첩보 활동 중이다.

이제는 은퇴했고 망상증에 걸려서 윔블던의 한 시설에 수용되어 근처 동물병원에서 들려오는 소리들에 끊임없이 짜증을 내고 있다.

아직도 유니레버 건물 꼭대기층에 있다.

누나에게서 답은 오지 않았다.

내 기억 속에는 이름표가 없는 파편들이 너무나 많다. 조부모님 침실에서 나는 어머니가 학창 시절 격식을 갖추고 찍은 사진들을 보았지만 그곳에 아버지 사진은 없었다. 어머니가 돌아가신 후 그분의 삶과 죽음에 대한 단서를 찾으려고 화이트 페인트를 뒤졌지만 아버지와 관련된 사진은 찾을 수 없었다. 내가 아는 것은, 아버지 시대의 정치적 지도가 광대하고 국제적이라는 사실이었고, 아버지가 우리 가까이에 있는지 아니면 머나먼 곳들로 영원히 사라졌는지는 알 수 없는 일이었다. 사람은 수많은 곳에서 살고 어디에서든 죽는다는 말이 있듯이.

나이팅게일 마룻바닥

어머니의 죽음은 신문에 보도되지 않았다. 로즈 윌리엄스가 한때 속했던 넓은 세계에서 그녀의 죽음은 대중적으로 별다른 반향을 일으키지 않았다. 그녀를 제독의 딸이라고 소개한 작은 부고만 실렸을 뿐이고, 그나마도 장례식 장소는 나오지 않았다. 유감스럽게도 《민트 일보》에는 어머니의 죽음이 언급되었다.

누나는 장례식에 참석하지 않았다. 부고를 받고 누나에게 텔레그램으로 연락해 보았지만 답이 없었다. 그래도 타지에서 찾아온 사람들이 생각보다 많았다. 어머니가 젊은 시절 함께 일한 사람들인 모양이었다. 장례식 장소가 알려지지 않았는데도 그랬다.

어머니의 장지는 인근 마을이 아니라 25킬로미터 떨어진 웨이브니 시역의 벤에이커 교구로 정해졌다. 장례식도 거기서 열렸다. 어머니는 교인은 아니었지만 그 교회의 소박함을 무척 좋아했다. 장례 예배를 준비한 사람들도 그 사실을 알았을 것이다.

장례식 시간은 오후였다. 그래서 런던에서 올 사람들은 리버풀역에서 오전 9시 기차를 타고 왔다가 식이 끝나고 늦은 오후 기차를 타고 돌아갈 수 있었다. 무덤을 둘러싼 사람들을 보며 나는 누가 이 모든 절차를 계획했을지 궁금해졌다. 묘비문으로 "나는 챔피언처럼 위험과 어둠을 여행했다네"[39]를 선택한 사람은 누구일지도. 말라카이트 부부에게 물어봤지만 그들도 모른다고 했다. 다만 말라카이트 부인은 모든 과정이 효율적이고 고상하게 진행되었다고 생각했다. 조문객 중에 기자는 없었고, 차를 가져온 사람들은 남들의 주의를 끌지 않으려고 묘지에서 몇백 미터 떨어진 곳에 주차했다. 사람들 눈에 나는 어머니를 여읜 슬픔에 파묻혀 주변과 동떨어져 있는 것처럼 보인 듯하다. 나는 바로 전날 학교에서 부음을 전해 듣고 온 참이었다. 익명의 조문객들은 무덤가의 열여덟 살 소년이 부모를 잃고 어쩔 줄 몰라 한다고 생각했을 것이다. 막바지에 그중 한 명이 다가와 말없이 악수를 청했다. 그것이 적절한 위안이라고 생각하는 듯했다. 그러고는 생각에 잠긴 채 천천히 묘지를 걸어 나갔다.

나는 아무와도 말을 섞지 않았다. 또 다른 신사가 내게 다

39) 윌리엄 블레이크(William Blake, 1757~1827)가 쓴 편지의 한 대목이다.

가오더니 "너희 어머니는 대단한 여자였어."라고 말했지만 나는 고개도 들지 않았다. 돌이켜 보면 무례했던 것 같다. 하지만 그때 나는 무덤의 구덩이에 꼭 맞게 내려진 좁은 관을 내려다보고 있었다. 관을 만든 사람에 대해 생각하노라니, 저 관을 주문한 사람이 누구인지는 몰라도 로즈 윌리엄스가 얼마나 마른 체형인지 알았나 보다 싶었다. 또한 그녀가 검은 벚나무를 좋아했고, 추도문이 그녀에게 충격적이거나 반어적으로 들리지 않았으며, 심지어는 묘비문을 직접 정할 수 있었다면 윌리엄 블레이크의 문장을 골랐으리라는 것도 알았을 법했다. 그렇게 1미터쯤 아래에 있는 관을 내려다보며 그런 생각들을 하고 있을 때, 그 남자가 조용하고 수줍게 느껴지는 목소리로 "너희 어머니는 대단한 여자였어."라고 말했던 것이다. 내가 뒤늦게 예의를 차려야겠다는 생각을 했을 때 예의 키 큰 남자는 내 프라이버시를 존중한 듯 이미 등을 보이며 걸어가고 있었다.

잠시 뒤 묘지는 나와 말라카이트 부부만 남고 텅 비었다. 조문하러 왔던 런던 사람들과 몇몇 마을 사람들은 모두 떠났다. 말라카이트 부부는 나를 기다려 주었다. 부음을 들은 이후 나는 샘과 전화 통화만 한 번 했을 뿐 그들 부부를 이때 처음 만났다. 내가 가까이 다가가자 샘은 뜻밖의 행동을 했다. 오소리 외투 호주머니에 두 손을 넣은 채 커다랗고 촉촉한 외투 자락을 넓게 벌려 나를 감싸 안아 준 것이다. 그의 따뜻한 몸이, 심장이 바로 내게 와닿았다. 그때까지 그가 나를 만진 적은 거의 없었다. 그는 아직 판단력이 미숙한 풋내기를 보듯 내가 앞으로 어떻게 될지 궁금해했지만, 그러면서도 내가 어떻게 지내는지는 잘 묻지 않았다. 나는 그날 밤을 말라카이트 부부의 집에서 묵었다. 손님방 창문 밖으로 담장 있는 정원이 내려다보였다. 다음 날 그는 나를 차에 태워 화이트 페인트까지 데려다주었다. 나는 걷고 싶었지만, 그가 할 이야기가 있으니 같이 가자고 했다. 그러고는 어머니가 어떻게 죽었는지 이야기해 주었다.

마을의 다른 사람들은 아무도 정황을 몰랐다. 그는 자신이 아는 바를 아내에게조차 말하지 않았다. 어머니는 이른 저녁에 사망했고, 다음 날 정오쯤 말라카이트 씨가 시신을 발견했다. 어머니가 짧은 순간 숨을 거두었다는 것은 분명해 보였다. 그는 로즈 윌리엄스를 — 이제 그는 어머니와 자신이 전혀 친밀한 관계가 아니었던 양 성과 이름을 같이 불렀다 — 거실로 옮기고는, 그녀가 생전에 자신에게 무슨 일이 — 무슨 일이든지 — 생기면 연락하라고 알려 주었던 전화번호로 전화를 걸었다. 내게 전화하기도 전이었다.

전화를 받은 사람은 그에게 이름이 무엇인지, 어디에 있는지 물었다. 그리고 그녀의 사망이 확실한지 다시 확인해 달라고 하더니, 잠시 기다리라고 했다. 침묵이 흘렀다. 이윽고 그 사람이 돌아와, 아무것도 하지 말고 시신을 발견된 곳에 그대로 내버려두라고 했다. 그리고 거기에서 벌어진 일에 대해서도, 그가 방금 한 일에 대해서도 함구하라고 했다.

샘 말라카이트는 주머니에서 어머니가 이 년 전 주었던 전화번호가 적힌 쪽지를 꺼내 건네주었다. 격식을 차리지는 않았어도 주의 깊게 쓴 글이었다. 감정이 실린 글은 아니었지만, 명료하고 정확하게 쓰인 내용을 보니 무언의 감정이, 심지어는 두려움이 엿보이는 듯했다. 그는 우리 집이 내려다보이는 언덕에서 나를 내려주면서 "이제 걸어가도 되겠다."라고 했다. 나는 거기서부터 어머니의 집까지 걸어갔다.

나는 어머니의 정적 속에 들어섰다. 집 밖에 야생 고양이가 먹을 먹이를 놔두었다. 그리고 부엌에 들어가기 전에 쥐를 쫓아내기 위해 어머니가 하던 대로 냄비를 두들겼다.

당연히도 누군가 이미 다녀간 뒤였다. 말라카이트 씨가 시신을 누였다던 소파에는 아무런 자국도 남아 있지 않았다. 실마리가 될 만한 것은 무엇이든 이미 제거되었다. 나는 정부에서 어머니의 죽음을 신속하고도 효율적으로 조사할 거라고 생각했다. 만약 어떤 식으로든 보복을 한다 해도 눈에 띄지 않게 수행할 게 분명했다. 내게는 알려지지 않을 터였다. 그리고 집 안에는 정부가 발견되길 원치 않는 물건은 아무것도 없을 것이다. 어머니가 언젠가 나와 나누었던 일상적인 대화의 맥락에 비춰 보라는 뜻에서 무언가 평범해 보이는 것을 남겨 두었다면 몰라도. "말라카이트 씨를 보면 내 친구가 생각나. 말라카이트 씨는 그 친구보다 더 순수하긴 하지만." 하고 어머니가 말한 적이 있다. 아니, "순수"가 아니라 "상냥"이었던 것 같다. 어느 쪽이었더라? "상냥"이었을 것이다. 어쩐지 그게 중요하게 느껴진다. 두 단어 사이에는 차이가 있다.

한동안 나는 아무 일도 하지 않았다. 정원을 서성거렸다. 그때 우연의 일치인지 뻐꾸기 한 마리가 정중하게 노래하는 소리가 들렸다. 어렸을 때 어머니에게 들은 이야기에 따르면 뻐꾸기가 동쪽에서 울면 평안을, 서쪽에서 울면 행운을, 북쪽에서 울면 슬픔을, 남쪽에서 울면 죽음을 의미한다. 나는 소리가 나는 쪽을 쫓아가며 뻐꾸기를 찾아보다가 온실에 들어섰다. 어머니가 숨을 거둔 장소가 온실이었다고 했다. 유리가 깨졌었으나 이미 수리되어 있었다. 집을 둘러보고 있노라니 내가 집 안에 혼자 있었던 적이 별로 없었다는 게 기억났다. 어머니가 항상 나를 주시하며 내가 무엇을 집어 드는지, 무엇에 관심을 두는지 살폈으니까. 이제 어머니의 빈틈없는 시선에서 벗어나니 이 집의 방들이 전보다 강한 영향력을 갖춘 것처럼 느껴졌다. 밖에서는 땅거미가 지고 있었다. 나는 혹시 어머니가 책에 이름을 적어 두었을까 싶어서 책꽂이에서 독일어 문고본들을 몇 권 꺼내 보았지만, 어머니는 워낙 자신의 자취를 남기지 않는 성격이었다. 슈니츨러라는 작가가 카사노바의 말년에 대해 쓴 책이 있었다. 나는 그걸 가지고 위층으로 올라가 침대로 들어갔다.

그때가 저녁 8시쯤이었을 것이다. 나는 중년에 접어든 카사노바가 베네치아로 돌아가려 하는 과정이 담긴 소설에 금세 빠져들었다. 모든 사건이 며칠에 걸쳐 일어났고 중편 소설이라는 작은 화폭에 걸맞도록 기묘하게 압축되어 있었다. 나는 카사노바를 향한 뜻밖의, 그러나 설득력 있는 연민에 관심이 쏠렸다. 독일어로 된 책이었다. 나는 시간 가는 줄도 모르고 책을 읽었다. 그러다 결말에서 카사노바가 잠드는 장면에 이르러 나도 침대 옆 스탠드를 켜 둔 채, 손에는 작은 책을 들고서 잠들었다.

늘 잠들던 침대에서 깨어나 스탠드를 끄고 보니 새벽 3시의 어둠이 나를 둘러싸고 있었다. 나는 전과는 다른 관점으로, 슈니츨러의 유령인다운 시야로 집 안을 둘러봐야겠다는 생각이 들었다. 게다가 지금은 어머니가 늘 깨어 있던 시각이었다.

나는 손전등을 들고 천천히 이 방 저 방 돌아다니며 벽장이며 서랍장을 열어 보았다. 맨 먼저 내 침실부터 살폈다. 학창 시절에 어머니가 쓰던 방이지만 그 시간의 흔적은 남아 있지 않았다. 다음으로는 조부모님의 방에 들어갔다. 차 사고로 돌아가셨을 당시의 모습 그대로 굳어 있는 방이었다. 세 번째로 어머니가 썼던 중간 크기의 방에 들어갔다. 어머니의 관처럼 좁은 침대와 함께, 조모님에게서 물려받은 리전시풍 호두나무 책상이 있었다. 어머니는 한밤중에 책상 앞에 앉아 자신의 과거를 기록하는 게 아니라 지우는 작업을 했다. 이 집에서 거의 쓰이지 않는 전화기도 여기 있으니, 말라카이트 씨는 어머니가 알려 준 번호로 전화를 걸기 위해 여기로 들어왔을 터였다. 그 전화번호에 해당하는 지역은 런던이었을까, 아니면 어딘가 다른 곳이었을까.

호두나무 책상 안에서 내가 한 번도 본 적 없는 누나의 사진이 나왔다. 사진이 끼워진 액자가 어머니의 구겨진 셔츠에 싸여 있었다. 사진을 자세히 보니 어머니가 우리 곁에 없었던, 우리가 뭘 하고 지냈는지 몰랐을 시기에 찍혔음이 분명했다. 누가 찍은 사진일지 궁금해졌다. 나방일까? 우리가 어머니를 의식하지 못하고 있었을 때 어머니는 우리를 얼마나 많이 생각했을까? 더 이상한 점은 사진 속의 누나가 어른 같은 옷을 입고 어른 같은 자세를 취하고 있어서 십 대 소녀로 보이지 않는다는 점이었다. 그런 옷을 입은 누나는 처음 보았다.

그날 밤 나는 결국 새로운 것을 찾아내지 못했다. 내 침실 벽장 맨 위 선반까지 봤지만 어머니가 깜빡하고 치우지 않은 물건 따위는 없었다. 여기서 처음으로 방학을 보내러 온 내게 어머니가 이 방을 쓰라고 권했을 때는 이미 방을 샅샅이 훑은 뒤였을 것이다. 내가 찾은 것이라고는 액자에 고이 끼워진 채 숨겨져 있던 누나의 사진뿐이었다. 그러고 보니 누나를 못 본 지 일 년이 넘었구나 싶었다. 시간은 어느덧 새벽 4시였다. 나는 조금도 졸리지 않아서 아래층으로 내려가기로 마음먹었다. 계단 저 아래 싸늘한 고요 속으로 내려가던 내가 계단 밑 마룻바닥에 내려선 순간, 어둠 속에서 나이팅게일들이 우짖기 시작했다.

갑작스럽게 요란히 울려 퍼진 끼익 소리를 들으면 누구라도 잠에서 깼을 것이다. 작년 어느 날 한밤중에 내가 계단을 내려갔을 때 어머니도 그랬다. 나는 단지 배가 고파서 치즈와 우유를 좀 먹으려고 나왔을 뿐이었다. 어수선한 소음 속에서 몸을 돌리니 벌써 계단 맨 위에 들이닥친 어머니가 보였다. 어머니는 손에 무언가를 들고 있었는데 그게 뭔지는 모르겠다. 어쨌든 어머니는 나를 보더니 그 물건을 등 뒤로 돌렸다. 그때부터 내가 발을 어디로 내딛든 삐걱삐걱 소리는 계속해서 울리며 어슴푸레한 어둠 속에서 내가 있는 장소를 알렸고, 그런 나를 어머니는 안심했다는 듯한, 그러나 약간 못마땅한 눈빛으로 지켜보았다. 여기서 조용히 마루를 가로지르려면 좁은 가장자리를 따라 걸어야 했다. 하지만 이제 나는 혼자였으므로 그냥 소리가 나도록 내버려두고 복도를 걸어갔다. 벽난로가 있고 카펫이 깔린 작은 거실에 이르렀을 때 나이팅게일 소리는 드디어 멎었다.

나는 의자에 앉았다. 이상하게도 내 마음은 로즈의 죽음으로 누나와 내가 잃었을지도 모르는 무엇이 아닌, 과거에 그녀가 우리 곁을 떠났던 사건으로 쏠렸다. 오히려 그때 우리는 훨씬 더 많은 것을 잃은 듯했다. 나는 어머니가 우리 이름을 새로 지어 주면서 느꼈을 기쁨에 대해 생각했다. 아버지는 나를 계속 너새니얼이라 불러야 한다고 주장했지만 어머니는 그 이름이 너무 길다고 생각해 나를 '스티치'라 불렀다. 누나는 '렌'이 되었고. 렌은 도대체 어디에 있나? 어머니는 친구들을 대할 때도 그들의 세례명 대신 더 좋은 이름을 찾아 주는 걸 즐겼다. 주변 풍경에서 이름을 따오고, 그 사람의 고향이라든지 어머니와 처음 만난 장소의 이름을 붙이기도 했다. "치즈윅 사람이네." 어머니는 라디오에 나온 여자의 억양을 듣고 그렇게 말했다. 우리가 어렸을 때만 해도 어머니는 그런 호기심과 정보의 조각들을 우리와 늘 공유했다. 그런데 손을 흔들어 작별 인사를 하고 우리 곁에서 사라지면서 모두 거둬 간 셈이었다. 나는 그렇게 온갖 방법으로 자기 자신을 지웠던 어머니를 생각했다. 그리고 이제 처음으로 화이트 페인트에 혼자 남은 내가 어머니의 살아 있는 목소리를 잃었음을 깨달았다. 젊은 시절 어머니의 총명한 기지, 어머니가 우리에게서 숨겼던 비밀스러운 삶, 이 모든 것이 이제 사라졌다.

어머니는 집의 뼈대만을 사용했다. 침실, 부엌, 벽난로가 있는 작은 거실, 그리고 온실로 이어지는, 책들이 꽂힌 짧은 통로만을 오락가락했다. 어머니가 말년을 보낸 장소였다. 한때 시골 이웃들과 손주들로 북적거렸던 집이 뼈만 남도록 축소된 셈이었다. 그래서 장례식 이후 이틀간 머무르는 동안 어머니보다도 조부모님의 흔적이 더 많이 보였다. 한 벽장에서 글이 적힌 종이 몇 장을 발견하기는 했다. 그중 한 장에는 집에 사는 쥐에 대한 기묘한 고찰이 적혀 있었다. 좀처럼 집을 떠나지 않는, 이제는 익숙해진 손님을 묘사하는 듯한 글이었다. 그리고 아마도 말라카이트 씨가 그려 준 듯한, 집의 정원이 비례에 맞게 묘사된 그림이 있었다. 흑해를 둘러싼 나라들을 몇 번이고 다시 그린 지도도 있었다. 이것을 제외하면 벽장은 대부분 비어 있었다. 누군가가 어머니 삶의 핵심적인 흔적을 제거한 것만 같았다.

나는 책장 앞에 다가섰다. 시골에 혼자 살면서 말라카이트 씨에게서 폭풍 경보를 전해 들은 날이 아니면 라디오도 잘 안 듣는 사람의 책장치고는 장서가 그리 많지는 않았다. 이 집에 들어왔을 때 어머니는 다른 사람의 목소리에 질린 상태였을 것이다. 플롯이 엎치락뒤치락하다가 마지막 두세 챕터에서 어떤 마술을 부렸는지 수월히 제 집으로 돌아가는 소설에 나오는 인물들의 목소리가 아니고서는. 꼭 필요한 것만 남은 이 고요한 집에서는 시계 초침이 째깍이는 소리도 들리지 않았다. 어머니 방의 전화기는 좀처럼 울리지 않았다. 유일하게 선명한, 그래서 사람을 깜짝 놀라게 하는 소음은 마룻바닥에서 나는 나이팅게일 소리뿐이었다. 어머니는 그 소리 덕분에 안심이 된다고, 안전을 지켜 줘서 좋다고 했다. 그 밖에는 정적이 흐를 뿐이었다. 방학 동안 여기서 지낼 때면 옆방에서 어머니가 한숨을 쉬거나 책을 덮는 소리까지 들렸다.

어머니는 얼마나 자주 책장에 꽂힌 문고본들로 돌아가 라스티냐크와 펠리시 카르도와 보트랭과 함께 시간을 보냈던가. "지금 보트랭은 어디 있지?" 언젠가 어머니는 잠에서 막 깨어나, 누구와 대화하는지도 모르는지 비몽사몽 상태로 내게 물었다. 아서 코난 도일은 발자크의 소설을 절대로 읽지 않는다고, 어디서부터 시작해야 할지도 모르겠고 주요 인물들이 어디에서, 언제 처음 등장하는지 찾기도 너무 어렵다고 말했다 한다. 하지만 어머니는 '인간 희극' 총서 전체를 꿰고 있었다. 나는 그 총서 가운데 어느 책에서 어머니가 기록되지 않은 자기 삶을 발견했을지 궁금해졌다. 그 소설들 속 흩어진 인물들 중 누구의 인생을 통해 어머니는 자기 자신을 더 분명히 이해할 수 있었을까? 어머니는 '인간 희극'에서 「소의 무도회」에는 라스티냐크가 나오지 않으며, 그럼에도 끊임없이 언급된다는 사실을 알고 있었을 터였다. 나는 충동적으로 「소의 무도회」를 책장에서 꺼내 훑어보았다. 그런데 122쪽과 123쪽 사이에 누군가 손으로 그린 지도가 꽂혀 있었다. 가로 15센티미터, 세로 20센티미터 종이에, 백악 언덕처럼 보이는 것이 그려져 있었다. 지명은 적혀 있지 않았다. 아무 의미 없는 종잇조각일지도 모른다.

니는 위층으로 돌아가서 아직도 조부모님 방에 있는, 사진들이 든 오래된 갈색 봉투를 열었다. 그런데 사진이 전보다 적었다. 지난여름에 어머니가 보여 준 장난스럽고 천진한 사진들이 없었다. 나는 부엌으로 이어지는 보리수 그늘 아래에서 심각한 표정을 짓고 있는 젊은 어머니의 얼굴을 다시금 들여다보았다. 하지만 그후에 찍은, 내가 가장 좋아했던 사진들은 찾아볼 수 없었다. 그렇다면 그 사진들은 천진한 내용을 담고 있지 않았던 것이리라. 로즈가 부모님과 더불어 다른 사진들에도 나온 키 큰 남자와 함께 찍은 사진들. 특히 빈에 있는 카사노바 레뷔 바의 이국적인 실내를 배경으로 흐릿한 담배 연기 속에서 어른들에게 둘러싸여 앉아 있는 십 대 후반의 어머니와 어머니에게 몸을 굽히고 열정적으로 바이올린을 켜는 연주자가 찍힌 사진. 그로부터 한 시간쯤 뒤에 찍은 듯한, 택시 뒷좌석에 그들 모두가 끼어 타서 웃고 있는 모습을 저속 촬영으로 찍은 것 같은 사진들.

"이분은 아버지의 친구분이었어. 우리 이웃집에 살던 이엉장이 가족 말이야."

로즈는 그 사진들을 보여 주면서 그렇게 말했더랬다. 내가 키 큰 남자를 가리키며 누구냐고 묻자 이렇게 답했다.

"지붕에서 떨어졌다는 그 소년이야."

"이름이 뭐예요?"

"기억이 안 나네."

하지만 이제 나는 그가 누구인지 알았다.

그는 어머니 장례식에 왔던 사람이다. 무덤 옆에 서 있다가 내게 수줍고 조용한 목소리로 말을 걸었던 남자. 사진 속에서 보다 나이가 들긴 했지만 키와 분위기가 같았다. 우리 사무소 복도에서도 한두 번 본 적이 있다. 거기서 일하는 대부분의 사람들이 상상만 하는 미지의 고층으로 올라가는, 출입 제한이 걸린 파란색 엘리베이터를 타려고 기다리던 신비로운 인물이었다.

화이트 페인트에서 이틀을 지내고 마지막 날 나는 어두운 어머니의 방으로 들어가, 이불이 깔리지 않은 좁은 침대에 누워 천장을 올려다보았다. 어머니도 생전에 이렇게 누웠을 것이다.

"그에 대해 말해 줘요."

나는 말했다.

"누구?"

"어머니가 정체를 숨긴 사람이요. 이름이 기억나지 않는다고 거짓말하셨죠. 장례식에서 제게 말을 건 남자 말이에요."

지붕 위의 소년

로즈의 가족이 달걀을 꺼내거나 차를 타러 집에서 나올 때면 소년은 경사진 초가지붕 위에서 그들을 내려다보았다. 화이트 페인트 지붕의 이엉을 바꾸는 일을 통해 열여섯 살 소년 마시 펠론은 어머니의 유년기에 나타났다. 초여름 동안 마시와 그의 두 형제와 아버지가 함께 지붕 위에 올라가서 때로는 햇볕을 너무 쬐어 일사병에 걸리고 때로는 큰바람에 기우뚱거리기도 하면서 일했다. 그들은 서로를 의심하는 일 없이 신비로울 정도의 협동력을 발휘하고 늘 대화하면서 효율적으로 움직였다. 마시는 막내였고 다른 가족의 이야기를 듣는 입장이었다. 겨울 동안 근처 습지에서 혼자 갈대를 베고 쌓았다. 갈대들이 봄이 되어 잘 마르면, 형들이 낭창낭창한 버들가지를 머리핀처럼 구부려 갈대들과 한데 꿰고 엮어서 긴 이엉으로 만들었다.

갑작스러운 돌풍이 마시를 지붕 너머로 내던졌다. 그는 추락 속도를 늦추려고 보리수나무 가지들을 붙잡으며 떨어지다가 6미터 아래 포석이 깔린 바닥에 부딪혔다. 요란한 바람이 지나가자 그의 가족들이 내려와서 그를 누운 자세 그대로 지고 부엌으로 날랐다. 로즈의 어머니가 소파를 임시 침대로 꾸려 주었다. 그는 움직이지 않고 누워 있어야 했다. 그렇게 마시 펠론은 한동안 낯선 사람들이 드나드는 부엌의 거주자가 되었다.

L 자형 부엌을 비추는 조명은 자연광뿐이었다. 거기에는 장작 화덕과, 더 세인츠의 오솔길과 강을 건너는 다리들이 모두 표시된 지도가 있었다. 형들이 지붕에서 일하는 몇 주 동안 그곳이 마시의 세계가 되었다. 해 질 녘이면 그들이 떠나는 소리를 들었고, 다음 날 아침 그들이 사다리를 오르면서 끊임없이 떠드는 소리에 잠에서 깼다. 몇 분만 지나면 그들의 대화는 멀어졌고 웃음소리와 짜증스러운 고함만 들렸다. 두 시간 뒤에는 집 안에서 로즈의 가족이 돌아다니고 숨죽여 대화하는 기척이 들려왔다. 세상은 그에게서 가깝고도 멀었다. 지붕 위에서 일할 때도 그렇게 느꼈다. 거대하고 활동적인 세상이 멀찍이서 지나가고 있다는 느낌이 들었다.

여덟 살 소녀가 아침 식사를 가져다주고 재빨리 떠났다. 그녀 말고는 찾아오는 사람이 아무도 없는 날도 많았다. 그녀는 문간에 그냥 서 있곤 했다. 그럴 때면 등 뒤 집 안 정경이 보였다. 그녀의 이름은 로즈였다. 마시에게는 어머니가 없었고 뿐만 아니라 가족 중에 여자는 아무도 없었다. 한 번은 그녀가 서재에서 책을 한 권 가져다주었다. 그는 게걸스럽게 읽어 치우고는 또 한 권 달라고 부탁했다.

"이게 뭐예요?"

자신이 준 책 맨 뒤 면지에 있는 낙서 몇 개를 보고 그녀가 물었다.

"오, 미안……."

그는 민망해졌다. 자신이 그린 그림을 깜빡 잊고 있었다.

"괜찮아요. 뭘 그린 건데요?"

"파리."

"이상한 파리네요. 어디서 봤어요?"

"아니, 내가 만드는 거야. 낚싯밥으로. 너한테도 만들어 줄 수 있어."

"어떻게요? 뭘로 만드는데요?"

"파란 날개가 달린 올리브색 애벌레라고 해야 할지도……. 실이 필요해. 방수 물감이랑."

"그렇구나."

그녀가 자리를 뜨려 했다.

"잠깐만, 더 있어. 적어 줄게."

그는 종이를 달라고 했다. 로즈는 글씨를 쓰는 그를 지켜보았다.

"이건 뭐라고 적은 거예요? 글씨 진짜 못 쓰네요. 그냥 말로 해 주세요."

"알았어. 작은 거위 깃털. 붉은 구리선, 머리카락만큼 가는 걸로. 작은 변압기나…….”

“천천히요.”

“……발전기에 쓰는 거야. 바늘 가져다줄 수 있어? 그리고 반짝이게 하려면 은박지도 필요해.”

목록은 더 이어졌다. 코르크, 재. 그가 한 번도 써 본 적 없는 물건들도 있었다. 작은 공책을 한 권 가져다줄 수 있냐고도 했다. 그는 마치 처음 도서관에 와 본 사람처럼 혹시 모를 가능성들을 상상했을 뿐이었다. 로즈는 실이 어떤 종류여야 하는지, 갈고리 크기는 어느 정도여야 하는지 물었다. 그때 이미 그가 글씨를 쓸 때와 달리 그림을 꼼꼼하게 그린다는 점을 눈치챘다. 글씨와 그림의 주인이 각각 다른 사람인 것만 같았다. 마시는 몇 년 만에 처음으로 대화를 나누는 기분이 들었다. 다음 날은 로즈가 제 어머니와 같이 자동차를 타고 진입로를 벗어나는 소리를 들었다.

하루 중 대부분의 시간 동안 그는 햇빛이 드는 창가에 앉아 파리를 만들었다. 색깔만 빼고 형태는 자신이 그린 그림과 똑같았다. 아니면 지도 앞에 어정쩡하게 서서 자신이 이미 아는 것들과 몰랐던 것들을 — 일직선으로 뻗은 로마 시대 도로들을 따라 늘어선 참나무들의 또렷한 선이라든지, 길게 휘어진 강줄기 따위를 찾아보았다. 밤이면 침대에서 내려와 어둠 속에서 어설픈 몸으로 움직여 보았다. 자신의 모습이 보이지 않기 때문에 그럴 수 있었다. 골반에 힘이 빠지면 벽이나 침대에 쓰러져 기댔다. 그렇게 가능한 한 오랫동안 걸어 다니다가 땀범벅이 되어 침대로 돌아갔다. 그의 가족도, 로즈의 가족도 모르는 사이에 한 일이었다.

이엉 교체 작업의 마지막 주에 마시의 형제들은 밧줄로 몸을 묶고 지붕에서 몸을 굽혀 '긴 날개 칼'이나 '긴 처마 칼'의 날로 박공 끝부분을 다듬었다. 마시가 창밖으로 몸을 내밀어 올려다보면 앞뒤로 움직이는 칼날, 보리처럼 후두둑 떨어지는 밀짚 자투리가 보였다.

그러다 마시의 가족이 다시 누워 있는 그를 날라서 수레에 태워 사라졌다. 로즈의 집 안에 다시 정적이 들어찼다. 이후 몇 달 동안 로즈와 부모는 펠론가 남자들이 새로 둥지를 틀 숲을 발견한 까마귀들처럼 멀리 떨어진 마을로 가서 또 다른 집 지붕을 고치고 있다는 소식을 왕왕 들었다. 그러나 막내 마시는 자유 시간만 주어지면 절뚝이는 걸음걸이를 고치려고 노력했다. 어둠 속에서 깨어나 자기 가족이 이엉을 올린 집들을 지나쳐 걸어가거나, 어둠이 흩어지고 새들이 지저귀는 리버 밸리로 내려가곤 했다. 마시 펠론은 바로 그렇게 긴장감이 흐르는 새로운 빛이 번지는 시간에 대한 묘사를 책에서 찾기 시작했다. 작가들이 줄거리에서 벗어나 그처럼 특별한 시간을 묘사하려 하는 걸 보면 이 역시 작가들의 어린 시절 기억에서 나온 게 아닐까 싶었다. 그는 저녁마다 책을 읽는 습관이 생겼다. 책을 읽는 동안에는 형들의 말소리가 들리지 않았다. 이엉을 엮고 이는 기술을 알면서도 자신은 가족과는 다른 사람이라고 생각했다.

충만. 이게 정확히 무슨 뜻일까? 과잉? 보충? 완전한 상태? 소망의 대상? 마시 펠론이라는 사람은 주변 세상을 공부하고 흡수하고 싶어 했다. 이 년 뒤 청년이 된 그를 다시 만난 로즈의 가족은 마시를 못 알아볼 뻔했다. 주위를 조심스럽게 지켜보는 태도는 여전했지만, 벌써 진중해졌고, 더 넓은 세상이 어떻게 작용하는지 알고 싶은 호기심에 찬 사람으로 바뀌어 있었다. 로즈의 부모는 그가 어린 시절 부상을 입고 고독을 누렸을 때처럼 그를 다시금 거둬 주었다. 그의 총명함을 알아보고 대학 교육에 드는 비용을 지원해 주기로 한 것이다. 그는 자기 가족을 근본적으로 떠난 셈이었다.

펠론은 어둠 속에서 벽돌로 된 처마 장식에 몸을 붙였다가 탑을 기어 올라갔다. 보이지 않는 사각형 안뜰 위로 45미터 넘게 뻗어 올라가는 탑이었다. 일주일에 사흘 동안, 동이 트고 건물이며 잔디밭이 모습을 드러내기 한두 시간 전에 비에 젖어 미끌거리는 타일 위에서 자신을 시험해 보았다. 노 젓기나 럭비 같은 운동으로 공인된 시험을 치러 볼 생각은 전혀 하지 않았다. 흉터가 생긴 손가락과 날랜 몸놀림만이 그의 힘을 보여 주었다. 헌책방에서 『지붕 등반가를 위한 트리니티 칼리지 안내서』[40]라는 무정부주의적인 책을 발견했을 때만 해도 거기 나오는 등반에 대한 집착이 허구라고, 어린 시절 꿈꾸는 모험 이야기에 불과할 거라고 생각했다. 진위를 확인하기 위해서인지, 종탑 안에 큰 까마귀가 꼼꼼하게 지어 놓은 둥지를 찾기 위해서인지 몰라도 그는 등반을 시작했다. 처음에는 다른 사람은 찾아볼 수 없었다. 그러던 어느 날 밤 누군가 못으로 1912년이

40) 트리니티 칼리지는 케임브리지 대학교에 속한 학교 중 하나이다.

라는 햇수와 함께 새겨 놓은 두 개의 이름을 발견했다. 그는 회랑 지붕을 따라 걷고, 거친 벽을 타고 올라갔다. 자신이 유령이 된 것처럼 느껴졌다.

그러다 보니 밤에 활동하는 다른 사람들이 눈에 띄었다. 알고 보니 지붕 등반은 마시가 읽은 자비 출판 도서에서 비롯된 전통이었다. 윈스럽 영이라는 지은이는 케임브리지 대학교에 들어오기 전에 암벽 등반을 했고, 그런 모험을 그리워한 나머지 "사람도 별로 없고 대체로 특색도 없는 대학 건물들"을 자신만의 알프스로 삼기로 했던 것이다. 미로를 묘사한 듯한 삽화들과 최적의 등반 경로에 대한 꼼꼼한 묘사들이 담긴 『지붕 등반가를 위한 트리니티 칼리지 안내서』는 지난 이십 년 동안 "건물 등반 애호가"들에게 영감을 주면서, "벌집 경로"에 걸친 홈통들을 타고 올라가는 법이나 배비지 강의실 지붕을 덮은 불안정한 타일들 위를 미끄러지듯 나아가는 법을 일러 주었다. 그래서 펠론에게서 몇 미터 떨어진 곳에 다른 등반가들이 나타나곤 했다. 그는 그들을 보면 정지했다가 별달리 알은척하지 않고 지나쳐 갔다. 폭풍이 불던 날 옆에서 떨어지려고 하는 누군가의 외투를 잡아 두 팔로 당겨 안아 준 적이 있긴 했다. 몰아치는 바람 너머로 누군지 모르는 1학년 학생의 깜짝 놀란 얼굴이 보였다. 펠론은 그를 안전한 턱 위에 두고 더 높이 올라갔다.

12월에 예배당 탑을 내려가던 길에 어떤 여자가 펠론의 팔을 건드리더니 인사를 나누지 않고는 못 지나가게 막았다.

"안녕. 나는 루스 하워드라고 해. 거턴 칼리지 수학과야."

그는 자기도 모르게 대답했다.

"나는 마시 펠론이야. 언어학 전공."

"내 동생을 잡아 준 사람이 너지? 비밀스러운 사람. 전에도 여기서 본 적 있어."

펠론에게는 그녀의 얼굴이 잘 보이지 않았다.

"또 어떤 공부를 해?"

어둠 속에서 자신의 목소리가 요란하게 느껴졌다.

"주로 발칸반도에 대해 배워. 아직 뒤죽박죽이야."

그녀는 허공을 보며 잠깐 침묵하다 말을 이었다.

"너도 분명 알 테지만…… 혼자서는 올라갈 수 없는 구역들이 몇 있어. 같이 하지 않을래?"

그는 머뭇거리며 고개를 저었다. 그녀는 탑을 마저 내려갔다.

여름 방학을 런던에서 보내는 동안에도 그는 몸이 굳지 않도록 밤중에 도시의 건물들을 기어올랐다. 셀프리지 백화점에 새로 지어진 부속 건물도 그중 하나였다. 건물을 지을 때 누군가 만든, 비상구들이 표시된 지도가 있었다. 그래서 그는 폭풍우가 쏟아지는 날에도 맑은 날에도 거기 찾아갔다.

"마시 펠론."

그를 방금 알아본 듯한 여자 목소리가 들렸다. 그는 서서히 헐거워지는 홈통을 한 손으로 붙잡고 매달려 있었다.

"잠깐만."

"알았어. 우선 말해 두자면 나는 루스 하워드야."

"알아. 며칠 전 듀크 스트리트 위에 있는 동쪽 벽에서 봤어."

"술 한잔하자."

스토크라는 술집에서 그녀는 런던에서 등반하기 좋은 건물들 이야기를 해 주었다. 가톨릭 성당도 몇 군데 있었고, 강가에 있는 애들레이드 하우스가 가장 재미있었다고 했다. 윈스럽 영에 대한 이야기도 나왔다. 그녀에게 『지붕 등반가를 위한 트리니티 칼리지 안내서』는 『신약 성서』와도 같았다고 했다.

"그는 단순한 등반가가 아니었어. 영국 시 분야에서 총장상을 받았고, 1차 대전 때 양심적 병역 거부자로서 친구들의 긴급 구조대[41]에 합류했어. 우리 부모님이 그의 이웃이라서 알고 지냈거든. 나한테는 영웅이야."

"너도 반전주의자야?"

"아니."

"왜?"

"복잡한 문제야."

나중에 그는 물었다.

"트리니티 칼리지 학생이었던 적 있어?"

"아니. 나는 나한테 맞는 타입의 사람을 찾고 있었던 거야."

"누굴 찾았는데?"

"셀프리지 경사면에서 내가 뒤쫓아 가서 구해 준 사람. 그가 나한테 술을 사 줬지."

펠론은 얼굴을 붉혔다.

"내가 네 동생을 구해 줬기 때문이야?"

"네가 그 일에 대해 아무에게도 말하지 않았기 때문이야."

---

41) 1914년 창설된 구호 조직. 주로 양심적 병역 거부자들로 구성되었다.

"그러면 내가 그 타입이야?"

"아직 잘 모르겠어. 알게 되면 말해 줄게. 넌 어쩌다 떨어졌어?"

"난 떨어진 적 없는데."

"다리를 살짝 저는걸."

"어렸을 때 떨어진 거야."

"더 안 좋네. 영구적인 부상이란 뜻이잖아. 두려움도 오래 남고. 넌 서퍽에서 왔지……."

그는 고개를 끄덕였다. 자신에 대해 무엇을 어떻게 알아냈는지 유추하는 일은 이제 포기했다.

"어쩌다 떨어진 거야?"

"우리 가족이 이엉장이 일을 했어."

"예스럽네."

그는 아무 말도 하지 않았다.

"낭만적이라는 뜻이야."

"그때 골반이 부러졌어."

"그것도 예스럽네."

그녀는 자기 자신을 놀리듯 말했다.

"그나저나 동해안에서 사람을 구하고 있어. 네가 살던 곳과 가까운데……."

"무슨 일로?"

그는 무슨 말이 나와도 놀라지 않을 마음의 준비를 했다.

"어떤 사람들을 감시하는 일. 전쟁은 끝났지만 아마 또 일어날 것 같거든."

그는 그녀에게 받은 동해안 지도를 들여다보았다. 코브하이드부터 던위치에 걸친 해안 마을들을 잇는 작은 길들이 모두 표시된 지도였다. 그녀의 명단에 오른 사람들이 소유하는 농장들이 표시된 세부 지도들도 있었다. 그들은 아무 잘못도 하지 않았고 다만 의심의 대상이라고 했다.

"침공을 대비해 그들을 예의 주시해야 해. 독일에 동조하는 입장이거든. 슬쩍 들어가서 흔적 없이 빠져나오면 돼. 로런스 말마따나 '치고 빠지기'를 하는 거지. 그리고 그 도구…… 이름이 뭐라고 했지?"

"긴 날개 칼."

"그래. 좋은 이름이야."

이후로 그는 진 루스 하워드라는 여자를 다시 만나지 못했다. 다만 긴 세월이 흐른 후 정부 기밀문서에서 그녀의 이름을 발견했다. 유럽에서 벌어지는 무자비한 격동에 대한 보고서인데, 누군가 화난 사람처럼 휘갈겨 쓴 글이 적힌 서류에 붙은 메모지에 쓰여 있었다.

우리는 아무것도 과거로 물러가지 않고, 어떤 상처도 시간의 흐름에 따라 아물지 않고, 모든 것이 열린 채로 쓰라리게 존재하고, 모든 것이 영구히 공존하는 '콜라주' 속에 있다…….

매서운 글이었다.

그럼에도 루스 하워드는 은밀한 전쟁에 그를 끌어들인 사람이었다. 그녀는 트리니티 칼리지 고층에서 "잃어버린 지붕 기법"을 가르쳐 주었다. 이는 일본 미술에서 비롯된 표현으로,

종탑이나 회랑 지붕 같은 높은 장소에서는 보통 벽 너머에 감춰져 보이지 않는 것들을 볼 수 있다는 뜻이었다. 다른 이들의 삶, 다른 나라들을 내려다보고, 거기에서 무슨 일이 일어나고 있는지 파악하기. 고도가 달라짐으로써 열리는 새로운 지각력이었다.

루스 하워드가 옳았다. 그는 확실히 비밀스러운 사람이었다. 이후 수십 년 동안 터진 이런저런 충돌에서 펠론이 어디에서 어떻게 활약했는지 아는 사람은 극소수였다.

물새 사냥

마시는 어둠 속에서 화이트 페인트로 차를 몰았다. 그와 그가 키우는 개가 지켜보는 가운데 로즈가 차의 흐릿한 불빛을 향해 걸어와 뒷좌석에 앉았다. 펠론은 후진한 다음 해안 쪽으로 달렸다. 거의 한 시간을 운전했다. 그녀는 간(肝) 색깔의 개에게 기대어 잠들어 있었다. 그는 이따금씩 그들을 돌아보았다. 그의 개. 그리고 열네 살 소녀.

강 하구에 이르러 그는 개를 차에서 내보내고 잠복용 천막을 설치했다. 그리고 차 트렁크에서 질긴 기름천으로 만든 케이스에 들어 있는 총들을 꺼내 개가 서 있는 곳으로 가져갔다. 벌써부터 녀석은 물이 흐르지 않는 진창이 되어 버린 강 너머 무언가를 내다보며 몸을 쭉 뻗고 있었다. 지금은 마시 펠론이 좋아하는 시간이었다. 거의 존재하지 않는다 해도 무방

한, 기록되지 않는 시간. 밀물이 들어와 손가락 한 마디만큼 차오르기 시작하는 때. 그는 어둠 속에서 그 소리를 들을 수 있었다. 어디를 봐도 소녀가 잠들어 있는 자동차만이 유일하게 빛났고, 그녀가 앉은 좌석 쪽 문이 열려 있었기에 호박색 빛이 표지이자 나침반 방위가 되어 주었다. 그는 물이 차오를 때까지 한 시간을 기다린 다음 차로 돌아가서 로즈의 어깨를 흔들어 깨웠다. 그녀는 자동차 천장에 댄 펠트 천에 팔을 대고 쭉 뻗어 스트레칭을 하고는 잠시 앉은 채로 어둠 속을 내다보았다. 여기가 어디일까? 펠론의 개는 어디 있나?

그는 그녀를 이끌고 무성한 수풀을 헤치며 물가로 걸어갔다. 시간의 흐름은 점점 불어 가는 물의 깊이로 알 수 있었다. 그러다 동이 트면서 물은 장딴지까지 올라왔고 주변 풍경이 조금씩 눈에 들어왔다. 별안간 모든 것이 깨어났다. 새들이 둥지에서 나오고, 60센티미터 정도로 깊어진 강의 기슭에 얌전히 앉아 있던 사냥개는 빠르게 소용돌이치며 몰려오는 강물 앞에서 뒷걸음질 쳤다. 수영을 잘 못하는 외지인에게는 위험할 것이다. 설령 허리까지 올라올 만큼 물이 깊고 폭은 90미터에 달하는 블라이스강 하구를 걸어서 건너왔다 하더라도, 일시적으로 생겨난 이 작은 섬에서는 얕은 물살에도 휩쓸릴 수 있었다.

펠론이 산탄총을 쏘자 탄피가 떨어져 나왔다. 새가 조용히 물로 떨어졌다. 개가 헤엄쳐 가서 잠깐 몸싸움을 벌이더니 새를 가지고 돌아왔다. 로즈는 개가 헤엄치면서 숨을 쉬려고 앞다리로 새를 붙잡고 오는 모습을 눈여겨보았다. 펠론의 머리 위로 새들이 6자 모양을 그리며 산란하게 날아 올랐고 그는 다시 총을 쐈다. 이제 사위가 더 밝아졌다. 그는 다른 산탄총을 집어 들어 로즈에게 약실을 여는 법과 탄약 두 발을 장전하는 법을 가르쳐 주었다. 직접 해 보이지는 않고 조용히 말로 설명하면서, 그녀의 표정을 보며 이해하고 있는지 살폈다. 그는 로즈가 상대방의 말을 주의 깊게 듣는 점을 좋아했고 신뢰했다. 어렸을 때도 그녀는 고개를 기울인 채 그의 입술의 움직임을 바라보곤 했다. 개들이 꼭 그러듯이. 그녀는 허공에 대고 총을 발사했다. 그는 그녀가 총성과 반동에 익숙해지도록 여러 차례 총을 쏘게 했다.

가끔은 블라이스강 하구로, 가끔은 알디강으로 갔다. 첫날 이후로 로즈는 펠론을 따라 간석지에 갈 때마다 조수석에 탔고 잠도 안 잤다. 피차 거의 말을 하지 않는데도. 그녀는 스러져 가는 어둠을 응시했다. 회색 나무들이 차를 향해 달려들다 잡히지 않겠다는 듯이 멀어져 갔다. 그녀는 손안에 들어온 총의 무게, 서늘한 감촉, 적절한 순간 정확한 높이로 총을 들어 올리는 감각, 반동과 더불어 강가의 정적에 메아리쳐 울리는 총성을 생각했다. 셋이서 어둑한 차를 타고 이동하는 동안 이 모든 것에 미리 익숙해질 수 있도록. 개가 몸을 기울여 따스한 주둥이를 그녀의 오른쪽 어깨에 얹었다. 그녀도 개에게 머리를 맞댔다.

로즈의 팽팽한 몸과 얼굴은 세월이 지나도 거의 변하지 않았고 여윈 몸도 그대로였다. 그녀에게는 경계심이 있었다. 어디에서 비롯된 기질인지 마시 펠론은 도무지 알 수 없었다. 그녀가 자란 곳은 급한 일이라고는 없는, 평온하고 자족적인 시골이었기 때문이다. 그녀의 아버지인 제독도 마찬가지로 평온한 사람이었다. 그는 주위에서 일어나는 일에 관심이 없는 사람처럼 보였다. 하지만 그런 인상은 그의 일면일 뿐이었다. 마시는 로즈의 아버지가 자신과 마찬가지로 도시에서 더 공적이고 분주한 삶을 살아간다는 것을 알고 있었다. 두 남자는 일요일에 같이 산책을 했고, 아마추어 박물학자인 마시는 백악 언덕의 신비에 대해 이야기했다. "무한에 가까운 시간에 걸쳐 아주 작은 생물들이 백악층을 짓는 동안 언덕에는 하나의 동물상(動物相)이 형성되었다 사라지지요."라고. 로즈의 아버지에게 서퍽은 바로 그렇게 서서히, 점진적으로 운행하는 우주이자 휴식의 고원이었다. 실재하는 긴급한 세계는 바다라는 것을 그는 알았다.

제독과 펠론은 수월하게 친분을 맺었는데 둘 사이에는 로즈가 있었다. 두 남자 모두 로즈에게 포악하거나 위험하게 굴지 않았다. 만약 로즈의 아버지에게 무슨 정당을 지지하느냐고 묻는다면 딱딱한 태도로 대답할 수도 있겠지만, 또 한편으로는 집에서 키우는 개 페튜니아가 소파에 기어 올라와 품에 안기도록 내버려두기도 하는 남자였다. 그런 반응을 지켜보는 아내와 딸은 그가 바다에 있을 때 자신들은 없는 존재라는 것을, 바다란 밧줄 하나에 흠집을 낸 일만으로도 누군가 처벌받을 수 있는 곳이라는 사실을 잘 알았다. 또한 그는 음악을 감상적인 태도로 좋아했다. 방송에서 특정한 멜로디가 흘러나오면 가족에게 조용히 해 달라고 했다. 그가 집에 없는 동안 로즈는 어머니의 규칙들이 답답하게 느껴질 때 곁에 다가가 온기를 쬘 수 있는 그 차분한 남성성을 그리워했다. 바로 그래서 아버지가 없을 때 마시 펠론을 찾는지도 모른다. 그가 고슴도치의 고집스러운 습성이나 출산 후 기력 보충을 위해 탯줄을 먹는 암소 이야기를 들려줄 때 로즈는 입을 벌린 채 듣곤 했다. 그녀는 어른들과 자연의 복잡한 규칙들을 알고 싶어 했다. 펠론은 어린 로즈에게도 어른을 대하듯 말하는 사람이었다.

마시 펠론이 오랫동안 해외에 있다가 서퍽으로 돌아왔을 때 로즈는 그를 다시 알게 되었다. 하지만 이제 더 이상 펠론이 낚시나 물새 사냥을 가르치던 소녀가 아니었다. 이미 결혼해 딸을 두었다. 내 누나 레이철을.

펠론은 로즈가 딸을 안고 있는 모습을 지켜본다. 그녀는 레이철을 풀밭에 내려놓고 그의 선물인 낚싯대를 집어 든다. 로즈는 낚싯대 무게를 가늠하고 손으로 균형을 잡아 본 후 미소 지을 터였다. 펠론은 너무 오래 떠나 있었다. 그는 오로지 로즈의 미소를 다시 보고 싶었을 뿐이다. 그녀는 수지로 함침(含浸)[42]된 낚싯대의 결을 손바닥으로 문지르더니 아기를 안아 들고 펠론에게 다가와 포옹한다. 아이는 둘 사이에 어색하게 끼어 있다.

---

42) 가스 상태나 액체로 된 물질을 물체 안에 침투시켜 목적에 맞게 물체의 특성을 개선하는 일. 방부, 방습, 염색 등이 목적이다.

그는 새로운 눈으로 로즈를 본다. 이제 그녀는 세상을 배우는 단계에 있는 청소년이 아니다. 이 점에 펠론은 실망한다. 반면 서펙의 부모님 댁으로 차를 몰고 와서 펠론을 만난 로즈에게 그는 어린 시절 어울리던 친구일 뿐 다른 존재로는 보이지 않는다. 전혀 이질감이 느껴지지 않는다. 끊임없이 수유를 하느라 새벽 3~4시에 일어나야 하는데도. 그녀가 마음 한구석으로 무언가를 생각하고 있다면, 이는 자신이 여전히 애정을 느끼는 과거의 이웃 펠론이 아니라, 결혼을 함으로써 인생에서 박탈된 커리어일 것이다. 그녀는 아이를 낳았고 둘째도 임신했다. 그러니 언어학자의 장래는 기약할 수 없을 것 같다. 몸도 둔해진 것 같다. 그녀는 한 시간쯤 아이에게서 벗어났을 때 펠론과 산책하면서 이 이야기를 꺼내면 어떨까 생각해 본다.

펠론은 주로 런던에서 생활하고, 로즈도 런던의 툴스 힐 근처에서 남편과 함께 살고 있지만 서로 마주치지 못했다. 그들은 각자의 삶을 산다. 펠론은 BBC에서 일하는 한편 다른 사람들에게는 좀처럼 말해 주지 않는 프로젝트들을 진행하고 있다. 그는 자신이 맡은 라디오 프로그램에서는 매력적인 박물학자로 알려져 있지만, 그런 이미지와는 다른 면이 있었으니 여자들에게 알랑거리는 남자라고 보는 이들도 있었다. 로즈의 아버지는 그를 '사교장 명사'라고 부른다.

그래서 이날 오후, 화이트 페인트의 잔디밭에서 로즈는 몇 년 만에 처음으로 펠론을 만났다. 그동안 어디에 있었던 걸까, 그녀는 궁금해진다. 로즈의 생일인 오늘, 펠론은 그녀가 어머니와 함께 점심 식사를 하는 자리에 나타나 낚싯대를 선물로 줘서 놀라게 했다. 두 사람은 단둘이서 한 시간쯤 산책을 하자고 약속했다. "당신이 만들어 줬던 파란 날개 달린 올리브색 애벌레, 여전히 가지고 있어요."라고 그녀는 말한다. 일종의 고백처럼 느껴진다.

그러나 펠론에게 그녀는 낯선 사람이 되었다. 팽팽하던 몸매는 변하고 영영 아이에게 얽매인 몸이 된 여자. 전보다 더 개방적이고, 경계심도 줄었고, 정확히 뭐라고 해야 할지는 모르겠지만 그녀의 본질이었던 무언가를 포기한 것처럼 보인다. 그가 좋아했던, 훅 찌르고 들어오는 특유의 태도가 사라졌다. 그런데 삼나무 가지 하나를 젖히고 걸어가는 그녀의 목에서 드러난 희미한 골격을 보니 이제는 사라졌다고 생각한 것이 여전히 그 자리에 있음을 실감했고 더불어 애정이 되살아난다.

그래서 펠론은 어떤 여자보다도 총명한 로즈에게 일 하나를 제안한다. 한때 그녀에게 온갖 시시콜콜한 것을 가르쳤다. 이 나라에서 가장 오래된 암석들을 시대순으로 나열한 목록이라든지, 화살과 낚싯대에 가장 적합한 나무라든지. 펠론이 선물을 그녀의 얼굴 가까이에 가져갔을 때 입가에 흥분 어린 미소가 떠오른 걸 보면, 냄새만 맡고도 그 나무를 알아보았던 것 같다. 물푸레나무. 그는 자신의 세상에 그녀를 데려가고 싶다. 어른이 된 그녀의 삶에 대해서는 아무것도 모른다. 예컨대 그녀는 여느 사람들보다 오랫동안 머뭇거리고 수줍어하지만 마침내는 누구도 가로막을 수 없을 정도의 결단력을 발휘해 자신이 원하는 것을 향해 나아간다는 사실을. 이처럼 그녀는 처음에는 망설이다가 그다음에는 완전히 몰두하는 성향을 평생 유지할 것이다. 훗날 남편의 논리에도, 심지어 두 아이에 대한 책임에도 굴하지 않고 펠론에게 헌신했듯이.

펠론이 그녀를 선택한 걸까, 아니면 로즈가 원래 원했던 걸까? 우리는 처음부터 자신이 의도했던 대로 되는가? 그것은 애초에 마시 펠론이 안배한 길이 아니었을지도 모른다. 그녀는 늘 그런 삶을 원했는지도 모른다. 언젠가는 자신이 그런 여정에 뛰어들 거라는 사실을 스스로 알고서.

그는 화이트 페인트에서 멀찍이 떨어진 이웃집인 버려진 오두막 한 채를 사서 천천히 재건축한다. 작은 오두막은 대개 비어 있고, 집에 있을 때 펠론은 늘 혼자다. 그가 BBC 라디오에서 맡은, 토요일 오후마다 방송하는 「박물학자의 시간」 진행자 역할은 그의 진정한 성정을 보여 주는 것 같기도 하다. 영원(蠑蚖)류,[43] 강물의 흐름, 강둑에 붙일 만한 일곱 가지 이름, 로저 울리가 만든, 사루기를 잡을 때 쓰는 미끼, 변화하는 잠자리 날개 길이 등에 대해 대중 앞에서 펼치는 독백을 들으면 말이다. 이 독백은 로즈와 함께 들판이나 강바닥을 건너면서 했던 이야기들과 무척 비슷하다. 손안에 도마뱀들을 가두기도 하고 귀뚜라미들을 획 잡아챘다가 허공에 풀어주기도 했던 소년 마시 펠론. 어린 시절에는 무엇에든 친밀하고 온순했다. 원래는 그런 사람이 되고 싶었던 것 같다. 언제든 들어

---

43) 도롱뇽목 영원과의 동물을 통틀어 이르는 말. 몸은 가늘고 길다. 세로로 납작한 긴 꼬리를 가지고 있으며 네발은 짧고 물갈퀴가 있다.

갈 수 있는 자연 세계를 사랑하는 아마추어 애호가.

그러나 이제는 정부에서 이름이 붙여지지 않은 직책을 맡아 유럽의 불안정한 지역들을 여행하는 '비밀스러운' 사람이 되었기에, 그의 이야기에는 알 수 없는 대목들이 있을 것이다. 혹자는 펠론이 동물 행동에 대한 지식을 토대로 정보 분야에서 활약했다는 가설을 제시한다. 어떤 이의 회고에 따르면 펠론은 어느 강둑에 그를 앉혀 놓고 낚시를 하면서 전쟁의 기술을 설명했다. "이런 지방 하천에서는 구슬리는 게 핵심이에요. 모든 게 대기 전술이죠."라면서. 또 언젠가는 그가 오래된 말벌 둥지를 조심스럽게 해체하면서 이렇게 말했다고 한다. "전장에 들어가는 법만이 아니라 나오는 법도 알아야 해요. 전쟁은 끝나지 않아요. 절대로 과거에만 머물지 않죠. '상처 줄 세비야, 죽을 코르도바.'[44] 중요한 교훈이에요."

가끔은 더 세인츠로 돌아갔다가 가족들이 습지에서 갈대를 거두는 것을 보았다. 어렸을 때 하던 일이었다. 두 세대 전 조부님이 강가 습지에 심었던 갈대를 그의 자손들이 수확하고 있는 것이다. 그들은 여전히 끊임없이 대화를 나눴지만 그렇게 시끌시끌한 말들을 이제 마시는 들을 필요가 없었다. 결혼에 대해 그들이 느끼는 실망에 대해서도, 새로 태어난 아이에 대한 기쁨에 대해서도 듣지 않아도 될 것이다. 그는 살아생전의 어머니와 가장 가까웠다. 어머니는 귀가 잘 안 들렸기 때문

---

44) 스페인 시인 페데리코 가르시아 로르카(Federico García Lorca, 1898~1936)의 시 「세비야」의 한 구절이다.

에 그들의 끝없는 대화를 차단할 수 있었다. 마시는 책을 읽을 때 그렇게 귀가 안 들리는 상태와 비슷한 위안을 받았다. 이제 형들은 그에게서 거리를 둔 채 자기들끼리 통하는 이야기를 나눈다. 예컨대 '긴 날개 칼'이라는 이름을 지은, 해안에 사는 어떤 이엉장이가 영국이 침공 당할 경우 독일 동조자들을 죽일 준비를 했다는 이야기. 이 지역 사람들이 수군거리며 퍼뜨리는 신화였다. 그런 칼로 아무나 죽이는 사건이 일어났다고도 했고, 어떤 이들은 주민들끼리 싸움이 나서 그랬다고도 했다. 단층 건물 지붕에서 그의 형들이 해안을 내려다보며 나누던 이야기 속 이엉장이의 도구 이름이 갑자기 온 마을 사람들에게 알려지게 되었다.

마시는 오래전에 가족을 잃었다. 더 세인츠를 떠나기도 전의 일이었다.

그런데 어떻게 해서 지금의 모습이 된 것일까? 먼 세상에 대해 호기심을 품던 시골 소년이 어떻게 전쟁에 숙련된 신사로 변모할 수 있었던 걸까? 그는 열두 살 때부터 미끼를 수면 위로 날려 말끔하게 떨어뜨린 다음 강물의 흐름을 건너질러 송어에게까지 닿게 할 수 있는 소년이었다. 열여섯 살에는 제물낚시의 모양과 매듭을 명확히 기록하기 위해 읽을 수가 없을 만큼 엉망이었던 손글씨를 고쳤다. 가짜 파리를 오리고 꿰매는 일을 무척 좋아했으니 그만큼 정확히 해내고 싶었다. 두 눈을 가리고도, 고열에 시달릴 때도, 폭풍 속에서도 그는 사루기를 잡는 파리를 만들 수 있게 되었고, 이런 취미가 그 시절의 정석을 채워 주었다. 이십 대 중반에는 발칸반도 여러 나라의 지형을 외웠고, 전투가 벌어진 먼 지역들의 옛 지도에 대해 전문 지식을 갖추었으며, 때로는 그렇게 천진한 들판과 계곡에 가 보기도 했다. 그는 자신을 집에 들인 사람들만큼이나 문전박대한 사람들에게서도 많은 것을 배웠고, 어렸을 때 그의 품에 잠시, 머뭇거리며 사랑스럽게 안겼던 여우들 같은 여자들에 대해서도 천천히 나름의 지식을 쌓아 갔다. 그러다 유럽에 다시 전운이 감돌기 시작했을 때는 젊은 남자와 여자 들을 조용한 정치적 직무로 끌어들여 새로운 전쟁의 지하 세계로 보내는 '채집자'이자 '파견자'가 되어 있었다. 그는 무엇을 보고 사람을 골랐을까? 어쩌면 그들 안에서 작은 무법자의 기질을, 그들이 실현하고자 하는 독립성을 엿보았기 때문인지도 모른다. 그는 결국 서펙에서 자기 이웃이었던 가족의 딸인 로즈 윌리엄스, 즉 내 어머니까지 조직으로 인도했다.

폭격기들의 밤

로즈는 런던을 공포에 몰아넣는 대공습을 피해 아이들을 어머니에게 맡겨 놓고 주말마다 서퍽으로 차를 몰고 그들을 보러 간다. 이날도 그런 주말, 방문한 지 이틀째 되는 날이다. 북해에서 폭격기들이 날아드는 소리가 들린다. 긴 밤이다. 온 가족이 컴컴한 집 거실에 모였다. 아이들은 소파에서 잠들고, 로즈의 어머니는 피곤한데도 비행기 소음 때문에 잠을 이루지 못하고 난롯불 앞에 앉아 있다. 집과 주변 땅이 계속 진동한다. 로즈는 온갖 작은 동물들 — 들쥐, 벌레, 올빼미, 그보다 더 작은 새들까지 하늘에서 쏟아지는 굉음에 움직임을 멈췄으리라 상상한다. 심지어 강물 속 물고기들도 독일에서 밤을 가로질러 무수히 대열을 지어 낮게 날아오는 저 비행기들이 일으키는 파란에 굳어 버렸으리라고. 그런데 돌이켜 보니 이는 펠론의 사고방식이다. "너 자신을 지키는 법을 가르쳐 줘야겠어." 언젠가 그는 이렇게 말했다. 그녀의 태도를 지켜본 끝에 꺼낸 말이었다. "떨어지는 낚싯줄을 본 물고기는 그게 어디서 왔는지 알아내려고 해. 자신을 지키는 법을 터득하는 거지." 그러나 폭격기들이 쳐들어온 오늘 밤 펠론은 화이트 페인트에 없다. 어둠 속에서 그녀와 어머니와 아이들만 있을 뿐이고, 불빛이 새어 나오는 라디오 하나가 런던 각 지역의 상황에 대해 조용히 말하고 있다. 메릴본, 그리고 엠뱅크먼트의 몇 구역은 이미 폐허가 되었다고 한다. 방송국 근처에도 폭탄이 떨어졌다. 사상자 수는 상상을 초월할 정도다. 로즈의 어머니는 아버지가 어디 있는지 모르겠다고 한다. 이 시끄러운 시골에서 BBC가 무슨 말이라도 해 주기를 기다리며 그나마 안전하게 집에 있는 사람들은 레이철과 너새니얼, 로즈와 그녀의 어머니뿐이다. 어머니가 꾸벅꾸벅 졸다가 또 울려 퍼지는 비행기 소리에 화들짝 깨어난다. 조금 전에 그들은 펠론과 아버지가 어디에 있을지를 두고 이야기를 나누었다. 둘 다 런던 어딘가에 있을 것이다. 하지만 로즈는 어머니가 무슨 말을 하고 싶어 하는지 안다. 비행기 소리가 잦아들자 어머니가 운을 뗀다.

"네 남편은 어디 있니?"

그녀는 아무 말도 하지 않는다. 비행기들이 서쪽의 어둠 속으로 멀어진다.

"로즈? 내가 물었잖니……."

"저도 몰라요, 전혀. 어디 외국에 있겠죠."

"아시아?"

"아시아가 성공의 땅이라 하더군요."

"너는 그렇게 젊은 나이에 결혼하지 말았어야 했어. 대학을 나오고 무슨 일이든 할 수 있었을 텐데. 그러는 대신 군인과 사랑에 빠지다니."

"어머니도 그러셨죠. 저는 그가 훌륭한 사람이라 생각했어요. 그때는 그가 어떤 상황에 처했는지 몰랐다고요."

"훌륭한 자질을 가진 사람은 다른 이들을 파멸로 몰아넣을 때가 많아."

"펠론도요?"

"아니, 마시는 아니지."

"그는 훌륭한 사람인데요."

"하지만 마시는 마시잖아. 걔는 이 세상에서 태어나지 않았어. 백 가지의 직업을 가진 사람이 어쩌다가 여기 나타난 거겠지. 이엉장이, 박물학자, 전장에 대한 권위자, 그리고 또 무슨 일을 하는진 몰라도……."

어머니에게서 다시 무거운 침묵이 흘러나온다. 로즈는 일어서서 어머니에게 다가간다. 난로 불빛 속에서 어머니는 평화롭게 잠들어 있다. 누구에게나 각자의 결혼 생활이 있는 법이지, 그녀는 생각한다. 천둥 같은 비행기 소리가 한바탕 지나가고 나니 아이들은 소파에서 무방비하게 잠들었다. 어머니의 희고 고운 손이 의자 팔걸이에 놓여 있다. 여기서 북동쪽에는 로스토프트가, 남동쪽에는 사우스월드가 있다. 군에서 독일군의 본토 침공에 대비해 해안선을 따라 지뢰를 쭉 매설해 두었다. 뿐만 아니라 사람들의 집, 마구간, 별채 들을 징발했다.

밤이면 인적이 끊기고 227킬로그램짜리 폭탄과 고성능 소이탄이 쉭 소리를 내며 떨어져 사람이 거의 없는 집이며 거리를 대낮처럼 밝힌다. 가족들은 가구를 지하실로 옮기고 거기서 잠든다. 아이들은 대부분 해변에서 대피했다. 유럽으로 돌아가는 독일 비행기들이 가는 길에 남은 폭탄들을 떨어트릴 것이다. 사이렌 소리가 그치고 나서야 주민들이 하나씩 나타나고, 그들은 바닷가 산책로에 모여서 하늘 저편으로 떠나는 비행기들을 지켜본다.

레이철은 동트기 직전에 몸부림치다가 잠에서 깬다. 로즈가 딸의 손을 잡고 조용해진 들판으로 걸어 나가 강으로 향한다. 폭격기들이 어떤 경로를 택했는지는 몰라도 이 뒤쪽으로는 오지 않았다. 수면이 다친 데 없이 잔잔하다. 서로에게 의지해 어둠에 휩싸인 강둑을 걷던 모녀는 자리를 잡고 앉아서 해가 뜨기를 기다린다. 세상 만물이 다 숨어 있는 것만 같다. "중요한 것은 네가 사랑하는 사람들을 지키는 법을 가르쳐 줘야겠다는 거야." 마시가 오래전에 해 준 말이 여전히 기억난다. 아침이 되면서 공기가 훈훈해지자 그녀는 스웨터를 벗는다. 포격의 충격에 사로잡힌 물속에서는 아무것도 움직이지 않는다. 로즈는 방광이 꽉 찼지만 기도하듯이 참는다. 자신이 쪼그려 앉아 오줌을 누지 않는다면 런던이든 여기든 모두가 안전할 거라고 생각하면서. 어쩐지 그녀는 이 상황에 참여하고 싶고 주변에서 벌어지는 일을 통제하고 싶다. 이 위험한 시대에.

"그림자 속에 숨은 물고기는 더 이상 물고기가 아니야. 풍경의 일부지. 마치 다른 언어를 가진 것처럼. 우리도 가끔은 남들이 몰라 주기를 바랄

때가 있잖니. 예컨대 너는 지금 예전부터 알아 온 나를 알고 있지만, 다른 사람인 나는 모르지. 이해되니?"

"아뇨. 잘 모르겠어요."

펠론은 그녀가 "네"라고 대답하고 넘어가지 않았다는 데에 기뻐하며 다시 설명해 주었다.

한 시간 뒤 로즈는 레이철과 함께 어렴풋한 윤곽을 그리고 있는 집을 향해 걸어간다. 그녀는 펠론의 또 다른 삶들을 상상하려 애쓴다. 때로 그는 품에 생명체를 안고 있거나 어깨에 앵무새를 얹고 있을 때에야 순수한 자기 자신이 되는 듯하다. 그 앵무새는 자기가 들은 말을 무조건 따라 한다고, 그래서 앵무새 앞에서는 중요한 말은 절대로 하지 않는다고 한다.

그녀는 자신이 참여하고 싶은 영역이 바로 이 미지의, 무언의 세계임을 깨닫는다.

떨림

펠론을 아는 정보국 사람들이 공공장소에서 그에 대해 가볍게 이야기하려 할 때면 어떤 동물이든 언급하면 다 통했다. 그를 묘사하려고 선택한 동물의 종류가 하도 폭이 넓어서 종종 우스꽝스러워졌다. 나무타기 산미치광이, 다이아몬드 뱀, 마드리갈 족제비……. 그때그때 무엇을 떠올리든 중요하지 않았다. 위장을 위해 선택된 이름일 뿐이었다. 이토록 다양한 동물로 불리는 것을 보면 펠론이 얼마나 알기 어려운 인물인지 드러났다.

그래서 펠론은 빈의 카사노바 레뷔 바에서 아름다운 십 대 소녀와 그 부모와 함께 저녁을 먹으며 사진을 찍고, 두 시간 뒤 그들을 택시에 태워 호텔로 보내고 자신은 관광 가이드나 낯선 사람과 함께 어딘가 다른 데에 나타날 수 있었던 것이다.

만약 몇 년 뒤 똑같은 빈의 바에서 예전처럼 젊고 아름답지만 더 이상 십 대는 아닌 로즈와 함께 나타났다면, 그는 겉으로 명확히 드러난 이유 때문이 아니라 다른 목적으로 그곳에 있었던 것이리라. 그녀도 마찬가지였을 것이다. 그들은 주위에 누가 있는지, 서로의 어깨 너머로 누가 보이는지에 따라 이런 저런 외국어를 섞어서 대화했을 것이다. 두 사람은 삼촌과 조카 사이처럼 행동했고 그걸 어색해하지 않았다. 자신들도 그런 관계가 그럴듯하다고 느꼈다. 펠론은 그녀 혼자 다른 역할을 하도록 보내 줘야 할 때가 많았다. 그녀를 완전히 벌거벗긴 다음 또 다른 배역으로 변장시키는 셈이었다. 그녀는 유럽의 어느 도시에서 그와 같이 일하다가도 휴가를 얻어 두 아이들을 보러 돌아갈 수 있었다. 그러다 얼마 뒤면 연합국과 적국의 요원들이 서로를 맞닥뜨리는 또 다른 도시에서 그와 재회할 터였다. 하지만 그에게는 삼촌과 조카 사이로 위장한 것이 그녀와 함께 자유롭게 일할 수단일 뿐 아니라 점점 커져 가는 갈망을 유지하는 방법이기도 했다.

'채집자'가 하는 일은 범죄에 어중간하게 걸쳐 있는 자들의 세상이나 전문가들 사이에서 재능 있는 사람을 찾아내는 것이었다. 예컨대 평생 대부분의 시간을 연구실에서 물고기 장기의 무게를 달며 살아온 유명 동물학자라면 작은 장애물을 파괴하기 위한 55그램짜리 폭탄을 정확히 제조할 수 있을 것이다. 그런데 유독 로즈를 상대할 때만 그는 자신의 직업적 목표를 깜빡 잊었다. 그녀가 어느 도로변 술집 탁자 건너편에서 무언가를 먹고 있을 때, 아니면 런던에서 서펙으로 가는 어두운 도로를 따라 차를 몰다가 옆자리에 앉은 그의 담뱃불을 붙여 주느라 희끗한 손이 속도계 아래에서 황금빛으로 빛날 때. 펠론은 그녀를 욕망했다. 그녀의 구석구석을. 그녀의 입, 귀, 푸른 눈, 허벅지의 떨림, 걷어 올려진 채 구겨진 치맛자락까지 — 그를 만족시키기 위해 그런 걸까? 그는 자신의 손이 그런 부위에 있기를 바랐다. 그러한 떨림을 제외한 모든 것이 머릿속에서 빠져나갔다.

그가 자신에게 용납하지 않은 한 가지는, 그녀에게 어떻게 보일까 하는 생각이었다. 여느 때 같았으면 지성이든 인품이든 자신의 무엇인가가 여자를 끌어당겼다면 그걸로 그녀를 유혹할 수 있으리라고 생각했을 것이다. 그러나 단순한 남자로서 유혹하기는 불가능했다. 그는 자신이 늙었다고 느꼈다. 망설임도, 동의도 없이 그녀를 집어삼킬 수 있는 것은 오로지 생각에 잠긴 그의 눈동자뿐이었다.

그렇다면 로즈, 내 어머니는? 그녀는 무엇을 느꼈을까? 펠론이 그녀를 이 모험으로 끌어들인 걸까, 아니면 그 반대였을까? 여전히 모르겠다. 나는 그들이 선생과 학생으로서 이 떨리는 우주에 들어섰다고 믿고 싶다. 이는 단지 육체적인 사랑과 욕망만이 아니기 때문이다. 그들을 둘러싼 일과 관련된 기술과 가능성 들을 아우르는 문제였다. 서로 연락이 끊어지면 퇴각하는 방법. 열차에서 상대방이 찾을 수 있을 만한 곳에 무기를 은닉하는 기술. 사람에게서 비이성적인 반응을 끌어내기 위해 부숴야 하는 손뼈나 얼굴뼈. 이런 모든 것. 더 나아가 어둠 속에서 둘 사이에 모스 부호가 교신된 듯이 그녀가 깨어나기를 소망하는 그의 바람. 아니면 그녀가 키스 받기를 원하는 자리. 그녀가 배를 깔고 돌아눕는 방식. 사랑, 전쟁, 일, 교육, 성장, 노화에 관련한 어휘 전체.

"라벤나 근처에 성벽에 둘러싸인 도시가 있어."

펠론은 그 장소가 비밀로 남아야 한다는 듯 속삭였다.

"도시 안에는 좁은 길들이 나 있고, 작은 19세기 극장이 있어. 은밀한 보석 같은 곳이지. 축소 모형을 제작할 때나 쓰는 원칙에 기반을 두고 지어진 듯한 곳이야. 언젠가 거기 가 볼 수도 있을 거야."

펠론은 이 이야기를 여러 차례 했지만 결국 그들이 거기 갈 일은 없었다. 이외에도 그가 아는 수수께끼 같은 장소들이 있었다. 예컨대 나폴리나 소피아에서 빠져나가는 도주로들. 1683년 2차 빈 전투 전에 소피아를 둘러싼 평원에 세 군대가 수많은 천막을 치고 야영을 했었다. 그는 전투 한참 후에 누군가 기억에 의지해 그린 지도를 본 적이 있었다. 그는 화가들이 — 심지어 브뤼헐 같은 위대한 화가도 — 인파가 모여든 장면을 연출하기 위해 지도 제작자들을 고용했다고 설명했다. 그리고 파리의 마자랭 도서관 같은, 가 볼 만한 비범한 도서관들도 있었다. "언젠가는 그 안에 서 있게 될 거야."라고 그는 말했다. 그녀는 그곳이 다른 어떤 장소보다 더 상상 속에나 있을 법한 목적지 같다고 생각했다.

이 모든 경험과 대조적으로 그녀에게는 무엇이 있었나? 마치 거인에게 포옹을 받은 듯, 그녀는 자신이 그러한 지식들을 목격하기 위해 하늘 높이 들어 올려진 느낌이 들었다. 결혼을 했을 뿐 아니라 논쟁에 숙달된 언어학자인데도 그녀는 자신이 중요하지 않은 존재처럼, 촛불에 의지해 바늘에 실을 꿰는 소녀처럼 느껴졌다.

그녀는 펠론이 신사적 예의나 수줍은 공손함을 넘어서는 비밀스럽고 복잡한 인물임을 깨닫고 놀랐다. 그는 잘 반응하는 사람이었다. 반면 그녀는 지적 능력을 발휘하는 데 더 뛰어났다. 그래서 그녀가 적의 책략에 관한 정보를 수집하는 역할을 맡게 된 것이었다. 한때 나와 누나에게 나방이라고 불렸던 특출한 남자의 도움을 받아 호텔 옥상에서 소규모로 활동했듯이. 한때 펠론이 하는 모든 말을 귀 기울여 들었던 그녀는 이제 더 이상 학생이 아니었다. 그녀는 더 적극적으로 현장에 개입하게 되었다. 어느 무전 정보원이 살해당한 이후 북해 연안의 저지대 국가들에 파견 명령을 받아 낙하산을 메고 뛰어내렸고, 소피아, 앙카라를 비롯해 지중해를 둘러싼 소도시들이나 어디든 폭동이 일어나는 곳에서 종횡무진했다. 무선 통신에서 사용하는 비올라라는 이름은 전파를 타고 널리 알려졌다. 어머니는 젊은 이엉장이가 그랬듯 더 넓은 세상으로 나아가는 길을 찾은 것이다.

북두칠성

기록 보관소에서 일하기 한참 전, 어머니 장례식 직후에 나는 어머니 책장에 꽂힌 문고본 책에서 가로 15센티미터, 세로 20센티미터짜리 종이에 손으로 그린, 낮은 등고선으로 이루어진 백악 언덕의 지도처럼 보이는 것을 발견한 바 있다. 왠지 몰라도 나는 지명이 적혀 있지 않은 그 그림을 간직하고 있었다. 그러다 몇 년 뒤 기록 보관소에서 일하다 보니, 그곳에서는 무언가를 적거나 타자를 치려면 딱 그만한 크기의 배급용 종이 양면에 행간 여백 없이 써야 한다는 사실을 깨달았다. 모든 사람이 이 규칙을 따랐다. '파괴자'라 불리는 심문 전문가 밀모에서부터 임시로 속기 일을 맡은 비서에 이르기까지 모두가. 그런 관습은 웜우드 스크럽스 교도소에서부터 — 이곳 일부가 한때 정보국 본부로 쓰였는데, 소년 시절 나는 어머니가 여기에 수감되러 들어간 줄 착각했다 — 블레츨리 파크[45]에 이르기까지 거의 모든 정보국 사무실에서 통용되었다. 나는 어머니가 간직했고 이제 내 손에 들어온 그 지도가 정보국과 연관된 것임을 깨달았다.

우리 건물의 중앙 지도실에는 거대한 지도들이 굴대에 매달려 아래로 드리워져 있었다. 그걸 끌어당겨 내리면 풍경이 품 안에 들어온 것 같았다. 나는 매일 그리로 가서 혼자 바닥에 앉아 점심을 먹었다. 바람이 들지 않으니 내 위에 늘어뜨려진 지도들은 거의 움직이지 않았다. 왠지 몰라도 거기 있으면 마음이 편안했다. 예전에 코마 씨와 다른 동료들과 함께 따로 점심을 먹으며 그의 태평하고도 부도덕한 이야기를 듣곤 했던 기억 때문인지도 모르겠다. 나는 내가 가진 그림을 투명한 슬라이드에 베껴 그린 다음 지도실의 다양한 지도들 위에 투사해 보았다. 그렇게 이틀을 꼬박 시도한 끝에 딱 들어맞는 지도를 찾아냈다. 등고선들이 내 그림과 가지런히 겹치는 지도였다. 구체적인 지명이 적힌 커다란 지도에 펼쳐진 실제 지형과 백악 언덕 그림을 연결 지어 보니 정확한 장소를 알 수 있었다. 그곳은 한 보고서에 언급되었던, 어머니가 전후 게릴라 조직의 핵심 인물들을 제거하려는 소규모 조직의 일원으로 잠깐 활동했다는 곳이었다. 어머니의 동료 한 명이 죽고 두 명은 억류되었다는 곳.

---

45) 잉글랜드 버킹엄셔에 위치한 시골 저택으로, 2차 대전 당시 암호 해독 본부로 쓰였다.

손으로 그린 지도는 사적인 기록으로 보였다. 나는 그것이 누구의 기록이었는지 알고 싶었다. 한때 유용하게 쓰였을 그림이 어머니가 아끼는 발자크의 책 속에 고이 보관되어 있었으니까. 어머니는 이것 말고는 당시 활동과 연관된 물건은 거의 다 폐기했다. 기록 보관소에서 자료들을 보면 정치 폭력의 생존자들이 복수의 과업을 짊어지는 경우가 더러 있었고, 때로 이 과업은 다음 세대까지 이어지기도 했다. "그자들 나이가 얼마나 됐어?" 나와 누나가 납치당했던 날 밤 어머니가 아서 매캐시에게 그렇게 물었던 게 흐릿하게 기억난다.

"사람들은 때로 염치없는 행동을 하지." 11학년 때 나와 다른 남자애 세 명이 채링 크로스가의 포일스 서점에서 책을 훔친 일로 정학 처분을 받았을 때 어머니는 그렇게 말했다. 많은 세월이 흐른 지금, 외국에서 자행된 여러 건의 정치적 암살이 분명한 사건들에 대한 기록의 편린들을 읽다 보니, 어머니의 행적 자체만이 아니라 어머니가 내 절도를 자신의 행동과 비슷한 범주로 묶어 생각했다는 사실이 충격으로 다가왔다. 그때 어머니는 내가 책을 훔쳤다는 데에 깜짝 놀랐다. "사람들은 염치없는 행동을 한단 말이지!" 자조와 함께 아마도 나에 대한 판단이 들어 있었을 그 말.

"대체 무슨 끔찍한 짓을 하셨기에요?"

"내 죄는 여러 가지야."

어느 날 오후 한 남자가 내 자리의 칸막이벽을 두드렸다.

"이탈리아어 하실 줄 알죠? 서류를 보니 그렇던데요."

나는 고개를 끄덕였다.

"따라오시죠. 이탈리아어 담당자가 오늘 병가를 냈어요."

나는 그를 따라 계단을 올라가 외국어에 능통한 사람들이 일하는 구역으로 향했다. 그의 직무가 무엇인지는 몰라도 나보다 지위가 높은 것은 확실했다.

창문 없는 방에 들어서서 그는 내게 묵직한 이어폰을 건네주었다. 나는 물었다.

"누구죠?"

"몰라도 돼요. 통역만 하세요."

그가 기계의 스위치를 켰다.

나는 이어폰에서 나오는 이탈리아어를 들었다. 통역하는 것을 깜빡 잊었다가 그가 팔을 흔드는 것을 보고서야 기억해 냈다. 내게 들리는 소리는 누군가를 신문하는 과정을 녹음한 것이었다. 음질이 좋지 않았다. 소리가 심하게 울리는 동굴 같은 데서 진행된 것 같았다. 게다가 신문 받는 남자는 이탈리아 사람이 아니었고 잘 협조하려 들지도 않았다. 녹음이 자꾸 꺼졌다 켜졌다 해서 중간중간에 틈이 있었다. 신문을 시작한 지 얼마 안 된 상황임이 분명했다. 나는 이런 일에 대해 충분히 읽고 들었기에, 나중에는 신문관이 친절한 태도를 확 걷어치우게 마련이라는 사실을 알고 있었다. 일단 지금 신문을 받는 자는 관심 없는 척하면서 자신을 보호하고 있었다. 대답이 오락가락했다. 크리켓에 대해 이야기하면서 위스던 크리켓 연감에 부정확한 내용이 있다고 불평했다. 신문관은 말을 끊고 트리에스테 인근에서 일어난 민간인 대학살과 티토가 이끄는 파르티잔들에 잉글랜드가 개입한 정황을 두고 직설적으로 질문했다.

나는 몸을 기울여 기계를 멈추고 내 옆의 남자를 돌아보았다.

"이게 누굽니까? 맥락을 알면 도움이 될 텐데요."

"그럴 필요 없어요. 그 잉글랜드인이 뭐라고 하는지만 말하면 됩니다. 우리와 함께 일해 온 사람인데, 그가 무언가 중요한 정보를 누설했는지 알아야 해서 그래요."

"언제죠?"

"1946년 초. 전쟁은 공식적으로 끝났지만……."

"장소는 어디입니까?"

"이건 전쟁이 끝난 후 무솔리니의 괴뢰 정부가 해체되고 남은 자들에게서 얻은 거예요. 무솔리니는 죽었지만 추종자들이 남아 있었죠. 이 녹음본은 나폴리 외곽에서 발견됐습니다."

그가 내게 헤드폰을 다시 쓰라 손짓하고는 테이프를 틀었다.

테이프를 몇 번 빨리 감기하고 나니 잉글랜드인이 점차 입을 열기는 했다. 하지만 여기저기서 만난 여자들, 그들과 함께 간 술집, 그들이 입었던 옷에 대한 이야기였다. 여자와 밤을 같이 보냈는지 아닌지도 이야기했다. 술술 늘어놓았지만 중요하지 않은 정보인 게 뻔했다. 런던으로 가는 열차 시각이라든지……. 나는 기계를 껐다.

"왜 그럽니까?"

내 동료가 물었다.

"쓸모없는 정보예요. 그냥 자기 연애 이야기를 하고 있어요.

이 사람이 정치범이라면, 정치에 관한 정보는 하나도 밝히지 않았습니다. 자기가 여자의 어떤 점을 좋아하는지를 이야기할 뿐이에요. 상스러운 여자는 좋아하지 않는 것 같군요."

"누구나 그렇죠. 그가 영리하게 처신했군요. 우리 인력 중에서도 우수한 축에 속합니다. 상스러움은 유부녀나 유부남의 흥미만 끌게 마련이죠."

그는 테이프를 다시 틀었다.

이제 잉글랜드인은 극동에서 발견된 앵무새 이야기를 했다. 이제는 사멸해서 언어까지 완전히 사라진 어느 부족이 수십 년을 키웠던 앵무새가 있었는데, 앵무새를 데려간 동물원에서 녀석이 그 부족의 언어를 여전히 할 줄 안다는 사실을 밝혀냈다고. 그래서 자신과 언어학자가 협력해 그 새 한 마리를 통해 언어를 재구축하려 시도하는 중이라고. 남자는 사람을 따분하게 만드는 이야기를 계속해 나갔다. 이렇게 하면 특정한 질문이 던져질 시간을 유예할 수 있을 것처럼. 신문관들에게는 아무 쓸모도 없는 이야기였다. 질문하는 여자는 지도, 마을, 살인, 예견된 승리의 좌절 등과 연결 지을 사람이나 신원이나 지명을 찾고 있었다. 그런데 어느 순간 그가 자신이 만난 여자들 중 한 명의 "고독한 분위기"를 언급하더니, 그녀의 위팔과 목에 걸쳐 난 모반(母斑)의 모양을 두고 무의미한 혼잣말처럼 중얼거렸다. 그때 나는 어렸을 때 그것을 직접 보았다는 사실을 깨달았다. 나는 그 사람의 목과 팔에 기대어 잠들기도 했다.

"이게 누굽니까?"

나는 물었다. 내 동료는 입술에 손가락을 갖다 대며 계속 통역하라고 신호했다.

그렇게 어느 억류된 남자가 신문당하는 도중에 쓸모없는 정보를 제공하려고 늘어놓은, 아마도 꾸며 냈을 법한 여자들에 대한 묘사와 앵무새에 관한 설화를 통역하는 과정에서 나는 내 어머니의 목에 난 반점들의 모양을 언급하는 말을 듣게 되었다.

나는 내 사무실로 돌아갔다. 그러나 신문 내용은 뇌리에 남아 있었다. 그 남자의 목소리를 어디선가 들어 본 것 같았다. 심지어 내 아버지일지도 모른다는 생각마저 들었다. 아버지가 아니면 누가 그렇게 독특한 반점들을 알 수 있단 말인가? 그가 우스갯소리처럼 말한 대로, 북두칠성이라는 별자리와 비슷한 무늬를 그리는 특이한 점들을.

금요일마다 나는 리버풀 스트리트역에서 6시 정각 열차를 타고, 차창 밖으로 띠처럼 풀어져 가는 풍경을 바라보며 긴장을 놓았다. 내가 한 주 동안 얻은 모든 것이 증류되는 시간이었다. 각종 사실들, 날짜들, 공식적이거나 비공식적인 조사 결과들이 머릿속에서 빠져나가고, 그 자리에는 어머니와 마시 펠론에 얽힌, 반쯤은 상상해 낸 이야기가 서서히 들어찼다. 두 사람이 각자의 가족 없이 서로를 향해 걸어가게 된 과정, 연인으로 지낸 짧은 시간과 물러섬, 그럼에도 불구하고 서로에게 유별나게 충실했던 것까지. 나는 그들의 조심스러운 욕망과, 어두운 비행장이며 항구를 오가며 다녔을 여행에 대해 짐작도 할 수 없었다. 사실 내가 가진 것은 증거라기보다는 오래된 노래에 나오는 반쯤 완성된 한 소절에 불과했다. 그러나 나는 부모 없는 아들이었고, 부모 없는 아들에게는 알려지지 않은 일들을 가지고 이야기의 편린들 속으로 걸어 들어갈 수밖에 없었다.

로즈 부모님의 장례식을 마치고 서퍽에서 집으로 돌아가던 밤이었다. 속도계의 불빛이 그녀의 무릎을 덮은 원피스 자락에 비쳤다. 빌어먹을.

그들은 어둠 속에서 떠났다. 오후 내내 로즈는 그가 무덤 앞에서 예의를 지키는 모습을 지켜보았고, 식사 자리에서는 그녀의 부모님에 대해 수줍고도 정답게 풀어 놓는 이야기를 들었다. 어린 시절부터 알고 지낸 시골 이웃들이 다가와 조의를 표하고 런던의 집에 남아 있는 아이들의 안부를 물었다. 그녀는 그들이 장례식에 온 것이 달갑지 않았다. 남편이 아직 해외에 있다고 몇 번이고 설명하고 또 설명해야 했으니까. "그러면 안전하게 돌아오길 빌게요, 로즈." 이웃들이 그렇게 말하면 로즈는 고개를 수그리곤 했다.

이후에 그녀는 펠론이 한쪽으로 기울어 흔들리는 탁자에 놓인 펀치 그릇들 중에서 꽉 차 있는 것을 더 견고하게 서 있는 탁자로 옮기려고 안간힘을 쓰는 것을 보았다. 그의 옆에서 손님들이 큰 소리로 웃고 있었다. 어쩐지 그녀는 전에 없이 마음이 놓였다. 저녁 8시쯤 자리를 파한 뒤 펠론과 함께 런던으로 떠났다. 빈 집에 머물고 싶지 않았다. 그들은 재깍 차를 타고 안개 속으로 나아갔다.

몇 킬로미터를 천천히 운전하면서 그는 교차로가 나올 때마다 조심스럽게 차를 멈췄다. 철도 건널목 앞에서는 열차가 들어오며 울부짖는 소리가 들리는 것만 같아서 오 분이나 멈춰서 기다렸다. 정말로 열차가 있었다면 그것은 로즈 일행처럼 조심스럽게 거리를 둔 채 울부짖고 있었던 것이리라.

"마시."

"왜?"

"내가 운전했으면 좋겠어요?"

그녀가 그에게 몸을 돌리자 원피스 자락이 움직였다.

"런던까지 세 시간은 걸려. 그만둘까."

그녀가 작은 등을 켰다.

"내가 운전할 수 있어요. 일케철. 지도에 그게 어디 있죠?"

"이 안개 속 어딘가에 있겠지."

"좋아요."

"뭐가?"

"그만두자고요. 나도 이런 날씨에 운전하는 건 내키지 않네요. 부모님이 그렇게 돌아가셨는데."

"그렇지."

"화이트 페인트로 돌아가죠."

"내 집을 보여 줄게. 한동안 안 왔잖아."

"오."

그녀는 고개를 저었지만 내심 궁금했다.

그는 차를 돌렸다. 안개 자욱한 좁은 길에서 세 번 시도한 끝에 거우 방향을 잡을 수 있었다. 그런 다음 그가 오래전 재건축한 오두막집으로 차를 몰았다.

"들어와."

집 안은 썰렁했다. 아침이었다면 "상쾌하네요."라고 말했겠지만, 지금은 빛 한 조각 들지 않고 캄캄하기만 했다. 이 집에는 전기가 들어오지 않았다. 요리용 화덕 하나로 집 안을 데울 뿐이었다. 그는 화덕에 장작을 지폈다. 그리고 보이지 않는 방에서 매트리스 하나를 끌고 나왔다. 방이 불에서 너무 떨어져 있어서 추울 거라며. 이 모든 행동을 집에 들어온 지 오 분 만에 해치웠다. 그녀는 한마디도 않고 펠론을 지켜보기만 했다. 언제나 신중하고, 그녀에게 늘 조심스러운 이 남자가 얼마나 멀리까지 가는지 보려고. 그녀는 지금 벌어지는 일을 믿을 수 없었다. 그와의 거리가 너무 가까웠다. 펠론과는 보통 탁 트인 시골에서 같이 있었더랬다.

"나는 유부녀예요, 마시."

"당신은 전혀 유부녀 같지 않아."

"물론 당신도 유부녀들을 알겠지만……."

"그래. 하지만 그 남자는 당신 인생의 일부가 아니잖아."

"아니게 된 지 오래됐죠."

"여기 불 앞에서 자. 나는 안 그래도 돼."

긴 침묵이 흘렀다. 그녀의 마음이 얼크러졌다.

"당신에게 알려 줘야 할 것 같네요."

"그러면 얼굴을 보여 주면서 얘기해."

그는 불 앞으로 건너가 연통을 열었다. 방 안이 밝아졌다.

그녀는 고개를 들고 그를 똑바로 쳐다보았다.

"그럼 당신도."

"아니. 나는 흥미로운 사람이 아니야."

그녀는 화덕의 가물거리는 불빛이 비치는 자신의 몸을, 장례식 때 입고 아직 갈아입지 않은 원피스의 긴 소매를 내려다보았다. 이상한 느낌이었다. 그녀의 이성 아래에서 무언가가 빠져나갔다. 게다가 오늘은 안개 자욱한 밤이었다. 주위를 둘러싼 세상이 보이지 않는 익명의 공간이 되는 밤.

그녀는 이불에 싸인 채 잠에서 깼다. 그의 손바닥이 그녀의 목을 받치고 있었다.

"여기가 어디죠?"

"당신이 있는 곳이지."

"그렇군요. '내가 있는 곳'인 모양이네요. 뜻밖이에요."

그녀는 잠들었다가 다시 깼다.

"장례식이란 뭘까요?"

그녀는 그의 몸에 머리를 기대며 물었다. 불기운을 받지 못해서 예상대로 차가웠다.

"나는 그분들을 사랑했어. 당신처럼."

"그런 문제가 아니고요. 장례식 이후에 고인들의 딸과 자는 것 말예요."

"무덤 속에서 돌아눕고 계실 것 같아?"

"아무렴요! 게다가 나는 당신 여자들에 대해 알아요. 아버지는 당신을 난봉꾼이라고 했다고요."

"당신 아버지는 험담꾼이셨군."

"아무래도 오늘 밤 이후로 당신을 멀리해야겠어요. 나한테 너무 중요한 사람이 돼 버렸으니까."

펠론과 로즈의 관계가 이토록 정제되었고 조심스러웠다 해도 그들에게 무슨 일이 일어났는지, 무슨 말이 오갔는지는 혼란스럽고 모호하다. 무엇도 그들의 이야기 속 운율에는 맞지 않는 것 같다. 그날 밤 철제 난로 앞에서 시작된 관계를 끊은 것은 정확히 누구였을까, 혹은 무엇이었을까?

로즈가 이런 식으로 누군가의 연인이 되어 본 것은 오랜만이었다. 나중에 펠론이 그녀를 떠난다면 그에게는 어떤 경험으로 남을까? 그가 들려준 역사 이야기들 중 하나에 나오는, 카롤링거 왕조 시대에 국경 근처의 마을을 조용히 예의 바르게 떠났다던 소규모 군대와 같을까? 아니면 그들 주위의 모든 것이 파장을 일으키며 덜거덕거릴까? 그런 일이 일어나기 전에 그녀가 그를 떠나야 했다. 둘 사이의 강을 피차 다시 건너지 못하게끔 폰(pawn)으로 다리를 막아 놓아야 했다. 급작스럽게 서로를 엿본 놀라운 사건 이후에 맞은 결말이 이것임을 확실히 하기 위해. 이 결말도 여전히 그녀 삶의 일부여야 했다.

그녀는 펠론을 돌아보았다. 그를 마시라는 이름으로는 잘 부르지 않았다. 거의 항상 펠론이라고 불렀다. 하지만 마시라는 이름을 무척 좋아했다. 이 이름을 떠올리면 그가 끊임없이 계속되는 것 같은, 건너기 어렵고 완전히 이해하기 어려운 존재인 듯한 느낌이 들었다.[46] 그녀는 발이 젖을 테고, 까끌까끌한 씨앗과 진흙이 몸에 들러붙을 것이다. 내 생각에 그녀는 이때 난로 앞에서 밤을 보낸 이후 자기 자신으로 안전하게 돌아가기로 마음먹은 것 같다. 욕망에는 언제나 고통이 따르게 마련이라는 듯 그에게서 떨어지기로 결심했으리라. 그와 함께 있을 때면 경계를 늦출 수 없었다. 하지만 이날 밤만은 날이 완전히 밝기 전까지 조금 더 기다릴 수 있었다. 그녀에게 기쁨을 주는 연인이 된 그가 다시금 미지의 존재로, 수수께끼로 돌아가기 전까지. 여명 속에서 귀뚜라미 울음소리가 들렸다. 9월이었다. 그녀는 9월을 기억할 것이다.

이탈리아 여자가 펠론을 신문하는 도중, 신문관들이 그를 비추던 눈부신 불빛을 돌리다 그 여자의 얼굴을 잠깐 비추었다. 언제나 주변 상황을 몹시 기민하게 알아채는 그는 그녀를 또렷하게 본다. 누군가의 말마따나 그는 "이상하게 무신경해 보이는데도 아무것도 놓치지 않는 눈동자"를 지녔다. 그는 그녀의 피부에 있는 천연두로 얽은 자국을 알아차리고 그녀가 미인이 아니라고 재깍 판단한다.

그들이 의도적으로 펠론이 그 여자를 알아채도록 만드는 것일까? 그가 호색한임을, 상대방에게 가벼운 추파를 던지도록 그를 유도할 수 있다는 사실을 눈치챘을까? 그리고 여자 신문관의 얼굴이 드러나는 것은 그에게 어떤 영향을 미치나?

---

46) 마시(marsh)라는 단어에는 습지라는 뜻도 있다.

그는 어떤 반응을 보이는가? 여자에게 덜 치근거리게 되나? 태도가 더 부드러워지나, 아니면 자신만만해지나? 그들이 불빛이 닿지 않는 어둠 속에 여자를 감춰 둘 만큼 그를 제대로 파악했다면, 그녀에게 빛을 비춘 행위는 우연일까, 고의일까? "역사 연구는 필연적으로 삶에서 우연의 자리를 생략한다."라는 말이 있다.

사실 펠론은 늘 우연에 열려 있는 사람이다. 갑자기 날아든 잠자리라든지, 어떤 사람이 드러낸 뜻밖의 성격을 알아보고 그릇되게 혹은 올바르게 이용할 줄 안다. 어깨가 떡 벌어졌고, 낯선 사람들과 활기차게 어울리며, 그만큼 포용력이 있다. 이 모든 것이 그의 비밀스러움을 벗어나는 성질이다. 그는 한때 주변 세계를 발견하는 소년이었던 사람답게 개방적이었다. 가차 없다기보다는 호기심이 많은 성정이다. 그래서 전략적인 집행관이 곁에 있어야 했고, 그 능력을 로즈에게서 찾은 것이다. 그는 신문관들이 노리는 상대가 자신이 아니라 그녀임을 알고 있다. 모습을 보인 적은 없지만 주기적으로 이름을 날리는 비올라. 전파상으로 교묘하게 발송되는 신호들을 가로채는 여자, 그들의 움직임을 보고하고 행적을 누설하는 목소리.

그러나 펠론 역시 양면 거울이다. 「박물학자의 시간」을 진행하는 상냥한 방송인인 그의 목소리를 수천 명이 듣는다. 독수리의 몸무게에 대한 깊은 생각을 털어놓거나 '웃자란 상추'라는 표현의 어원을 두고 토론하는 그는 어깨 높이까지 올라오는 울타리 너머에서 그들에게 말을 거는, 자기 목소리가 저 멀리 더비셔에까지 들리는 줄도 모르는 이웃 주민 같다. 하지만 그들 모두에게 친숙할 뿐 아니라 눈에 보이지 않는 존재이기도 하다. 《라디오 타임스》지에는 그의 사진이 나온 적이 없고, 얼굴이 드러나지 않을 만큼 먼 거리에서 성큼성큼 걷는 남자를 묘사한 연필화만 달랑 실렸을 뿐이다. 이따금 들쥐 전문가나 플라이 낚시 도구 제작자를 BBC의 지하 스튜디오로 초대할 때는 겸허하게 경청하는 자세를 취한다. 사람들은 그의 생각이 이리저리 떠도는 데에 익숙하다. 그가 존 클레어의 "개똥지빠귀들이 휘파람 부는 가시나무에서 재잘거리네"라는 시구를 생각해 내거나, 토머스 하디가 워털루 전투가 벌어진 70여 개 벌판에서 작은 동물들이 으스러져 버린 일에 대해 쓴 시를 읊거나 하는 데에.

두더지가 뚫은 방들은 바퀴에 으스러졌고,
종달새 알들은 흩어지고 그 부모들은 달아났고,
토목 공병들이 고슴도치 가족의 집을 파헤치네.

달팽이는 무시무시한 발소리에 움츠러들지만
하릴없이 바퀴 테에 부스러지고 마네.
벌레는 머리 위에 무엇이 있는지 묻고,
몹시 암울한 장면에서 벗어나 깊이 파고들어
스스로가 안전하다고 생각하지…….[47)]

---

47) 토머스 하디(Thomas Hardy, 1840~1928)의 시 「워털루의 저녁」의 일부이다.

그가 가장 좋아하는 시다. 그는 동물의 시간 속에 있는 사람처럼 천천히 그리고 온화하게 문장을 읽어 나간다.

눈부신 아크등 불빛 너머에 있는 여자는 남자의 뒤통수를 치려고 질문의 방향을 끊임없이 바꾼다. 그는 불륜과 배신 외에는 아무것도 자백하지 않기로 결심했다. 그렇게 하다 보면 상대방이 짜증이 나서 사리 판단이 흐려질지도 모른다고 생각하면서. 그는 불빛 너머의 여자에게 농담을 던져 가며 신문을 헤쳐 나갔다. 그런데 나는 궁금하다. 그들이 투입한 여자가 교묘한 사람일까, 그래서 일부러 단순한 질문들을 한 걸까? 펠론이 사적인 이야기들로 그녀를 엉뚱한 방향으로 이끌고 있다고 믿게 만들려고? 그가 늘어놓은 허구의 이야기들에서 무언가 진실이 드러났을까? 그녀는 자기편이 책임을 묻고자 하는 여자가 어떻게 생겼는지 알고 싶어 한다. 때로는 질문이 너무 뻔해서 둘 다 웃음을 흘린다. 그는 그녀가 쓰는 속임수에 실소하고, 그녀는 더 깊은 생각에 잠긴 듯한 웃음을 짓는다. 그는 기진맥진했음에도 불구하고 상대 질문들에 숨은 의도를 대부분 알아차린다.

"비올라?"

그녀가 처음으로 이 이름을 꺼내자 그는 어리둥절하다는 듯이 되뇐다. 비올라는 허구의 이름이므로 신문관들이 그 이름에 걸맞은 가상의 인물을 그려 내도록 유도한다.

"비올라는 수수하지."

"고향이 어디지?"

"농촌일걸."

"어디?"

"잘 몰라."

그는 태세를 가다듬어야겠다고 생각한다. 방금 한 말로도 너무 많은 정보를 주었는지 모른다.

"런던 남부?"

"농촌일 거라고 했잖아. 에식스? 웨식스?[48]"

"오, 하디를 아는군……. 또 어떤 작가의 책을 읽었나?"

"우리는 그녀가 무전을 치는 방식을 이미 파악했어. 그런데 음성을 한 번 도청한 적이 있는데, 억양이 해안 지역 출신 같더군. 정확히 어디인지 모르겠지만."

"런던 남부일 텐데."

그가 되풀이해 말한다.

"아니, 아닌 거 알아. 우리 쪽에 전문가가 있어. 너는 어쩌다 그런 억양을 쓰게 됐지?"

"무슨 소릴 하는 거야?"

"항상 그런 식으로 말했나? 자수성가한 남자가? 그러면 너와 비올라의 차이는 계급에 있는 건가? 그녀가 쓰는 말투는 너와 다르던데."

"이봐, 나는 그 여자를 거의 몰라."

"예쁜가?"

---

48) 중세 앵글로색슨 왕국 이름으로, 토머스 하디는 그 이름을 따와서 소설 속 가상의 지역을 창조했다.

그가 웃음을 터뜨린다.

"그런 것 같아. 목에 점이 몇 개 있지."

"너보다 얼마나 젊은 것 같나?"

"나이는 몰라."

"덴마크 힐을 아나? 올리버 스트라치[49]는? 긴 날개 칼은?"

그는 놀라서 말을 잃는다.

"트리에스테 근처에서 일어난 포이베 대학살[50] 때 너희의 새로운 동맹인 공산주의 파르티잔들이 우리 사람을 얼마나 많이 죽였는지 아나?"

그는 아무 말도 않는다.

"내 삼촌의 마을에서도 일어난 일이야."

덥다. 때마침 신문관들이 아크등을 모두 끈다. 그는 안도한다. 어둠 속에서 여자는 말을 잇는다.

"그래서 너는 그 마을에서 일어난 일을 모른단 말이지? 내 삼촌의 마을에서? 인구가 400명인 마을이었어. 이제는 아흔 명만 남았지. 거의 모두 하룻밤 사이에 죽었어. 한 아이가 자지 않고 깨어 있다가 그 광경을 목격했어. 다음 날 아이가 그 일을 입에 올리자 파르티잔들이 애를 데려가서 죽였어."

"내가 알 리가 있나."

---

49) Oliver Strachey (1874~1960). 영국 외무부 공무원으로 1, 2차 대전에서 암호 해독가로 활동했다.

50) 포이베는 땅에 자연적으로 형성된 깊은 동공을 뜻하는 이탈리아어로, 2차 세계 대전 때 유고슬라비아 파르티잔들이 이탈리아 사람 수백 명을 산 채로 여기에 파묻어 죽였다.

“자칭 비올라라 하는 여자가 너희 나라 사람들과 파르티잔들을 무전으로 연결해 줬어. 그녀가 그날 밤 놈들에게 어디로 갈지 일러 줬지. 라지나 수마, 가코바[51] 같은 곳들도. 그녀는 놈들에게 정보를 줬어. 바다와 거리가 얼마나 떨어져 있는지, 막힌 출구가 어디인지, 어떻게 진입할 수 있는지.”

“비올라가 누구든 간에 그냥 지시 사항을 전달한 거겠지. 무슨 일이 벌어질지는 몰랐을 거야. 심지어 이전에 일어난 일도 몰랐을 수도 있고.”

“그럴지도 모르지. 하지만 우리가 아는 건 그녀의 이름뿐이다. 장군이나 장교의 이름은 몰라. 그녀의 암호명인 비올라밖에는.”

“그 마을들은 어떻게 됐지?”

어둠 속에서 펠론은 답을 알면서도 묻는다. 커다란 아크등이 다시 켜진다.

“우리가 그걸 뭐라고 부르는지 알아? ‘피투성이 가을.’ 너희가 독일을 쳐부수기 위해 좌익 파르티잔을 지지하기로 함으로써 우리는 — 크로아티아, 세르비아, 헝가리, 이탈리아 사람들 모두가 너희에게는 파시스트이자 독일 동조자가 되어 버렸어. 평범한 사람들도 전범이 됐지. 우리 중에는 너희에게 협력하던 사람들도 있었는데 이제는 적으로 간주되는 거야. 런던에서 부는 바람의 방향이 한 번 바뀌었다고, 정치인들이 좀 수군거렸다고 모든 게 바뀌어 버렸어. 우리 마을들은 공터가

---

51) 모두 세르비아의 지명이다.

됐어. 마을이 있었다는 흔적조차 남지 않았어. 사람들이 도망칠 수 없도록 철사로 묶인 채 공동묘지 앞에 줄지어 세워졌어. 오랜 반목이 이제는 살인을 정당화하는 구실이 됐고. 이외에도 여러 마을이 지워졌어. 시바츠에서도, 아도랸에서도. 파르티잔들은 트리에스테 주위를 맴돌며 점점 더 가까이 다가왔어. 우리를 그 도시로 몰아넣고 더 많은 이들을 몰살하려고. 이탈리아인, 슬로베니아인, 유고슬라비아인, 그 모두를. 우리 모두를."

펠론이 묻는다.

"그 첫 번째 마을의 이름이 뭐였지? 당신 삼촌이 살던 마을이?"

"거기엔 이제 이름이 없어."

로즈와 병사는 험한 지형을 따라 빠르게 움직였다. 어두워지기 전에 목적지에 도착하려고 서둘렀지만 그곳이 어디인지는 확실히 알지 못했다. 그녀는 골짜기를 몇 개만 더 넘으면 될 것 같다고 생각하며 병사에게도 그렇게 말했다. 죄다 유동적이었다. 그들은 단파 무전기도 없이, 급히 만들어진 신분증만 가지고 있었다. 로즈 옆에 있는 남자는 총을 가지고 있기는 했다. 그들이 찾는 것은 언덕 하나, 기지에 지어진 막사 하나였다. 그렇게 삼십 분이 지나자 마침내 구조물 하나가 눈에 들어왔다.

그들이 도착하자 막사에 있던 사람들이 깜짝 놀랐다. 병사와 함께 젖은 몸으로 덜덜 떨며 막사 안에 들어선 로즈는 펠론을 보았다. 그는 조금도 젖지 않았고 흐트러진 데라곤 없었다. 그는 잠깐 말을 잃었다가 성가신 듯 입을 열었다.

"여기서 뭐 하는……."

그녀는 그 이야기는 나중에 하자는 듯이 손을 내저었다. 또 다른 남자와 여자가 그녀에게 다가왔다. 아는 사람들이었다. 펠론의 발치에 야전 가방 하나가 놓여 있었다. 그는 여기서 자신이 할 일은 옷을 내주는 것뿐이라는 듯, 우스꽝스러울 만큼 서름서름한 태도로 손으로 가방을 가리켰다.

"필요한 것은 뭐든 써. 옷도 말리고."

그러고는 걸어 나갔다. 로즈와 병사는 옷가지를 나눠 가졌다. 묵직한 셔츠는 병사가 가져갔다. 그녀는 파자마 바지와 해리스 트위드 재킷을 챙겼다. 재킷은 펠론의 것이었다. 런던에서 그 재킷을 입은 모습을 자주 보았다.

"도대체 여기서 뭐 하는 거야?"

그녀가 밖으로 나오자 펠론이 다시 물었다.

"적들이 전파를 장악했어요. 그래서 지금 무전 침묵 중이에요. 당신에게 연락할 수가 없어서 직접 온 거예요. 그들이 우리 공보를 추적하고 있어요. 당신들이 어디 있는지도 알아요. 여길 떠나야 한다는 말을 전하기 위해 내가 파견된 거예요."

"여기 있으면 위험해, 로즈."

"당신들 모두 마찬가지예요. 그게 문제라고요. 그들이 당신들 이름도 알고, 어디로 가는지도 알아요. 코널리와 제이컵스가 붙잡혔어요. 비올라가 누구인지도 안다고 하고요."

그녀는 자기 자신을 삼인칭으로 표현했다. 지금도 누가 엿듣고 있을지 모른다는 듯.

"오늘 밤은 여기서 머물 거야."

그가 말했다.

"왜요? 여기 당신 여자라도 있나요?"

그가 웃었다.

"아니. 우리도 방금 도착해서 그래."

그들은 불 앞에서 식사를 했다. 대화는 조심스러웠다. 서로가 얼마나 많은 정보를 아는지 판단하기 어려웠기 때문이다. 누군가가 적에게 잡힐 경우 목적지나 목표가 누설되어서는 안 되므로 그들은 늘 서로 경계선을 그었다. 펠론 말고는 누구도 그녀가 비올라라는 사실을 몰랐다. 로즈와 함께 다니는 남자가 그녀의 경호원이라는 것도. 갑작스럽게 떠난 이틀간의 여행에서 그녀는 병사에게 대화를 시도해 보고 그가 수줍음이 많다는 것을 알았다. 어디에서 자랐느냐는 질문에도 대답하기 어려워했다. 그는 그녀의 임무가 무엇인지 짐작도 못 했다. 그저 자신이 보호해야 하는 여자라고 인식할 뿐이었다.

식사 후 그녀와 펠론이 대화하러 다시 밖으로 나가자 병사도 다가왔다. 그녀는 펠론과 둘이서만 이야기하고 싶으니 물러나 달라고 했다. 그는 멀찍이 걸어가서 담뱃불을 붙였다. 로즈는 펠론의 어깨 너머에서 병사가 숨을 들이쉴 때마다 희미하게 깜빡이는 담뱃불을 바라보았다. 막사에서 동료들이 웃는 소리가 들렸다.

"어째서지?"

펠론이 지친 한숨을 쉬었다. 거의 질문이 아닌 비판이었다.

"굳이 너일 필요는 없었잖아."

"당신은 나 외에 누구의 말도 듣지 않을 테니까요. 그리고 당신은 너무 많은 걸 알아요. 붙잡히기라도 하면 모두가 위험하다고요. 이제 전쟁의 규칙은 우리에게 적용되지 않아요. 당신은 스파이로 신문 당할 테고 쥐도 새도 모르게 사라질 거예요. 요즘 우리는 테러리스트보다 나을 게 없는 존재라고요."

그녀는 신랄한 목소리로 말했다. 펠론은 아무 말도 않고 논쟁을 이어 갈 만한 무기를, 무언가 쓸 만한 도구를 찾으려 애썼다. 그녀가 그에게 손을 얹었다. 두 사람은 어둠 속에서 그렇게 가만히 서 있었다. 막사에서 새어 나오는 불빛이 그의 어깨 위에서 가물거렸다. 모든 게 평화롭고 잠잠해 보였다. 오래전 서퍽에서 보낸 어느 날 저녁, 희고 대가리가 커다란 원숭이올빼미 한 마리가 매끄러운 호를 그리며 그들 옆에 조용히 내려앉아 잔디밭에 떨어진 쓰레기를 줍듯 작은 짐승을 — 설치류였을까? 뒤쥐였을까? — 주워 들고서 어두컴컴한 나무로 날아오르던 순간처럼. 그때 펠론은 이렇게 말했다.

"원숭이올빼미 둥지를 보면 녀석들이 뭐든지 먹는다는 사실을 알게 될 거야. 토끼 머리, 박쥐 사체 조각들, 들종다리까지 있어. 힘센 짐승이지. 날개 길이가…… 방금 너도 봤지? 그게 뭐람, 거의 120센티미터는 될걸. 그런데도 원숭이올빼미를 잡아 보면…… 그렇게나 힘이 센데도 무게는 거의 느껴지지 않아."

"어떻게 그걸 잡았어요?"

"형이 원숭이올빼미를 찾아냈거든. 감전당해서 죽었더라고.

형이 건네줘서 보니까 커다랬고, 깃털들이 부채꼴 무늬로 장식한 것처럼 아름다웠어. 그런데도 무게는 조금도 안 나가지 뭐야. 형이 내 손에 얹어 줬을 때 나는 당연히 묵직할 거라 생각하고 힘을 줬는데 전혀 그렇지가 않아서 손이 허공으로 올라가더라니까……. 로즈, 춥지는 않아? 들어갈까?"

현재의 그가 말을 건 순간 그녀는 자신이 어디에 있는지 불현듯 깨달았다. 나폴리 근처 어딘가, 막사 밖에.

막사 내부에서는 불이 거의 잦아들어 있었다. 그녀는 담요 속에 들어가 누웠다. 다른 이들이 편안한 자세를 취하려고 몸을 뒤치는 기척이 들렸다. 아까 펠론에게 여기가 어디인지 잘 모르겠다고 했더니 그는 종이 한 장에 이곳 지도를 재빨리 그려 보여 주었다. 그래서 그녀는 마음속으로 지도를 더듬으며 이 막사에서 뻗어 나가는 두 가지 도주로를 훑었다. 그중 하나는 항구로 이어졌는데, 만약 일이 잘못될 경우 그곳에서 카르멘이라는 사람과 접선해야 했다. 불 옆에 널어 놓은 옷에서 피어오르는 수증기 냄새가 났다. 몸에 닿는 펠론의 재킷은 까슬까슬했다. 누군가 속닥거리는 소리가 들렸다. 지난해 펠론과 같이 일하면서 로즈는 그가 이 막사에 있는 하드윅이라는 여자와 관계를 가지고 있는 게 아닌가 생각했다. 그가 누운 구석 자리에서 소리 죽여 속삭이는 소리와 몸을 움직이는 소리가 났다. 로즈는 애써 지도 속 풍경을 다시 떠올리며 앞으로 경호원과 함께 가야 할 여정을 상상했다. 그러다 잠들었고, 깨어나 보니 동틀 무렵이었다.

일찍 일어나는 것은 펠론 때문에 터득한 습관 중 하나였다.

물새 사냥을 나가거나 낚시를 하러 강변을 따라 하이킹하던 시절 비롯된 것이다. 그녀는 일어나 앉아 막사 저편 어둑한 가장자리를 바라보았다. 펠론이 그녀를 지켜보고 있었고 그의 옆에 여자가 잠들어 있었다. 로즈는 담요에서 빠져나와 마른 옷가지를 주워 들어 혼자 옷을 갈아입으러 나갔다. 잠시 뒤 경호원이 조심스럽게 따라 나왔다.

그녀가 돌아왔을 때 펠론은 일어나 있었고 나머지 사람들도 잠에서 깨어 있었다. 그녀는 펠론에게 다가가 재킷을 돌려주었다. 지난 밤 내내 재킷의 무게를 느낀 터였다. 서둘러 아침식사를 하는 동안 그는 이 일행의 지휘권이 자신이 아니라 그녀에게 있다는 듯이 정중하게 대했다. 그런 태도는 막사 저편에서 펠론의 눈이 그녀를 응시하던 때, 그녀가 다른 여자와의 관계라는 어둠 속에 있는 그를 상상하던 때부터 시작된 것이었다.

그로부터 며칠 뒤, 펠론은 로즈가 경고했던 대로 적들에게 붙잡혀 신문을 당했다.

"너는 유부남이지, 그렇지?"

"맞아."

그는 거짓말을 한다.

"여자들을 잘 다루는 것 같은데. 그녀도 네 연인이었나?"

"한 번 만났을 뿐이야."

"그녀도 결혼했나? 아이들은?"

"난 정말로 몰라."

"그녀의 어떤 점이 매력적이었지? 젊음?"

"모른다니까. 글쎄, 걸음걸이?"

그는 어깨를 으쓱한다.

"걸음걸이가 뭔데?"

"걸을 때 나오는 특징 말이야. 걸음걸이를 보면 사람을 알아볼 수 있지."

"여자를 걸음걸이를 보고 좋아한단 말이야?"

"그래. 맞아, 나는 그래. 그녀에게서 기억나는 것은 그게 다야."

"다른 것도 있을 텐데…… 머리카락은?"

"붉은색."

그는 재빨리 꾸며 낸 거짓말에 스스로 만족한다. 하지만 너무 빨리 대답하지 않았나 싶다.

"아까 네가 '점'이라고 했을 때 나는 동물 얘기를 하는 줄 알았어!"[52]

"하!"

"그래, 어리둥절했지. 그게 정확히 뭐지?"

"오, 그게 뭐냐면…… 반점 같은 거야. 피부에 있는."

"아! 한 개, 두 개?"

"세지는 않았어."

그는 조용히 말한다.

"붉은 머리라는 말 못 믿겠어."

펠론은 생각한다. 지금쯤 로즈는 나폴리에 있을 것이다. 안

---

52) 몰(mole)이라는 단어에는 점이라는 뜻 외에도 두더지라는 뜻이 있다.

전하게.

"그리고 나는 그녀가 굉장히 매력적일 거라고 봐."

여자가 소리 내어 웃으며 말한다.

"안 그랬으면 네가 굳이 부인하려고 들지도 않았겠지."

그들은 놀랍게도 그를 풀어 준다. 어차피 그들이 쫓는 상대는 펠론이 아니고, 이때쯤 그들은 이미 비올라의 위치와 신상을 알아냈기 때문이다. 그가 도와준 덕분에.

작은 단노들이 낸 길

그녀는 정신을 차린다. 얼굴이 ACQUEDOTTO라는 글자와 맞닿아 있고, 팔에는 타 들어가는 듯한 통증이 느껴진다. 그녀는 여기가 어디인지, 지금이 몇 시쯤인지 기억을 되짚는다. 그러나 기억나는 것이라고는 과거 언젠가 들었던 매미 울음소리뿐이다. 그때는 저녁 6시였고, 딱 지금과 같이 뺨을 위팔에 기댄 자세로 풀밭에 누워 있다가 정신을 차렸었다. 모든 감각이 또렷했다. 부정적으로 느껴지는 것은 피로감뿐이었다. 그녀는 펠론을 만나려고 먼 거리를 걸어 마을로 들어온 참이었다. 몇 시간을 기다려야 했는데, 그동안 오솔길을 낀 작은 공원이 있기에 그곳에서 잠들었다. 깨어나 보니 구슬픈 매미 소리가 들려오고 있었다. 그때도 지금처럼 자신이 왜 거기 있는지 몰랐다. 작은 공원에서 펠론을 기다리고 있었다는 것을.

아쿠에도토라는 단어 때문에 혼란스럽다. 물길, 배수로라는 뜻이다. 그녀는 배수구 뚜껑에 기대고 있던 머리를 들어올린다. 명확한 의식을 되찾아야 한다. 자신이 어째서 여기에 이러고 있는지 알기 위해서는 생각을 더듬어야 한다. 그러고 보니 아직도 피에 젖어 있는 팔에 난 자상들이 눈에 띈다. 만약 지금 무언가가 구슬프게 우는 소리가 들린다면 아마도 그녀 안에서 나오는 소리일 것이다. 그녀는 손목을 들어 별 모양으로 깨진 손목시계 문자판 유리에 묻은 피를 닦아 낸다. 5시나 6시. 이른 아침인 듯하다. 그녀는 하늘을 올려다본다. 서서히 기억이 돌아온다. 은신처로 가야 한다. 도움이 필요할 경우 접선하기로 되어 있는 카르멘이라는 여자가 있다. 로즈는 일어나서 짙은 색 치맛자락을 걷어 올려 이로 문 다음, 상태가 좋은 쪽 손으로 치마 아래쪽에서부터 3분의 1만큼의 천을 찢어 낸다. 그리고 고통을 억누르며 팔을 단단히 동여맨다. 그녀는 숨을 거칠게 몰아쉬며 웅크려 앉는다. 이제 항구로 이어지는 내리막길로 가서 카르멘을 찾아야 한다. 그녀가 어디에 있든. 그리고 배를 타야 한다. 나폴리에서는 늘 기적이 일어난다고들 하지 않던가.

그녀는 작은 단도들이 팔에 낸 길에서 정신을 돌려 인근 지역의 지도를 떠올린다. 포실리포는 이 도시에서 부유한 지역의 이름이다. '슬픔에서 벗어나다'라는 뜻이다. 그리스어인데 이탈리아에서 여전히 쓰이고 있다. 그곳을 거쳐 도시를 둘로 가르는 길인 스파카나폴리로 가야 한다. 그녀는 내리막길로 걸음을 옮기며 스파카나폴리, 포실리포라는 이름들을 되뉜다. 요란한 갈매기 울음소리가 들리는 길로 보아 물이 가까이 있는 듯하다. 카르멘을 찾고, 항구를 찾자. 하늘에 감도는 햇빛이 보인다. 하지만 무엇보다 생생히 살아 있는 것은 그녀의 왼팔이다. 화끈거리는 왼팔을 감싼 천이 벌써 피로 흠뻑 젖었다. 그녀는 적들이 자신에게 쓴 작은 칼들을 떠올린다. 로즈 일행이 이 나라에서 빠져나가는 두 가지 경로로 갈라진 후 그녀와 병사는 적들에게 발각당했다. 어찌된 일일까? 누가 정보를 누설했나? 도시 외곽에 들어섰을 때 그녀는 적들에게 붙잡혀 신원을 발각당했고 병사는 살해당했다. 병사는 소년에 지나지 않았다. 적들은 어느 건물로 그녀를 끌고 가 질문 하나에 한 번씩 칼로 팔을 벴다. 그렇게 한 시간이 지나자 신문을 멈추더니 그녀를 두고 떠났다. 어떻게 해서인지 그녀는 그들에게서 벗어나 바깥의 길거리로 기어 나온 것이다. 지금쯤 그들이 찾고 있을 것이다. 아니면 그녀에게 볼일이 다 끝난 걸까? 그런 생각들에 잠긴 채 내리막길을 걷다 보니 감각들이 되돌아왔다. "슬픔에서 벗어남." "비탄에서의 해방." 톰비로(tombiro)가 무슨 말이지? 그녀는 어설프게 비틀거리며 모퉁이를 돈다. 그러자 눈앞에 환히 밝혀진 광장이 드러난다.

하늘에 번진 여명이라고 생각했던 것이 실은 이곳의 불빛이었던 것이다. 가족을 비롯한 이런저런 무리가 한 술집을 둘러싸고 밤공기 속에서 먹고 마시고 그들 한가운데에서 열 살짜리 여자아이가 노래를 부르고 있다. 귀에 익은 노래다. 그녀도 저 곡을 다른 언어로 아들에게 불러 주곤 했다. 눈앞의 풍경을 보니 지금은 분명히 저녁 시간이고 이른 아침은 아니라는 것을 알겠다. 자정은 아직 지나지 않았을 것이다. 그런데 갈매기들은? 붐비는 광장의 불빛에 이끌려 온 것뿐일까?

이방인인 그녀는 한 탁자에 몸을 기대고서 그들이 대화하고 웃는 모습, 한 여자의 무릎에 올라앉은 여자아이가 노래 부르는 모습을 지켜본다. 중세 시대 같은 느낌이다. 펠론이 즐겨 묘사했던 한 거장의 그림 속 장면 같다. 그는 그림에 숨은 구조를 설명하며, 군중이 어떻게 환히 도드라져 보이는지, 어떻게 작은 빵 덩어리 같은 소재 하나가 그림 전체에 닻이 되어 주며 화폭을 채우는지 이야기했다. 그게 바로 세상이 상호작용하는 방식이라고. 지금 그녀에게 빵 덩어리는 혼자만의 기쁨에 차서 노래하는 작은 여자아이다. 카르멘을 찾으려고 스파카나폴리를 따라 걸어가다 마주친 이 시끌벅적한 모임에서 느끼는 감정 역시 그런 것이기에. 한 발짝 더 나아가 사람들에게 더 노출될 수도 있겠지만, 대신 그녀는 의자를 끌어내 자리에 앉고 다친 팔을 탁자에 얹는다. 그러는 동안 주위의 벽화 같은 풍경은 지속되고 있다. 이렇게 가족과 공동체에 둘러싸여 살아 본 지 굉장히 오래되었다. 그녀는 비밀스러운 세상을 — 다른 종류의 힘이 작용하는, 관대함이라고는 없는 세상을 받아들였으니까.

뒤에 있던 여자가 그녀의 어깨에 살며시 손을 올리더니 말한다.

"여기서는 늘 기적이 일어난답니다."

그로부터 거의 한 계절이 지난 어느 날, 펠론은 언젠가 약속했던 대로 로즈와 함께 마자랭 도서관에 들어간다. 그전에 둘은 라 쿠폴에서 오후 늦도록 점심을 먹는다. 서로를 마주보며 굴을 삼키고 길쭉한 잔에 따른 샴페인을 마시고 후식으로 크레페 하나를 나눠 먹는다. 그녀가 포크로 손을 뻗을 때 손목의 흉터가 눈에 띈다.

"건배. 전쟁이 끝났어요."

그녀가 말한다. 펠론은 잔을 들지 않는다.

"다음 전쟁은? 너는 잉글랜드로 돌아갈 테고, 나는 여기에 남겠지. 전쟁은 결코 끝나지 않아. '상처 줄 세비야, 죽을 코르도바.' 기억하지?"

택시에서 그녀는 어지러워서 그에게 기댄다. 어디로 가는 걸까? 차는 불바르 라스파유로 꺾더니 케 드 콩티로 접어든다. 이 남자에게 매인 채 이끌려 가며 그녀는 자신을 가득 채운 불확실한 감각들을 느낀다. 지난 몇 시간이 불가해하게 서로에게 흘러 들어갔다. 침대에서 잠을 깼을 때는 정신이 번쩍 든 나머지 마치 뗏목을 타고 있는 기분이었다. 라 쿠폴에서 텅 빈 탁자 100여 개가 그녀 앞에 버려진 도시 풍경처럼 널려 있었듯이.

갈색 건물로 걸어 들어가며 그는 그녀의 어깨에 손을 얹는다. 마자랭 도서관. 그는 여기를 "리슐리외 임종 이후 프랑스를 근본적으로 다스리는 지도자"라고 부른다. 그녀는 '임종'이라는 단어를 저렇게 무의식적으로 사용하는 사람은 펠론밖에 없으리라고 생각한다. 열여섯 살 이전에는 교육도 거의 받지 못한 남자. 그는 어린 시절 연체 동물과 도마뱀을 보고 정밀하게 따라 그렸던 스케치들 옆에 써 내려갔던 거친 손글씨를 단정하게 바로잡았듯이 새로운 어휘들을 외웠다. 자수성가한 남자. 야심가. 그러므로 업계의 어떤 이들은 그의 진실성을 믿지 않는다. 심지어 펠론 자신도 마찬가지다.

도서관에 들어서면서 로즈는 자신이 약간 취했음을 깨닫는다. 정신이 그가 말하는 문장들 사이를 떠도는 느낌이다. 이른 오후에 마신 샴페인 세 잔이 배 속에서 굴 아홉 개의 무게에 눌려 내려앉은 것 같다. 그들 주위에는 15세기가 펼쳐져 있다. 수도원에서 몰수하거나 타도당한 귀족들에게서 넘겨받은 소장품 1천여 점, 심지어는 인쇄 기술 태동기에 출간된 간행물도 있다. 한때는 비난당하며 몇 세대 동안 숨겨졌던 것들이 이제는 여기 모여 보호받고 있다. "훌륭한 내세라고 할 수 있지." 라고 펠론이 말한다.

위층에서 그는 건물의 형광 유리창에 비친 그녀의 실루엣이 움직이는 것을 바라본다. 불이 밝혀진 열차가 그녀를 지나가는 것처럼 보인다. 그녀가 프랑스에 있는 수많은 교회가 표시된 거대한 지도 앞에 선다. 딱 그가 상상했던 대로라서 자신의 욕망을 여기 옮겨 놓은 것만 같다. 저런 지도들은 늘 신앙으로 가득 차 있어서 숨이 막힌다. 인생의 목적이란 꼼꼼히 푸른 빛깔로 그려진 강줄기를 넘어 멀리 있는 친구를 방문하는 게 아니라 한 교회 제단에서 다른 교회 제단으로 이동하는 데에 있을 뿐이라고 말하는 듯하다. 그는 이것보다는 도시가 묘사되지 않은, 등고선만 표시되어 지금까지도 정확한 지형 조사에 활용될 수 있는 지도를 더 좋아한다.

펠론은 학자와 철학자의 대리석 조각들 옆에 서서 그들의 눈빛이나 생각을 포착하려는 듯이 재빨리 주위를 돈다. 그는 조각상의 얼굴에 드러난 변치 않는 판단을, 그 선명한 약점과 기만성을 사랑한다. 나폴리에서 본 어느 잔인한 황제의 조각상은 아무리 주위를 맴돌며 시선을 받으려고 해도 돌 얼굴에 박힌 두 눈이 좀처럼 그를 마주 봐 주지 않았다. 때로는 그 황제가 된 기분이 들 때가 있다. 로즈가 손가락으로 그를 찌른다. 그는 몸을 돌려 그녀를 본다. 그들은 한 줄로 늘어선, 호박색 등이 밝혀진 고풍스러운 책상들 옆을 걷는다. 그중 한 책상에는 한 성인이 급하게 휘갈겨 쓴 글이 있고, 또 다른 책상에는 젊은 나이에 처형당한 성인의 글이 있다. 한 의자에는 몽테뉴의 재킷이 개켜져 있다.

로즈는 모든 것을 흡수한다. 이 경험이 점심 식사의 연장처럼 느껴진다. 공기 중에 스민 책상 광택제와 오래된 종이 냄새가 굴 맛과 섞인다. 여기 온 이래 거의 말을 꺼내지 않았다. 그가 전시품에 대해 설명해도 아무 대답도 하지 않았다. 전시품이 자신에게 어떤 의미인지 생각하느라 바쁘다. 평생 저 남자를 흠모해 왔지만 이 오래된 곳에서는 자신과 장소가 부딪히는 느낌이 든다. 훌륭한 내세라고 할 수 있지. 그녀는 그의 소유인지도 모른다. 그는 늘 그녀를 이런 식으로 본 걸까? 로즈는 취기 속에서 작은 깨달음을 떠올린다.

펠론에게 매였던 끈에서 벗어난 로즈는 가늘게 내리는 비를 무시하고 혼자 도시를 걷는다. 길을 잃고도 방향을 묻지 않는다. 불확실성에 집중할 따름이다. 같은 분수를 두 번 지나치자 웃음이 나온다. 그녀는 우연을, 자유를 원한다. 그는 그녀를 유혹하려고 이 도시로 이끌고 온 것이다. 모든 것이 상상이 된다. 그 일이 어떻게 진행될지. 그녀가 머리를 기댈, 또렷하게 도드라진 그의 갈비뼈. 실룩이는 배에서 솟구치는 털과 거기 얹은 그녀의 손. 그가 그녀 위에 올라타 안으로 들어올 때 입에서 새어나오는 찬사와 다정한 말. 로즈는 다리를 건넌다. 새벽 4시가 되어서야 자기 방으로 돌아온다.

그녀는 동틀 녘 깨어나 옆방으로 향한다. 펠론은 자신이 선택한, 그녀의 것보다 수수한 침대에서 잠들어 있다. 숙소에 도착했을 때 로즈가 더 화려한 방을 써야 한다고 우겼더랬다. 등을 매트리스에 대고 누운 채 눈을 감고 두 손을 옆구리에 붙인 모습을 보니 기도를 하거나 돛대에 묶여 있는 사람 같다. 그녀는 길고 묵직한 커튼을 걷어 겨울 햇살이 방 안의 가구들을 비추게 한다. 하지만 그는 깨지 않는다. 그녀는 어딘가 다른 세상에 있는, 아마도 확신 없는 소년이었던 십 대 시절로 가 있을 펠론을 바라본다. 그녀는 무언가에 대한 확신이 없는 펠론을 만나 본 적이 없다. 재구축된 이후의 펠론만을 알고 있을 뿐이다. 그는 오랜 세월 그녀가 욕망했던 넓은 세계를 보여 주었다. 그러나 이제 와서 생각하면, 눈앞에 있는 것의 진실은 확신이 결여된 사람에게만 선명하게 보이는지도 모른다.

그녀는 양단으로 장식된 호텔 방 안을 가로지른다. 시선은 여전히 그에게 고정하고 있다. 그와 실제로는 한 번도 나눈 적 없는 무언의 대화를 나누고 있는 것처럼. 둘 사이에는 긴밀히 얽힌 기나긴 이야기가 있고, 이제 그녀는 어떻게 해야 앞으로도 그와 동료 관계를 유지할 수 있을지 모르겠다. 파리의 호텔. 그녀는 이곳의 상호를 언제까지고 기억할 것이다. 아니, 오히려 잊어야 할지도 모른다. 로즈는 머릿속을 정리하려고 욕실에 들어가 세수를 한다. 그러고 나서 욕조에 걸터앉는다. 그녀는 그의 구애를 상상한 만큼 자신의 구애도 상상해 왔다.

욕실에서 나온 그녀는 그가 잠든 척하는 것인지 보려고 몸이 조금이라도 움직이는지 살핀다. 그러다 멈칫한다. 만약 지금 여길 떠난다면 그가 진짜 잠들었는지 아닌지는 영영 모르겠구나 생각하면서. 그녀는 신발을 벗고 앞으로 나아간다. 침대로 들어가 그의 옆에 눕는다.

'내 동료.'

그녀는 둘 사이의 역사에서 결코 놓을 수 없을 작은 조각들을 떠올린다. 기억나지 않는, 자신감에 차서 속삭인 말들, 그의 손아귀, 사람들 너머로 그녀에게 보내던 눈짓, 들판에서 동물과 함께 춤추던 그의 모습, 귀가 거의 안 들리는 그의 어머니가 토요일 오후에 방송하는 「박물학자의 시간」을 들을 수 있도록 느리게 명확히 말하는 법을 익혔던 일, 파란 날개 달린 올리브색 애벌레를 완성하며 가느다란 나일론 줄을 묶고 이로 끊던 일. 그녀가 여덟 살, 그가 열여섯 살 때의 일이었다. 이는 첫 번째 지층일 뿐이었다. 더 깊고 내밀한 층도 있었다. 썰렁하고 어두운 오두막에서 난롯불을 붙이던 그. 거의 들리지 않을 만큼 조용히 우는 귀뚜라미 소리. 그리고 유럽의 막사에서 잠든 하드윅을 뒤로하고 일어서던 그. 그가 보지 못한 그녀 팔의 흉터들. 그녀는 모로 돌아누워 그의 얼굴을 본다. 이제 여길 떠날 것이다.

'여기는 당신이 있는 곳이죠.'

전쟁이 끝나고 너무나 많은 것이 묻히지 않은 채 남았다. 내 어머니는 지난 세기에 지어진 집으로 돌아갔다. 들판 저 너머에서도 존재를 알 수 있는 집. 화이트 페인트는 결코 감춰진 장소가 아니었다. 거의 1킬로미터 떨어진, 바스락거리는 소나무 숲에서도 그 집의 흰 색깔은 눈에 띄었다. 그럼에도 골짜기가 빙 둘러싸고 보호해 주었기에 집은 고요했다. 강으로 비탈져 내려가는 목초지가 내다보이고, 일요일에 문 밖에 나서면 멀리 노르만 양식 교회에서 울리는 종소리를 들을 수 있는, 고독을 즐기기에 좋은 장소였다.

로즈는 나와 같이 지낸 마지막 나날 동안 대수롭지 않은 사실을 털어놓았는데, 어쩌면 이 고백이야말로 가장 큰 진실을 드러낸 것인지도 모른다. 그녀가 상속한 이 집에 관한 고백이었다. 여기가 아닌 다른 곳을 선택했어야 했다고 말했다. 전쟁 동안 자신이 하는 일을 숨긴 채 부모를 떠나고 심지어 자식들에게도 알 수 없는 존재가 되기 한참 전, 그녀는 부모에게 자신의 상속권을 박탈하거나 가문에서 쫓아내 달라고 청했다. 결국 화이트 페인트로의 귀환은 그녀가 원한 일 같기는 하다. 하지만 그곳은 오래된 집이었다. 복도 바닥이 살짝 기울어진 부분들이 있고, 창문틀은 빽빽하고, 계절마다 바람이 다르게 분다는 사실을 그녀는 다 알고 있었다. 눈을 가리고도 집 안을 가로질러 정원으로 걸어 나가 라일락나무 바로 앞에서 자신 있게 멈춰 설 수 있었을 것이다. 매월 달이 하늘 어디쯤에 뜨는지, 어느 창문에서 달을 내다볼 수 있는지도 알았다. 화이트 페인트는 그녀가 태어나면서부터 기록된 일대기이자 그녀에게서 일어나는 생명 작용이었다. 그런 점이 그녀를 미칠 지경으로 몰아갔던 것 같다.

로즈는 화이트 페인트를 안전하거나 안심되는 곳으로 받아들이지 않고 운명으로 받아들였다. 마룻바닥에서 나는 요란한 소음까지도. 그런 사실을 깨닫고 나는 충격을 받았다. 화이트 페인트는 1830년대에 지어졌다. 방문 하나를 열면 그녀의 조모가 영위하던 삶 속에 들어설 수 있었다. 몇 세대에 걸쳐 여자들이 이 집에서 일해 온 광경을 볼 수 있는 곳. 이따금씩 그들의 남편이 나타나고, 아이들이 태어나고, 울음소리가 이어지고, 장작이 타고 또 타고, 계단 난간이 백 년 동안 쉼 없이 어루만진 손길에 매끌매끌하게 닳은 곳. 세월이 지나 나는 한 프랑스 작가 책에서 그와 비슷한 광경을 보았다. “나는 며칠 밤 동안 거의 아플 정도로 그것에 대해 생각했고…… 똑같은 침실, 똑같은 황혼 속에서 그 모든 여자들 뒤에 있는 나 자신을 보았다.”[53] 아버지가 바다에 나가 있거나 런던에서 머물며 주말에만 돌아오던 때 로즈는 동일한 입장에 처한 어머니를 보았다. 그녀가 이어받아야 하는 유산이었고, 이전에 도망

53) 마르그리트 뒤라스(Margritte Duras, 1914~1996)의 에세이 『물질적인 삶』에서 인용한 구절이다.

쳤던 삶이었다. 그녀는 되풀이되는 작은 우주로 다시 돌아왔으며, 이 안에는 몇몇 이방인이 포함되었다. 지붕에서 일하는 이엉장이 가족, 우체부, 온실을 지으면서 그 스케치를 가져온 말라카이트 씨.

나는 어머니에게 했던 질문 중 가장 내밀하다고 할 수 있을 질문을 던졌다.

"저한테서 어머니가 보일 때가 있나요?"

"아니."

"그럼 제가 어머니와 닮았다고 생각하세요?"

"그건 다른 질문이잖니."

"그런가요. 똑같은 질문 같은데요."

"아니야. 우리 사이에 비슷한 점이나 연관성은 있겠지. 예를 들면 나는 남을 잘 안 믿고 마음을 터놓지 않는 편인데, 이건 너도 마찬가지인 것 같구나. 지금은."

어머니는 내 생각보다 더 멀리 나간 대답을 했다. 나는 일반적인 예절이라거나 식사 에티켓 따위를 생각하고 있었다. 그러나 어머니는 고독하게 살다 보니 예절에 그다지 신경 쓰지 않았다. 남들이 어머니를 방해하지만 않는다면 그들이 뭘 하든 관심이 없었다. 식사 에티켓으로 말할 것 같으면, 어머니는 너무 적게 먹어서 공기역학적으로 최적화된 식사를 하는 것처럼 보였다. 접시 하나에 담긴 음식과 물 한 잔으로 일 분가량 식사를 하고 십 초 후 행주로 식탁을 닦아 내는 식이었다. 어머니가 매일 집 안을 오가는 경로는 몸에 너무나 깊이 밴 습관

이어서 무언가가 방해하지만 않으면 의식하지도 못했다. 그런 일 말고는 샘 말라카이트와의 대화를 나누거나, 내가 그와 일하는 동안 산으로 긴 산책을 다녀왔을 뿐이다. 어머니는 마을 사람들에게 자신이 전혀 중요하지 않고 알려지지도 않은 존재일 거라고, 그러므로 자신이 보호받는다고 믿었다. 또한 집 안에는 나이팅게일 마룻바닥이 있었다. 어머니의 영토를 누군가 침입하면 소음을 내는 지뢰 장치. 단풍나무 마루 안에 숨어 있는 어머니의 나이팅게일.

그러나 어머니가 경계한 침입자는 끝내 집 안에 발을 디디지 않았다.

"그나저나 그건 왜 묻니?"

어머니가 우리 사이의 작은 화제를 이어 갔다.

"너는 우리가 닮은 점이 뭐라고 생각했는데?"

나는 미소 지으며 말했다.

"글쎄요. 식사 예절이라든지, 눈에 띄는 습관 같은 것?"

어머니는 놀란 눈치였다.

"모든 부모가 그러겠지만 너희 외할머니, 외할아버지도 나한테 늘 말씀하셨지. '언젠가 왕과 식사하게 될지도 모르니 예절을 잘 지키렴.'"

어째서 어머니는 하필이면 자신에게서 미심쩍은 기술이나 약점이라고 여긴 두 가지 특징을 떠올렸을까? "남을 잘 안 믿고" "마음을 터놓지 않는"다. 이제 와 생각하면 어머니 성격이 그렇게 된 것은 일터에서만이 아니라 어디론가 사라져 버릴 파괴적인 남편과의 결혼 생활에서 자신을 보호하기 위해서였던 것 같다. 그래서 어머니는 번데기를 뚫고 나와 마시 펠론과 일하러 떠난 것이다. 어머니가 어렸을 때부터 유혹의 씨를 뿌렸던 남자. 그는 '채집자'로서 흠잡을 데 없는 작전을 폈다. 우선 기다렸고, 자신이 정보국으로 이끌려 간 방식으로 어머니를 끌어들였다. 거의 아무 의도도 없는 것처럼. 왜냐하면 어머니가 원했던 것은 자신이 온전히 참여할 수 있는 세상이었기 때문이다. 설령 그럼으로써 완전하고 안전한 사랑을 받지 못하게 될지라도. 올리브 로런스가 누나와 내게 "오, 나는 숭배만 받는 것은 원치 않아!"라고 말했듯, 어머니도 그런 심정이었으리라.

우리는 특정한 단계보다 더 깊어진 관계에 대해서는 표면에 드러난 것 이상으로 알지 못한다. 무한에 가까운 시간 동안 아주 작은 생물들의 노력으로 형성된 백악층처럼. 로즈와 마시 펠론 사이의 변덕스럽고 신뢰하기 어려운 관계가 차라리 이해하기 쉽다. 반면 어머니와 그녀의 남편 이야기는 어머니의 인생담에서 일종의 유령과도 같아서, 나는 우리 집 정원의 불편한 철제 의자에 앉아 자신이 떠나야 하는 거짓 이유를 말하던 아버지의 모습만 떠오를 뿐이다.

나는 내게서 아버지가 보일 때가 있는지, 내가 아버지와 닮았다고 생각하는지 묻고 싶었다.

샘 말라카이트와 보내는 마지막 여름이었다. 그때 우리는 소리 내어 웃고 있었다. 그는 몸의 무게 중심을 뒤꿈치에 싣고 서서 나를 바라보더니 말했다.

"음, 너는 변했구나. 처음 나랑 같이 일했을 때는 거의 말도 안 하더니."

"어색해서요."

"아니, 너는 말수가 없었어."

그는 나 자신보다 과거의 나에 대해 더 잘 아는 것처럼 말했다.

"너는 조용한 성격이었어."

이따금 어머니는 말라카이트 씨 밑에서 일하기가 좀 어떤지, 어렵진 않은지 무심한 듯 물었다.

"음, 슈베어가 없어요."

내가 그렇게 대답하자 어머니의 얼굴에 서글픈 미소가 떠올랐다.

"월터."

어머니가 중얼거렸다. 그가 어머니에게도 그런 표현을 자주 썼던 모양이었다. 나는 숨을 들이쉬었다.

"월터에게 무슨 일이 생긴 거죠?"

침묵 끝에 어머니가 읽던 책을 탁자에 팽개치며 말했다.

"너희 둘이 월터를 뭐라고 불렀지?"

"나방이요."

방금 전 보았던 어머니의 쓴웃음은 온데간데없었다.

"고양이도 있었죠?"

어머니의 눈이 휘둥그레졌다.

"그래, 월터에게 들었어. 너는 어떻게 고양이를 잊어버렸니?"

"기억 속에 묻었나 봐요. 그래서 월터는 어떻게 된 거예요?"

"그날 밤 바크 극장에서 너희 둘을 지키다 죽었어. 네가 어렸을 때, 너희 아버지가 고양이를 죽였을 때도 월터는 너를 그렇게 보호해 줬지."

"어째서 우리는 그가 우리를 지켜 준다는 말을 못 들었죠?"

"네 누나는 알던데. 그래서 월터의 죽음을 두고 나를 용서하지 않는 거야. 레이철에게는 그가 진짜 아버지였던 것 같아. 월터도 그애를 사랑했고."

"여자로서 사랑했다는 뜻이에요?"

"아니. 그는 아이를 좋아하지만 자기 아이를 갖지 못한 사람이었어. 너희가 안전하기를 바랐고."

"저는 안전하다고 생각하지 않았어요. 알고 있었어요?"

어머니가 고개를 저었다.

"레이철은 그가 있어서 안전하다고 느낀 것 같던데. 어린아이였던 너도 마찬가지였을 테고……."

나는 일어섰다.

"그런데 왜 그가 우리를 지켜 주고 있다고 말하지 않았어요?"

"너새니얼, 로마사를 읽어 봐. 로마 황제들은 어떤 재난이 일어날지 자기 아이들에게도 말하지 못한 경우가 수두룩해. 그래야 아이들이 자신을 보호할 수 있을 테니까. 때로는 침묵을 지킬 필요가 있는 거야."

"나는 어머니의 침묵과 함께 자랐어요……. 아시다시피 저는 곧 떠나요. 크리스마스 전까지는 못 올 거예요. 이 대화를 마지막으로 한동안은 못 뵙겠네요."

"알아, 너새니얼, 내 사랑."

내가 대학에 들어간 때는 9월이었다. 안녕히, 안녕히. 포옹은 없었다. 매일같이 어머니가 능선을 올라 산마루에 이르러 골짜기에 안전하게 틀어박힌 집을 돌아보리라는 것을 나는 알고 있었다. 1킬로미터 너머로는 탱크풀 빌리지가 보일 것이다. 어머니는 펠론에게 배운 대로 아주 높은 곳에 있을 것이다. 산등성이를 날 듯이 돌아다니는 키 크고 호리호리한 여자. 자신을 방어할 수단을 거의 확실히 알고 있는 여자.

그가 온다면 잉글랜드 남자 같을 것이다. 어머니는 이렇게 적었다. 그러나 막상 로즈 윌리엄스를 찾아온 사람은 젊은 여자였고, 누군가의 자손이었다. 그 일이 일어난 정황을 추정해 본다. 비록 어머니는 한 번도 마을에 발걸음 하지 않았지만 사람들은 로즈 윌리엄스가 어디 사는지 알았고, 그래서 여자는 곧장 화이트 페인트로 갈 수 있었을 것이다. 크로스컨트리 육상 선수 같은 옷을 입었고 소품을 쓰거나 변장하는 일 따위는 하지 않았다. 그 점도 어머니의 눈에는 뻔한 요소로 보였을지도 모른다. 하지만 때는 캄캄한 10월 저녁이었고, 어머니가 물방울 맺힌 온실 유리 너머 여자의 희끗한 달걀형 얼굴을 알아보았을 때는 이미 너무 늦었다. 여자는 가만히 서 있다가 오른쪽 팔꿈치로 유리창을 깨뜨렸다. 어머니는 '왼손잡이군.' 하고 생각했을 것이다.

"당신, 비올라인가?"

"내 이름은 로즈예요."

"비올라? 비올라지?"

"그래."

그때까지 어머니의 상상 속에, 심지어는 꿈속에도 나왔을 온갖 종류의 죽음에 비해 실제 죽음은 그리 나쁘지 않았을 것이다. 신속하고 돌이킬 수 없는 죽음. 어머니가 겪어 온 갈등들에, 하나의 전쟁을 마침내 결말 지은 듯한. 어쩌면 그와 동시에 속죄한 셈이기도 했을 것 같다. 지금 내 생각은 그렇다. 온실은 후텁지근했고 깨진 창문으로 산들바람이 새어 들었다. 젊은 여자는 한 번 더 확인 사살을 했다. 그런 다음 사냥개처럼 들판 너머로 달려갔다. 마치 어머니의 몸을 떠나는 영혼인 것처럼. 어머니가 열여덟 살에 집에서 달아나 언어학을 공부하러 대학으로 떠났듯이, 그리고 2학년 때 아버지를 만나고, 로스쿨 진학의 꿈을 포기하고, 아이 둘을 낳은 다음, 또다시 우리에게서 달아났듯이.

담장 있는 정원

작년에 동네 서점에서 올리브 로런스의 책을 발견했다. 그날 오후 나는 정원에 침입하는 새들을 쫓으려고 조류 퇴치용 선[54]을 연결하면서 저녁이 어서 오기를, 그래서 다른 일거리에 구애받지 않고 책에 집중할 수 있기를 바랐다. 책은 곧 방송될 텔레비전 다큐멘터리의 토대가 되는 내용인 듯했다. 그래서 다음 날 마을로 나가서 텔레비전도 샀다. 한 번도 내 인생에 들여 본 적이 없는 물건을 말라카이트 부부 집의 작은 거실에 들여놓으니 초현실적인 방문객처럼 보였다. 내가 갑자기 보트나 시어서커 재질의 정장이라도 사들인 것만 같았다.

방송을 보면서 처음에는 내가 십 대 시절 알았던 올리브 로

54) 바람에 흔들리며 새들이 싫어하는 소음을 발산하는 긴 줄 형태의 장치이다.

런스와 텔레비전 화면 속의 그녀를 비교할 수가 없었다. 솔직히 그녀의 얼굴이 기억나지 않았다. 거의 존재감만 머릿속에 남아 있었다. 그녀의 몸짓이나 간소한 옷차림, 화살과 데이트하려고 우리 집에 도착하던 것이 기억났다. 그리고 화면 속에서 내게 말하고 있는 여자의 얼굴이 과거의 그녀와 똑같은 열정을 발산했기에, 금세 내 기억들에 남은 그녀의 얼굴을 대체했다. 방송에서 올리브 로런스는 요르단의 암벽을 기어오르다, 자일을 타고 하강하면서 카메라를 향해 계속 말을 했다. 지하수면, 유럽 대륙에 내리는 우박의 종류, 잎꾼개미들이 숲 전체를 파괴하는 과정 등에 대한 구체적인 지식들을 나는 다시금 건네받았다. 그녀는 자연의 복잡한 균형에 대한 모든 정보를 작고 여성스러운 손바닥으로 명확하게 다듬어 건네주고 있었다. 과거의 내가 옳았다. 그녀는 내 삶도 지혜롭게 짜맞추어 이야기할 수 있었을 것이다. 내가 모르는 먼 지역에서 벌어진 적대나 상실의 복잡성을 놓치지 않고. 마치 그녀가 폭풍이 피어나는 현상을 식별하거나, 레이철 누나 특유의 몸짓이라든지 말없이 외면하는 모습에서 누나가 뇌전증을 앓는다는 사실을 알아차렸듯이 말이다. 나는 나와 밀접하게 관련되지 않은 그 사람의 여성적이고 명료한 견해에서 덕을 보았다. 올리브 로런스를 알고 지낸 짧은 시간 동안 그녀가 내 편이라고 믿었다. 나는 거기 서 있었고, 그녀에게 인지되었던 것이다.

나는 그녀의 책을 읽고 다큐멘터리를 보았다. 방송에서 그녀는 팔레스타인의 파괴된 올리브밭을 따라 하이킹을 하고, 몽골 기차에 탔다가 내리고, 먼지투성이 길바닥에 호두 여러 일과 오렌지 하나로 달이 하늘에 그리는 8자형 궤적을 표시해 보였다. 그녀는 변하지 않았다. 여전히 끊임없이 새로웠다. 전쟁 때 올리브가 한 일을 어머니에게서 전해 들은 지 한참이 지나서 나는 과학자들이 어떤 방식으로 풍속을 기록하며 노르망디 상륙 작전을 준비했는지를 기록한 간결한 공식 보고서를 읽었다. 그녀를 비롯한 과학자들은 수많은 글라이더들이 유리처럼 깨질 듯한 공기 속에서 떨고 있는 어두운 하늘로 날아올라, 바람이 얼마나 거센지 소리를 들어 보고 비가 내리지 않을 날을 찾으며 상륙 날짜를 연기할지 확정할지 파악했다. 그녀가 나와 누나에게 보여 주었던 기상 잡지에는 다양한 우박을 묘사한 중세 목판화나 소쉬르[55]의 시안계 — 하늘의 푸른색을 측정하는 도구 — 그림이 가득 실려 있었는데, 그녀에게 그런 그림들은 결코 이론적인 차원에 머물지 않았다. 그때 올리브를 비롯한 과학자들은 오랜 세월에 걸쳐 과학이 그들에게 가르쳐 준 것을 직접 구현해 내는 마법사가 된 기분이었을 것이다.

올리브는 반쯤 잊힌 시절 루비니 가든에서 만났던 사람들 중 처음으로 내 앞에 다시 나타난 사람이었다. 화살은 어디에 사는지 도통 알 길이 없었다. 그를 본 지 너무 오랜 세월이 흘렀고 이제는 본명이 무엇인지도 기억나지 않았다. 이제 화살

55) 오라스 베네딕트 드 소쉬르(Horace Bénédict de Saussure, 1740~1799), 스위스의 자연과학자이자 등산가이다.

과 나방을 비롯한 이들은 유년의 협곡 속에만 존재했다. 한편 어른이 된 나는 정부 기관에서 어머니의 족적을 훑는 데 대부분의 시간을 보내고 있었다.

기록 보관소에서 일하다 보면 가끔 본연의 목적과 동떨어진 사건 자료들 속에서 어머니의 활동과 겹치는 정보를 발견할 때가 있다. 나는 그런 방식으로 또 다른 작전이나 장소에 대한 정보를 엿보곤 했다. 그날 오후도 그랬다. 어머니의 활동을 좇느라 한창 샛길로 새던 중, 전쟁 때 니트로글리세린을 어떻게 운반했는지 기록한 자료를 맞닥뜨렸다. 위험한 화물을 은밀히 런던을 거쳐 운반하려니 밤중에 아무도 몰래 작업해야 했다. 이 작업은 도시에 워라이트만 켜져 있던 대공습 때에도 계속되었다. 배들이 통과할 수 있는 아치를 표시하기 위해 다리들에 밝혀진, 폭격이 계속되는 동안에도 조용히 신호를 보내는 흐릿한 오렌지색 등 하나를 제외하면 캄캄하기만 한 강에서는 바지선들이 불길에 휩싸이고 포탄 파편들이 수면에 튀었으며, 그러는 동안 새벽 3~4시 암흑에 휩싸인 도로에서는 비밀스러운 화물을 실은 트럭들이 달리고 있었던 것이다. 니트로글리세린을 생산하는 '그레이트 니트레이터'가 있는 월섬 수도원에서부터 런던 도심의 이름 모를 지하 공간까지는 48킬로미터 거리였다 — 그리고 알고 보니 그 지하 공간은 로어 템스 스트리트에 있었다.

무너진 땅 속에서 드러난 터널이 오래전의 목적지로 이어질 수도 있다. 나는 지체 없이 커다란 지도실로 향했다. 천장에 걸린 다양한 지도들을 당겨 내리며, 니트로글리세린 트럭들이 달렸을 경로를 탐색했다. 손으로 길을 훑어보기도 전에 머릿속에서 지울 수 없는 이름들이 떠올랐다. 시워드스톤 스트리트, 코빈스 브룩 브리지, 묘지에서 서쪽으로 방향 전환, 그런 다음 남쪽으로 쭉 가면 로어 템스 스트리트에 이른다. 전쟁이 끝난 후의 유년 시절에 내가 화살과 함께 밤마다 달리던 길이었다.

오래도록 잊고 지냈던 화살, 밀수업자이자 경범죄를 저지르는 자라고만 생각했던 사람이 실은 영웅이었을 수도 있다는 뜻이었다. 그런 운반 작업은 위험한 일이었으니까. 전쟁 이후에 그가 한 일은 그저 평화의 결과였다. 잉글랜드인 특유의 거짓 겸손 — 터무니없이 비밀스러운 태도라든지 순수히 연구에만 전념하는 과학자에 대한 클리셰 같은 것들 — 은 일정한 양식에 따라 세심하게 채색된 디오라마처럼 진실을 숨기고 내밀한 자아의 문을 닫아 버림으로써, 유럽의 어느 나라에서도 벌어진 바 없는 독보적인 연극을 은폐한 것이다. 비밀 요원들 중에는 누군가의 증조모, 이류 소설가, 유럽에서 스파이로 활동한 고급 의상 디자이너, 강을 따라 런던 도심으로 진입하려 했던 독일 폭격수들을 헷갈리게 하려고 템스강에 가짜 다리들을 지은 설계사와 건축가, 독극물 전문가가 된 화학자, 독일이 침공하면 죽여야 할 부역자들의 명단을 받은 동해안 마을의 농부, 큐 식물원에서 일하던 조류학자와 양봉가, 레반트어와 몇 가지 외국어에 능통한 결혼할 가망 없는 독신남, 그리고 평생 거의 모든 시간 동안 정보국에서 일해 온 아서 매캐시도 있었다. 그들 모두 전쟁이 끝난 후에도 자기들의 비밀스러운 역할을 수행하며 살았고, 세월이 지나 그들의 부고에는 "외무부에서 공훈을 세웠다."라는 조용한 문장 하나만 주어진 것이었다.

화살은 거의 항상 완전한 암흑에 잠긴 축축한 우주에서 무겁고 다루기 어려운 니트로글리세린 트럭을, 그 미사일 같은 차를 몰고 왼손으로 기어를 조종하며 간이 방공호가 딸린 정원들을 지나쳐 런던의 창고로 향했다. 머릿속에 지도가 있었기에 새벽 2시의 어둠 속에서도 터무니없이 빠르게 운전할 수 있었다.

나는 새롭게 발견한 문서들을 읽으며 오후를 보냈다. 트럭을 제조한 회사, 적재된 니트로글리세린의 무게, 그런 일이 진행되는 밤 어떤 거리들에는 급커브를 은근히 표시하기 위한 흐릿한 푸른색 등이 켜졌다는 사실 등을 알게 되었다. 화살은 인생 대부분의 시간 동안 자기 직업을 위장하고 남몰래 활동했다. 핌리코의 불법 권투장, 개 경주장, 밀수 현장을 드나들며. 그러나 전시에는 당국에서 그의 업무를 완전히 파악하고 감시했다. 그는 로어 템스 스트리트에서 출근 도장을 찍고, 자기 얼굴을 사진과 대조해 증명했으며, 퇴근할 때는 퇴근 도장을 찍었다. 매일 밤 그의 여정이 기록되었다. 그의 행적이 어딘가에 '기록'된 것은 그때가 처음이자 마지막이었다. 개 경주 범죄자 명단이 실렸던 백과사전 같은 안내 책자에서 자기 이름이 안 실렸다며 자랑스러워하던 화살. 그는 하룻밤에 세 차례씩 폭약 공장을 오갔고, 그러는 사이에 런던 이스트엔드의 사람들 대다수는 밤의 도로에서 무슨 일이 벌어지고 있으며 어떤 위험이 도사리는지 까맣게 모른 채 잠들어 있었다. 하지만 모든 것이 기록되었다. 오랜 세월이 지난 지금 지도실에서 나는 문서상으로 표시된 경로를 훑으며, 과거 화살과 내가 이스트엔드의 라임하우스 베이신 근처 어딘가에서 런던 도심으로 움직이던 동선과 그 경로가 얼마나 흡사한지 알아차렸다.

그렇게 아무도 없는 지도실에 서 있는데 갑자기 산들바람이 불어온 듯 지도들이 흔들렸다. 당시 일했던 운전수들에 대한 서류도 어딘가에 있을 터였다. 나는 그를 핌리코 화살이라는 이름으로만 기억하고 있지만 서류에 실린 여권 사진 옆에 그의 본명이 기재되어 있을 것이다. 나는 옆방으로 들어가 캐비닛 서랍들을 열고, 젊고 깡마른 남자들의 흑백사진 색인 카드들을 훑어보았다. 그러다 내가 아는 얼굴과 함께 모르는 이름 하나가 나왔다. 노먼 마셜. 나의 화살. 사람들로 북적이던 루비니 가든의 거실에서 나방이 "노먼!"이라고 고함치던 게 이제야 기억이 났다. 사진은 열다섯 살 때 찍었고, 그 옆에는 강박적으로 갱신된 현주소지 정보가 적혀 있었다.

화살이 저기에 있다.

그는 창틀에 올린 오른쪽 팔꿈치가 거센 빗줄기에 젖어드는데도 정신을 바짝 차리려고 창을 열어 놓고 운전대에 얹은 왼손에 불붙인 담배를 든 채 모퉁이를 돌곤 했다. 말동무도 없던 밤에는 졸지 않으려고 옛날 노래를 흥얼거렸을 것이다. 불꽃이라 불린 아가씨에 대한 노래를.

우리가 특정 나이를 넘어서면 영웅들은 더 이상 우리를 가르치지도, 안내하지도 않는다. 대신 그들이 존재하는 마지막

영토를 수호하기로 한다. 모험심은 눈에 띄지 않는 욕구들로 대체된다. 전통에 맞서 싸우며 그것을 비웃었던 사람들은 이제 조롱하지 않고 웃기만 한다. 어른이 된 내가 마침내 화살을 만났을 때 바로 이런 생각이 들었던 걸까? 잘 모르겠다. 어쨌든 나는 화살의 주소를 알아냈으므로 그를 만나러 갔다.

그런데 그는 내게 관심이 없는지, 아니면 나 때문에 마음이 상하거나 화가 났는지 알 수 없는 태도를 보였다. 하기야 나는 오래전에 그의 세계를 급작스럽게 떠나 버렸고, 이제는 더 이상 소년이 아닌 모습으로 나타난 셈이었다. 나는 혼란스럽고도 생생한 유년의 꿈속에서 그와 함께 떠났던 모험들을 기억했고 그런 이야기를 나누고 싶었지만, 화살은 과거를 입에 올리지 않으려 했다. 나는 모든 과거를 회고하고 서로 몰랐던 부분들을 채우고 싶었지만, 화살은 자꾸만 대화를 현재로 되돌렸다. 지금 무슨 일을 하느냐, 어디에 사느냐, 기타 등등……. 그래서 나는 그가 장벽을 세워 놓았음을 알아차리고 이 만남의 의미를 해석할 수나 있을 뿐이었다. 대화만이 아니었다. 예컨대 그는 부엌에 놓인 물건들의 위치를 유지하는 데 강박적으로 집착했기에, 내가 유리잔이나 컵 받침 따위를 집어 들면 어디에 놓아야 하는지 일러 주곤 했다.

화살은 그날 그 시간에 내가 자기 아파트 현관에 나타나리라고는, 아니 애초에 나라는 사람이 찾아오리라고는 예상하지 못했다. 그러니 그의 집 안에 있는 물건들은 틀림없이 평소 습관대로 놓여 있었을 것이다. 반면 내 기억 속의 화살은, 세월이 지나면서 기억이 과장되었을 수도 있겠지만, 주변에 있는 물긴들을 자꾸 잃어버리거나 망가뜨리는 사람이었다. 그런데 이 집에서 나는 현관 깔개를 보았고, 들어가기 전에 거기서 구두창을 털어야 했으며, 단정하게 개켜진 행주도 보았고, 그가 주전자를 불에 올리려고 부엌으로 가는 길에 방문 두 개를 조심스럽게 닫는 모습도 보았다.

나는 고독하게 살았기에 타인의 고독을 알아볼 수 있었고, 고독에 따라붙는 질서의 범위가 얼마나 좁은지도 알았다. 화살은 고독하지 않았다. 가족이 있었다. 소피라는 이름의 아내와 더불어 딸 하나가 있다고 했다. 나는 그 말을 듣고 놀랐다. 그의 애인들 중 누가 그를 사로잡았을지, 혹은 그에게 사로잡혔을지 가늠해 보았다. 따지기 좋아하는 러시아 여자는 아닐 터였다. 어쨌든 그날 오후 그의 아파트에는 화살 혼자뿐이었고 소피는 만나지 못했다.

그가 과거에 대해 한 이야기라고는 자신이 결혼했으며 아이가 있다는 사실 정도가 다였다. 전쟁에 대해서는 말하지 않으려 했고, 개 경주에 대해 웃으며 질문하자 무시해 버렸다. 그 시절이 잘 기억나지 않는다면서. 내가 올리브 로런스가 출연한 BBC 프로그램을 보았냐고 묻자 그는 조용히 "아니. 놓쳤어."라고 답했다.

나는 그 말을 믿고 싶지 않았다. 그냥 얼버무렸기를 바랐다. 그녀를 잊은 것이 아니라, 단순히 텔레비전을 켤 생각을 못 한 게 아니라, 그녀를 자기 삶에서 배제한 것이기를. 만약 그렇다면 용서할 수 있었다. 아니면 그 시절과 삶을 기억하는 사람은 나 혼자뿐인 걸까. 그는 내가 우리의 과거를 이야기하려고 찾아왔음을 알면서도 과거로 가는 길에 계속 방해물을 놓았다. 게다가 초조해 보였다. 그가 잘 살아왔는지, 인생에서 실망스러운 선택을 하지는 않았는지 내가 평가하는 것으로 보여서 그러나 싶었다.

나는 그가 잔 두 개에 차를 따르는 모습을 지켜보았다.

"누군가에게 전해 들었는데, 애그니스가 어려운 시기를 보냈다고 하더라고요. 찾으려고 했지만 잘 안 됐어요."

"다들 각자의 길을 갔겠지. 나는 한동안 중부 지역에서 지냈어. 거기서는 새 사람으로 살 수 있었지. 과거 없는 사람 말이야."

"같이 개들 데리고 배 타고 다녔던 게 기억나요. 무엇보다도."

"그래? 가장 많이 기억나는 게 그거라고?"

"네."

그는 묵묵히 잔을 들어 올려 건배하는 시늉을 했다. 그 시절로 돌아갈 마음이 없어 보였다.

"그래서 여긴 언제까지 있을 예정이니? 보통 뭘 하면서 지내고?"

둘 다 내게 관심이 없음을 보여 준다는 의미에서 같은 질문 같았다. 그래서 내가 사는 곳이나 하는 일에 대해 많은 이야기를 하지는 않았다. 누나의 근황에 대해서는 좀 둘러댔다. 왜 거짓말을 했을까? 그가 질문하는 태도가 그런 식이었기 때문이다. 모든 질문이 대수롭지 않다는 듯이, 내게서 아무것도 원하지 않는다는 듯이.

"여전히 수입업계에서 일하세요?"

그는 손사래를 쳤다.

"오, 나는 일주일에 한 번 버밍엄에 가. 이젠 나이가 들어서 여행은 별로 안 해. 그리고 소피는 런던에서 일하고."

그는 그 지점에서 말을 멈췄다.

그가 식탁보를 만지작거렸다. 그의 침묵이 너무 길어지자 나는 결국 일어설 수밖에 없었다. 내가 한때 싫어하다가 두려워했던, 그러다 점점 좋아하게 되었던 사람. 나는 그의 거친 면에서부터 자애로움에 이르기까지 모든 면을 겪었다고 생각했다. 그랬기에 이토록 경직된 태도로 내가 하는 모든 말을 교묘하게 막다른 길로 몰아넣는 모습을 지켜보기가 힘들었다.

"이제 가야겠어요."

"그러렴, 너새니얼."

나는 화장실을 좀 쓰겠다고 양해를 구하고 좁은 통로를 걸어갔다.

거울에 비친 내 얼굴을 바라보았다. 화살과 함께 한밤중에 도로를 누비던 소년은 이제 없었다. 소년의 누나를 발작에서 구해 주었던 화살도 없어졌다. 나는 이 작은 욕실에 여전히 봉인된 무엇이 있는 듯, 여기야말로 과거에 내가 따랐던 거칠고도 신뢰하기 어려운 영웅이자 스승에 대한 무언가를 발견할 수 있는 장소인 양 주위를 둘러보았다. 그가 어떤 부류의 여자와 결혼했을지 상상해 보았다. 세면대 가장자리에 놓인 칫솔 세 개를 집어 손바닥에 올려 보았다. 선반 위의 면도 비누를 만지고 냄새를 맡아 보았다. 개켜 놓은 수건 세 장이 보였다. 소피라는 여자가 누구인지는 몰라도 그의 삶에 질서를 가져다준 것이다.

이 모든 것이 놀라웠다. 그리고 슬펐다. 한때 그는 모험가였는데, 지금 내가 서 있는 곳을 둘러싼 그의 삶은 폐소공포증을 불러일으키는 듯했다. 차를 따르고 식탁보를 어루만지는 그의 모습은 얼마나 차분하고 만족스러워 보였던가. 미심쩍은 모임에 참석하러 후닥닥 나가면서 늘 다른 사람의 샌드위치를 베어 먹던, 길거리나 부둣가에 떨어진 트럼프 카드를 신나서 줍던, 누나와 내가 개들을 데리고 앉아 있는 모리스 뒷좌석으로 바나나 껍질을 내던지던 화살이.

나는 좁은 복도로 나가서 벽에 걸린 액자에 담긴, 글자가 수놓인 천을 바라보았다. 거기서 얼마나 그렇게 서 있었는지 모르겠다. 나는 그것을 하염없이 들여다보며 읽고 또 읽었다. 손가락을 올려 보기도 했다. 그러고는 애써 몸을 떼어 내 아주 천천히 부엌으로 향했다. 내가 여기 오는 것은 이번이 마지막이라고 확신하며.

화살의 집 현관문을 나서기 전 나는 그를 돌아보고 말했다.

"차 대접해 줘서 고마워요……."

여전히 그를 뭐라고 불러야 할지 애매했다. 본명을 부른 적은 한 번도 없었다. 화살은 또렷한 미소를 지어 보였다. 그의 사생활을 침입했지만 내게 무례하게 굴 생각도, 화가 난 것도 아님을 보여 주기에 충분한 미소였다. 그러고는 문을 닫았다.

서퍽으로 돌아가는 기차의 소음에 둘러싸여 멀리 간 뒤에야 나는 그날 오후의 방문을 프리즘 삼아 화살과 나의 삶을 들여다보았다. 그는 나를 용서하려고도, 벌주려고도 하지 않았다. 그보다 더 나쁜 반응을 보였다. 그는 오래전 내가 아무 예고 없이 갑작스럽게 떠나 버린 것이 어떤 의미가 있는지 조금이라도 이해하기를 원치 않았던 것이다.

나는 지난날 화살이 얼마나 거짓말을 잘했는지 떠올림으로써 그 집에서 일어난 일을 이해할 수 있었다. 그는 창고나 박물관에서 경찰이나 경비원에게 붙들리면 바로 거짓말을 지어냈다. 너무나 정교하고 황당무계해서 자신도 모르게 웃어 버리곤 했다. 사람들은 보통 거짓말을 하면서 동시에 그게 웃기다고 생각하지는 않는다. 화살은 바로 그런 방식으로 자신을 위장했다. "절대로 거짓말을 미리 준비하지 마. 즉석에서 지어내. 그래야 더 그럴싸해." 어느 날 밤 나와 동행하면서 그렇게 말했다. 그의 유명한 카운터펀치가 떠오르는 대목이었다. 그뿐 아니라 그는 항상 속내를 숨기는 사람이었다. 그러니 내 앞에서 지극히 침착하게 차를 따르면서도 머리와 마음은 불타고 있었을 것이다. 말하면서 나를 거의 보지 않았다. 가늘게 떨어지는 황갈색 차의 물줄기만 보고 있을 뿐이었다.

애그니스는 늘 주위 사람들을 배려했다. 그녀를 생각하면 무엇보다도 그런 면이 기억난다. 그녀는 시끄럽게 굴고 시비를 걸기도 했다. 부모님에게는 상냥해지기도 했다. 세상의 모든 측면을 꽉 붙잡았다. 그러면서 늘 배려할 줄 알았다. 식사하면서 정육점 포장지에 우리 모습을 그리고는 종이를 두 번 접어 액자처럼 만든 뒤 내 호주머니에 집어넣었다. 그녀가 선물을 전하는 방식은 그랬다. 그렇게 쓸모없으면서도 값을 헤아릴 수 없이 귀중한 선물을 주면서 "자, 너새니얼, 너 줄게."라고 말하기. 아직 순진하고 서투른 열다섯 살 소년이었던 나는 그걸 받고 묵묵히 간직했다.

십 대의 우리는 어리석다. 잘못된 말을 하는가 하면, 겸손하게 처신하는 법도 모르고, 수줍음을 덜 타는 법도 모른다. 섣부른 판단을 내리기도 한다. 그러나 이제 와 생각하니 비로소 보이는 것이, 그런 우리에게 주어졌던 유일한 희망은 우리가 변한다는 사실이었다. 우리는 배우고 또 성장한다. 지금의 나는 과거의 내게 일어났던 일들에 의해 형성된 것이다. 내가 성취한 것들이 아니라, 내가 여기까지 도달한 방법에 따라서 말이다. 그런데 여기 오기까지 내가 누구를 아프게 했을까? 누가 나를 더 나은 무언가로 이끌어 주었나? 또는 내가 능력을 발휘할 수 있는 몇 안 되는 사소한 것들을 받아 준 사람은 누구였나? 거짓말하면서 웃는 법을 가르쳐 준 사람은? 나방에 대해 내가 믿게 된 것들을 반신반의하게 만든 사람은? 사람의 '성격'에서 더 나아가 그 사람이 타인에게 무엇을 할지에 관심을 기울이게 해 준 이는 누구였나? 그리고 무엇보다, 나는 얼마나 많은 피해를 줬던가?

화살의 집 욕실에서 나왔을 때 내 앞에는 닫힌 문 하나가 있었다. 그리고 옆 벽에 걸린 액자 안에는 푸른 실로 글씨가 수놓인 천이 들어 있었다.

나는 밤새도록
잠 못 들고 누워서

커다란 진주를 갖고 싶다고 생각했네.

그 아래에는 다른 색깔의 실로 누군가의 생년월일이 수놓여 있었다. 날짜는 십삼 년 전 어느 날이었다. 화살은 내가 그 자수를 보고 무언가를 알 수 있으리란 생각은 할 수가 없었을 것이다. 아마도 아내인 '소피'가 자기 자신과 아이를 위해 만든 작품일 터였다. 거기에 수놓인 문장은 그녀가 잠들기 전 중얼거리던 말이었다. 나는 기억한다. 그녀는 언젠가 저 말을 내게 해 준 적이 있다는 것조차 기억하지 못할 수도 있다. 빌린 집의 어둠 속에서 서로 이야기를 나누었던 밤을 아직까지 기억하는지도 알 수 없다. 나조차도 지금까지 잊고 있었다. 게다가 그녀는 내가 어느 날 오후 자기 집에 찾아와 벽에 명백하게 내걸린 그녀의 소망을 목격하리라고는 상상도 못 했을 것이다.

천에 수놓인 문장 하나가 산사태를 일으켰다. 나는 무엇을 해야 할지 알 수 없었다. 이제까지 그녀의 행적을 좇으려고 한 적이 없었다. 내가 어떻게 시간을 거슬러 그녀에게로 갈 수 있었겠는가. 배터시의 애그니스, 칵테일 드레스를 잃어버렸다던 라임버너 야드의 애그니스 — 애그니스와 밀 힐의 진주에게로.

상처가 너무 크면 차마 말로 할 수 없지만 글로는 간신히 쓸 수 있다. 이제 나는 그들이 가로수 없는 거리의 한 아파트에 산다는 것을 안다. 밤중에 거기 찾아가서 그녀의 이름을 소리쳐 부르고 싶다. 그녀가 조용히 눈을 뜨고 어둠 속에서 일어나 앉도록.

왜 그래?

그가 그녀에게 말할 것이다.

소리가…….

무슨 소리?

모르겠어.

잠이나 자.

그래야지. 잠깐, 다시 들리는걸.

나는 계속 이름을 부르고 그녀의 응답을 기다린다.

비록 아무 이야기도 듣지 못했지만, 나는 연극계에서 일하는 누나나 올리브 로런스와 마찬가지로 모래 한 톨이나 새로 발견된 진실 한 조각으로 이야기를 채우는 법을 안다. 돌이켜 보면 모래알들은 늘 그 자리에 있었다. 이를테면 당시 아무도 내게 애그니스에 대해 말해 주지 않았다는 사실이라든지. 화살이 집에 찾아온 내게 왜 그토록 냉담하게 침묵을 지켰는지도 이해가 되었다. 개켜져 있던 수건들만 해도 그랬다. 애그니스는 웨이트리스였으니 나처럼 이런저런 식당 부엌에서 씻고 닦는 데 익숙했고, 작은 공영 아파트에서 정리 정돈이 필수인 삶을 살았다. 화살은 임신한 열일곱 살 소녀가 보여 주는 그런 규칙과 믿음에 감탄했을 테고, 그녀는 화살의 삶에서 나쁜 습관들을 효율적으로 몰아냈을 것이다.

두 사람을 상상하다 보니…… 무슨 감정이 든다고 해야 할까? 질투? 인도감? 내가 책임져야 했던 것을 여태까지 몰랐다는 데서 온 죄책감? 그들이 나를 어떻게 평가했을까 궁금해졌다. 아니면 나에 대한 화제는 피했을까? 화살이 올리브 로런스의 텔레비전 프로그램이나 그가 끝내 집어 들지 않은 그녀의 저서에 보인 반응과 마찬가지로? 그는 우리 모두를 떨쳐냈다……. 이제는 시간이 없었으니까. 일주일에 한 번 중부에 다녀와야 하고, 아이도 길러야 했다. 그에게는 바쁘고 힘든 시기였다.

임신 사실을 깨닫고 몇 주가 지나 애그니스는 그 사실을 털어놓을 사람이 달리 아무도 없다고 생각하고, 버스를 타고, 또 다른 버스로 갈아탄 다음, 화살이 사는 펠리컨 스테어스 근처에서 내렸다. 그녀는 한 달 넘게 못 본 내가 거기 사는 줄 알고 있었다. 그때는 저녁 시간이었다. 초인종을 눌러도 아무도 나오지 않았기에 그녀는 현관 앞 계단에 앉았다. 거리에 땅거미가 내렸다. 마침내 화살이 돌아왔을 때 그녀는 잠들어 있었다. 그가 애그니스를 만져서 깨우자, 어디인지 몰라 당황하다가 내 아버지라고 생각한 남자를 알아보았다. 그렇게 해서 화살과 함께 위층으로 올라간 그녀는 사정을 털어놓았다. 화살은 내가 어디에 있는지, 어디로 갔는지 아는 바가 없었기에 그녀에게 또 다른 진실을 고백하지 않을 수 없었다. 자신의 정체, 나와의 관계, 내가 자의로든 타의로든 갔으리라 생각되는 장소 등에 대해서.

두 사람은 그의 비좁은 아파트에서 가스난로를 옆에 두고 밤새도록 그렇게 앉아 있었다. 마치 고해실에 있는 듯했다. 경악한 그녀를 진정시키기 위해 같은 내용을 빙빙 도는 대화를 여러 차례 되풀이하면서 그는 자신의 직업이 무엇인지까지 밝혔을까?

나는 얼마 전 극장에서 재개봉한 옛날 영화를 보았다. 영화의 주인공은 결백한 사람이었는데 누명을 쓰고 인생이 망가져 버렸다. 강제 노역장에서 탈출하긴 했지만 끝없이 도피하며 살아야 하는 신세가 되었다. 마지막 장면에서는 예전 삶에서 사랑했던 여자를 만나지만, 경찰에 붙잡힐 위험이 있어 잠깐 동안만 함께 있을 수 있다. 그가 그녀에게서 물러나 어둠 속으로 뒷걸음질 치자 그녀가 외친다. "어떻게 살아?" 그러자 배우 폴 무니가 분한 주인공은 이렇게 답한다. "도둑질하면서." 이 마지막 말과 함께 영화는 끝나고, 그의 얼굴 클로즈업되면서 화면은 암전된다. 영화를 보고 나는 애그니스와 화살을 생각했다. 그녀가 언제 그리고 어떻게 화살의 위법 행위들을 알게 되었을지, 그와 함께 살아남기 위해 남편의 불안정한 범죄 이력에 어떻게 대처했을지. 나는 기억에 남아 있는 애그니스의 모든 것을 여전히 사랑했다. 그녀는 자신을 완전히 인식시킴으로써 나를 혼자만의 유년에서 끌어낸 사람이었다. 게다가 내가 아는 누구보다도 진실한 사람이기도 했다. 그녀와 나는 남의 집에 침입했고, 일하는 식당에서 음식을 훔치기도 했지만, 누구에게도 해를 끼치지 않았다. 그녀는 부정직과 불공정을 보면 따졌다. 진솔했다. 다른 사람에게 피해를 주면 안 된다고 했다. 그 나이에 벌써 그런 규범을 익히다니 얼마나 경이로운가.

나는 애그니스에 대해, 또 그녀가 너무나 좋아했던, 한때 내 아버지라고 믿었던 남자에 대해 생각했다. 그녀가 언제 그리고 어떻게 그의 직업을 알게 되었을까? 진실한 대답을 듣고 싶은 질문들이 너무나 많았다.

"어떻게 살아?"

"도둑질하면서."

아니면 그가 비밀을 좀 더 오랫동안 숨겼을까? 그러다 또 다른 날 밤 비좁은 펠리컨 스테어스 아파트에서 그녀를 만나 털어놓았을까? 문제들을 한 번에 하나씩 해결하는 식으로. 우선 이것을, 그다음에 저것을. 그런 후에야 그는 자신이 무엇을 기꺼이 할 작정인지 이야기했을 것이다. 그는 모든 일이 신속한 인과에 따라 자연스럽게 벌어진다는, 해안가 저편에서 오케스트라가 연주하는 동안 화자가 사랑에 빠진다는 내용의 노래를 흥얼거리곤 했지만, 그때 상황은 그런 사랑 노래하고는 달랐을 것이다. 우연의 일치에서 비롯되는 단순성은 더 이상 누릴 수 없었을 것이다. 나는 두 사람이 크나큰 애정으로 맺어져 있음을 안다. 나이 차와 갑자기 바뀐 역할에도 불구하고 앞으로 나아갈 수 있었던 데에는 애정의 힘이 있었다. 어차피 다른 누구도 그런 역할을 대신해 줄 수 없었다.

그는 자신이 언제까지고 독립적이고 자유분방하리라고 상상했다. 또한 여자들의 복잡함을 잘 안다고 생각했다. 수상쩍은 직업을 수없이 전전한 덕에 남들이 그를 독립적이고 세상사에 닳고 닳은 사람으로 여긴다고 내게 말한 적도 있었던 것 같다. 그러니 애그니스를 진정시키면서도 덜 순수하고 덜 진실한 세상을 이해시키려 했을 때, 문제를 더 복잡하게 만드는 사고방식에서 어떻게든 그녀를 끄집어내야 했을 것이다. 그가 결혼을 제안하기까지 많은 대화가 오갔을까 — 그녀가 결정을 내리게 하려면 우선 자신의 진짜 직업부터 알려야 했다. 그녀는 충격을 받았을 것이다. 그가 자신을 이용하고 있는지도 모른다는 생각 때문이 아니라, 그보다 더 놀라운 사실 — 그녀를 점점 조여 오는 세상에서 안전하게 빠져나갈 수 있는 길을 그가 제시하고 있다는 사실 때문이었다.

그녀는 그와 함께 작은 아파트로 이사 갔다. 더 큰 집을 구할 돈이 없었으니까. 그래, 그들은 나를 생각하지 않았을 거다. 나를 판단하지도, 일부러 머릿속에서 지워 버리지도 않았을 것이다. 이는 내가 멀찍이서 그들을 바라보며 떠올린 감상에 불과하다. 그들은 바쁘게 살았다. 한 푼 한 푼이 급했을 테고, 치약 한 개도 일정 가격 이하로만 사야 했으리라. 내가 아직도 어머니의 삶이라는 미궁 속에 머물고 있는 반면 그들의 삶은 진짜 현실이었다.

그들은 교회에서 결혼식을 올렸다. 애그니스 또는 소피가 교회 결혼식을 원했다. 하객들도 왔다. 그녀의 부모님, 부동산 중개업을 하는 오빠와 더불어, 그녀의 직장 동료 여자 한 명, 화살의 일을 도왔던 '들치기' 두어 명, 그의 들러리를 서 주기로 한 레치워스의 위조범, 그리고 바지선을 소유한 상인까지.(애그니스가 그도 와야 한다고 우겼다.) 그리고 화살의 부모님이 있었을 테고, 또 다른 사람들도 예닐곱 명 정도 왔을 것이다.

애그니스는 다른 일자리를 찾아야 했다. 식당의 동료 직원들은 그녀가 임신한 줄 몰랐다. 그녀는 신문을 사서 구인란을 살펴보았다. 그러다 화살이 전쟁 시절 맺은 인맥을 통해 월섬 수도원에서 일자리를 얻었다. 전쟁이 끝난 후 수도원은 연구소로 재탄생했다. 그녀가 한때 행복했던 장소였다. 게다가 수도원의 역사도 잘 알았다. 나와 화살과 함께 탄 바지선이 요란하게 우짖는 새들 아래를 조용히 지나가거나, 무기를 생산했던 수도원과 울위치나 퍼플리트의 템스 강변에 있는 무기고를 연결하기 위해 지난 세기에 굴착된 운하들의 수문을 천천히 통과할 때, 그녀는 수도원 안내 책자를 모조리 읽지 않았던가. 그녀를 태운 버스는 할러웨이 교도소를 지나 세븐 시스터스 로드를 따라가다 수도원 구내에서 그녀를 내려 주었다. 한때 화살과 나와 함께 왔던 시골 풍경 속으로 돌아간 셈이었다. 그녀의 삶은 그렇게 순환했다.

그녀는 동쪽 부속 건물 A동에 있는 답답한 동굴 같은 방에서 긴 탁자 앞에 앉아 일했다. 여자들 이백 명이 각자 앞에 놓인 일감에 쉴 틈 없이 집중하고 있었다. 아무도 입을 열지 않았다. 그녀들이 앉은 스툴의 간격이 너무 넓어서 대화를 나눌 수가 없었다. 그들의 손놀림이 자아내는 소음을 제외하면 방에는 정적만 흘렀다. 애그니스는 어떤 기분이었을까? 소리 내어 웃고 사람들과 실랑이도 벌여 가며 일하는 데에 너무나 익숙했던 그녀가? 말도 못 하고, 일어설 수도, 창밖을 내다볼 수도 없고, 주저 없이 움직이는 컨베이어 벨트의 속도에 얽매여 일해야 하는 곳에서 그녀는 번잡스러웠던 부엌을 그리워했을 것이다. 그들이 일하는 장소는 날마다 바뀌었다. 하루는 동쪽 건물에서, 다음 날은 서쪽 건물에서 일하는 식이었다. 늘 보호용 고글을 쓰고 미량의 폭약을 저울에 달아 숟가락으로 퍼서 컨베이어 벨트 위로 지나가는 용기에 담았다. 폭약 가루가 손톱 밑에 꼈고, 호주머니로도, 머리카락 사이로도 들어갔다. 그런 문제는 서쪽 건물에서 일할 때가 더 심했다. 거기서는 노르스름한 테트릴 결정체를 알약 형태로 만들어야 했는데, 폭약 결정체가 손에 묻어나서 피부가 끈적끈적해졌고 노랗게 변했다. 그래서 테트릴 작업반 여자들은 '카나리아'라고 불렸다.

점심시간에는 대화가 허용되었지만 구내 식당도 작업장과 마찬가지로 갑갑했다. 그녀는 도시락을 가지고 나가 자신이 기억하는 남쪽 숲으로 걸어가서 강둑에 앉아 샌드위치를 먹었다. 드러누워서 배에 햇볕을 쬐기도 했다. 그녀와 아기 단둘만 우주에 남은 듯이. 그녀는 새소리에, 바람에 흔들리는 수풀에서 무언가가 움직이는 기척에, 생명의 신호에 귀를 기울였다. 그러다 노르스름한 손을 주머니에 꽂아 넣고서 서쪽 건물로 돌아갔다.

걸어가는 길에 기묘하게 생긴 구조물들을 지나쳤지만 무슨 용도인지는 잘 몰랐다. 지하로 내려가는 계단은 사실 사막의 열기나 극지대의 기상 조건에서 신무기가 어떻게 작동하는지 실험하는 데 쓰는 인공 기후실로 연결되었다. 사람의 흔적은 찾아볼 수 없었다. 저 멀리 언덕 위에는 두 세기가 넘는 세월 동안 니트로글리세린이 제조되었던 '그레이트 니트레이터' 건물도 있었다. 그 옆의 지하에는 거대한 인공 호수들이 있었다.

기록 보관소의 오래된 서류들은 펄(Pearl)을 임신한 애그니스가 거닐었을 길 옆에 반쯤 묻혀 있었던 건물들의 정체를 내게 알려 주었다. 이제 나는 월섬 수도원의 건물들과 명소들이 모두 어디에 쓰였는지 안다. 애그니스가 열일곱 살 때 뛰어들었던, 순수하게만 보이던 숲속 호수에 사실 수중 카메라가 설치되어 있었다는 것은 화살도 알고 있었다. 독일의 루르 계곡 댐들을 폭파하는 데에 쓰인 폭발물의 위력과 효과를 시험한 장소였으니까. 도약 폭탄[56] 실험장이었던 12미터 깊이의 호수에서 그녀는 숨을 몰아쉬고 덜덜 떨며 올라와, 홍합선 갑판 위로 기어올라 화살과 함께 담배 한 개비를 나눠 피웠던 것이다.

저녁 6시에 그녀는 월섬 수도원 정문을 걸어 나와 런던으로 돌아가는 버스에 탄다. 차창에 머리를 기대고 토트넘 습지를 응시한다. 버스가 세인트 앤스 로드의 다리 아래를 지나자 그녀 얼굴에 그림자가 드리워진다.

아파트에 돌아온 그녀를 노먼 마셜이 맞아 준다. 그녀는 임신한 데다 녹초가 된 터라 자신을 만지지 못하게 지나쳐 간다.

"더러워. 먼저 씻어야겠어."

그녀는 세면대에 몸을 굽히고 머리카락에 낀 화약 가루들을 빼려고 머리에 물을 끼얹는다. 그리고 두 손과 팔뚝을 미친 듯이 문질러 씻는다. 탄약을 상자에 넣을 때 쓰는 껌 같은 충전재와 테트릴이 송진처럼 들러붙어 있다. 애그니스는 자신의 몸에서 손이 닿는 곳을 구석구석 씻고 또 씻는다.

---

56) 물수제비 뜨듯 수면을 튀어 목표물에 명중시키는 방식의 폭탄이다.

요즘은 그레이하운드가 밥을 먹는 시간에 나도 식사를 한다. 밤이 되어 잘 준비가 되면 녀석은 조용히 내가 일하는 책상 앞으로 다가와, 졸음이 묻어나는 얼굴을 내 손에 얹으며 이제 그만하라고 재촉한다. 나는 이것이 안심하기 위한 행동임을 안다. 따뜻하고 인간적인 무엇에 접촉해 안전함을 느끼기, 상대방에 대한 신뢰를 보여 주기. 내가 어딘가에 홀로 동떨어져 있는 데다 불안정한 상태인데도 녀석은 내게 다가온다. 하지만 나 역시 이 순간을 기다린다. 녀석이 자신의 계획 없는 삶에 대해, 내가 모르는 과거에 대해 이야기하고 싶어 할 것만 같다. 자신에게서 드러나지 않은 모든 욕구에 대해.

그래서 나는 내 손길이 필요한 개를 곁에 둔다. 지금 나는 담장 있는 정원에 있다. 어느 모로 보나 여전히 말라카이트 부부의 정원이고, 가끔씩 그들이 일러 주지 않은 꽃이 피어나 나를 놀라게 한다. 이 정원은 그들 삶의 연장이다. 오페라를 좋아하는 어머니의 말에 따르면, 헨델은 쇠약해졌을 때야말로 고결하고 "이상적인 남자"였다. 자신이 더 이상 소속될 수 없는, 끊임없는 전쟁에 휩싸인 세계를 사랑하는 사람.

최근 나는 서펵에 사는 이웃이 쓴 갯완두에 대한 에세이를 읽고 있다. 이 글에 따르면 갯완두가 살아남는 데에 전쟁이 도움이 되었다. 당시 침공을 막기 위해 해변에 지뢰들이 매설되었는데, 덕분에 사람의 발길이 끊기자 굵고 튼튼한 갯완두 잎사귀들이 녹색 융단처럼 무성해졌다는 것이다. "행복한 평화의 채소"라 불리는, 한때 멸종할 뻔했던 갯완두는 그렇게 부활했다. 원인과 결과가 이렇게 오묘하게 이이지다니, 갯완두와 전쟁 사이의 놀라운 내통에 나는 마음이 끌린다. 마치 코미디 영화 「낙원의 곤경」이 전시에 니트로글리세린을 런던으로 은밀히 운송하던 작전과 연결된 일이나, 내가 아는 한 소녀가 머리카락의 리본을 풀고 뛰어들었던 숲속 호수가 실은 도약 폭탄이 만들어지고 시험된 장소였던 것처럼. 우리는 멀리 떨어진 것처럼 보이는 사건들이, 알고 보면 지척에 있는 시대를 살아왔다. 나와 누나에게 밤의 숲속으로 용감히 걸어 들어가는 법을 가르쳐 주었던 올리브 로런스는 영국 해협의 해안선 위를 떠돌던 몇 차례의 밤과 낮이 자기 인생에서 최고의 순간이라고 생각했을까. 당시 그녀의 활약을 아는 사람은 거의 없다. 저서에서도, 다큐멘터리에서도 그 일은 언급되지 않았다. 그녀처럼 전쟁 때 사용한 기술을 겸허히 숨기며 만족하는 사람이 너무나 많았다. 그녀는 단순한 민족지학자는 아니었어, 스티치! 어머니는 자신의 업적보다도 올리브에 대해 더 많이 이야기하고 싶은 듯한 말투로 핀잔하듯 쏘아붙였다.

비올라? 비올라인가요?

나는 그 건물 2층에서 일하며 내 어머니가 누구였는지 점차 알아 가는 동안 그렇게 중얼거리곤 했다.

우리는 간신히 유지되는 이야기들로 우리 삶을 정돈한다. 혼란스러운 곳에서 길을 잃은 듯이, 눈에 보이지 않고 말이 되지 못한 것들 — 레이철 또는 렌도, 나, 즉, 스티치도 — 을 모두 한데 모아 꿰맨다. 전쟁 때 지뢰가 묻힌 해변에서 자라났던 갯완두들처럼 불완전하게, 무시당하며, 그럼에도 살아남기 위해.

그레이하운드가 내 곁에 있다. 녀석이 묵직하고도 앙상한 머리를 내 손 위에 괸다. 내가 여전히 그 시절의 열다섯 살 소년인 것 같다. 그런데 아이의 조그마한 손을 꼭두각시처럼 움직여 간접 작별 인사를 건넸던 누나는 지금 어디에 있나. 언젠가 나는 어린 소녀가 길거리에서 트럼프 카드 한 장을 줍는 모습을 마주치고 달려가서 이렇게 묻게 될까. 펄? 너 펄이니? 너희 엄마 아빠가 그렇게 하라고 가르쳤니? 행운이 올 거라고?

화이트 페인트에서 마지막 시간을 보내던 때, 샘 말라카이트가 데리러 오기 전에 나는 로즈의 옷 몇 벌을 빨아서 풀밭에 널어 놓았다. 그중 일부는 수풀에 널었다. 어머니가 죽었을 때 입고 있었던 옷은 그들이 가져가고 없었다. 나는 다리미판을 꺼내 어머니가 아꼈던 체크무늬 셔츠를 다렸다. 옷깃도, 어머니가 늘 걷어 올렸던 소맷동도. 다리미의 열기와 압력을 한 번도 받아 본 적 없는 셔츠였다. 나머지 셔츠들도 다렸다. 어머니의 여윈 몸을 가려 주었던 푸른 카디건에 얇은 천을 올리고, 열기를 반으로 줄인 다리미로 천을 살며시 눌렀다. 나는 카디건과 셔츠를 어머니 방으로 가져가서 장롱에 넣어 놓고 아래층으로 내려왔다. 나이팅게일 마룻바닥을 요란하게 밟고서 문을 닫고, 떠났다.

작가 연보

1943년 현재의 스리랑카인 실론 지역에서 태어났다. 온다치 가문은 대항해시대 이후 실론에 정착한 네덜란드, 포르투갈, 영국인들과 인도 남동부 타밀족의 혼혈인 일명 '버저(burgher)'의 후손이다. 이들은 대대손손 식민지 지배자와 선주민 사이에서 중재자 역할을 해 왔던 것으로 알려져 있다. 이 같은 정체성에 대해 마이클 온다치는 "내 백그라운드는 샐러드나 마찬가지다. 내가 어디에 속하는 사람인지 정의하기는 쉽지 않다."라고 말하기도 했다. 아버지 머빈 온다치는 변호사이자 대농장주였던 자신의 아버지로부터 막대한 유산을 물려받았고 차(茶) 중개무역상으로 일했으나 심각한 알코올중독자였고 도박과 사치로 재산을 날린다. 그는 도리스 그레

시안과 결혼하여 네 아이를 낳았는데, 마이클보다 열 살 많은 형 크리스토퍼와 두 누나 그리고 막내인 마이클이 그들이다.

1948년 마이클이 다섯 살이 되던 해, 아버지의 알코올중독으로 집안이 완전히 파산하고 부모가 이혼한다. 당시 영국에서 학교를 다니던 형 크리스토퍼는 부모의 이혼을 간곡히 말렸으나 소용없었고, 어머니 도리스는 이혼 후에 실론을 떠나 영국에 정착한다. 크리스토퍼 온다치와 마이클 온다치 형제는 이후 완전히 다른 길을 걷게 되는데, 크리스토퍼는 동생보다 먼저 캐나다에 이주하여 출판업과 투자로 거물 기업가가 되었고, 캐나다 국가 대표선수로 동계 올림픽에 출전하여 금메달을 땄으며, 훗날엔 영국에 정착하여 자선활동가이자 모험가로 살면서 영국 여왕에게 작위를 받는다.

1954년 열한 살의 나이에 실론에서 영국으로 가는 배에 홀로 타서 긴 여행 끝에 영국에서 어머니와 재회한다. 이때의 여행 경험이 소설 『캣츠 테이블(The Cat's Table)』로 탄생했다. 어머니와 함께 살면서 런던의 소년 기숙학교인 덜리치 칼리지에서 학업을 이어간다.

1962년 열아홉 살의 나이에 캐나다 몬트리올로 이민을 떠난다. 비숍 칼리지 스쿨과 비숍 대학교에서 삼 년간 공부한다.

1965년 토론토 대학교에서 학사 공부를 마치고 킹스턴의 퀸즈 대학교에서 석사를 마친다. 이후 온타리오의 웨스턴 온타리오 대학교에서 영어를 강의하기 시작했다.

1967년 첫 시집 『얌전한 괴물들(The Dainty Monsters)』을 펴냈다. 평범한 일상과 신화의 세계를 병치한 상상력 넘치는 시들로 찬사를 받았다.

1971년 요크 대학교 그린 칼리지에서 영문학을 강의하기 시작했다.

1973년 미국 서부 시대에 관한 시와 산문, 사진과 인터뷰, 만화 등 각종 장르를 아우르는 시집 『빌리 더 키드에 관한 작품집:왼손잡이 시(The Collected Works of Billy the Kid: Left-Handed Poems)』를 발표했다. 이 작품으로 캐나다 총독 문학상을 처음으로 수상하는데, 그는 이후 이 상을 네 번 더 받게 된다.

1976년 첫 소설 『학살을 겪으며(Coming Through Slaughter)』를 발표한다. 이 작품은 뉴 올리언스의 재즈 뮤지션인 버디 볼던과 그가 겪은 정신질환을 다뤘다.

1982년 실론에서의 가족사를 담은 일종의 자서전인 『집안 내력(Running in the Family)』을 발표했다. 그는 이 책의 자료를 얻기 위해 누나와 함께 실론을 방문했고, 식민지 지배에 깊이 관여했던 친가와 예술가적인 속성을 지녔던 외가의 계보를 아울러 여러 인물들을 등장시켰다.

1984년 이혼을 겪은 후, 시집 『속된 사랑(Secular Love)』을 발표했다.

1987년 20세기 초, 토론토의 부자들과 빈자들 사이의 갈등을 그린 장편 소설 『사자 가죽 속에서(In the Skin of a Lion)』를 발표했다. 이 책 속 인물 해나와 카라바조는 이후 작품 『잉글리시 페이션트(English Patient)』에도 등장한다.

1989년 시집 『계피 껍질 벗기기(The Cinnamon Peeler)』를 발표했다.

1992년 2차 세계 대전을 배경으로 하는 소설 『잉글리시 페이션트』를 발표하고 캐나다 작가 최초로 부커상을 수상했다.

1996년 『잉글리시 페이션트』가 앤서니 밍겔라 감독 연출로 동명 영화화되었고, 영화는 작품상을 비롯, 아카데미 9개 부문을 수상했다.

1998년 시집 『손글씨(Handwriting: Poems)』를 발표했다.

2000년 1980년대부터 1990년대까지 스리랑카에서 일어난 정치 폭력 사태를 그린 장편 소설 『아닐의 유령(Anil's Ghost)』을 발표했다. 이 작품으로 캐나다 최고 문학상인 길러 상과 캐나다 총독 문학상, 아이리시 타임스 국제 소설상을 수상했다.

2007년 아이들을 홀로 키우는 아버지에 관한 장편 소설 『조망대(Divisadero)』를 발표했고, 캐나다 총독상을 받았다.

2011년 장편 소설 『고양이 테이블(The Cat's Table)』을 발표했다. 자신의 자전적 경험이 담긴 이 책은 1950년대에 실론에서 영국까지 보호자 없이 여행하는 한 소년의 눈에 비친 이국적인 풍경과 쓸쓸한 정서를 그렸다.

2018년 유년기의 기억과 비밀을 그린 신작 장편 소설 『기억의 빛』을 발표했다. 또한 『잉글리시 페이션트』로 지난 이십 년 동안의 부커상 수상작 중 가장 뛰어난 작품에 주는 골든 부커상을 받았다.

2024년 시집 『종말의 해(A Year of Last Things)』를 발표했다.

세계문학전집 455

기억의 빛

1판 1쇄 펴냄 2023년 4월 3일
2판 1쇄 찍음 2025년 1월 15일
2판 1쇄 펴냄 2025년 1월 24일

지은이 마이클 온다치
옮긴이 김지현
발행인 박근섭, 박상준
펴낸곳 (주)민음사

출판등록 1966. 5. 19. (제 16-490호)
서울특별시 강남구 도산대로1길 62(신사동) 강남출판문화센터 5층 (우편번호 06027)
대표전화 02-515-2000 팩시밀리 02-515-2007
www.minumsa.com

ISBN 978-89-374-6455-3 04800
ISBN 978-89-374-6000-5 (세트)

* 잘못 만들어진 책은 구입처에서 교환해 드립니다.